Miss Marples Fälle

Die Autorin

Agatha Mary Clarissa Miller wurde am 15. September 1890 in Torquay, Devon, als Tochter einer wohlhabenden Familie geboren. 1912 lernte Agatha Miller Colonel Archibald Christie kennen, den sie bei Ausbruch des Ersten Weltkriegs heiratete. Die Ehe wurde 1928 geschieden. Zwei Jahre später schloss sie die Ehe mit Max E. I. Mallowan, einem um 14 Jahre jüngeren Professor der Archäologie, den sie auf vielen Forschungsreisen in den Orient als Mitarbeiterin begleitete. Im Lauf ihres Lebens schrieb die »Queen of Crime« 73 Kriminalromane, unzählige Kurzgeschichten, 20 Theaterstücke, 6 Liebesromane (unter dem Pseudonym »Mary Westmacott«), einen Gedichtband, einen autobiografischen Bericht über ihre archäologischen Expeditionen sowie ihre Autobiografie. Ihre Kriminalromane werden in über 100 Ländern verlegt, und Agatha Christie gilt als die erfolgreichste Schriftstellerin aller Zeiten. 1965 wurde sie für ihr schriftstellerisches Werk mit dem »Order of the British Empire« ausgezeichnet. Agatha Christie starb am 12. Januar 1976 im Alter von 85 Jahren.

Agatha Christie

Miss Marples Fälle

Die kompletten Kriminalgeschichten

Scherz

Besuchen Sie uns im Internet:
www.scherzverlag.de

5. Auflage Sonderausgabe 2003
Copyright © 2000 an dieser Auswahl
beim Scherz Verlag, Bern, München, Wien.
Alle Rechte der Verbreitung, auch durch Funk, Fernsehen,
fotomechanische Wiedergabe, Tonträger jeder Art
und auszugsweisen Nachdruck, sind vorbehalten.
ISBN 3-502-51749-5
Umschlaggestaltung: ja DESIGN, Bern: Julie Ting & Andreas Rufer
Umschlagbild: Image Bank, Zürich
Gesamtherstellung: Ebner & Spiegel, Ulm

Inhalt

Der Dienstagabend-Club

»Ungelöste Rätsel.«

Raymond West blies eine Rauchwolke vor sich hin und wiederholte die Worte mit einer gewissen Selbstgefälligkeit.

»Ungelöste Rätsel.«

Er blickte sich voller Behagen um in dem alten Zimmer mit den breiten schwarzen Deckenbalken und den guten alten Möbeln, die so ganz und gar dazugehörten. Von Beruf war er Schriftsteller und schätzte eine harmonische Atmosphäre sehr. Das Haus seiner Tante Jane hatte ihm von jeher gefallen, da es in seinen Augen den richtigen Rahmen für ihre Persönlichkeit bildete. Sein Blick wanderte hinüber auf die andere Seite des Kamins zu dem behäbigen Großvaterstuhl, in dem sie kerzengerade saß.

Miss Marple trug ein in der Taille zusammengerafftes Kleid aus schwarzem Brokat und Brabanter Spitzen fielen in Kaskaden über ihren Busen. Sie hatte schwarze Spitzenhandschuhe ohne Finger an und ein schwarzes Spitzenhäubchen thronte auf dem kunstvoll aufgetürmten schneeweißen Haar. Sie strickte etwas aus weicher weißer Wolle. Ihre blauen Augen, die so gütig und freundlich dreinschauten, glitten mit sanftem Wohlgefallen über ihren Neffen und seine Gäste.

Zunächst ruhten sie auf Raymond selbst, der so selbstbewusst und heiter dasaß, dann auf Joyce Lemprière, der Künstlerin mit dem kurz geschnittenen schwarzen Haar und den ungewöhnlich haselgrünen Augen, danach auf dem gut gekleideten Weltmann, Sir Henry Clithering. Es waren noch zwei weitere Gäste anwesend: Dr. Pender, der ältliche Geistliche der Gemeinde, und Mr. Petherick, der Rechtsanwalt, ein kleiner, vertrockneter Mann, der stets über seine Brillengläser hinwegblickte. Nach kurzer, aufmerksamer Betrachtung wandte Miss Marple sich wieder ihrer Strickarbeit zu, während ein Lächeln um ihre Lippen spielte.

Mr. Petherick ließ das trockene Hüsteln vernehmen, mit dem er gewöhnlich seine Bemerkungen einleitete.

»Was sagen Sie, Raymond? Ungelöste Rätsel? Ha – was hat's damit auf sich?«

»Gar nichts«, rief Joyce Lemprière. »Raymond liebt nur den Klang der Worte und seiner eigenen Stimme.«

Raymond West blickte sie vorwurfsvoll an. Sie aber warf den Kopf zurück und lachte.

»Es ist doch Unsinn, nicht wahr, Miss Marple?«, fragte sie gebieterisch. »Davon sind Sie sicher überzeugt.«

Miss Marple lächelte ihr sanft zu, ohne jedoch etwas zu erwidern.

»Das Leben selbst ist ein ungelöstes Rätsel«, ließ sich der Pfarrer vernehmen.

Raymond richtete sich auf und warf mit einer impulsiven Bewegung seine Zigarette in den Kamin.

»So war es nicht gemeint. Ich habe nicht im philosophischen Sinne gesprochen«, erklärte er. »Ich habe an nackte, nüchterne Tatsachen gedacht, an Begebenheiten, die niemals aufgeklärt worden sind. Ich dachte an Mordaffären und geheimnisvolles Verschwinden – an Vorkommnisse, von denen uns Sir Henry stundenlang erzählen könnte, wenn er wollte.«

»Aber ich plaudere nicht aus der Schule«, meinte Sir Henry bescheiden. »Nein, das Fachsimpeln liegt mir nicht.«

Sir Henry Clithering war bis vor kurzem Kommissar bei Scotland Yard gewesen.

»Es gibt wohl eine ganze Reihe von Mordfällen und anderen Verbrechen, die von der Polizei nie aufgeklärt worden sind«, äußerte sich Joyce Lemprière.

»Das wird im Allgemeinen zugegeben«, bestätigte Mr. Petherick.

»Ich möchte doch wissen«, sagte Raymond West, »was für eine Art von menschlichem Gehirn am besten dazu befähigt ist, die Fäden eines Geheimnisses zu entwirren. Man hat immer das Gefühl, dass dem durchschnittlichen Polizeibeamten die nötige Portion Fantasie dazu fehlt.«

»Das ist die Ansicht des Laien«, bemerkte Sir Henry trocken.

»Sie sollten ein Komitee gründen«, meinte Joyce lächelnd. »Betreffend Psychologie und Fantasie wende man sich an den Schriftsteller –«

Sie machte eine ironische Verbeugung, er aber blieb ernst.

»Die Kunst des Schreibens verschafft einem eine Einsicht in die menschliche Natur«, erwiderte er mit gesetzter Miene. »Man entdeckt vielleicht Motive, die der Durchschnittsmensch übersehen würde.«

»Ich weiß, lieber Neffe«, mischte sich Miss Marple ein, »dass du sehr interessante Bücher schreibst. Aber glaubst du, dass die Leute wirklich so unangenehm sind, wie du sie schilderst?«

»Meine liebe Tante«, erwiderte Raymond sanft, »bewahre dir deinen guten Glauben. Um keinen Preis der Welt möchte ich ihn dir nehmen.«

»Ich will damit sagen«, beharrte Miss Marple, während sie mit gerunzelter Stirn ihre Maschen zählte, »dass mir so viele Leute weder gut noch schlecht, sondern einfach töricht erscheinen.«

Mr. Petherick räusperte sich wieder.

»Meinen Sie nicht, Raymond«, fragte er, »dass Sie der Fantasie eine zu große Bedeutung beimessen? Fantasie ist etwas sehr Gefährliches, was wir Rechtsanwälte nur zu gut wissen. Das Beweismaterial unparteiisch zu prüfen und den Tatsachen nüchtern ins Auge zu sehen, scheint mir die einzig logische Methode zu sein, die zur Wahrheit führt. Ich möchte noch hinzufügen, dass sie nach meinen Erfahrungen die einzige ist, die Erfolg hat.«

»Pah!«, rief Joyce und warf den schwarzen Haarschopf entrüstet in den Nacken. »Ich möchte wetten, dass ich Sie alle auf diesem Gebiet übertrumpfen könnte. Ich bin nicht nur eine Frau – und Sie können sagen, was Sie wollen, Frauen besitzen eine Intuition, die Männern versagt ist –, ich bin auch eine Künstlerin. Meine Augen sehen Dinge, die Ihnen verborgen bleiben. Und dann habe ich mich als Künstlerin in allen Kreisen herumgetrieben. Ich kenne das Leben von allen Seiten, was zum Beispiel unserer lieben Miss Marple erspart geblieben ist.«

»Das lässt sich nicht so ohne weiteres sagen, meine Liebe«, entgegnete Miss Marple. »In einem Dorf kommen manchmal auch sehr peinliche und unglückselige Dinge vor.«

»Darf ich auch ein paar Worte hinzufügen?«, fragte Dr. Pender lächelnd. »Ich weiß, es ist heutzutage üblich, die Geistlichkeit zu belächeln, aber wir hören Dinge und kennen Seiten des menschlichen Charakters, die den Mitmenschen ein Buch mit sieben Siegeln sind.«

»Nun«, meinte Joyce, »mir scheint, dass wir eine ziemlich repräsentative Versammlung darstellen. Wir wäre es, wenn wir einen Club bildeten? Was ist heute? Dienstag? Wir wollen ihn den Dienstagabend-Club nennen. Er kommt jede Woche zusammen, und jedes Mitglied muss der Reihe nach ein Problem vorbringen. Irgendeine geheimnisvolle Angelegenheit, die ihm persönlich bekannt ist und deren Lösung es natürlich weiß. Wie viele sind wir denn eigentlich? Eins, zwei, drei, vier, fünf. Von Rechts wegen müssten es sechs sein.«

»Sie haben mich vergessen, liebes Kind«, sagte Miss Marple vergnügt lächelnd.

Joyce war ein wenig betroffen, ließ sich aber nichts anmerken. »Das wäre herrlich, Miss Marple, wenn Sie sich auch daran beteiligen wollen. Ich hatte angenommen, es sei Ihnen nichts daran gelegen.«

»Ich denke es mir sehr interessant«, erwiderte Miss Marple, »besonders, wenn so viele kluge Herren zugegen sind. Leider bin ich selbst nicht besonders klug, aber wenn man so viele Jahre in St. Mary Mead gelebt hat, gewinnt man eine gewisse Einsicht in die menschliche Natur.«

»Ich bin überzeugt, dass Ihre Mitwirkung sich als sehr wertvoll erweisen wird«, meinte Sir Henry höflich.

»Wer will anfangen?«, fragte Joyce.

»Darüber besteht kein Zweifel«, meinte Dr. Pender, »wenn wir schon das große Glück haben, dass ein so berühmter Gast wie Sir Henry in unserer Mitte weilt ...«

Mit diesen Worten schaute er zu Sir Henry hinüber und machte eine höfliche Verbeugung. Letzterer schwieg eine Weile. Dann schlug er seufzend die Beine übereinander und begann:

»Es ist ein wenig schwierig für mich, gerade das auszuwählen, wonach Ihr Sinn steht, aber da fällt mir eben ein Beispiel ein, das Ihre Bedingungen tadellos erfüllt. Wahrscheinlich haben Sie vor einem Jahr etwas über diesen Fall in den Zeitungen gelesen. Damals wurde der Fall als ungelöstes Rätsel ad acta gelegt, aber zufälligerweise ist mir gerade vor wenigen Tagen die Lösung in die Hände geraten.

Drei Menschen fanden sich zum Abendessen zusammen, das unter anderem aus Dosenhummer bestand. Später am Abend erkrankten alle drei, und ein Arzt wurde schnell herbeigeholt. Zwei Personen erholten sich wieder, die dritte starb.«

»Aha«, sagte Raymond mit wachsendem Interesse.

»Wie gesagt, die Tatsachen als solche waren äußerst einfach. Der Tod wurde auf Fischvergiftung zurückgeführt und ein dementsprechender Totenschein ausgestellt. Das Opfer wurde mit allen Ehren bestattet. Aber dabei ließ man die Sache nicht bewenden.«

Miss Marple nickte zustimmend.

»Es entstand wohl, wie meistens, ein ziemliches Gerede.«

»Und nun muss ich die handelnden Personen in diesem kleinen Drama vorstellen. Ich will den Mann und seine Frau Mr. und Mrs. Jones nennen und die Gesellschafterin der Frau Miss Clark. Mr. Jones war Reisender für eine chemische Fabrik – ein etwa fünfzigjähriger Mann, der in seiner groben Art ziemlich gut aussah. Seine Frau war eine ganz alltägliche Erscheinung von etwa fünfundvierzig Jahren. Die Gesellschafterin, Miss Clark, war sechzig Jahre alt – eine korpulente, heitere Frau mit einem rötlich glänzenden Gesicht. Keiner von ihnen, möchte man sagen, sehr interessant.

Der Anfang aller Schwierigkeiten lag in einem merkwürdigen Umstand. Am Abend vor dem Unglück hatte Mr. Jones in einem kleinen Hotel in Birmingham übernachtet. Zufällig war das Löschpapier in der Schreibunterlage seines Zimmers gerade an diesem Tag erneuert worden, und das Zimmermädchen, das anscheinend nichts Bessers zu tun hatte, amüsierte sich damit, das Löschpapier im Spiegel zu studieren, nachdem Mr. Jones gerade einen Brief geschrieben hatte. Ein paar Tage später brachten die Zeitungen einen Bericht über Mrs. Jones' Tod, der auf das Essen von schlecht gewordenem Dosenhummer zurückgeführt wurde, und das Zimmermädchen teilte dem übrigen Dienstpersonal sofort mit, was sie auf dem Löschpapier entziffert hatte. Es handelte sich um folgende Worte: ›. . . völlig abhängig von meiner Frau . . . wenn sie tot ist, werde ich . . . Hunderte und Tausende . . .‹

Ich möchte noch erwähnen, dass kurz zuvor die Zeitungen voll waren von der Geschichte einer Frau, die von ihrem Mann vergiftet worden war, und es gehörte infolgedessen nicht viel dazu, die Fantasie dieser Mädchen zu schüren. Nach ihrer Ansicht hatte Mr. Jones geplant, seine Frau umzubringen, um Hunderttausende von Pfund zu erben! Eines der Zimmermädchen hatte zufällig Verwandte in der kleinen Provinzstadt, in der die Jones' wohnten. Sie schrieb an sie und erhielt bald Antwort. Es wurde dabei erwähnt, dass Mr. Jones sich sehr für die Tochter des ansässigen Arztes, eine gut aussehende junge Frau von dreiunddreißig Jahren, interessiere. Ein Skandal breitete sich aus, und es dauerte nicht lange, da wurde ein Gesuch an den Minister des Inneren eingereicht, die Leiche obduzieren zu lassen. Zahllose anonyme Briefe, die alle Mr. Jones des Mordes an seiner Frau bezichtigten, gingen bei Scotland Yard ein. Ich kann nun wohl zugeben, dass wir die Sache zuerst auch nicht eine Sekunde lang ernst nahmen, sondern sie für eitles Dorfgeschwätz hielten. Um das Publikum zu beschwichtigen, wurde dennoch die Exhumierung der Leiche angeordnet, und wieder einmal erwies sich der auf nichts Konkretes gegründete Aberglaube der Bevölkerung als überraschend gerechtfertigt. Die Leichenschau ergab, dass genügend Arsenik vorhanden war, um einwandfrei zu beweisen, dass die Dame an Arsenvergiftung gestorben war. Es lag nun an Scotland Yard, mit Hilfe der örtlichen Behörden nachzuweisen, wie und durch wen das Arsenik verabreicht worden war.«

»Oh!«, rief Joyce. »Jetzt wird's interessant.«

»Der Verdacht fiel natürlich auf den Ehemann, der durch den Tod seiner Frau profitierte. Wenn er auch nicht gerade Hunderttausende erbte, wie das romantisch angehauchte Zimmermädchen im Hotel annahm, so kam er immerhin in den Besitz des nicht zu verachtenden Betrages von 8000

Pfund. Abgesehen von dem, was er verdiente, hatte er kein eigenes Vermögen, und er war ein Mann mit verschwenderischen Gewohnheiten und einer besonderen Vorliebe für die Gesellschaft junger, hübscher Frauen. So taktvoll wie möglich untersuchten wir das Gerücht über seine Zuneigung zu der Tochter des Arztes. Es stellte sich heraus, dass wohl eine enge Freundschaft zwischen ihnen bestanden hatte, die jedoch vor zwei Monaten zu einem jähen Ende gekommen war, und seitdem schienen sie sich nicht mehr gesehen zu haben.

Der Doktor selbst, ein älterer, ehrlicher, argloser Mann, war wie vom Donner gerührt, als er von dem Ergebnis der Leichenschau hörte. Er war damals um Mitternacht zu den drei Kranken gerufen worden und hatte sofort den ernsten Zustand von Mrs. Jones erkannt. Daraufhin ließ er Opiumpillen aus seiner Hausapotheke holen, um ihre Schmerzen zu lindern. Trotz seiner Bemühungen erlag sie jedoch der Vergiftung. Aber auch nicht eine Sekunde lang hatte er den Verdacht gehegt, dass etwas nicht in Ordnung sei. Er war überzeugt, dass der Tod auf eine Fischvergiftung zurückzuführen sei. Ihr Essen hatte an jenem Abend aus Hummer in Dosen und Salat, einem Auflauf und Brot mit Käse bestanden. Unglücklicherweise war von dem Hummer nichts übrig geblieben – es war alles aufgegessen und die Dose fortgeworfen worden. Er hatte das junge Hausmädchen Gladys Linch befragt. Sie war schrecklich aufgeregt, in Tränen aufgelöst und nahezu fassungslos, und es war schwierig, sie immer wieder zum Thema zurückzubringen. Sie hatte jedoch wiederholt erklärt, dass die Dose in keiner Weise ausgebeult und der Hummer ihrer Meinung nach in tadellosem Zustand gewesen sei.

Das waren die Tatsachen, auf die wir uns stützen mussten. Wenn Jones seiner Frau mit Vorbedacht Arsenik verabreicht hatte, so konnte es nicht beim Abendessen gewesen sein; das lag klar auf der Hand, da alle drei Personen an dem Mahl teilgenommen hatten. Und noch etwas: Jones selbst war gerade aus Birmingham zurückgekehrt, als das Abendessen aufgetragen wurde. Also hätte er keine Gelegenheit gehabt, das Gift vorher unter die Speisen zu mengen.«

»Wie steht es mit der Gesellschafterin«, fragte Joyce, »dieser korpulenten Frau mit dem gutmütigen Gesicht?«

Sir Henry nickte.

»Wir haben Miss Clark nicht vergessen, das kann ich Ihnen versichern. Aber es war völlig unklar, welches Motiv sie für dieses Verbrechen gehabt haben könnte. Mrs. Jones hatte ihr nichts hinterlassen. Im Gegenteil, sie verlor durch den Tod ihrer Arbeitgeberin ihre Stelle und musste sich eine andere suchen.«

»Damit scheidet sie als Verdachtsperson wohl aus«, bemerkte Joyce nachdenklich.

»Einer meiner Inspektoren entdeckte bald darauf eine bedeutsame Tatsache«, fuhr Sir Henry fort. »An dem verhängnisvollen Abend war Mr. Jones nach dem Abendessen in die Küche hinuntergegangen und hatte einen Teller Grießbrei verlangt für seine Frau, die über schlechtes Befinden geklagt hatte. Er hatte in der Küche gewartet, während Gladys Linch den Brei zubereitete, und ihn dann selbst nach oben in das Zimmer seiner Frau getragen. Das, gebe ich zu, erschien mir als das letzte Glied in der Beweiskette.«

Der Rechtsanwalt nickte zustimmend.

»Motiv«, sagte er, während er die Punkte an seinen Fingern abzählte, »Gelegenheit. Als Reisender für eine chemische Fabrik konnte er sich mit Leichtigkeit das Gift beschaffen.«

»Auch war er ein Mann mit schwachem Charakter«, fügte der Pfarrer hinzu.

Raymond West starrte Sir Henry an.

»Es ist irgendein Haken dabei«, meinte er. »Warum haben Sie ihn nicht verhaftet?«

Sir Henry zog ein schiefes Gesicht.

»Das bringt uns zum unglückseligen Teil dieses Falles. Bis dahin war alles glatt gegangen, nun aber kommen wir zu den Hindernissen. Jones wurde nicht verhaftet, weil wir im Laufe des Verhörs von Miss Clark erfuhren, dass nicht Mrs. Jones, sondern sie selbst den ganzen Teller Grießbrei aufgegessen hat.

Ja, es stellte sich heraus, dass sie, wie üblich, zu Mrs. Jones ins Zimmer gegangen war. Mrs. Jones saß aufrecht im Bett, und der Teller mit der Milchspeise stand neben ihr auf dem Nachttisch.

›Ich fühle mich gar nicht gut, Milly‹, erklärte sie. ›Das geschieht mir ganz recht. Warum muss ich ausgerechnet Hummer zu Abend essen. Ich bat Albert, mir etwas Grießbrei zu holen. Aber jetzt, wo er vor mir steht, scheine ich keinen Appetit darauf zu haben.‹

›Schade‹, meinte Miss Clark, ›und dabei ist er so gut zubereitet, ganz ohne Knötchen. Gladys kann wirklich recht gut kochen. Es gibt heutzutage sehr wenige Mädchen, die einen Grießbrei richtig zubereiten können. Am liebsten möchte ich ihn selbst essen. Ich habe einen Riesenhunger.‹

›Das glaube ich Ihnen gern. Bei Ihrer verrückten Lebensweise‹, erklärte Mrs. Jones.

Ich muss erwähnen«, unterbrach sich Sir Henry, »dass Miss Clark gerade eine Abmagerungskur machte.

›Die Kur ist nicht gut für Sie, Milly, wirklich nicht‹, behauptete Mrs. Jones. ›Wir sind nun mal so, wie Gott uns geschaffen hat. Essen Sie den Brei. Es ist das Beste für Sie, was es gibt.‹

Miss Clark ließ sich das nicht zweimal sagen und verzehrte tatsächlich den ganzen Brei. Sehen Sie, damit brach der gegen den Ehemann aufgebaute Beweis zusammen. Als wir Jones um eine Erklärung der Worte auf der Schreibunterlage baten, antwortete er ohne Umschweife, der Brief sei eine Antwort auf ein Schreiben seines Bruders in Australien gewesen, der ihn um eine größere Geldsumme gebeten habe. In seiner Antwort habe er darauf hingewiesen, dass er völlig abhängig sei von seiner Frau. Erst wenn seine Frau gestorben sei, werde er über Geld verfügen und seinem Bruder nach Möglichkeit helfen. Er habe sein Bedauern ausgeprochen, dass es ihm im Augenblick nicht möglich sei, und seinen Bruder daran erinnert, dass sich Hunderte und Tausende von Menschen in der Welt in derselben misslichen Lage befänden.«

»Und damit verlief die Sache im Sand?«, fragte Dr. Pender.

»Damit verlief die Sache im Sand«, bestätigte Sir Henry mit ernster Miene. »Wir konnten es nicht riskieren, Jones nur auf Vermutungen hin zu verhaften.«

Die Anwesenden verfielen in tiefes Schweigen, das schließlich von Joyce gebrochen wurde: »Und mehr können Sie uns nicht verraten, nicht wahr?«

»So stand der Fall während des letzten Jahres. Die richtige Lösung befindet sich nun in den Händen von Scotland Yard, und in zwei bis drei Tagen werden die Zeitungen darüber berichten.«

»Die richtige Lösung«, wiederholte Joyce nachdenklich. »Was mag wohl dahinter stecken? Wir wollen alle einmal fünf Minuten nachdenken und dann sprechen.«

Raymond West nickte zustimmend und blickte auf seine Uhr. Als die fünf Minuten um waren, sah er zu Dr. Pender hinüber.

»Wollen Sie zuerst sprechen?«, fragte er.

Der alte Herr schüttelte den Kopf. »Ich muss gestehen, dass ich völlig ratlos bin. Meiner Ansicht nach muss der Ehemann schuldig sein. Aber wie er es fertig gebracht hat – bei dieser Vorstellung streikt meine Fantasie. Ich kann nur sagen, er muss ihr das Gift auf eine bisher unbekannte Weise verabreicht haben. Wie die Geschichte dann aber nach so langer Zeit ans Licht kommen konnte, ist mir schleierhaft.«

»Joyce?«

»Die Gesellschafterin«, entschied Joyce. »Allemal die Gesellschafterin! Wer weiß, was für ein Motiv sie gehabt hat! Dass sie alt, etwas korpulent und hässlich war, besagt gar nichts. Sie konnte sich trotzdem in Jones verliebt haben. Außerdem mag sie die Frau aus einem anderen Grund gehasst haben. Versetzen Sie sich einmal in die Rolle einer Gesellschafterin – stets gezwungen, freundlich zu sein, ja zu sagen, die eigene Persönlichkeit zu unterdrücken und alles in sich zu verschließen. Eines Tages konnte sie es eben nicht länger ertragen und hat sie dann getötet. Wahrscheinlich hat sie das Arsenik in den Brei gemischt, und die Geschichte, dass sie ihn selbst gegessen habe, ist einfach erfunden.«

»Und was ist Ihre Ansicht, Mr. Petherick?«

»Aus den Tatsachen lässt sich nicht viel schließen. Persönlich bin ich der Meinung, dass der Ehemann schuldig ist. Die einzige Erklärung, die sich mit den Tatsachen vereinbaren lässt, scheint darauf hinzudeuten, dass Miss Clark ihn aus irgendeinem Grunde absichtlich in Schutz nahm. Sie mögen ja eine finanzielle Vereinbarung untereinander getroffen haben. Wahrscheinlich war er sich darüber klar, dass er in Verdacht geraten würde, und sie, die nichts weiter als eine sorgenvolle Zukunft zu erwarten hatte, erklärte sich vielleicht für eine beträchtliche Summe dazu bereit, das Märchen von dem Grießbrei zu erzählen. Wenn sich die Sache so verhielt, so war es höchst anstößig. Wirklich höchst anstößig.«

»Ich bin völlig anderer Meinung«, protestierte Raymond. »Sie haben alle einen sehr wichtigen Faktor vergessen. *Die Tochter des Arztes.* Ich sehe den Fall so: Der Dosenhummer war tatsächlich schlecht. Daher die Vergiftungserscheinungen. Man lässt den Arzt kommen. Dieser stellt fest, dass Mrs.

Jones, die mehr von dem Hummer gegessen hat als die anderen, an heftigen Schmerzen leidet, und lässt, wie er aussagte, ein paar Opiumpillen holen. Wohlgemerkt, er geht nicht selbst, sondern schickt jemanden. Wer gibt dem Boten die Opiumpillen? Offenbar seine Tochter, die ihm wahrscheinlich bei der Zubereitung der Arzneien hilft. Sie liebt Jones, und in diesem Augenblick können die niedrigsten Triebe ihrer Natur zum Durchbruch kommen. Sie wird sich bewusst, dass es in ihrer Hand liegt, seine Freiheit zu erwirken. Die Pillen, die sie schickt, enthalten reines weißes Arsenik. Dies ist meine Lösung.«

»Und nun, Sir Henry, sagen Sie uns, wer Recht hat«, bestürmte ihn Joyce.

»Einen Augenblick«, erwiderte Sir Henry. »Miss Marple hat noch nicht gesprochen.«

Miss Marple schüttelte nur den Kopf.

»Du meine Güte«, sagte sie, »da habe ich schon wieder eine Masche fallen lassen, aber die Geschichte war so spannend. Ein trauriger Fall, ein sehr trauriger Fall. Er erinnert mich an den alten Mr. Hargraves, der oben auf dem Hügel wohnte. Seine Frau hatte nie den geringsten Verdacht geschöpft – bis er starb und sein ganzes Vermögen einer Frau hinterließ, mit der er zusammen gelebt und mit der er fünf Kinder gehabt hatte. Eine Zeit lang war sie bei ihm Hausmädchen gewesen. Ein so nettes Mädchen, behauptete Mrs. Hargraves immer – das stets gewissenhaft die Betten lüftete. Und der alte Hargraves hatte ihr in der Nachbarstadt ein Haus eingerichtet, während er weiterhin Kirchenvorsteher blieb und am Sonntag den Klingelbeutel herumreichte.«

»Meine liebe Tante Jane«, fragte Raymond ein wenig ungeduldig. »Was haben denn längst verstorbene Leute wie die Hargraves' mit diesem Fall zu tun?«

»Er kam mir bei der Schilderung von Sir Henry sofort in

den Sinn«, entgegnete Miss Marple. »Die Tatsachen ähneln sich doch sehr, nicht wahr? Das arme Mädchen hat wohl inzwischen gebeichtet und ich nehme an, dass Sie es auf diese Weise erfahren haben, Sir Henry?«

»Was für ein Mädchen«, rief Raymond. »Meine liebe Tante, was redest du nur daher?«

»Das arme Mädchen Gladys Linch natürlich – das Mädchen, das so furchtbar aufgeregt war, als der Doktor mit ihr sprach –, und sie hatte auch allen Grund, das arme Ding. Hoffentlich kommt dieser gemeine Jones an den Galgen. So ein hilfloses Wesen zur Mörderin zu machen. Wahrscheinlich werden sie das arme Kind hängen.«

»Miss Marple, ich glaube, Sie befinden sich in einem leisen Irrtum«, begann Mr. Petherick.

Miss Marple schüttelte jedoch störrisch den Kopf und blickte zu Sir Henry hinüber.

»Habe ich nicht recht? Der Fall scheint mir so klar zu sein. Die ›Hunderte und Tausende‹ – und der Auflauf – ich meine, der Zusammenhang ist unverkennbar.«

»Welcher Zusammenhang, liebe Tante?«, erkundigte sich Raymond.

Seine Tante wandte sich ihm zu.

»Köchinnen streuen fast immer ›Hunderte und Tausende‹ – diese kleinen rosa und weißen Zuckerkügelchen – auf einen Auflauf. Als ich hörte, dass sie einen Auflauf zum Abendessen gehabt hatten und dass der Ehemann in seinem Brief ›Hunderte und Tausende‹ erwähnt hatte, brachte ich sofort diese beiden Tatsachen in Zusammenhang. Das Arsenik steckte natürlich in den Zuckerkügelchen. Jones übergab sie dem Mädchen und trug ihr auf, sie über den Auflauf zu streuen.«

»Das ist aber unmöglich«, fiel Joyce ihr ins Wort. »Sie haben alle von dem Auflauf gegessen.«

»Keineswegs«, erwiderte Miss Marple. »Wie Sie sich wohl

noch entsinnen, machte die Gesellschafterin gerade eine Abmagerungskur. Dabei meidet man natürlich gewöhnlich Süßspeisen. Und Jones hat wahrscheinlich die Zuckerkügelchen von seiner Portion abgekratzt und auf den Rand des Tellers gelegt. Ein sehr kluger, aber auch sehr böser Plan.«

Aller Augen waren auf Sir Henry gerichtet.

»So merkwürdig die Sache auch klingen mag, Miss Marple hat den Nagel auf den Kopf getroffen. Jones hatte Gladys Linch ›ins Unglück gebracht‹, wie man im Volksmund zu sagen pflegt. Sie war der Verzweiflung nahe. Er wollte seine Frau aus dem Weg schaffen und versprach Gladys, sie zu heiraten, sobald seine Frau tot sei. Also vergiftete er die Zuckerkügelchen und gab sie Gladys mit einer genauen Gebrauchsanweisung. Gladys Linch ist in der vergangenen Woche gestorben. Ihr Kind starb bei der Geburt, Jones hatte sie wegen einer anderen Frau sitzen lassen. Als sie im Sterben lag, gestand sie die Wahrheit.«

Es folgte ein kurzes Schweigen, und dann wandte sich Raymond an seine Tante.

»Nun, Tante Jane, du hast ja wieder einmal den Vogel abgeschossen. Ich kann mir beim besten Willen nicht vorstellen, wie du das fertig gebracht hast. Nie im Leben wäre mir der Gedanke gekommen, dass die kleine Küchenhilfe etwas mit dem Fall zu tun haben könnte.«

»Das glaube ich wohl, lieber Neffe. Denn du weißt noch nicht so viel vom Leben wie ich. Ein Mann wie dieser Jones – leichtsinnig, gewöhnlich und jovial. Sobald ich hörte, dass ein hübsches junges Mädchen im Hause war, wusste ich, dass er sie nicht in Ruhe gelassen haben würde. Es ist aber alles so wahnsinnig aufregend und gar kein angenehmer Gesprächsstoff. Ich kann dir nicht sagen, wie schockiert Mrs. Hargraves damals war und was für eine Aufregung im ganzen Dorf herrschte.«

Der Tempel der Astarte

»Und was wollen Sie uns nun erzählen, Dr. Pender?«

Der alte Pfarrer lächelte sanft. »Mein Leben hat sich an friedlicheren Plätzen abgespielt. Es war arm an sensationellen Ereignissen. Und doch habe ich einmal in meiner Jugend etwas sehr Seltsames und Tragisches erlebt.«

»Das klingt sehr interessant«, ermunterte ihn Joyce Lemprière.

»Ich habe es nie vergessen«, fuhr der Pfarrer fort. »Es machte damals einen tiefen Eindruck auf mich, und wenn ich daran zurückdenke, kann ich noch heute die Furcht und das Entsetzen jenes schrecklichen Augenblicks fühlen, als ich mit ansehen musste, wie ein Mann durch anscheinend überirdische Kräfte zu Tode kam.«

»Ich bekomme regelrecht Gänsehaut«, klagte Sir Henry.

»So erging es mir damals auch«, erwiderte Dr. Pender. »Seitdem habe ich nie mehr über Leute gelacht, die von der ›Macht der Atmosphäre‹ reden. Es gibt tatsächlich so etwas. Gewisse Orte sind von guten oder schlechten Einflüssen so durchdrungen und gesättigt, dass eine unwahrscheinliche Wirkung von ihnen ausgeht.«

Joyce stand auf und drehte die beiden Lampen aus, so dass der Raum nur durch den flackernden Feuerschein im Kamin erhellt wurde.

»Atmosphäre«, meinte sie, »nun können wir uns so richtig in die Geschichte hineinversetzen.«

Dr. Pender lächelte ihr zu, lehnte sich im Sessel zurück, nahm seinen Kneifer ab und begann.

»Ich weiß nicht, ob jemand von Ihnen Dartmoor kennt. Das Haus, von dem ich Ihnen erzählen will, liegt am Rande von Dartmoor. Es war ein reizvolles Besitztum, und doch blieb es mehrere Jahre ohne Käufer. Ein Mann namens Haydon – Sir Richard Haydon – kaufte das Haus schließlich. Ich kannte ihn von meiner Studienzeit her und obwohl ich ihn etliche Jahre aus den Augen verloren hatte, verband uns immer noch die alte Freundschaft. Mit großem Vergnügen nahm ich daher seine Einladung in den ›Hain des Schweigens‹, wie sein neues Besitztum hieß, an.

Die Zahl der Gäste war nicht sehr groß. Abgesehen von Richard Haydon selbst waren anwesend: sein Vetter Elliot Haydon, Lady Mannering mit einer blassen, ziemlich unansehnlichen Tochter namens Violet, ein Captain Rogers und seine Frau, abgehärtete Sportsmenschen, die sich nur für Pferde und Jagd interessierten; ferner ein junger Dr. Symonds und endlich Miss Diana Ashley. Miss Ashley war mir nicht ganz unbekannt. Ihr Bild war oft in den besseren Illustrierten zu sehen, denn sie gehörte zu den berühmten Schönheiten der Saison. Sie war in der Tat eine auffallende Erscheinung – hoch gewachsen, mit schöner, gleichmäßig getönter elfenbeinfarbener Haut und dunklen, schräg stehenden Augen, die ihr ein seltsam pikantes orientalisches Aussehen verliehen. Außerdem besaß sie eine wundervolle Stimme, tief und klar.

Ich sah sofort, dass sie auf meinen Freund Richard Haydon eine große Anziehungskraft ausübte und ich vermutete, dass die ganze Gesellschaft ihretwegen arrangiert worden war. Über ihre Gefühle war ich mir nicht ganz im Klaren. Sie war ein wenig launenhaft in ihren Gunstbezeigungen. Eine Zeit lang redete sie nur mit Richard, ohne irgendeinem anderen die geringste Beachtung zu schenken. Dann wieder favorisierte sie seinen Vetter Elliot und schien kaum zu merken, dass Richard überhaupt noch existierte. Bei anderen Gelegenheiten griff sie sich den ruhigen, zurückhaltenden Dr. Symonds heraus und versuchte, ihn mit ihrem bezaubernden Lächeln zu betören.

Am Morgen nach meiner Ankunft zeigte uns unser Gastgeber sein ganzes Anwesen. Das Haus selbst war nicht besonders bemerkenswert; es war ein gutes, solides Haus aus Devonshire-Granit, das Wind und Wetter trotzen konnte, unromantisch, aber sehr behaglich. Von seinen Fenstern aus genoss man einen weiten Blick über das Panorama der Heide – eine weite Landschaft, deren Hügel mit verwitterten Felsspitzen gekrönt waren.

Auf den Kuppen des uns am nächsten gelegenen Felsens befanden sich Überreste aus den längst vergangenen Tagen der jüngeren Steinzeit. Auf einem anderen Hügel hatte man kürzlich ein Hünengrab entdeckt, in dem Bronzewerkzeuge gefunden worden waren.

›Aber diese Besitzung hier ist das Interessanteste von allem‹, behauptete er. ›Der Name ist Ihnen bekannt – Hain des Schweigens. Es ist leicht zu erraten, woher der Name stammt.‹

Er deutete mit der Hand auf eine bestimmte Stelle. Die Gegend hier war einigermaßen kahl – Felsen, Heide und Farnkraut, aber kaum hundert Meter vom Hause entfernt befand sich ein dichter Hain.

›Das ist ein Stück uralter Vergangenheit‹, erklärte Haydon. ›Die Bäume sind natürlich inzwischen abgestorben und wieder neu angepflanzt worden, aber im Großen und Ganzen ist der Hain so geblieben, wie er in grauer Vorzeit war – vielleicht genauso wie in den Zeiten der phönizischen Siedler. Kommen Sie mit, und sehen Sie ihn sich einmal an.‹

Wir folgten ihm alle. Sobald wir den Hain betraten, spürte

ich eine seltsame Beklemmung. Es lag vielleicht an dem drückenden Schweigen. In diesen Bäumen schien kein Vogel zu nisten. Ein Gefühl beklemmender Trostlosigkeit bemächtigte sich meiner. Ich sah, wie Haydon mich, seltsam lächelnd, anblickte.

›Spüren Sie etwas an dieser Stätte, Pender?‹, fragte er. ›Was ist es? Antagonismus? Oder Unbehagen?‹

›Es gefällt mir hier nicht‹, antwortete ich gelassen.

›Das ist verständlich. Dies war nämlich ein Bollwerk der alten Feinde Ihres Glaubens. Dies ist der Hain der Astarte.‹

›Astarte?‹

›Ja, Astarte oder Istar oder Aschtoreth oder wie man sie auch nennen mag. Ich ziehe den phönizischen Namen Astarte vor. Es existiert noch ein anderer Hain der Astarte in diesem Land – auf dem Wall im Norden. Ich kann es zwar nicht beweisen, abeer ich glaube, wir haben hier einen wirklichen, authentischen Astartehain. Hier, innerhalb dieses Baumkreises, wurden heilige Riten ausgeübt.‹

›Heilige Riten‹, murmelte Diana Ashley, und ihre Augen bekamen einen träumerischen, abwesenden Ausdruck. ›Was für Riten mögen das wohl gewesen sein?‹

›Sicher keine anständigen, nach allem, was man so hört‹, meinte Captain Rogers mit einem lauten, albernen Lachen. ›Ziemlich leidenschaftliche Angelegenheit, denke ich mir.‹

Haydon achtete nicht weiter auf ihn.

›Im Mittelpunkt des Hains müsste eigentlich ein Tempel stehen‹, erklärte er. ›Tempel kann ich mir nicht leisten, dafür habe ich mir ein eigenes Fantasiegebilde geschaffen.‹

In diesem Augenblick betraten wir eine kleine Lichtung im Innern des Hains, und mitten darin erhob sich ein steinerner Bau, der wie ein Sommerhaus aussah.

Diana Ashley richtete einen fragenden Blick auf Haydon.

›Ich nenne es das Götzenhaus‹, sagte er. ›Es ist das Götzenhaus der Astarte.‹ Er führte uns hinein. Innen stand auf einer unpolierten Ebenholzsäule eine seltsame kleine Statue, die eine Frau mit halbmondförmigen Hörnern, auf einem Löwen sitzend, darstellte.

›Die Astarte der Phönizier‹, sagte Haydon, ›die Göttin des Mondes.‹

›Die Göttin des Mondes‹, wiederholte Diana. ›Oh, feiern wir doch heute Abend eine wilde Orgie! In Kostümen. Im Mondschein werden wir hierher kommen und dem Kult der Astarte frönen.‹

Ich machte eine unwillige Bewegung, worauf Elliot Haydon, Richards Vater, sich mir schnell zuwandte.

›Ihnen gefällt dies alles nicht, Herr Pfarrer, gestehen Sie es nur.‹

›Nein‹, erwiderte ich ernst. ›Ganz und gar nicht.‹

Er warf mir einen besorgten Blick zu.

›Aber es ist doch nur ein Scherz. Dick kann bestimmt nicht wissen, ob dies wirklich ein heiliger Hain war. Das bildet er sich nur ein. Er spielt gern mit diesem Gedanken. Und selbst, wenn es der Fall wäre –‹

›Ja, was dann?‹

›Nun –‹ Er lachte viel sagend. ›Sie glauben doch nicht an so etwas, nicht wahr?‹ Sie, als Pfarrer.‹

›Ich weiß nicht recht, ob nicht gerade ich als Pfarrer daran glauben sollte.‹

›Aber das sind doch alles Dinge der Vergangenheit.‹

›Dessen bin ich nicht so sicher‹, erwiderte ich nachdenklich. ›Ich weiß nur eines: Im allgemeinen lasse ich mich nicht so leicht von meiner Umgebung beeinflussen, aber von dem Moment an, da ich diesen Hain betrat, habe ich eine merkwürdige Wirkung verspürt. Es ist mir, als sei ich von etwas Bösem und Drohendem umgeben.‹

Er blickte ängstlich über seine Schulter.

›Ja‹, gab er zu, ›es ist – es ist irgendwie sonderbar. Ich verstehe, was Sie meinen, aber vermutlich spielt uns unsere Fantasie einen Streich. Was sagen Sie dazu, Symonds?‹

Der Doktor antwortete nicht sofort. Nach einer Weile sagte er ruhig:

›Ich mag so etwas nicht. Ich kann Ihnen nicht sagen, warum, aber irgendwie gefällt es mir nicht.‹

In diesem Augenblick kam Violet Mannering zu mir herüber.

›Dieser Platz ist mir verhasst!‹, rief sie. ›Lassen Sie uns doch fortgehen.‹

Wir brachen auf, und die anderen folgten uns. Nur Diana Ashley blieb zurück. Als ich mich umsah, stand sie vor dem Götzenhaus und betrachtete sinnend die Statue.

Es war ein ungewöhnlich heißer und schöner Tag, und Dianas Vorschlag, am Abend ein kleines Kostümfest zu veranstalten, wurde von allen mit Begeisterung aufgenommen. Wie gewöhnlich wurde bei den Vorbereitungen viel gelacht, getuschelt und heftig genäht, und als wir am Abend zum Essen erschienen, wurden wir mit den üblichen Heiterkeitsausbrüchen empfangen. Rogers und seine Frau waren neolithische Höhlenbewohner – wodurch sich das plötzliche Fehlen der Kaminvorleger erklärte. Richard Haydon nannte sich einen phönizischen Seefahrer, und sein Vetter war ein Räuberhauptmann. Dr. Symonds hatte sich als Küchenchef verkleidet. Lady Mannering stellte eine Krankenschwester dar und ihre Tochter eine tscherkessische Sklavin. Ich selbst steckte in einer reichlich warmen Mönchskutte. Als letzte erschien Diana Ashley, die uns alle ziemlich enttäuschte, denn sie war in einen unförmigen, schwarzen Domino gehüllt.

›Die Unbekannte‹, erklärte sie leichthin. ›Das bin ich. Und nun lassen Sie uns, um Himmels willen, endlich essen.‹

Nach dem Essen gingen wir hinaus vor das Haus. Es war

eine bezaubernde Nacht, warm und mild, und der Mond ging gerade auf.

Wir machten einen Spaziergang und plauderten vergnügt, und die Zeit verging rasch. Nach etwa einer Stunde fiel uns auf, dass Diana Ashley nicht unter uns weilte.

›Sie ist bestimmt noch nicht zu Bett gegangen‹, meinte Richard Haydon.

Violet Mannering schüttelte den Kopf.

›O nein‹, sagte sie. ›Ich habe sie vor einer Viertelstunde in diese Richtung gehen sehen.‹ Bei diesen Worten wies sie auf den Hain, der düster und schattenhaft im Mondlicht lag.

›Was sie wohl im Sinn hat?‹, bemerkte Richard Haydon. ›Einen Schabernack, möchte ich wetten. Wir wollen das mal prüfen und nachsehen!‹

Wir machten uns also alle zusammen auf den Weg, neugierig, was Miss Ashley wohl angestellt haben mochte. Ich spürte jedoch wiederum eine seltsame Abneigung, diesen dunkel brütenden Baumgürtel zu betreten. Eine geheimnisvolle Macht schien mich davon zurückhalten zu wollen. Fester denn je war ich davon überzeugt, dass diesem Ort etwas wirkliches Böses anhaftete, und ich hatte den Eindruck, dass einige meiner Gefährten von den gleichen Empfindungen geplagt wurden, obwohl sie es sicher höchst ungern zugegeben hätten. Die Bäume waren so dicht gepflanzt, dass das Mondlicht nicht durchdringen konnte. Die Nacht war erfüllt mit vielen unbestimmten Geräuschen. Von allen Seiten glaubte man ein ständiges Flüstern und Seufzen zu hören. Es war so unheimlich, dass wir uns unwillkürlich dichter zusammendrängten.

Plötzlich waren wir bei der Lichtung angelangt und blieben vor Staunen wie angewurzelt stehen; denn vor uns auf der Schwelle des Götzenhauses stand eine schimmernde, in durchsichtige Gaze gehüllte Gestalt, aus deren dunklem Haar zwei halbmondförmige Hörner hervorragten.

›Mein Gott!‹, rief Richard Haydon, während ihm die Schweißperlen auf die Stirn traten.

Aber Violet Mannering hatte schärfere Augen.

›Nanu, das ist ja Diana!‹, rief sie erstaunt. ›Wie hat die sich denn nur hergerichtet? Sie sieht auf einmal ganz anders aus.‹

Die Gestalt im Türrahmen hob die Hände. Sie trat einen Schritt vor und sprach mit singender, süßer, hoher Stimme:

›Ich bin die Priesterin der Astarte. Tretet mir nicht zu nahe; denn ich halte den Tod in meiner Hand.‹

›Lassen Sie den Unsinn, liebes Kind‹, protestierte Lady Mannering. ›Sie machen uns ja Angst und Bange, wirklich!‹

Haydon sprang auf sie zu.

›Mein Gott, Diana!‹, rief er. ›du bist einfach wundervoll.‹

Meine Augen hatten sich inzwischen an das schwache Mondlicht gewöhnt, und ich konnte alles deutlicher erkennen. Wie Violet schon gesagt hatte, sah Diana tatsächlich ganz verwandelt aus. Die orientalischen Züge ihres Gesichts waren ausgeprägter; ihre Augen funkelten drohend, und auf ihren Lippen lag ein seltsames Lächeln, das ich nie zuvor gesehen hatte.

›Hüte dich‹, warnte sie. ›Nähere dich nicht der Göttin. Wer mich anrührt, ist des Todes!‹

›Wundervoll, Diana‹, rief Haydon, ›aber hör bitte auf damit. Mir ist irgendwie nicht ganz geheuer dabei.‹

Er schritt über das Gras auf sie zu, und sie erhob die Hand gegen ihn.

›Halt!‹, rief sie. ›Keinen Schritt näher, oder ich schlage dich mit dem Zauber der Astarte zu Boden.‹

Richard Haydon lachte und schritt ein wenig schneller aus. Auf einmal geschah etwas Merkwürdiges. Er zauderte einen Moment; dann stolperte er und schlug der Länge nach hin.

Er stand nicht wieder auf, sondern blieb flach auf derselben Stelle liegen.

Plötzlich begann Diana hysterisch zu lachen – ein seltsames, unheilvolles Geräusch, das in das Schweigen der Lichtung einbrach.

Fluchend sprang Elliot vor.

›Das kann man ja nicht mehr aushalten‹, rief er. ›Steh auf, Dick, Menschenskind, steh auf.‹

Doch Richard Haydon rührte sich nicht. Elliot kniete neben ihm nieder und drehte ihn vorsichtig herum. Er beugte sich über ihn und schaute ihm prüfend ins Gesicht.

Dann sprang er abrupt auf, er schwankte ein wenig bei dem Versuch, zu gehen.

›Herr Doktor – um Gottes willen, kommen Sie, Herr Doktor. Ich glaube – ich fürchte, er ist tot.‹

Symonds rannte sofort hin, und Elliot kehrte langsamen Schrittes zu uns zurück. Er betrachtete seine Hände mit einem merkwürdigen Blick, den ich nicht verstand.

In diesem Augenblick stieß Diana einen wilden Schrei aus.

›Ich habe ihn getötet!‹, rief sie. ›Oh, mein Gott! Ich wollte es nicht, aber ich habe ihn getötet.‹

Mit diesen Worten wurde sie ohnmächtig und sank auf das Gras, wo sie wie ein Häufchen Elend liegen blieb.

Mrs. Rogers schrie auf.

›Ich möchte fort von diesem grässlichen Ort‹, jammerte sie. ›Hier kann einem ja alles Mögliche passieren. Oh, wie furchtbar!‹

Elliot packte mich an der Schulter.

›Das ist einfach nicht wahr‹, murmelte er. ›Ich sage Ihnen, es ist unmöglich. Auf solche Weise kann niemand getötet werden. Es ist – es ist gegen die Natur.‹

Ich versuchte, ihn zu beruhigen.

›Es gibt sicher eine ganz vernünftige Erklärung dafür. Ihr Vetter litt vielleicht an einer Herzschwäche, von der niemand etwas wusste. Und der Schock und die Erregung –‹

Er unterbrach mich. ›Sie haben mich nicht verstanden.‹ Mit diesen Worten hielt er mir die Hände vor die Augen, und ich sah, dass sie rote Flecken aufwiesen.

›Dick ist nicht vor Schreck gestorben, sondern erstochen worden. Und zwar mitten durchs Herz. Aber es ist *keine Waffe vorhanden.*‹

Ich starrte ihn ungläubig an. In diesem Augenblick erhob sich Symonds, der seine Untersuchung beendet hatte, und kam auf uns zu. Er war sehr blass und zitterte am ganzen Leib.

›Sind wir denn alle verrückt?‹, fragte er. ›Was für eine Stätte ist dies eigentlich – dass so etwas vorkommen kann?‹

›Dann stimmt es also‹, sagte ich.

Er nickte. ›Die Art der Wunde deutet auf einen langen, dünnen Dolch hin, aber – es ist kein Dolch vorhanden.‹

Wir sahen einander bestürzt an.

›Aber er muss doch da sein‹, rief Elliot Haydon. ›Er muss herausgefallen sein und irgendwo auf dem Boden liegen. Wir wollen ihn suchen!‹

Vergeblich tasteten wir den Boden ab. Violet Mannering meinte: ›Diana hatte etwas in der Hand. Eine Art Dolch. Ich habe ihn gesehen. Ich habe ihn glitzern sehen, als sie ihm drohte.‹

Elliot Haydon schüttelte den Kopf.

›Er war mindestens drei Meter von ihr entfernt, als es passierte.‹

Lady Mannering beugte sich über die am Boden liegende Gestalt des jungen Mädchens.

›Jetzt hat sie nichts in der Hand‹, sagte sie, ›und auf dem Boden kann ich auch nichts entdecken. Hast du dich auch nicht geirrt, Violet? Ich habe nämlich nichts gesehen.‹

Dr. Symonds ging zu dem Mädchen hinüber.

›Wir müssen sie ins Haus schaffen‹, erklärte er. ›Rogers, wollen Sie mir helfen?‹

Gemeinsam trugen sie das bewusstlose Mädchen ins Haus und kehrten zurück, um Sir Richards Leiche zu holen.«

Dr. Pender brach seinen Bericht ab und blickte sich mit kummervoller Miene im Kreise um.

»Heutzutage würde man natürlich anders handeln«, meinte er, »dank der zahlreichen Detektivromane. Jeder Straßenjunge weiß, dass man eine Leiche dort liegen lassen muss, wo man sie findet. Aber damals hatten wir davon keine Ahnung und trugen infolgedessen Sir Richard ins Haus und legten ihn in sein Schlafzimmer. Dann wurde der Butler mit dem Fahrrad zur Polizei geschickt – eine Fahrt von gut zwölf Meilen.

Daraufhin zog Elliot Haydon mich beiseite.

›Hören Sie‹, erklärte er, ›ich gehe zum Hain zurück. Die Waffe muss unbedingt gefunden werden.‹

›Falls überhaupt eine Waffe vorhanden war‹, erwiderte ich.

Er ergriff meinen Arm und schüttelte ihn heftig.

›Der abergläubische Kram spukt Ihnen im Kopf herum. Sie sind der Ansicht, dass sein Tod durch übernatürliche Kräfte verursacht wurde. Ich aber werde in den Hain zurückkehren, um der Sache auf den Grund zu gehen.‹

Merkwürdigerweise war ich dagegen und versuchte, ihn von seinem Vorhaben abzubringen, was mir jedoch nicht gelang. Schon die Vorstellung von diesem dunklen Wald war mir zuwider, und ich hatte die unbestimmte Vorahnung, dass sich noch ein weiteres Unheil ereignen würde. Doch Elliot war eigensinnig. Ich glaube, er fürchtete sich, wollte es aber nicht eingestehen. Er machte sich auf den Weg mit der festen Absicht, das geheimnisvolle Geschehen aufzuklären.

Wir verbrachten eine fürchterliche Nacht. Keiner von uns konnte schlafen. Wir versuchten es nicht einmal. Als die Polizeibeamten ankamen, wollten sie der Geschichte keinen rechten Glauben schenken und unbedingt Miss Ashley einem

Kreuzverhör unterziehen. Dabei hatten sie aber nicht mit Dr. Symonds gerechnet, der sich diesem Ansinnen heftig widersetzte. Sobald Miss Ashley aus ihrer Ohnmacht oder Trance erwacht war, hatte er ihr einen starken Schlaftrunk verabreicht und bestand darauf, dass sie keinesfalls vor dem nächsten Tag gestört werden dürfe.

Erst am nächsten Morgen gegen sieben Uhr dachte jemand an Elliot Haydon. Symonds erkundigte sich plötzlich nach ihm. Ich schilderte ihm Elliots Vorhaben, und da wurde Symonds' ernstes Gesicht noch um eine Nuance blasser.

›Ich wollte, er hätte das nicht getan. Es war – es war sehr unvorsichtig‹, meinte er.

›Sie nehmen doch nicht an, dass ihm etwas zugestoßen ist?‹

›Hoffentlich nicht. Ich glaube aber, Herr Pfarrer, dass es besser ist, wenn wir uns jetzt um ihn kümmern.‹

Er hatte natürlich Recht, und ich musste mich gehörig zusammennehmen, um den nötigen Mut für diese Aufgabe aufzubringen. Wir machten uns auf den Weg und betraten noch einmal diesen unglückseligen Hain. Zweimal riefen wir Elliots Namen, bekamen aber keine Antwort. Nach einer Weile erreichten wir die Lichtung, die auch im Licht des frühen Morgens geisterhaft aussah. Symonds umklammerte meinen Arm, und ich unterdrückte einen Aufschrei. Derselbe Anblick, der sich uns gestern Abend im Mondschein geboten hatte, wiederholte sich vor unseren Augen. Elliot Haydon lag genau an derselben Stelle wie sein Vetter.

›Mein Gott!‹, stöhnte Symonds. ›*Es hat ihn auch erwischt!*‹

Wir eilten über das Gras an seine Seite. Elliot Haydon war bewusstlos, atmete noch schwach. Diesmal bestand kein Zweifel über die Ursache der Tragödie. Ein langer, dünner Bronzedolch steckte in der Wunde.

›Glücklicherweise ging der Stich durch die Schulter und nicht durch das Herz‹, bemerkte der Doktor. ›Mein Gott! Ich weiß nicht, was ich davon halten soll. Jedenfalls ist er nicht tot und wird uns über den Vorfall Bericht erstatten können.‹

Aber ausgerechnet dazu war Elliot Haydon nicht in der Lage. Seine spätere Schilderung war im höchsten Grade verschwommen. Er hatte vergeblich nach dem Dolch gesucht und sich schließlich in die Nähe des Götzenhauses gestellt. Hier kam es ihm immer mehr zum Bewusstsein, dass er von einer Baumgruppe her beobachtet wurde. Er wehrte sich gegen diesen Eindruck, konnte ihn aber nicht abschütteln. Seiner Beschreibung nach begann ein kalter, seltsamer Wind zu wehen, der nicht von den Bäumen her, sondern aus dem Innern des Götzenhauses zu kommen schien. Er drehte sich um und sah hinein. Beim Anblick der kleinen Figur schien ihm, als leide er an einer optischen Täuschung. Denn die Figur wurde ganz offensichtlich immer größer. Dann erhielt er plötzlich einen Schlag an die Schläfe, der ihn nach hinten taumeln ließ, und im Fallen spürte er einen scharfen, brennenden Schmerz in der linken Schulter.

Man stellte fest, dass der Dolch aus dem nahen Hünengrab stammte und von Richard Haydon gekauft worden war. Aber niemand schien zu wissen, ob er ihn im Hause oder im Götzenhaus des Haines aufbewahrt hatte.

Die Polizei war und ist der Ansicht, dass Richard Haydon mit Vorbedacht von Miss Ashley erstochen worden sei. Aber angesichts unserer gemeinsamen Aussage, dass eine Entfernung von drei Metern zwischen ihnen lag, konnten sie die Anklage gegen sie nicht aufrechterhalten, und die Angelegenheit ist und bleibt ein Geheimnis.«

Es folgte tiefes Schweigen.

»Es lässt sich eigentlich nichts dazu sagen«, bemerkte Joyce Lemprière zu guter Letzt. »Es ist alles so unheimlich. Haben Sie selbst keine Erklärung dafür, Dr. Pender?«

Der alte Mann nickte.

»Doch, ich habe eine Erklärung – man könnte es jedenfalls so bezeichnen. Sie ist ziemlich unglaublich und lässt nach meiner Ansicht immer noch gewisse Faktoren ungeklärt.«

»Ich habe an spiritistischen Séancen teilgenommen«, ließ sich Joyce wieder hören, »und Sie können sagen, was Sie wollen, es kommen sehr merkwürdige Dinge vor. Vielleicht lassen sie sich durch Hypnose erklären. Das Mädchen hat sich tatsächlich in eine Priesterin der Astarte verwandelt, und dann muss sie ihn wohl auf irgendeine Weise erstochen haben. Vielleicht hat sie den Dolch geworfen, den Miss Mannering in ihrer Hand sah.«

»Es könnte auch ein Wurfspieß gewesen sein«, schlug Raymond West vor. »Mondlicht ist letzten Endes nicht sehr kräftig. Es ist sehr gut möglich, dass sie einen Speer in der Hand hielt und ihn damit aus der Ferne erstach. Und dann setzte wohl eine Art Massenhypnose ein, womit ich sagen will, dass Sie alle gewissermaßen heimlich überzeugt waren, dass er auf übernatürliche Weise umkommen würde, und daher bildeten Sie sich ein, es sei so geschehen.«

»Im Varieté habe ich schon manche ans Wunderbare grenzende Kunststücke mit Waffen gesehen«, bemerkte Sir Henry. »Ich könnte mir sehr gut vorstellen, dass sich ein Mann in den Bäumen versteckt hielt und von dort aus mit ziemlicher Treffsicherheit ein Messer oder einen Dolch schleuderte – vorausgesetzt natürlich, dass es sich um einen Artisten handelte. Ich gebe allerdings zu, dass diese Erklärung weit hergeholt ist, aber sie erscheint mir die einzig mögliche Theorie. Wie Sie sich vielleicht erinnern, stand das zweite Opfer deutlich unter dem Eindruck, dass sich jemand unter den Bäumen aufhielt und es beobachtete. Und wenn nun Miss Mannering erklärt, Miss Ashley habe einen Dolch in der Hand gehabt, und die anderen behaupten das Gegenteil, so ist das nicht weiter überraschend. Aus meinen Erfah-

rungen heraus kann ich Ihnen versichern, dass fünf Augen-
zeugenberichte von ein und derselben Sache oft so weit
voneinander abweichen, dass es fast unglaublich erscheint.«

Mr. Petherick hüstelte.

»Aber bei allen diesen Theorien scheinen wir eine wesent-
liche Tatsache übersehen zu haben«, meinte er. »Was ist aus
der Waffe geworden? Miss Ashley, die mitten auf einem
freien Platz stand, hätte wohl kaum einen Speer verbergen
können; und hätte ein verborgener Mörder einen Dolch geworfen, müsste dieser Dolch noch in der Wunde gesteckt haben, als man den Mann umdrehte. Wir müssen, glaube ich,
alle weithergeholten Theorien aus dem Spiel lassen und uns
an nüchterne Tatsachen halten.«

»Und wohin führen uns die nüchternen Tatsachen?«

»Nun, über einen Punkt scheinen wir uns alle einig zu sein:
Niemand befand sich in der Nähe des Mannes, als er zu Boden sank. Also könnte nur einer ihn erstochen haben: er
selbst. Mit anderen Worten: Selbstmord!«

»Aber um Gottes willen, warum hätte er Selbstmord begehen sollen?« fragte Raymond West ungläubig.

Der Rechtsanwalt räusperte sich von neuem.

»Ah, das ist wieder so eine theoretische Frage, aber im Augenblick befasse ich mich nicht mit Theorien. Wenn man das
übernatürliche Element, an das ich nicht für eine Sekunde
glaube, ausschließt, so scheint mir dies die einzig mögliche
Erklärung des Geschehens zu sein. Er erstach sich, und beim
Hinfallen flogen seine Arme zur Seite, wobei der Dolch aus
der Wunde gerissen und weit fort unter die Bäume geschleu-
dert wurde. Wenn dies auch reichlich unwahrscheinlich
klingt, so liegt es doch wohl im Bereich des Möglichen.«

»Ich möchte mich eigentlich nicht dazu äußern«, sagte Miss
Marple. »Es ist alles so verwirrend. Aber es passieren tatsächlich merkwürdige Dinge. Selbstverständlich gab es nur eine

Möglichkeit, den armen Sir Richard zu erstechen, aber ich möchte wirklich wissen, was ihn zunächst veranlasst hatte zu stolpern. Wahrscheinlich eine Baumwurzel. Man muss bedenken, dass er nur das Mädchen im Auge hatte, und im Mondlicht stolpert man sowieso sehr leicht.«

Der Pfarrer warf ihr einen fragenden Blick zu.

»Sie sagen, dass Sir Richard nur auf eine Weise erstochen werden konnte. Möchten Sie diese Behauptung vielleicht näher erläutern, Miss Marple?«

»Es ist sehr traurig, und ich mag nicht gern daran denken. Er war Rechtshänder, nicht wahr? Das muss er schon gewesen sein, um sich in die linke Schulter zu stechen. Ich glaube nicht, dass dieser arme Mann, Elliot Haydon, viel Nutzen von seinem bösen Verbrechen gehabt hat.«

»Elliot Haydon!«! rief Raymond. »Hältst du ihn etwa für den Täter?«

»Wer könnte es sonst gewesen sein«, erklärte Miss Marple und blickte ihn mit sanft erstaunten Augen an. »Es scheint niemand anders in Betracht zu kommen, wenn man nach Mr. Pethericks weisem Rat sich an die Tatsachen hält und die heidnische Atmosphäre, die mir gar nicht gefällt, außer acht lässt. Elliot ging als erster zu seinem Vetter und drehte ihn um. Dabei kehrte er notgedrungen allen den Rücken zu, und da er als Räuberhauptmann verkleidet war, hatte er bestimmt irgendeine Waffe im Gürtel.«

Aller Augen richteten sich auf Dr. Pender.

»Ich erfuhr die Wahrheit«, sagte er, »fünf Jahre nach dem tragischen Ereignis. Und zwar durch einen Brief, den mir Elliot Haydon schrieb. Darin erwähnte er, dass er immer das Gefühl gehabt habe, dass ich ihn verdächtigte. Er behauptete, er sei damals einer plötzlichen Versuchung erlegen. Auch er habe Diana Ashley geliebt, aber er sei nur ein armer, um seine Existenz ringender Rechtsanwalt gewesen. Plötzlich sei ihm die Idee gekommen, wenn er Richard beiseite schaffte und Titel und Besitz erbte, lag ja die Zukunft in rosigem Schimmer vor ihm. Der Dolch sei ihm aus dem Gürtel gefallen, als er bei seinem Vetter niederkniete, und ehe er sich's versah, habe er ihn seinem Vetter in die Brust gestoßen. Um den Verdacht von sich abzulenken, habe er sich dann später selbst die Stichwunde in der Schulter beigebracht. Er schrieb mir, gerade bevor er auf eine Expedition nach dem Südpol aufbrach, für den Fall, wie er sagte, dass er nicht zurückkehren würde. Ich glaube nicht, dass er die Absicht hatte zurückzukommen, und ich weiß, dass, wie Miss Marple schon erwähnte, sein Verbrechen ihm nichts eingebracht hat. »Fünf lange Jahre«, schrieb er, »habe ich Höllenqualen erduldet, und ich hoffe, mein Verbrechen nun wenigstens durch einen ehrenhaften Tod zu sühnen.«

Eine Weile schwiegen alle. Schließlich unterbrach Sir Henry die Stille.

»Und er ist tatsächlich eines ehrenvollen Todes gestorben. Sie haben zwar die Namen geändert, Dr. Pender, aber ich habe den Mann, von dem Sie sprachen, doch erkannt.«

»Wie ich schon sagte«, fuhr der alte Pfarrer fort, »bin ich nicht der Ansicht, dass diese Erklärung völlig ausreicht. Ich glaube immer noch an den bösen Einfluss dieses Hains – ein Einfluss, der Elliot Haydon zu seiner Tat trieb. Selbst bis auf den heutigen Tag kann ich nicht ohne ein Gefühl des Schauderns an das Götzenhaus der Astarte denken.«

Die verschwundenen Goldbarren

»Es ist vielleicht nicht ganz fair, Ihnen die folgende Geschichte zu erzählen«, erklärte Raymond West, »da ich Ihnen nicht die Lösung geben kann. Doch waren die Begebenheiten so interessant und eigenartig, dass ich Ihnen das Problem nicht vorenthalten möchte, und vielleicht könnten wir gemeinsam die Geschichte zu einem logischen Abschluss bringen.

Es ereignete sich alles vor zwei Jahren, als ich nach Cornwall fuhr, um Pfingsten mit einem Mann namens John Newman zu verbringen.

Er wohnte in Polperran an der Westküste von Cornwall – eine sehr wilde und felsige Gegend. Ich hatte diesen Mann ein paar Wochen zuvor kennen gelernt und hielt ihn für einen äußerst interessanten Zeitgenossen. Er besaß Intelligenz, ein Einkommen, das ihn unabhängig machte, und eine romantische Fantasie. Um seiner neuesten Liebhaberei zu frönen, hatte er dort ein Haus – Pol House – gemietet. Er war eine Kapazität für das Elisabethanische Zeitalter und beschrieb mir in lebhaften, anschaulichen Farben die Niederlage der spanischen Armada. Man hätte beinahe annehmen können, er sei ein Augenzeuge dieser Ereignisse gewesen. Ob es wohl so etwas gibt wie Reinkarnation? Das möchte ich nur allzu gerne wissen.«

»Du bist ja so romantisch, lieber Raymond«, sagte Miss Marple und sah ihren Neffen lächelnd an.

»Das ist wohl das letzte Adjektiv, das man auf mich anwenden kann«, entgegnete Raymond West etwas verdrießlich. »Aber dieser Bursche Newman steckte bis zum Rand voll fantastischer Ideen, und aus diesem Grund interessierte er mich, sozusagen als ein merkwürdiges Relikt aus der Vergangenheit. Anscheinend war ein bestimmtes Schiff der Armada, das einen unermesslichen Schatz in Form von Goldbarren von der Nordostküste Südamerikas an Bord hatte, an den bekannten heimtückischen Schlangenfelsen an der Küste Cornwalls zerschellt. Seit Jahren – so erzählte mir Newman – waren Versuche unternommen worden, das Schiff und seinen Schatz zu bergen. Solche Geschichten sind ja nicht selten, wenngleich die mythischen Schiffe die wirklichen an Zahl weit übertreffen. Jedenfalls war eine Gesellschaft gegründet worden, die leider Bankrott ging, und Newman konnte die Rechte – oder wie man das nennt – für einen sehr geringen Betrag erwerben. Er war ganz begeistert darüber. Seiner Ansicht nach brauchte er sich nur die modernsten technischen Einrichtungen zu beschaffen, und schon gehörte das Gold ihm.

Als ich ihm zuhörte, musste ich unwillkürlich denken, dass einem so reichen Menschen wie Newman alles mühelos in den Schoß fiel, während er sich aus dem tatsächlichen Wert des Goldes wahrscheinlich nichts machte. Jedenfalls steckte mich diese Begeisterung an. Im Geist sah ich die Galionen im Sturm an der Küste treiben und an den schwarzen Felsen zerschellen. Außerdem arbeitete ich zu der Zeit gerade an einem Roman, der zum Teil im sechzehnten Jahrhundert spielte, und ich hoffte, durch meinen Gastgeber wertvolles Lokalkolorit kennen zu lernen.

In aufgeräumter Stimmung fuhr ich also an dem betreffenden Freitag von Paddington ab und freute mich auf die Reise. Außer mir war nur noch ein Mann im Abteil, der mir gegenüber auf dem Eckplatz saß. Er war groß und hatte eine militärisch stramme Haltung, und ich konnte mich des Eindrucks nicht erwehren, dass ich ihn vorher schon irgendwo gesehen hatte. Eine Zeit lang grübelte ich vergeblich darüber nach, und schließlich fiel es mir ein. Mein Reisegefährte war Inspektor Badgworth, und ich war ihm begegnet, als ich eine Reihe von Artikeln über den Fall Everson schrieb.

Ich sprach ihn an und brachte mich ihm wieder in Erinnerung, und bald war eine angenehme Unterhaltung im Gange. Als ich erwähnte, dass ich auf dem Weg nach Poperran sei, meinte er, das sei ja ein komischer Zufall, er habe dasselbe Reiseziel. Da ich nicht neugierig erscheinen wollte, unterließ ich es, nach dem Zweck seiner Reise zu fragen. Statt dessen sprach ich von meinem eigenen Interesse für den Ort und erwähnte die untergegangene spanische Galione. Zu meinem Erstaunen schien der Inspektor gut orientiert zu sein. ›Das ist sicher die ‹Juan Fernandez›‹, meinte er. ›Ihr Freund ist nicht der erste, der Geld verloren hat, um Geld aus ihr herauszuholen. Es ist eine romantische Geschichte.‹

›Und wahrscheinlich beruht das Ganze auf einem Märchen‹, fügte ich hinzu, ›und es ist dort überhaupt kein Schiff versunken.‹

›Oh, das Schiff liegt dort schon auf dem Meeresgrunde‹, bestätigte der Inspektor, ›zusammen mit vielen anderen. Es ist erstaunlich, wie viele Wracks es gerade vor dieser Küste gibt. Nebenbei bemerkt, ist es gerade ein Wrack, das mich in diese Gegend führt. Nämlich die ›Otranto‹, die vor sechs Monaten untergegangen ist.‹

›Ich erinnere mich, davon gelesen zu haben‹, erwähnte ich. ›Soviel ich weiß, ist niemand dabei umgekommen.‹

›Niemand ist dabei umgekommen‹, pflichtete mir der Inspektor bei. ›Aber etwas anderes ist verloren gegangen. Es ist nicht allgemein bekannt, aber die ‹Otranto› hatte Goldbarren an Bord.‹

›So?‹, fragte ich mit großem Interesse.

›Natürlich haben wir Taucher gehabt, um die Bergungsarbeiten vorzunehmen, aber – *das Gold ist verschwunden*, Mr. West.‹

›Verschwunden?‹, fragte ich erstaunt. ›Wie ist das möglich?‹

›Das ist die große Frage‹, erwiderte der Inspektor. ›Die Felsen rissen ein klaffendes Loch in die Stahlkammer des Schiffes. Es war für die Taucher leicht, auf diese Weise hineinzugelangen, aber sie fanden die Stahlkammer leer vor. Es erhebt sich nun die Frage: Wurde das Gold vor oder nach dem Schiffbruch gestohlen? War es überhaupt je in der Stahlkammer?‹

›Ein merkwürdiger Fall‹, bemerkte ich.

›Ein sehr merkwürdiger Fall, wenn man sich klarmacht, was Goldbarren sind. Es handelt sich nicht um ein Diamantenkollier, das man in die Tasche stecken kann. Wenn man sich vorstellt, wie groß und hinderlich diese Barren sind, dann sollte man es einfach nicht für möglich halten. Es mag natürlich ein gewisser Hokuspokus vor der Abfahrt des Schiffes stattgefunden haben; aber wenn dies nicht der Fall ist, müssen die Barren in den letzten sechs Monaten entfernt worden sein. Und ich fahre jetzt hin, um der Sache auf den Grund zu gehen.‹

Bei meiner Ankunft holte mich Newman vom Bahnhof ab, und zwar mit einem Lastwagen, der zu seinem Besitz gehört.

Das Haus war bezaubernd. Es lag hoch oben auf den Klippen. Einzelne Teile waren drei- oder vierhundert Jahre alt, und ein moderner Flügel war angebaut worden. Dahinter, nach dem Binnenland zu, lagen etwa zweihundertvierzigtausend Ar Ackerland.

›Willkommen in Pol House‹, sagte Newman, ›unter dem Zeichen der Goldenen Galione‹. Mit diesen Worten wies er auf eine tadellose Reproduktion einer spanischen Galione unter vollen Segeln, die über der Haustür hing.

Der erste Abend war äußerst angenehm und lehrreich. Mein Gastgeber zeigte mir die alten Manuskripte, die sich auf die ›Juan Fernandez‹ bezogen. Er entrollte Karten für mich und deutete darauf bestimmte Positionen an. Ferner zeigte er mir Entwürfe von Tauchgeräten, die mir, offen gestanden, ein Buch mit sieben Siegeln waren.

Ich erwähnte meine Begegnung mit Inspektor Badgworth, die ihn sehr zu interessieren schien.

›Eigenartige Leute wohnen an dieser Küste‹, bemerkte er nachdenklich. ›Schmuggeln und Plündern steckt ihnen im Blut. Wenn ein Schiff vor ihrer Küste zu Schaden kommt, betrachten sie es einfach als gesetzliche, für ihre Taschen bestimmte Beute. Ein Bursche ist darunter, den ich Ihnen gern zeigen möchte. Ein interessanter Mensch.‹

Der nächste Tag stieg klar und hell herauf. Newman nahm mich mit nach Polperran und machte mich mit seinem Taucher Higgins bekannt. Ein Mann mit völlig ausdruckslosem Gesicht, der auch noch äußerst schweigsam war. Sein Beitrag zur Unterhaltung bestand in wenigen einsilbigen Worten. Nach einer Diskussion höchst technischer Angelegenheiten begaben wir uns alle drei in die Kneipe ›Zu den drei Ankern‹, wo ein Krug Bier die Zunge des verschlossenen Burschen ein wenig löste.

›Ein Herr Detektiv aus London ist hier aufgetaucht‹, grunzte er plötzlich. ›Man erzählt überall, dass das Schiff, das im vergangenen November hier unterging, eine beträchtliche Menge Gold an Bord hatte. Na, es war nicht das erste Schiff, das gesunken ist, und wird auch nicht das letzte sein.‹

›Hört, hört‹, mischte sich der Drei-Anker-Wirt ein. ›Da hast du ein wahres Wort gesprochen, Bill Higgins.‹

›Stimmt wohl, Mr. Kelvin‹, entgegnete Higgins.

Ich betrachtete den Wirt mit Neugierde. Er war ein bemerkenswerter Mann, ein dunkler Typ mit ungewöhnlich breiten Schultern. Seine Augen waren blutunterlaufen und er vermied es stets, sein Gegenüber direkt anzusehen. Ich vermutete, dass dies der Mann war, den Newman als interessanten Typ erwähnt hatte.

›An dieser Küste wollen wir keine neugierigen Fremden‹, brummte er.

›Meinen Sie damit die Polizei?‹, fragte Newman lächelnd.

›Jawohl, die Polizei – *und andere*‹, fügte Kelvin viel sagend hinzu. ›Vergessen Sie das nicht, Mister.‹

Als wir später den steilen Hang hinaufkletterten, sagte ich zu Newman, dass das doch sehr nach einer Drohung klang.

Mein Freund lachte.

›Unsinn, ich tue den Leuten hier nichts.‹

Ich schüttelte zweifelnd den Kopf. Kelvin verkörperte etwas Unheimliches, ja fast schon Wildes. Ich hatte mehr das Gefühl, dass sich seine Gedanken auf seltsamen, uns unbekannten Pfaden bewegten.

Ich glaube, ich führte meine beginnende Unruhe auf diesen Umstand zurück. In der ersten Nacht hatte ich ziemlich gut geschlafen, aber in der folgenden Nacht schlief ich unruhig und war häufig wach. Der Sonntag zog unfreundlich und finster herauf. Der Himmel war bedeckt, und ein Gewitter lag in der Luft. Ich habe es noch nie gut verstanden, meine Gefühle zu verbergen, und Newman spürte natürlich, wie bedrückt ich wurde.

›Was ist denn nur mit Ihnen los, West? Sie sind ja das reinste Nervenbündel heute morgen.‹

›Ich weiß es nicht‹, bekannte ich, ›aber ich bin von düsteren Vorahnungen geplagt.‹

›Das liegt wohl am Wetter.‹

›Vielleicht.‹

Mehr sagte ich nicht. Nachmittags unternahmen wir eine Fahrt in Newmans Motorboot. Aber es regnete so heftig, dass wir gern umkehrten, um wieder in trockene Kleidung zu kommen.

Und am Abend wurde meine Unruhe noch größer, während draußen ein furchtbarer Sturm heulte und tobte. Gegen zehn Uhr beruhigten sich die Elemente. Newman blickte zum Fenster hinaus.

›Es klart auf‹, verkündete er. ›Mich sollte es nicht wundern, wenn wir von der nächsten halben Stunde an eine wolkenlose, klare Nacht hätten. Wenn das so ist, werde ich noch einen Spaziergang machen!‹

Ich gähnte. ›Ich bin furchtbar müde. Habe in der letzten Nacht nicht viel Schlaf bekommen und werde mich daher früh hinlegen.‹

Das tat ich denn auch. Im Gegensatz zur vorigen Nacht verfiel ich in einen tiefen Schlaf, der mir aber keine Ruhe brachte. Ich war immer noch von schrecklichen Ahnungen gequält und hatte furchtbare Träume. Ich wanderte in grässlichen Schlünden und Klüften umher und wusste dabei genau, dass jedes Ausrutschen den Tod bedeutet hätte. Ich wachte auf, als die Zeiger meiner Uhr auf acht standen. Ich hatte heftige Kopfschmerzen, und der Terror meiner nächtlichen Träume war noch nicht von mir gewichen.

Ich stand so sehr unter diesem Einfluss, dass ich, als ich zum Fenster trat und es öffnete, mit einem neuen Gefühl des Entsetzens zurückfuhr; denn das erste, was ich sah oder zu sehen glaubte, war ein Mann, der ein Grab schaufelte.

Es vergingen einige Minuten, bis ich mich gefasst hatte. Dann wurde mir klar, dass der ›Totengräber‹ Newmans Gärtner und das ›Grab‹ dazu bestimmt war, drei neue Rosenbüsche aufzunehmen, die daneben auf dem Rasen lagen.

Der Gärtner blickte zu mir hinauf und fasste grüßend an seinen Hut.

›Guten Morgen, Sir. Schöner Tag, Sir.‹

›Sieht ganz so aus‹, entgegnete ich unsicher; denn ich vermochte immer noch nicht, meine gedrückte Stimmung ganz abzuschütteln.

Es war jedoch, wie der Gärtner festgestellt hatte, bestimmt ein sehr schöner Morgen. Die Sonne schien warm aus einem klaren, mattlbauen Himmel, der schönes Wetter für den ganzen Tag versprach, und ich pfiff schon wieder vor mich hin, als ich zum Frühstück hinunterging. Newman hatte keine Dienstmädchen, die im Hause wohnten. Zwei Schwestern in mittleren Jahren, die auf einem Bauernhof in der Nähe lebten, erschienen täglich, um für seine bescheidenen Bedürfnisse zu sorgen. Eine von ihnen stellte gerade die Kaffeekanne auf den Tisch, als ich in das Zimmer trat.

›Guten Morgen, Elizabeth‹, begrüßte ich sie. »Ist Mr. Newman noch nicht unten?‹

›Er muss schon sehr früh fortgegangen sein, Sir‹, erwiderte sie. ›Er war nicht im Hause, als wir ankamen.‹

Sofort war meine Unruhe wieder da. An den beiden vorhergehenden Morgen war Newman ziemlich spät am Frühstückstisch erschienen, und ich hatte durchaus nicht den Eindruck, dass er ein Frühaufsteher sei. Meine Befürchtungen trieben mich dazu, in sein Schlafzimmer zu gehen. Es war leer, und außerdem war das Bett unbenutzt. Eine kurze Durchsuchung des Zimmers brachte noch etwas anderes ans Licht. Wenn Newman tatsächlich einen Morgenspaziergang unternommen hatte, musste er in seinem Anzug vom Vorabend ausgegangen sein, denn dieser fehlte.

Ich war jetzt davon überzeugt, dass meine bösen Ahnungen begründet waren. Newman hatte natürlich seinen Abendspaziergang gemacht und war aus irgendeinem

Grund nicht zurückgekehrt. Warum? Hatte er einen Unfall erlitten? War er von den Klippen gestürzt? Es musste sofort eine Suchaktion gestartet werden.

In wenigen Stunden hatte ich eine große Schar von Helfern zusammengetrommelt, und gemeinsam suchten wir die Klippen und Felsen nach allen Richtungen hin ab. Aber von Newman war keine Spur zu sehen.

In meiner Verzweiflung suchte ich schließlich Inspektor Badgworth auf, dessen Gesicht bei meiner Erzählung einen sehr ernsten Ausdruck annahm.

›Sieht ganz so aus, als ob da eine Schurkerei im Gange sei‹, meinte er. ›Es gibt hier in dieser Gegend etliche Burschen, die kein sehr ausgeprägtes Gewissen haben. Kennen Sie Kelvin, den Drei-Anker-Wirt, schon?‹«

Ich erwähnte meine Begegnung mit ihm.

›Wissen Sie, dass er vor vier Jahren wegen tätlichen Angriffs eine Gefängnisstrafe abgesessen hat?‹

›Das überrascht mich gar nicht‹, erwiderte ich.

›Man ist hier allgemein der Ansicht, dass Ihr Freund seine Nase allzu gern in Angelegenheiten steckt, die ihn nichts angehen. Hoffentlich ist ihm nichts Ernsthaftes passiert.‹

Die Suche wurde mit doppelter Kraft fortgesetzt, aber erst am Spätnachmittag wurden unsere Anstrengungen belohnt. Wir fanden Newman in einem tiefen Graben in einem entfernten Winkel seines eigenes Besitztums. Er war an Händen und Füßen gefesselt, und man hatte ihm ein Taschentuch als Knebel in den Mund gestopft, damit er nicht um Hilfe rufen konnte.

Er war äußerst erschöpft und klagte über heftige Schmerzen. Aber nachdem wir seine Handgelenke und Fußknöchel gerieben und ihm zur Stärkung einen ordentlichen Schluck Whisky eingeflößt hatten, war er in der Lage, uns das Vorgefallene zu schildern.

Nachdem sich der Sturm gelegt hatte, war er um elf Uhr aus dem Haus gegangen und eine ganze Weile an den Klippen entlanggewandert bis zu der so genannten Schmugglerbucht, die ihren Namen einer großen Anzahl von Höhlen verdankte. Hier hatte er einige Burschen beobachtet, die etwas aus einem kleinen Boot luden, und war hinuntergestiegen, um zu sehen, was da vor sich ging. Er konnte nicht erkennen, was die Männer transportierten, aber es schien sich um etwas sehr Schweres zu handeln, und es wurde in eine der abgelegensten Höhlen getragen.

Obwohl Newman keinen eigentlichen Verdacht schöpfte, hatte er sich im Stillen doch etwas über dieses Treiben gewundert und war unbemerkt ziemlich dicht an den Ort des Geschehens herangeschlichen. Plötzlich ertönte ein Schreckensruf, und sofort stürzten sich zwei kräftige Seeleute auf ihn, die ihn so lange bearbeiteten, bis er das Bewusstsein verlor. Als er wieder zu sich kam, lag er auf einem Lastwagen, der mit Holterdipolter den Weg hinanfuhr, der von der Küste zum Dorf führte. Zu seiner großen Überraschung bog der Wagen dann in seine eigene Einfahrt ein. Nachdem sich die Männer hier eine Zeit lang im Flüsterton unterhalten hatten, zerrten sie Newman schließlich aus dem Wagen und warfen ihn in einen Graben, der so tief war, dass man ihn nicht so rasch entdecken konnte. Dann fuhr der Wagen weiter und verließ seinen Grund und Boden durch ein anderes Tor, das etwa vierhundert Meter näher am Dorf lag. Er konnte seine Angreifer nicht näher beschreiben, wusste nur, dass es Seeleute waren und, ihrer Sprache nach zu urteilen, aus Cornwall stammten.

Inspektor Badgworth zeigte großes Interesse.

›Sie können sich darauf verlassen, an dieser Stelle haben sie das Diebesgut versteckt!‹, rief er. ›Auf irgendeine Weise haben sie die Barren aus dem Wrack geborgen und in einer einsamen Höhle verstaut. Es ist bekannt, dass wir alle Höhlen in der Schmugglerbucht durchsucht haben und uns jetzt die anderen vornehmen.

Sicher haben sie nun bei Nacht die Barren in eine Höhle geschafft, die wir bereits untersucht haben und demzufolge höchstwahrscheinlich nicht noch einmal betreten werden. Unglücklicherweise haben sie schon achtzehn Stunden Zeit gehabt, um den Kram beiseite zu schaffen, und ich möchte es sehr bezweifeln, ob wir noch etwas vorfinden werden.‹

Der Inspektor eilte von dannen, um seine Nachforschungen wieder aufzunehmen. Er entdeckte Spuren, die ganz deutlich darauf hinwiesen, dass man das Gold an der erwähnten Stelle aufgestapelt hatte. Aber inzwischen war es wieder entfernt worden, und nichts deutete auf das neue Versteck hin.

Einen Anhaltspunkt hatte man allerdings, und der Inspektor selbst machte mich am nächsten Morgen darauf aufmerksam.

›Dieser Weg wird von Motorfahrzeugen wenig benutzt‹, erklärte er, ›und an einigen Stellen haben wir sehr deutliche Reifenspuren gefunden. Der eine Reifen hat eine dreieckige Vertiefung, die eine unverkennbare Spur hinterlässt. Wir fanden sie an beiden Toren, also haben wir zweifellos das richtige Fahrzeug erwischt. Es gibt nicht viele Leute im Dorf, die einen Lastwagen besitzen – höchstens zwei oder drei. Kelvin, der Drei-Anker-Wirt, hat zum Beispiel auch einen.‹

›Was war Kelvin ursprünglich von Beruf?‹, fragte Newman.

›Ein merkwürdiger Zufall, dass Sie gerade diese Frage stellen, Mr. Newman. In seiner Jugend war Kelvin Taucher.

Newman und ich warfen uns einen Blick zu. Die einzelnen Stücke schienen sich ja wunderbar in das Mosaik einzufügen.

›Sie haben wohl nicht erkannt, ob einer der Männer am Strand Kelvin war?‹, fragte der Inspektor.

Newman schüttelte den Kopf.

›Leider kann ich darüber nichts sagen‹, bedauerte er. ›Ich hatte wirklich nicht viel Zeit, mich umzusehen.‹

Der Inspektor gestattete mir freundlicherweise, ihn zu den ›Drei Ankern‹ zu begleiten. Die Garage lag in einer Seitenstraße. Die großen Türen waren geschlossen, aber wir entdeckten eine kleine Seitentür, die offen war, und sahen das Fahrzeug darin. Eine sehr kurze Untersuchung der Reifen genügte dem Inspektor. ›Wahrhaftig, wir haben ihn!‹, rief er aus. ›Hier auf dem linken Hinterrad ist das Dreieck in seiner ganzen Größe. Nun, Mr. Kelvin, trotz all Ihrer Ränke werden Sie sich aus dieser Angelegenheit nicht herausreden können.‹«

Raymond West hielt kurz inne.

»Nun«, meinte Joyce, »ich sehe weiter kein Rätsel darin – es sei denn, man habe das Gold niemals gefunden.«

»Das Gold hat man nie gefunden«, entgegnete Raymond, »und auch Kelvin hat man nicht geschnappt. Er war wohl zu gerissen für sie, aber ich verstehe nicht ganz, wie er es fertig gebracht hat. Auf Grund der Reifenspur wurde er vorschriftsmäßig verhaftet. Jedoch trat ein unvorhergesehenes Hindernis ein. Gerade gegenüber der großen Garagentür befand sich ein Häuschen, das eine Künstlerin für den Sommer gemietet hatte.«

»Oh, diese Künstlerinnen!«, rief Joyce lachend dazwischen.

»Ganz recht. Diese spezielle Künstlerin war einige Wochen krank gewesen und wurde jetzt von zwei Krankenschwestern betreut. Die Nachtschwester hatte an dem bewussten Abend ihren Sessel ans Fenster geschoben. Sie erklärte, dass der Lastwagen die gegenüberliegende Garage nicht hätte verlassen können, ohne von ihr gesehen worden zu sein, und sie sagte unter Eid aus, dass der Wagen in jener Nacht die Garage nicht verlassen habe.«

»Das ist kein Problem«, erklärte Joyce. »Die Kranken-schwester ist natürlich eingeschlafen. Meistens geht das so.«

»Das soll – hm – schon vorgekommen sein«, sagte Mr. Pe-therick diskret. »Aber es will mir scheinen, dass wir Tatsa-chen ohne genaue Prüfung hinnehmen. Bevor wir die Zeu-genaussage der Krankenschwester akzeptierten, sollten wir ihre Glaubwürdigkeit genauestens prüfen. Dieses mit so ver-dächtiger Schnelligkeit gelieferte Alibi ist dazu angetan, Zweifel zu wecken.«

»Die Künstlerin hat aber auch eine Aussage gemacht«, wandte Raymond ein. »Sie erklärte, sie habe Schmerzen ge-habt, die sie fast die ganze Nacht wach gehalten hätten, und sie würde bestimmt das Motorengeräusch des Wagens ge-hört haben, besonders in der Stille, die auf den Sturm folgte.«

»Hm«, meinte der Pfarrer. »Das ist natürlich ein Beweis mehr. Besaß Kelvin selbst ein Alibi?«

»Er behauptet, dass er von zehn Uhr an zu Hause und im Bett gewesen sei, konnte aber keine Zeugen zur Unterstüt-zung dieser Aussage beibringen.«

»Die Sache ist ganz einfach«, erklärte Joyce, »die Kranken-schwester muss eingeschlafen sein. Und die Patientin eben-falls. Kranke Leute bilden sich immer ein, sie hätten die ganze Nacht kein Auge zugetan.«

Raymond West warf einen fragenden Blick auf Dr. Pender, der nachdenklich sagte: »Wissen Sie, dieser Kelvin tut mir ei-gentlich leid. Wer einmal einen schlechten Namen hat, dem wird so allerlei angehängt. Kelvin war im Gefängnis gewe-sen. Abgesehen von der Reifenspur, die allerdings zu bedeut-sam ist, um einen bloßen Zufall darzustellen, spricht außer seiner unglückseligen Vergangenheit nichts gegen ihn.«

»Und was meinen Sie dazu, Sir Henry?«

Sir Henry schüttelte den Kopf.

»Zufällig ist mir dieser Fall bekannt. Also darf ich mich nicht dazu äußern.«

»Und wie steht es mit dir, Tante Jane? Was ist deine Meinung?«

»Die würde dir nicht gefallen, lieber Neffe. Die jungen Leute halten nicht viel von den Ansichten der Älteren, das habe ich schon gemerkt. Es ist besser, man schweigt.«

»Unsinn, Tante Jane. Heraus mit der Sprache!«

»Nun, lieber Raymond«, begann Miss Marple, während sie ihr Strickzeug hinlegte und zu ihrem Neffen hinüberblickte. »Ich bin vor allen Dingen der Ansicht, dass du in der Wahl deiner Freunde vorsichtiger sein solltest. Du bist so leichtgläubig, mein Lieber, und lässt dich so rasch einwickeln. Das liegt wohl daran, dass du ein Schriftsteller bist und so viel Fantasie hast. Diese Geschichte mit der spanischen Galione! Wenn du älter wärst und mehr Lebenserfahrung hättest, würdest du sofort auf der Hut gewesen sein. Noch dazu bei einem Mann, den du erst wenige Wochen kanntest!«

Sir Henry ließ plötzlich ein homerisches Gelächter erschallen und schlug sich kräftig auf das Knie.

»Da haben Sie aber eine aufs Dach gekriegt, Raymond«, rief er. »Miss Marple, Sie sind wundervoll. Ihr Freund Newman, mein Junge, hat noch einen anderen Namen – mehrere sogar. Im Augenblick weilt er nicht in Cornwall, sondern in Devonshire – genauer gesagt, in Dartmoor – als Sträfling im Princetown-Gefängnis. Wir haben ihn nicht bei dem Diebstahl der Goldbarren erwischt, sondern bei der Plünderung der Stahlkammer in einer Londoner Bank. Dann untersuchten wir seine Vergangenheit und fanden eine beträchtliche Portion des gestohlenen Goldes im Garten von Pol House vergraben. Es war eine ganz raffinierte Idee. An der ganzen cornischen Küste schwirrten Geschichten umher von gesunkenen Galionen und Goldschätzen. Daher fiel der Taucher nicht auf, und später wäre aus diesem Grund auch das Gold nicht aufgefallen. Aber man brauchte einen Sündenbock, und für diesen Zweck war Kelvin geradezu ideal. Newman hat seine kleine Komödie sehr gut gespielt, und unser Freund Raymond mit seinem Ruf als Schriftsteller war ein einwandfreier Zeuge.«

»Aber die Reifenspur?«, beharrte Joyce.

»Oh, das ist mir gleich aufgefallen, meine Liebe, obwohl ich von Autos nichts verstehe«, erwiderte Miss Marple. »Ein Rad lässt sich leicht auswechseln – das habe ich schon oft beobachtet –, und sie konnten natürlich ohne weiteres ein Rad von Kelvins Wagen abnehmen, es durch die kleine Tür in die Seitengasse tragen und es an Mr. Newmans Wagen montieren. Dann fuhren sie Mr. Newmans Wagen durch das eine Tor zum Strand, füllten ihn mit Gold und brachten ihn durch das andere Tor zurück. Später haben sie dann das Rad wieder an Mr. Kelvins Wagen montiert, während ein anderer Bursche aus der Gruppe Mr. Newman im Graben fesselte. Sehr unbehaglich für ihn, und wahrscheinlich dauerte es länger, als er erwartet hatte, bis man ihn fand. Vermutlich hat der Mann, der sich als Gärtner bezeichnete, diesen Teil des Komplotts ausgeführt.«

»Warum gebrauchst du den Ausdruck ›der sich als Gärtner bezeichnete‹, Tante Jane?« fragte Raymond neugierig.

»Nun, er kann doch kein richtiger Gärtner gewesen sein«, entgegnete Miss Marple. »Kein Gärtner arbeitet am Pfingstmontag. Das weiß doch jeder.«

Lächelnd faltete sie ihr Strickzeug zusammen.

»Diese geringfügige Tatsache hat mich eigentlich erst auf die richtige Fährte gebracht.« Sie blickte zu Raymond hinüber und fuhr fort:

»Wenn du erst einmal ein Haus und einen Garten hast, lieber Raymond, wirst du über solche Kleinigkeiten auch Bescheid wissen.«

Der rote Badeanzug

»Es ist merkwürdig«, sagte Joyce Lemprière, »aber ich mag Ihnen meine Geschichte eigentlich gar nicht erzählen. Obwohl sie schon vor längerer Zeit passiert ist – es sind genau fünf Jahre her –, ist sie mir nie aus dem Sinn gekommen. Das freundlich lächelnde Äußere – und die dahinter versteckte Scheußlichkeit. Und seltsamerweise ist das Bild, das ich zur Zeit malte, von derselben Atmosphäre durchdrungen. Auf den ersten Blick ist es nur die flüchtige Skizze einer kleinen, steilen, sonnenbeschienenen Straße in Cornwall. Sieht man jedoch länger hin, dann kriecht etwas Unheimliches hinein. Ich habe das Bild nie verkauft, aber ich sehe es mir auch nie mehr an. Es steht in einer Ecke meines Ateliers mit dem Gesicht zur Wand.

Der Name des Ortes war Rathole. Das ist ein seltsames kleines Fischerdorf, sehr malerisch – vielleicht zu malerisch. Es hat etwas zu betont Altfränkisches an sich. Es gibt dort Läden, wo bubiköpfige Mädchen in Kittelschürzen Sinnsprüche auf Pergament malen. Das Dorf ist hübsch und altväterisch – ohne Frage –, aber sehr gewollt altväterisch.«

»Das kennen wir«, stöhnte Raymond West. »Es ist der Fluch der Omnibusse. Wie eng die Straßen auch sein mögen, die hinführen, kein malerisches Dorf ist vor ihnen sicher.«

Joyce nickte.

»Die Wege, die nach Rathole hinunterführen, sind auch sehr eng und so steil wie ein Hausdach. Doch zurück zu meiner Geschichte. Ich war für zwei Wochen nach Cornwall gefahren, um zu malen. In Rathole gibt es ein altes Gasthaus, das ›Polharwith-Wappen‹. Es soll das einzige Haus sein, das noch stand, nachdem die Spanier den Ort im Jahre fünfzehnhundertsoundso bombardiert hatten.«

»Nicht bombardiert«, verbesserte Raymond West stirnrunzelnd. »Bemühe dich doch, historisch genau zu sein, Joyce.«

»Na, sie hatten jedenfalls Kanonen aufgestellt und geschossen, und die Häuser stürzten zusammen. Das ist aber nebensächlich. Der Gasthof war ein wunderbares altes Haus mit einer auf vier Säulen ruhenden Veranda. Ich fand eine sehr gute Stelle, von der aus ich das Haus malen konnte, und hatte gerade begonnen, als ein Auto auf gewundenem Pfad den Hügel herabkroch. Natürlich blieb es ausgerechnet vor dem Gasthof stehen – an der Stelle, wo es mich am meisten störte. Die Leute stiegen aus – ein Mann und eine Frau –, ich schenkte ihnen keine besondere Aufmerksamkeit. Sie trug ein malvenfarbenes Leinenkleid und einen dazu passenden Hut.

Bald darauf kam der Mann wieder heraus und fuhr zu meiner großen Erleichterung seinen Wagen zum Kai hinunter, wo er ihn stehen ließ. Er schlenderte dann an mir vorbei auf den Gasthof zu. In diesem Augenblick kam schon wieder so ein dummes Auto den Hügel herab. Die Frau am Steuer trug das leuchtendste Kattunkleid, das ich je gesehen habe – mit scharlachroten Blumen –, und dazu einen riesengroßen grellroten Strohhut.

Diese Frau hielt nicht vor dem Gasthof, sondern fuhr weiter die Straße hinunter in die Nähe des anderen Autos. Erst als sie ausstieg, wurde der Mann sie gewahr, und er rief ganz erstaunt: ›Carol, du hier? Das ist ja wundervoll. Ich habe dich eine Ewigkeit nicht gesehen, und ausgerechnet in diesem abgelegenen Nest müssen wir uns treffen. Da kommt Margery – meine Frau. Ich muss euch miteinander bekannt machen.‹

Sie gingen nebeneinander die Straße zum Gasthof hinauf, und ich sah, dass die andere Frau gerade aus der Tür getreten war und sich auf die beiden zubewegte. Von der Frau mit dem Namen Carol erhaschte ich einen flüchtigen Blick, als sie an mir vorbeikam. Ich sah ein sehr weiß gepudertes Kinn und einen flammend rot geschminkten Mund, und es ging mir durch den Sinn, ob Margery von dieser Bekanntschaft wohl sehr begeistert sein würde. Ich hatte Margery allerdings nicht aus der Nähe gesehen, von weitem wirkte sie ein wenig altmodisch.

Nun, es war natürlich nicht meine Angelegenheit, aber manchmal bekommt man merkwürdige kleine Einblicke ins Leben anderer, und man denkt unwillkürlich darüber nach. Einige Brocken ihrer Unterhaltung drangen an mein Ohr. Sie sprachen vom Baden. Der Ehemann, dessen Name Denis zu sein schien, wollte ein Boot nehmen und an der Küste entlangfahren, um ihnen eine sehenswerte Höhle in der Nähe zu zeigen. Carol stimmte zuerst zu, schlug aber dann einen Spaziergang über die Klippen vor, da sie Boote nicht ausstehen könne. Schließlich einigte man sich dahin, dass Carol den Klippenweg benutzen sollte, um das Ehepaar später bei der Höhle zu treffen, zu der Denis und Margery rudern wollten.

Da sie vom Baden gesprochen hatten, überkam auch mich das Verlangen zu schwimmen. Es war ein sehr heißer Morgen und meine Arbeit ging sowieso nicht gut voran. Auch bildete ich mir ein, dass die Nachmittagssonne eine ausdrucksstärkere Wirkung auf meinem Bild hervorbringen würde. Also packte ich meine Sachen zusammen und ging zu einem kleinen Strandplatz, den ich vorher schon entdeckt hatte – er lag gerade in entgegengesetzter Richtung zu der Höhle. Nach einem herrlichen Bad verzehrte ich meinen Lunch – Zunge aus der Dose und zwei Tomaten – und kehrte nachmittags zuversichtlich und voller Tatendrang zu meiner Arbeit zurück.

Ganz Rathole schien zu schlafen. Mit der Wirkung der Nachmittagssonne hatte ich Recht gehabt, die Schatten waren weit ausdrucksvoller. Ich nahm an, dass die Badegesellschaft wohlbehalten heimgekehrt war; denn zwei Badeanzüge – ein scharlachroter und ein dunkelblauer – hingen über dem Balkongeländer, um in der Sonne zu trocknen.

Ich hatte eine Ecke in meinem Bild ein wenig verpfuscht und war eine ganze Weile eifrig damit beschäftigt, die Sache in Ordnung zu bringen. Als ich wieder aufblickte, lehnte an einer der Säulen des Gasthofes eine Gestalt, die plötzlich aus dem Nichts hervorgezaubert zu sein schien. Der Mann trug Seemannskleidung und war demzufolge ein Fischer. Er hatte einen langen, dunklen Bart, und wenn ich nach einem Modell für einen typisch spanischen Piraten gesucht hätte, so wäre es kaum möglich gewesen, ein besseres zu finden. In fieberhafter Eile machte ich mich sogleich daran, ihn auf meinem Bild festzuhalten, aus Angst, dass er sich entfernen könnte. Obwohl seine ganze Haltung mehr darauf hindeutete, dass er bereit war, die Säule bis in alle Ewigkeit zu stützen.

Er bewegte sich dann aber doch, glücklicherweise nicht, bevor ich ihn skizziert hatte. Er kam auf mich zu und begann zu sprechen. Meine Güte, und wie dieser Mann reden konnte!

Rathole, erklärte er, sei ein interessantes Fleckchen Erde. Meine Beteuerung, dass ich das bereits wisse, rettete mich jedoch nicht vor seinem folgenden Wortschwall. Er tischte mir noch einmal die ganze Geschichte der Zerstörung des Dorfes auf und schilderte mir temperamentvoll und in allen Einzelheiten, wie der Wirt des ›Polharwith-Wappens‹ als letzter daran glauben musste und auf seiner eigenen Schwelle vom Schwert eines spanischen Kapitäns getötet wurde, wie das Blut auf das Pflaster spritzte und hundert Jahre lang nicht abgewaschen werden konnte.

Es passte alles zu der lässigen, schläfrigen Stimmung des

Nachmittags. Die Stimme des Mannes war sanft und monoton, hatte aber gleichzeitig einen unheimlichen Unterton. Obwohl er ein unterwürfiges Wesen zur Schau trug, wirkte er auf mich eher wie ein eiskalter, um nicht zu sagen grausamer Zeitgenosse. Ich verstand plötzlich die Inquisition und all die anderen Gräueltaten der Sapnier viel besser als je zuvor.

Während der ganzen Zeit, die er auf mich einredete, hatte ich weitergemalt, und plötzlich merkte ich, dass ich in der durch seine Erzählung verursachten Erregung etwas in mein Bild hineinmalte, das gar nicht vorhanden war. Auf das weiße, sonnenbeschienene Pflaster vor der Tür des Gasthofs hatte ich Blutflecke gemalt. Es schien mir merkwürdig, dass die Fantasie mit meiner Hand einen solchen Schabernack spielen konnte. Doch als ich wieder zum Gasthof hinüberschaute, erlitt ich den nächsten Schock. Meine Hand hatte doch nur gemalt, was meine Augen sahen – Blutstropfen auf dem weißen Pflaster.

Wie gebannt starrte ich eine Weile darauf. Dann schloss ich die Augen einen kurzen Moment und sagte mir: Sei nicht töricht. In Wirklichkeit ist gar nichts da. – Dann schaute ich wieder hin, aber die Blutflecken waren immer noch auf dem Pflaster.

Plötzlich konnte ich es nicht mehr aushalten. Ich unterbrach den Redefluss des Fischers.

›Sagen Sie bitte, ich sehe heute nicht besonders gut. Sind das etwa Blutflecke dort auf dem Pflaster?‹

Er sah mich nachsichtig und freundlich an.

›Keine Blutflecke in der heutigen Zeit, meine Dame. Was ich Ihnen erzählt habe, passierte vor ungefähr fünfhundert Jahren.‹

›Ja‹, sagte ich, ›aber sehen Sie doch mal hin – da auf dem Pflaster –‹ Die Worte erstarben mir fast auf den Lippen. Ich wusste, dass er nicht das sehen würde, was ich sah. Ich erhob mich und packte mit zitternden Händen meine Siebensachen zusammen. Währenddessen kam der junge Ehemann aus der Tür des Gasthofes und blickte ziemlich bestürzt die Straße hinauf und hinunter. Oben auf dem Balkon erschien seine Frau und holte die Badesachen herein. Er ging inzwischen auf seinen Wagen zu, drehte sich aber plötzlich um und überquerte die Straße, um den Fischer anzusprechen.

›Sagen Sie, guter Mann, wissen Sie zufällig, ob die Dame, die in dem zweiten Wagen heute Morgen hier ankam, schon wieder abgefahren ist?‹

›Die Dame in dem groß geblümten Kleid? Nein, Sir, ich habe sie nicht gesehen. Heute Morgen ist sie jedenfalls auf dem Klippenweg zur Höhle gegangen.‹

›Ich weiß, ich weiß, wir alle haben uns dort getroffen und zusammen gebadet, und sie hat uns dann verlassen, um ins Dorf zurückzukehren. Aber ich habe sie seitdem noch nicht wieder gesehen. Sie kann unmöglich so lange unterwegs sein. Die Klippen in dieser Gegend sind doch nicht etwa gefährlich?‹

›Das richtet sich ganz danach, welchen Weg Sie gehen. Am besten ist immer, wenn man einen Ortskundigen mitnimmt.‹

Offenbar meinte er sich selbst damit und begann, weit ausholend, mit neuen Erklärungen, aber der junge Mann schnitt ihm kurzerhand das Wort ab und rante zum Gasthof zurück, wo er seiner Frau, die noch auf dem Balkon stand, zurief:

›Margery, merkwürdigerweise ist Carol noch nicht wieder zurück.‹

Margerys Antwort konnte ich nicht verstehen, aber ihr Mann fuhr fort: ›Wir können jetzt nicht länger warten, weil wir möglichst bald in Penrithar sein müssen. Bist du fertig? Ich will eben den Wagen holen.‹

Das tat er, und bald darauf fuhren die beiden los. Inzwischen hatte ich genügend Mut gefasst, um mir selbst zu beweisen, wie lächerlich meine Fantasiegebilde waren. Sobald der Wagen verschwunden war, ging ich zum Gasthof hinüber und untersuchte das Pflaster genau. Es gab natürlich keine Blutflecke. Sie waren mir von meiner verzerrten Fantasie vorgegaukelt worden. Aber irgendwie erschien die Sache dadurch nur unverständlicher. Während ich grübelnd dastand, hörte ich wieder die Stimme des Fischers.

Er warf mir einen merkwürdigen Blick zu.

›Sie haben also geglaubt, hier Blutflecke zu sehen, meine Dame?‹

Ich nickte.

›Das ist seltsam, wirklich sehr seltsam. Hier herrscht nämlich noch ein alter Aberglaube. Wenn jemand diese Blutflecke sieht –‹

Er hielt inne.

›Nun, was ist dann?‹, fragte ich.

Er fuhr mit seiner weichen Stimme, die völlig frei von cornischen Dialektausdrücken war, fort:

›Man sagt hierzulande: Wenn jemand diese Blutflecke sieht, dann wird innerhalb von vierundzwanzig Stunden ein Todesfall eintreten.‹

Schaurig! Es rieselte mir kalt den Rücken hinab.

Mit sanftem Ton fuhr er fort: ›Es gibt da eine sehr interessante Tafel in der Kirche, meine Dame, über einen Toten –‹

›Nein, danke‹, wehrte ich energisch ab, drehte mich rasch um und ging die Straße hinauf zu dem kleinen Häuschen, in dem ich wohnte. Gerade als ich dort ankam, sah ich in der Ferne die Frau, die Carol hieß, auf dem Klippenpfad dahineilen. Gegen den Hintergrund der grauen Felsen wirkte sie wie eine giftige Scharlachblume. Ihr Hut sah aus, als sei er in Blut getaucht . . .

Ich schüttelte mich. Wirklich, Blut war bei mir schon zur fixen Idee geworden.

Später hörte ich das Geräusch ihres Wagens, und ich fragte mich im Stillen, ob sie wohl auch nach Penrithar wollte. Aber sie fuhr in die entgegengesetzte Richtung. Ich beobachtete, wie der Wagen den Hügel hinaufkroch und verschwand, und dann atmete ich erleichtert auf. Rathole schien wieder zu seiner ursprünglichen Ruhe und Verschlafenheit zurückgekehrt zu sein.«

»Wenn das alles ist«, meinte Raymond West, als Joyce eine Pause machte, »will ich sofort mein Urteil abgeben: Verdauungsstörungen, nach den Mahlzeiten Flecke vor den Augen.«

»Das ist aber nicht alles«, entgegnete Joyce. »Sie müssen sich unbedingt den Schluss anhören. Ich habe davon zwei Tage später in der Zeitung gelesen unter der Überschrift ›Unglücksfall beim Baden im Meer‹. Es wurde berichtet, wie Mrs. Dacre, die Frau von Captain Denis Dacre, unglücklicherweise in der Landeer-Bucht ertrunken war. Sie und ihr Mann wohnten zu der Zeit dort im Hotel und hatten erklärt, sie wollten schwimmen gehen. Weil ein kalter Wind blies, verspürte Captain Dacre plötzlich keine Lust mehr, sich in die Fluten zu stürzen. Also ging er mit einigen anderen Hotelgästen zum nahe gelegenen Golfplatz. Mrs. Dacre dagegen behauptete, für sie sei es nicht zu kalt, und begab sich allein hinunter zur Bucht. Nachdem sie überhaupt nicht wiederkam, wurde ihr Mann unruhig und ging mit einigen anderen Hotelgästen zum Strand. Dort fanden sie die Kleider seiner Frau auf einem Felsblock, aber von der unglückseligen Schwimmerin war keine Spur zu sehen. Ihre Leiche wurde erst nach fast einer Woche etwas weiter unten an der Küste angeschwemmt. Man stellte fest, dass sie vor dem Tod einen heftigen Schlag auf den Kopf bekommen hatte. Man nahm an, dass sie beim Sprung ins Wasser mit dem Kopf auf einem Felsen aufgeschlagen war. Nach meiner Berechnung ist ihr Tod genau vierundzwanzig Stunden, nachdem ich die Blutflecke gesehen hatte, eingetraten.«

»Ich protestiere«, erklärte Sir Henry. »Das ist kein Problem, sondern eine Geistergeschichte. Miss Lemprière ist anscheinend ein Medium.«

Mr. Petherick räusperte sich wie gewöhnlich.

»Ein Punkt fällt mir besonders auf«, meinte er, »und das ist dieser Schlag auf den Kopf. Wir dürfen, glaube ich, nicht die Möglichkeit eines Verbrechens ausschließen. Aber es fehlen die nötigen Anhaltspunkte. Miss Lemprières Halluzination oder Vision ist gewiss sehr interessant, aber mir ist nicht ganz klar, worauf sie hinauswill.«

»Verdauungsstörungen und Zufall«, entschied Raymond. »Außerdem weiß man nicht genau, ob es sich um dieselben Leute handelt, ganz abgesehen davon, dass der Fluch, oder wie man's nennen will, sich nur auf die eigentlichen Einwohner von Rathole beziehen würde.«

»Ich habe das Gefühl«, sagte Sir Henry, »dass dieser Fischer eine Rolle dabei spielt. Aber ich muss Mr. Petherick zustimmen. Miss Lemprière hat uns tatsächlich wenig Anhaltspunkte gegeben.«

Joyce wandte sich an Dr. Pender, der lächelnd den Kopf schüttelte.

»Es ist eine höchst interessante Geschichte«, gab er zu, »aber ich fürchte, ich bin derselben Ansicht wie Sir Henry und Mr. Petherick. Zu wenig Tatsachen.«

Joyce sah neugierig zu Miss Marple hinüber, die ihren Blick lächelnd erwiderte.

»Ich bin auch der Ansicht, dass Sie nicht ganz fair sind, liebe Joyce«, sagte sie. »Natürlich ist es für mich nicht so schwierig. Ich meine, wir Frauen verstehen uns auf Kleider. Aber ich glaube, es ist nicht fair, einen Mann vor dieses Problem zu stellen. Das Umziehen muss sehr rasch vor sich gegangen sein. Was für eine böse Frau! Und ein noch schlimmerer Mann!«

Joyce starrte sie an.

»Tante Jane«, rief sie. »Ich meine natürlich, Miss Marple. Mir kommt es tatsächlich so vor, als hätten Sie die Wahrheit erfasst.«

»Nun, liebes Kind«, erwiderte Miss Marple, »es ist viel leichter für mich, die ich hier so ruhig sitze, als für Sie. Als Künstlerin lassen Sie sich doch so leicht von der ganzen Atmosphäre beeinflussen. Wenn man hier so mit seinem Strickzeug sitzt, sieht man nur die nüchternen Tatsachen. Blut, das aus dem Badeanzug auf das Pflaster tropfte, und da es ein roter Badeanzug war, haben die Täter natürlich nicht bemerkt, dass er blutbefleckt war. Armes Ding! Das arme junge Ding!«

»Entschuldigen Sie, Miss Marple«, sagte Sir Henry, »aber ich tappe immer noch gänzlich im Dunkeln. Sie und Miss Lemprière scheinen orientiert zu sein. Doch uns armen Männern ist noch kein Licht aufgegangen.«

»Dann will ich Ihnen lieber jetzt das Ende der Geschichte erzählen«, meinte Joyce. »Ein Jahr später war ich in einem kleinen Seebadeort an der Ostküste. Ich skizzierte wieder und hatte auf einmal das Gefühl – wie das manchmal so vorkommt –, dass ich eine ähnliche Situation früher schon einmal erlebt hatte. Vor mir auf dem Bürgersteig standen zwei Leute, ein Mann und eine Frau, und begrüßten gerade eine dritte Person, eine Frau in einem scharlachrot geblümten Kattunkleid. ›Carol, du hier? Das ist wundervoll! Ich habe dich eine Ewigkeit nicht gesehen. Darf ich dich mit meiner Frau bekannt machen? Joan, dies ist eine alte Freundin von mir, Miss Harding.‹

Ich erkannte den Mann sofort. Es war derselbe Denis, den ich in Rathole gesehen hatte. Die Frau war eine andere – das heißt, sie war jetzt eine Joan und keine Margery, aber im übrigen der gleiche Typ: jung, etwas altmodisch und sehr unauffällig. Einen Augenblick lang dachte ich, dass das alles gar nicht wahr sein konnte. Man begann, vom Schwimmen zu reden. Wissen Sie, was ich da tat? Ich marschierte schnurstracks zur Polizeiwache. Ich nahm an, dass sie mich dort wahrscheinlich für verrückt halten würden, aber das war mir ganz gleich. Wie sich herausstellte, waren meine Befürchtungen in dieser Richtung grundlos. Es war nämlich ein Mann von Scotland Yard da, der gerade in dieser Angelegenheit hergekommen war. Anscheinend hatte die Polizei – oh, das Ganze ist so schrecklich, wenn man darüber nachdenkt – gegen Denis Dacre Verdacht geschöpft. Das war allerdings nicht sein richtiger Name – er legte sich immer wieder einen anderen zu. Sein Trick war, dass er sich an ruhige, unauffällige Mädchen heranmachte, die kaum Verwandte oder Freunde hatten. Bald heiratete er sie und kauft sie hoch in einer Lebensversicherung ein, und dann – es ist furchtbar! Carol war seine richtige Frau, und sie arbeiteten immer nach dem gleichen Plan. Dadurch ist man ihnen eigentlich auf die Spur gekommen. Die Versicherungsgesellschaften schöpften Verdacht. Er pflegte mit seiner neuen Frau jeweils einen ruhigen Seebadeort aufzusuchen. Dann erschien die andere Frau, und alle miteinander gingen schwimmen. Bei dieser Gelegenheit wurde die Frau ermordet, Carol zog die Kleider der Ermordeten an und fuhr im Boot mit ihm zurück. Nachdem sie Nachforschungen nach der so genannten Carol angestellt hatten, verließen sie den Ort, und sobald sie das Dorf hinter sich hatten, zog sich Carol in aller Hast ihr flammendrotes Kleid wieder an und schminkte sich in grellen Farben. Darauf kehrte sie in das Dorf zurück und fuhr in ihrem eigenen Wagen davon. Sie hatten natürlich ausfindig gemacht, in welcher Richtung die Strömung floß, und suchten sich einen entsprechenden Badeplatz an der Küste aus, wo dann der vermeintliche Tod stattfand. Carol spielte die Rolle der Frau: Sie ging zu einem einsamen Strand, legte die Kleider der Frau auf einen Felsen und verschwand in ihrem geblümten Kattunkleid. Später wartete sie seelenruhig an irgendeinem Ort, bis ihr Mann sich mit ihr treffen konnte.

Als sie die arme Margery töteten, muss wohl ziemlich viel Blut auf Carols Badeanzug gespritzt sein, und da er rot war, haben die beiden es nicht gemerkt, wie Miss Marple schon andeutete. Aber als sie ihn zum Trocknen über das Balkongeländer gehängt hatten, musste anstatt Wasser natürlich Blut aus ihm heraustropfen.« Joyce schauderte. »Ich sehe es noch vor mir.«

»Aber natürlich!«, rief Sir Henry. »Ich erinnere mich jetzt sehr gut an den Fall. Der Mann hieß in Wirklichkeit Davis. Es war mir ganz entfallen, dass Dacre einer seiner vielen angenommenen Namen war. Die beiden waren ein unbeschreiblich gerissenes Paar. Ich war damals so erstaunt darüber, dass niemand hinter diesen Personenwechsel kam. Aber wie Miss Marple schon sagte, stechen Kleider wohl mehr ins Auge als Gesichter. Der Plan war sehr gut ausgeheckt. Obwohl wir Verdacht gegen Davis hegten, war es nicht leicht, ihn zu überführen; denn er schien immer ein unanfechtbares Alibi zu haben.«

»Tante Jane«, sagte Raymond, während er ihr einen bewundernden Blick zuwarf, »wie bringst du es nur immer fertig? Du hast ein so friedliches Leben geführt, und doch scheint dich nichts zu überraschen.«

»So viele Dinge ähneln sich auf dieser Welt«, erwiderte Miss Marple. »Da war zum Beispiel Mrs. Green. Sie trug fünf Kinder zu Grabe – und alle waren versichert. Da schöpfte man natürlich Verdacht.«

Sie schüttelte den Kopf.

»Auch in einem Dorf gibt es viel Niedertracht und Abscheuliches. Ich hoffe, dass ihr lieben jungen Leute niemals zu spüren bekommt, wie schlecht die Welt in Wirklichkeit ist.«

Die überlistete Spiritistin

Mr. Petherick räusperte sich noch etwas nachdrücklicher als gewöhnlich.

»Ich fürchte«, entschuldigte er sich, »mein kleines Problem wird Ihnen allen recht harmlos erscheinen, nach den sensationellen Geschichten, die wir bisher gehört haben. In meiner Erzählung findet kein Blutvergießen statt, aber es geht meiner Ansicht nach um ein interessantes Problem, und glücklicherweise bin ich in der Lage, Ihnen die richtige Lösung geben zu können.«

»Und keine juristischen Spitzfindigkeiten, wenn ich bitten darf«, warnte Miss Marple und drohte mit einer Stricknadel.

»Ganz gewiss nicht«, versicherte Mr. Petherick ihr.

»Na, davon bin ich nicht überzeugt, aber fangen Sie nur an.«

»Meine Geschichte betrifft einen meiner früheren Klienten, den ich Mr. Clode – Simon Clode – nennen will. Er war ein sehr wohlhabender Mann und wohnte in einem großen Haus nicht weit von hier. Sein einziger Sohn war im Krieg gefallen, und dieser Sohn hinterließ ein Kind, ein kleines Mädchen. Die Mutter war bei der Geburt gestorben, und als der Vater fiel, kam die Kleine zu ihrem Großvater, der ihr vom ersten Augenblick an geradezu leidenschaftlich zugetan war. Die kleine Chris konnte ihren Großvater um den Finger wickeln. Niemals bin ich einem Mann begegnet, der so vollständig in einem Kind aufging wie er, und ich kann Ihnen seinen Kummer und seine Verzweiflung nicht beschreiben, als das Kind im Alter von elf Jahren eine Lungenentzündung bekam und starb.

Der arme Simon Clode war untröstlich. Ein Bruder von ihm war vor kurzem in ärmlichen Verhältnissen gestorben, und Simon Clode hatte den Kindern dieses Bruders großzügig ein Heim geboten – es waren zwei Mädchen, Grace und Mary, und ein Junge, George.

Obwohl der alte Mann seinem Neffen und seinen Nichten gegenüber stets freundlich und großmütig war, schenkte er ihnen niemals die Liebe, die er seiner kleinen Enkelin hatte zuteil werden lassen. George Clode fand Anstellung in einem nahen Bankhaus, und Grace heiratete einen klugen jungen Forschungschemiker namens Philip Garrod. Mary, ein stilles, verschlossenes Mädchen, lebte zu Hause und sorgte für ihren Onkel. In ihrer ruhigen, zurückhaltenden Art mochte sie ihn wohl sehr gern, und so lebten sie friedlich zusammen. Ich möchte noch erwähnen, dass Simon Clode nach dem Tod der kleinen Chris zu mir kam und mich beauftragte, ein neues Testament aufzusetzen. In diesem Testament hinterließ er ein beträchtliches Vermögen seinem Neffen und seinen Nichten zu gleichen Teilen.

Die Zeit verging, und als ich eines Tages zufällig George Clode traf, erkundigte ich mich nach seinem Onkel, den ich schon lange nicht mehr gesehen hatte. Zu meiner Überraschung flog ein Schatten über Georges Gesicht. ›Ich wollte, Sie könnten Onkel Simon etwas Vernunft beibringen‹, sagte er kläglich. Sein ehrliches, aber nicht sehr verständiges Gesicht hatte einen verwirrten und bekümmerten Ausdruck. ›Dieser spiritistische Kram wird immer schlimmer.‹

›Was für ein spiritistischer Kram?‹, fragte ich, im höchsten Grade überrascht.

Daraufhin erzählte mir George die ganze Geschichte. Wie Mr. Clode sich allmählich für den Spiritismus interessierte und wie er dann zufällig ein amerikanisches Medium getroffen hatte, eine gewisse Mrs. Eurydice Spragg. Diese Frau, die George ohne Bedenken als eine abgefeimte Schwindlerin bezeichnete, hatte ungeheuren Einfluss auf Simon Clode gewonnen. Sie war praktisch immer im Hause, und es wurden viele Séancen abgehalten, in denen Chris' Geist dem zärtlichen Großvater erschien.

An dieser Stelle möchte ich erwähnen, dass ich nicht zu den Menschen gehöre, die den Spiritismus verhöhnen oder lächerlich machen. Wie ich schon sagte, halte ich mich an Tatsachen. Und wenn wir unvoreingenommen an die Sache herangehen, so bleibt meiner Ansicht nach beim Spiritismus eine ganze Menge übrig, das sich nicht einfach beiseite schieben oder gar auf Betrug zurückführen lässt.

Andererseits eignet sich der Spiritismus vorzüglich für Schwindel und Betrügereien, und nach allem, was mir der junge George Clode über diese Mrs. Eurydice Spragg erzählte, gelangte ich immer mehr zu der Überzeugung, dass Simon Clode sich in schlechten Händen befand und dass Mrs. Spragg wahrscheinlich eine Betrügerin schlimmster Sorte war. So scharfsinnig der alte Mann in praktischen Dingen auch sein mochte, sobald es sich um sein totes Enkelkind handelte, würde er sich sehr leicht hinters Licht führen lassen.

Je länger ich darüber nachdachte, desto unruhiger wurde ich. Ich mochte die jungen Clodes, Mary und George, sehr gern, und ich war mir klar darüber, dass der Einfluss, den diese Mrs. Spragg auf ihren Onkel ausübte, in Zukunft zu Scherereien führen würde.

Sobald es meine Zeit erlaubte, stattete ich unter irgendeinem Vorwand Simon Clode einen Besuch ab und fand Mrs. Spragg als Gast im Haus etabliert vor. Kaum dass ich sie sah, schienen meine schlimmsten Befürchtungen bestätigt. Sie war eine korpulente Frau in mittleren Jahren, die sich auffallend kleidete. Sie überbot sich fast mit heuchlerischen Phrasen über ›unsere Lieben, die hinübergegangen sind‹.

Ihr Mannn, Mr. Absalom Spragg, war ebenfalls im Haus. Ein dünner, schmächtiger Mann mit einem melancholischen Gesichtsausdruck, dessen Augen ungewöhnlich verschlagen wirkten. Sobald es sich einrichten ließ, sprach ich mit Simon Clode unter vier Augen, und ich versuchte, ihn taktvoll auszuhorchen. Er war voller Begeisterung. Eurydice Spragg erschien ihm einfach wundervoll! Er glaubte, sie sei ihm geradezu durch eine göttliche Fügung gesandt worden! Aus Geld mache sie sich nichts, es sei ihr eine Freude, einem bedrängten Herzen zu helfen. Sie besaß ein richtig mütterliches Verständnis für die kleine Chris. Simon Clode betrachtete Mrs. Spragg allmählich fast wie eine Tochter. Dann erzählte er mir Einzelheiten – er habe die Stimme seiner lieben Chris gehört, und sie habe ihm erzählt, dass sie mit Vater und Mutter vereint und glücklich und zufrieden sei. Er erwähnte noch andere Empfindungen, denen das Kind Ausdruck verliehen habe, die mir aber auf Grund meiner Erinnerung an die kleine Christobel höchst unwahrscheinlich vorkamen. Das Kind habe besonders betont, dass Vater und Mutter die liebe Mrs. Spragg sehr ins Herz geschlossen hätten.

›Sie, Mr. Petherick‹, unterbrach er sich, ›gehören natürlich zu den Spöttern.‹

›Nein, ich bin kein Spötter. Weit davon entfernt. Das Zeugnis einiger Männer, die über dieses Thema geschrieben haben, würde ich ohne weiteres respektieren und jedem von ihnen empfohlenen Medium Achtung und Vertrauen schenken. Ich nehme an, dass diese Mrs. Spragg gute Referenzen hat.‹

Simon geriet fast in Ekstase über Mrs. Spragg. Der Himmel selbst hatte sie ihm gesandt. Er hatte sie in einem Kurort getroffen, wo er im Sommer zwei Monate gewesen war. Eine zufällige Begegnung, aber was für ein wunderbares Resultat!

Ich verließ Simon Clode sehr beunruhigt. Meine schlimmsten Befürchtungen fanden sich bestätigt, aber es war mir nicht klar, was ich dagegen hätte tun können. Nach reiflicher Überlegung schrieb ich an Philip Garrod, der, wie ich schon erwähnte, die ältere Schwester, Grace, geheiratet hatte. Ich legte ihm den Fall dar, wobei ich mich natürlich äußerst vorsichtig ausdrückte, und wies darauf hin, wie gefährlich der Einfluss einer solchen Frau auf den alten Mann werden könne. Ich schlug vor, Mr. Clode nach Möglichkeit mit angesehenen spiritistischen Kreisen in Verbindung zu bringen. Das, dachte ich, würde wohl keine allzu schwierige Aufgabe für Philip Garrod sein.

Garrod handelte prompt. Im Gegensatz zu mir wusste er nämlich, dass es um Simon Clodes Gesundheit nicht besonders gut bestellt war, und er hatte als praktischer Mann nicht die geringste Absicht, seine Frau und deren Geschwister um ihr rechtmäßiges Erbe betrügen zu lassen. In der folgenden Woche schon besucht er Simon Clode und brachte als Gast niemand anderen als den berühmten Professor Longman mit. Longman war ein erstklassiger Wissenschaftler, ein Mann, dessen Einstellung zum Spiritismus die Menschen zwang, die Lehre vom Übersinnlichen mit Respekt zu behandeln. Und er war nicht nur ein glänzender Wissenschaftlicher, sondern auch ein Mann von äußerster Rechtschaffenheit.

Doch das Ergebnis dieses Besuches war nicht gerade überwältigend. Es wurden zwei Séancen abgehalten, aber Longman hatte sich nicht dazu geäußert, solange er als Gast im Haus weilte. Erst nach seiner Abreise schrieb er an Philip Garrod. In diesem Brief erklärte er, dass es ihm nicht gelungen sei, Mrs. Spragg bei einem Betrug zu ertappen, dass er persönlich jedoch die Echtheit der Phänomene anzweifle. Es stehe Mr. Garrod frei, seinem Onkel diesen Brief zu zeigen, wenn er es für richtig halte, und er schlage vor, dass er, Longman, Mr. Clode ein völlig unvoreingenommenes Medium beschaffe.

Philip Garrod zeigte diesen Brief unverzüglich seinem Onkel, der jedoch ganz anders darauf reagierte, als er angenommen hatte. Der alte Mann bekam einen fürchterlichen Wutanfall. Und es war natürlich nur eine Verschwörung, um Mrs. Spragg, diese verleumdete und verunglimpfte Heilige, noch mehr in Misskredit zu bringen! Sie hatte ihm bereits erzählt, wie eifersüchtig man in diesem Land auf sie sei. Er wies darauf hin, dass Longman habe zugeben müssen, keinen Schwindel entdeckt zu haben. Eurydice Spragg war in der dunkelsten Stunde seines Lebens zu ihm gekommen, hatte ihm Hilfe und Trost gewährt, und er war bereit, für das Gute ihrer Sache zu kämpfen, selbst wenn er damit einen Streit mit jedem einzelnen Mitglied seiner Familie heraufbeschwören würde. Sie bedeutete ihm inzwischen mehr als jeder andere Mensch auf der Welt.

Philip Garrod wurde kurz und bündig des Hauses verwiesen. Aber als Folge dieses Zornesausbruchs verschlimmerte sich Clodes Gesundheitszustand beträchtlich. Im vorhergehenden Monat hatte er fast dauernd liegen müssen, und nun sah es so aus, als würde er ans Bett gefesselt bleiben, bis ihn der Tod erlöste.

Zwei Tage nach Philips Abreise erhielt ich eine dringende Aufforderung von Clode, ihn zu besuchen, und ich ging eilends hin. Clode lag im Bett, und jeder Laie konnte sehen, dass er ein schwer kranker Mann war. Er rang nach Atem.

›Mit mir geht es zu Ende‹, keuchte er. ›Ich fühle es. Keine Widerrede, Petherick. Aber ehe ich sterbe, will ich meine Pflicht tun dem einzigen Menschen gegenüber, der mehr für mich getan hat als alle anderen. Ich möchte ein neues Testament aufsetzen.‹

›Gewiss‹, erwiderte ich. ›Wenn Sie mir jetzt Ihre Instruktionen geben wollen, werde ich das Testament abfassen und Ihnen das Dokument dann sofort zusenden.‹

›Das geht auf keinen Fall‹, erklärte er. ›Denn es ist möglich, dass ich diese Nacht nicht überlebe. Ich habe meine Wünsche aufgezeichnet‹, seine Hand fasste tastend unter das Kopfkissen, ›und Sie können mir sagen, ob es so richtig ist.‹

Er zog ein Blatt Papier, auf das mit Bleistift einige Worte gekritzelt waren, hervor. Es schien alles ganz einfach und klar. Er hinterließ seinem Neffen und seinen Nichten je 5000 Pfund, und den Rest seines ungeheuren Besitzes vermachte er Eurydice Spragg, aus Dankbarkeit und Verehrung.

Das gefiel mir ganz und gar nicht, aber daran ließ sich auch nichts ändern. Man konnte nicht geltend machen, dass er nicht richtig bei Verstand gewesen sei, als er seine Verfügung traf, denn der alte Mann war durchaus bei Verstand.

Er läutete nach zwei Dienstboten, die auch prompt erschienen. Emma Gaunt, das Hausmädchen, war eine Frau mittleren Alters, die seit vielen Jahren im Hause beschäftigt war und Clode treu gepflegt hatte. Die Köchin, die sie mitbrachte, war eine dralle, frische junge Frau von etwa dreißig Jahren. Simon Clode blickte sie unter seinen buschigen Augenbrauen durchdringend an.

›Ich möchte Sie bitten, mein Testament als Zeugen zu unterschreiben. Emma, holen Sie mir meinen Füllfederhalter.‹

Emma trat gehorsam an den Schreibtisch.

›Nicht in der linken Schublade, Mädchen‹, sagte der alte Simon gereizt. ›Wissen Sie denn immer noch nicht, dass er in der rechten Schublade liegt?‹

›Nein, er ist hier, Sir‹, entgegnete Emma und holte ihn hervor.

›Dann müssen Sie ihn das letzte Mal falsch weggelegt haben‹, brummte der alte Herr. ›Ich kann es nun mal nicht leiden, wenn nicht alles am richtigen Platz liegt.‹

Immer noch knurrend, nahm er ihr den Füllfederhalter aus der Hand und schrieb seinen eigenen, von mir verbesserten Entwurf ab. Dann unterzeichnete er das Testament. Emma Gaunt und Lucy David setzten ebenfalls ihre Namen darunter. Dann faltete ich das Testament zusammen und steckte es in einen langen blauen Umschlag. Notgedrungen war es ja auf ein ganz gewöhnliches Stück Papier geschrieben.

Gerade als die Dienstboten den Raum verlassen wollten, sank Clode stöhnend und mit verzerrtem Gesicht in die Kissen zurück. Ich beugte mich besorgt über ihn, und Emma Gaunt kam eilig zurück. Der alte Mann erholte sich jedoch wieder und lächelte schwach.

›Ist schon gut, Petherick. Kein Grund zur Aufregung. Jedenfalls kann ich jetzt ruhig sterben, nachdem ich ausgeführt habe, was ich schon lange wollte.‹

Emma Gaunt sah mich fragend an, um zu erfahren, ob sie wohl das Zimmer verlassen könne. Ich nickte ihr beruhigend zu, und sie ging hinaus – hob aber erst noch den blauen Umschlag auf, der mir aus der Hand gefallen war, als ich mich in Sorge über Clode gebeugt hatte. Sie reichte ihn mir, und ich steckte ihn in meine Manteltasche. Dann verließ sie das Zimmer.

›Sie ärgern sich über mein Testament, Petherick‹, sagte Simon Clode. ›Sie haben ein Vorurteil, wie alle anderen auch.‹

›Es handelt sich hier nicht um Vorurteile‹, entgegnete ich. ›Mrs. Spragg mag ja so tüchtig sein, wie sie behauptet hat. Das bestreite ich nicht, und ich hätte nichts dagegen gehabt, wenn Sie ihr als Zeichen der Dankbarkeit ein kleines Vermächtnis hinterlassen hätten. Aber Ihr eigenes Fleisch und Blut zugunsten einer Fremden zu enterben, Clode, das ist, offen gestanden, ein großes Unrecht.‹

Nach diesen Worten drehte ich mich um und ging hinaus. Ich hatte Protest erhoben, und mehr konnte ich nicht tun.

Mary Clode kam aus dem Salon und fing mich in der Halle ab.

›Sie werden doch eine Tasse Tee trinken, bevor Sie gehen, nicht wahr? Kommen Sie herein‹, und damit führte sie mich in den Salon.

Im Kamin brannte ein Feuer, und der Raum wirkte heiter und gemütlich. Sie nahm mir meinen Mantel ab, und ihr Bruder George, der gerade ins Zimmer trat, legte ihn über einen Stuhl. Dann kehrte er zum Kamin zurück, wo wir unseren Tee tranken. In der folgenden Unterhaltung kam etwas zur Sprache, das den Besitz anging. Simon Clode wollte nicht damit belästigt werden und hatte George die Entscheidung überlassen. George war ein wenig ängstlich und mochte sich nicht auf sein Urteil verlassen. Auf meinen Vorschlag hin zogen wir uns nach dem Tee in das Arbeitszimmer zurück, und ich sah mir die fraglichen Papiere an. Mary Clode begleitete uns.

Eine Viertelstunde später wollte ich aufbrechen; ich erinnerte mich, dass ich meinen Mantel im Salon zurückgelassen hatte, und ging hin, um ihn zu holen. Die einzige Person im Raum war Mrs. Spragg, die neben dem Stuhl kniete, auf dem mein Mantel lag. Sie schien sich an dessen Innenfutter zu schaffen zu machen. Sie erhob sich mit hochrotem Gesicht, als wir eintraten.

›Dieses Futter hat nie richtig gesessen‹ klagte sie. ›Ich könnte bestimmt ein besseres machen.‹

Ich nahm meinen Mantel vom Stuhl und zog ihn an. Dabei merkte ich, dass der Umschlag mit dem Testament aus der Tasche gefallen war und auf dem Boden lag. Ich steckte ihn wieder ein, verabschiedete mich und ging.

Ich möchte hier genau beschreiben, was ich nach Ankunft in meinem Büro tat. Zunächst zog ich meinen Mantel aus und nahm das Testament aus der Tasche. Ich stand am Tisch und hatte es in der Hand, als mein Sekretär hereinkam und mir sagte, dass mich jemand am Telefon zu sprechen wünsche. Da die Leitung zu meinem Schreibtisch nicht in Ordnung war, ging ich ins Vorzimmer und führte ein etwa fünf Minuten dauerndes Telefongespräch.

Als ich aus dem Zimmer zurückkam, wartete mein Sekretär auf mich.

›Mr. Spragg ist hier, Sir. Ich habe ihn in Ihr Büro geführt.‹

Bei meinem Eintritt saß Mr. Spragg am Tisch. Er erhob sich und begrüßte mich auf etwas salbungsvolle Weise. Dann erging er sich in einer langen, weitschweifigen Rede, die mir im großen und ganzen wie eine ängstliche Rechtfertigung seiner Frau und seiner eigenen Person vorkam. Er fürchtete sich vor dem, was die Leute wohl sagen würden, etc. Seine Frau sei schon seit ihrer Kindheit wegen ihrer Lauterkeit und Tugend bekannt gewesen . . . und so weiter und so weiter. Ich fürchte, ich war ziemlich kurz angebunden. Schließlich merkte er wohl, dass sein Besuch kein allzu großer Erfolg war, und er brach ein wenig überstürzt auf. Dann fiel mir ein, dass das Testament noch auf dem Tisch lag. Ich klebte den Umschlag zu, schrieb die erforderlichen Angaben darauf und legte ihn in den Safe.

Nun komme ich zu dem verwickelten Teil meiner Geschichte. Zwei Monate später starb Mr. Simon Clode. Ich will mich nicht auf langatmige Erörterungen einlassen, sondern mich mit den nüchternen Tatsachen begnügen. *Als der Umschlag mit dem Testament geöffnet wurde, enthielt er nur ein leeres Blatt Papier.*«

Mr. Petherik blickte der Reihe nach die interessierten Gesichter an und schmunzelte stillvergnügt vorsich hin.

»Sie verstehen doch natürlich, worauf es ankommt, nicht wahr? Zwei Monate lang hatte der verschlossene Umschlag in meinem Safe gelegen. Während dieser Zeit konnte niemand damit Unfug getrieben haben. Nein, die Zeitspanne, in der dies geschehen konnte, war sehr kurz; sie liegt zwischen dem Augenblick, da das Testament unterzeichnet wurde, und dem Zeitpunkt, da ich es im Safe einschloss. Nun, wer hatte Gelegenheit und in wessen Interesse lag es, mir ein leeres Blatt unterzuschieben?

In einer kurzen Zusammenfassung will ich die Hauptpunkte noch einmal aufzählen: Das Testament wurde von Mr. Clode unterzeichnet und von mir in einen Umschlag gesteckt – so weit ist alles in Ordnung. Dann wurde dieser Umschlag von mir in meinen Mantel geschoben. Mary nahm mir den Mantel ab und reichte ihn ihrem Bruder George, den ich dauernd im Auge hatte, solange er den Mantel hielt. Während der Zeit, die ich im Arbeitszimmer verbrachte, hätte Mrs. Spragg sehr gut den Umschlag aus der Manteltasche ziehen und das Testament lesen können, wofür die Tatsache, dass der Umschlag am Boden lag, ja auch spricht. Aber hier stoßen wir auf einen wichtigen Punkt: Sie hatte zwar die *Gelegenheit*, mir das leere Blatt unterzuschieben, aber kein *Motiv*. Das Testament war ja zu ihren Gunsten abgefasst, und wenn sie es durch ein leeres Stück Papier ersetzte, beraubte sie sich ja einer Erbschaft, auf die sie so versessen gewesen war. Dasselbe gilt für Mr. Spragg. Auch er hatte die Gelegenheit; denn er war ja mehrere Minuten mit dem fraglichen Dokument in meinem Büro. Jedoch wäre das wiederum nicht zu seinem Vorteil gewesen. Wir stehen also einem merkwürdigen Problem gegenüber: allein die beiden Leute, die Gelegenheit hatten, das leere Stück Papier in den Umschlag zu schieben, besaßen kein Motiv für eine solche Handlungsweise, und die beiden Leute, die ein Motiv gehabt hätten, besaßen keine Gelegenheit. Nebenbei bemerkt, würde ich das Hausmädchen, Emma Gaunt, nicht vom Verdacht ausschließen. Sie war ihrer jungen Herrin und ihrem jungen Herrn sehr ergeben und verabscheute die Spraggs. Ich bin überzeugt, dass sie durchaus dazu imstande gewesen wäre, den Tausch vorzunehmen, wenn sie daran gedacht hätte. Aber obwohl sie tatsächlich den Umschlag in Händen hatte, als sie ihn vom Boden aufhob und mir reichte, hatte sie in dem Augenblick nicht genügend Zeit, an dem Inhalt herumzupfuschen, und sie hätte auch nicht durch irgendeinen Kniff – dessen sie zudem kaum fähig gewesen wäre – den Umschlag vertauschen können, denn der fragliche Umschlag war von mir ins Haus gebracht worden und es war nicht sehr wahrscheinlich, dass jemand im Haus ein Duplikat besaß.«

Mr. Petherick blickte sich strahlend im Kreise um.

»Nun, hier ist mein kleines Problem. Ich habe es hoffentlich klar zum Ausdruck gebracht und würde mit großem Interesse Ihre Ansichten hören.«

Zum Erstaunen aller lachte Miss Marple vergnügt vor sich hin. Etwas schien sie königlich zu amüsieren.

»Was hast du nur, Tante Jane? Willst du uns nicht an dem Spaß teilnehmen lassen?«, fragte Raymond.

»Es sollte mich wirklich wundern, wenn Sie tatsächlich dahinter gekommen sind«, meinte der Rechtsanwalt.

Miss Marple schrieb ein paar Worte auf ein Stück Papier, faltete es zusammen und ließ es ihm überreichen.

Mr. Petherick faltete es auseinander, las die Worte und blickte bewundernd zu ihr hinüber.

»Meine liebe Freundin«, sagte er, »gibt es eigentlich etwas, das Sie nicht wissen?«

»So etwas habe ich schon als Kind gekannt«, erwiderte Miss Marple, »habe sogar damit gespielt.«

»Da komme ich nicht mehr mit«, meinte Sir Henry. »Sicherlich hat Mr. Petherick irgendeinen juristischen Trick dabei.«

»Keineswegs«, antwortete Mr. Petherick. »Keineswegs. Es ist eine völlig faire Angelegenheit ohne irgendwelche Schliche. Sie dürfen sich nicht von Miss Marple beeinflussen lassen. Sie hat ihre eigene Anschauungsweise.«

»Wir müssten eigentlich die Lösung finden«, meinte Raymond West ein wenig verärgert. »Die Tatsachen erscheinen wirklich einfach genug. Fünf Personen haben den Umschlag angerührt. Die Spraggs hätten ihr Spiel damit treiben können, haben es aber offenbar nicht getan. Da bleiben also nur noch drei übrig. Wenn man an die wunderbaren Tricks denkt, die ein Zauberkünstler direkt vor unseren Augen ausführt, so will es mir scheinen, dass George Clode mit Leichtigkeit das Testament gegen ein leeres Stück Papier hätte vertauschen können, während er den Mantel zum anderen Ende des Zimmers trug.«

»Ich glaube eher, es war Mary«, bemerkte Joyce. »Das Hausmädchen ist nach unten gerannt und hat ihr erzählt, was oben vor sich ging. Da hat sie einfach einen anderen blauen Umschlag genommen und ihn später mit dem richtigen vertauscht.«

Sir Henry schüttelte den Kopf.

»Ich stimme mit beiden Erklärungen nicht überein«, sagte er langsam. »Diese Taschenspielerkünste wären wohl kaum unter den scharfen Augen meines Freundes Petherick auszuführen gewesen. Ich habe eine Idee – es ist allerdings nur eine Idee. Wir wissen, dass Professor Longman kurz vorher zu Besuch war und sehr wenig gesagt hatte. Es ist wohl anzunehmen, dass die Spraggs sehr beunruhigt waren über das Ergebnis dieses Besuches. Wenn Simon Clode sie nicht ins Vertrauen gezogen hat, was durchaus wahrscheinlich ist, mögen sie Mr. Pethericks Erscheinen von einem ganz anderen Gesichtspunkt aus gesehen haben. Vielleicht glaubten sie, dass Mr. Clode bereits ein Testament zugunsten von Eurydice Spragg gemacht habe und dass nun ein neues aufgesetzt worden sei mit der ausdrücklichen Absicht, sie auf Grund von Professor Long-

mans Enthüllungen wieder zu enterben, oder auch, weil Philip
Garrod bei seinem Onkel die Ansprüche seiner eigenen Ver-
wandtschaft geltend gemacht haben könnte. Also schickte
sich Mrs. Spragg an, den Wechsel vorzunehmen. Da Mr. Petherick jedoch gerade in einem ungünstigen Moment erschien,
hatte sie keine Zeit, das Dokument zu lesen, und warf es eilig
ins Feuer, um jeden Beweis zu vernichten, für den Fall, dass
der Rechtsanwalt den Verlust entdecken sollte.«

Joyce schüttelte energisch den Kopf.

»Sie würde es nie verbrannt haben, ohne es zu lesen.«

»Die Erklärung ist ziemlich schwach«, gab Sir Henry zu.
»Mr. Petherick hat doch wohl nicht etwa – hm – der Vorsehung selbst ein wenig unter die Arme gegriffen?«

Obwohl diese Äußerung nur im Scherz gemacht worden
war, richtete sich der kleine Rechtsanwalt in verletzter Würde
auf.

»Eine höchst unziemliche Bemerkung«, erklärte er mit einiger Schärfe.

»Und was meint Dr. Pender zu der Sache?«, fragte Sir
Henry.

»Ich kann nicht behaupten, dass ich sehr klare Vorstellun-
gen darüber habe. Meiner Ansicht nach muss der Tausch von
Mrs. Spragg oder ihrem Gatten vorgenommen worden sein,
wahrscheinlich aus dem von Sir Henry angedeuteten
Grunde. Wenn sie das Testament erst gelesen hat, nachdem
Mr. Petherick fort war, befand sie sich natürlich in einem
Zwiespalt, da sie ihre Handlung nicht eingestehen konnte.
Wahrscheinlich hätte sie dann das Testament zwischen Mr.
Clodes andere Papiere gesteckt, in der Annahme, dass es
nach seinem Tod gefunden würde. Aber warum es nicht ge-
funden worden ist, entzieht sich meiner Kenntnis. Es könnte
natürlich möglich sein, dass Emma Gaunt es entdeckt und
aus Treue zu ihren Arbeitgebern vorsätzlich vernichtet hat.«

»Ich glaube, Dr. Penders Lösung ist die beste von allen«, entschied Joyce. »Ist sie richtig, Mr. Petherick?«

Der Rechtsanwalt schüttelte den Kopf. »Ich will da fortfahren, wo ich aufgehört habe. Ich war bestürzt und ebenso ratlos wie Sie alle. Ich glaube nicht, dass ich die Wahrheit je erraten hätte, aber ich wurde aufgeklärt, und zwar auf sehr geschickte Weise.

Etwa einen Monat später wurde ich von Philip Garrod zum Abendessen eingeladen, und im Laufe unserer nach dem Essen stattfindenden Unterhaltung erwähnte er einen interessanten Fall, der ihm kürzlich zu Ohren gekommen sei.

›Ich möchte Ihnen davon erzählen, Petherick«, sagte er, ›natürlich unter dem Siegel der Verschwiegenheit.‹

›Selbstverständlich‹, erwiderte ich.

›Ein Freund von mir, der eine große Erbschaft von einem Verwandten zu erwarten hatte, war aufs tiefste bekümmert, als er entdeckte, dass dieser Verwandte die Absicht hatte, eine gänzlich unwürdige Person als Erbin einzusetzen. Mein Freund ist leider nicht übermäßig gewissenhaft.

Im Haus des Verwandten lebte ein Hausmädchen, das die Interessen der so genannten rechtmäßigen Partei tatkräftig wahrnahm. Mein Freund erteilte ihr sehr einfache Instruktionen. Zunächst gab er ihr einen gefüllten Füllfederhalter, den sie in eine Schublade des Schreibtisches im Zimmer ihres Herrn legen sollte, aber nicht in die übliche Schublade, wo sein Füllhalter gewöhnlich aufbewahrt wurde.

Falls ihr Herr sie nun bitten sollte, bei irgendeinem Dokument seine Unterschrift zu beglaubigen und ihm seine Feder zu bringen, sollte sie ihm nicht den eigenen reichen, sondern diesen, der ein genaues Duplikat war. Das war alles, was sie zu tun hatte. Er gab ihr keine andere Information.

Sie war eine treue Seele und führte seine Instruktionen sorgfältig aus.‹

Er brach ab und bemerkte:

›Hoffentlich langweile ich Sie nicht, Petherick.‹

›Durchaus nicht‹, erwiderte ich. ›Ich bin im höchsten Grade interessiert.‹

Unsere Blick begegneten sich.

›Mein Freund ist Ihnen natürlich nicht bekannt‹, meinte er.

›Selbstverständlich nicht‹, entgegnete ich.

›Dann ist es ja gut‹, sagte Philip Garrod.

Nach einer kleinen Pause fuhr er lächelnd fort:

›Sie sind sicher im Bilde, nicht wahr? Der Füllhalter war natürlich mit einer so genannten verschwindenden Tinte gefüllt – einer Lösung von Stärke in Wasser, der ein paar Tropfen Jod beigefügt worden waren. Das ergibt eine tief blauschwarze Flüssigkeit, aber die Schrift verschwindet vollkommen in vier oder fünf Tagen.‹«

Miss Marple schmunzelte wieder.

»Ja, Zaubertinte«, sagte sie. »Wie oft habe ich als Kind damit gespielt.«

Sie blickte sich strahlend im Kreis um und drohte Mr. Petherick noch einmal mit dem Finger.

»Trotzdem war es eine Falle, Mr. Petherick«, meinte sie. »Aber was kann man von einem Rechtsanwalt schon anderes erwarten!«

Der Daumenabdruck
des heiligen Petrus

»Und nun, Tante Jane, bist du an der Reihe«, sagte Raymond West.

»Ja, Tante Jane, und wir erwarten etwas recht Pikantes«, fiel Joyce Lemprière ein.

»Nun, ihr wollt mich wohl verulken, meine Lieben«, sagte Miss Marple gelassen. »Ihr glaubt sicher alle, dass ich wahrscheinlich nichts Interessantes erlebt habe, weil ich mein ganzes Leben in diesem abgelegenen Fleckchen zubrachte.«

»Gott behüte, dass ich jemals wieder das Leben in einem Dorf als friedlich und ereignislos betrachte«, erklärte Raymond leidenschaftlich. »Nicht nach all den schrecklichen Enthüllungen, die wir von dir gehört haben! Die ganze Welt erscheint mir milde und harmlos im Vergleich zu St. Mary Mead.«

»Nun, lieber Neffe«, meinte Miss Marple, »die menschliche Natur ist überall ziemlich gleich, und natürlich hat man in einem Dorf bessere Gelegenheit, sie aus der Nähe zu studieren.«

»Sie stehen wirklich einzig da, Tante Jane«, rief Joyce. »Hoffentlich haben Sie nichts dagegen, wenn ich Sie Tante Jane nenne«, fügte sie hinzu. »Ich weiß eigentlich nicht, warum ich es tue.«

»Wirklich nicht, meine Liebe?«, fragte Miss Marple.

Sie warf Joyce einen merkwürdigen Blick zu, der dem Mädchen die Röte in die Wangen trieb.

Raymond West wurde ganz nervös und räusperte sich verlegen.

Miss Marple sah sie beide an und lächelte wieder.

»Es ist natürlich richtig, dass ich ein ereignisloses Leben geführt habe, wie man so zu sagen pflegt, und doch habe ich beträchtliche Erfahrungen sammeln können. Manche Ereignisse waren wirklich ganz lehrreich, aber es hat keinen Zweck, davon zu erzählen, da es sich um unwesentliche Dinge handelt. Nein, das einzige Erlebnis, das Sie interessieren würde, bezieht sich auf den Mann meiner armen Nichte Mabel.

Es geschah vor zehn oder fünfzehn Jahren, und glücklicherweise ist jetzt alles vorbei und vergessen. Die Menschen haben ein kurzes Gedächtnis, und das ist meiner Ansicht nach sehr gut. Mabel ist, wie gesagt, meine Nichte. Ein nettes Mädchen, wirklich ein sehr nettes Mädchen, aber leider viel zu arglos. Sie liebte es melodramatisch, und wenn sie aufgeregt war, sagte sie oft ein Wörtchen zu viel. Mit zweiundzwanzig Jahren heiratete sie einen Mr. Denman, und ich fürchte, die Ehe war nicht sehr glücklich. Ich hatte gehofft, dass diese Zuneigung nicht bis zur Ehe führen würde, denn Mr. Denman schien ein recht jähzorniger Mann zu sein, der nicht viel Geduld für Mabels Schwächen aufbringen würde, und ich hatte außerdem erfahren, dass Geistesgestörtheit in seiner Familie lag. Aber die jungen Mädchen waren damals genauso eigensinnig wie heute, und das werden sie auch immer bleiben. Mabel heiratete ihn also.

Nach ihrer Heirat sah ich sie nur noch selten. Sie besuchte mich ein paar Mal, und sie luden mich wiederholt zu sich ein. Da ich aber nicht gern dorthin wollte, habe ich die Einladungen immer unter irgendeinem Vorwand abgelehnt. Nach zehnjähriger Ehe starb Mr. Denman plötzlich. Es waren keine Kinder da, und er hinterließ Mabel sein ganzes Vermögen.

Ich erbot mich natürlich, ihr zu helfen, falls sie mich brauchte. Aber sie schrieb mir einen sehr vernünftigen Brief, dem ich entnahm, dass sie nicht gerade vom Kummer überwältigt war. Das erschien mir auch ganz natürlich, denn ich wusste, dass die beiden sich schon seit einiger Zeit nicht mehr verstanden. Drei Monate später erhielt ich einen ganz hysterischen Brief von Mabel, in dem sie mich bat, so bald als möglich zu ihr zu kommen, da ihre Lage von Tag zu Tag schlimmer würde und sie es bald nicht mehr aushalten könne.

Natürlich habe ich meinem Mädchen Clara sofort das Kostgeld gezahlt und das Silber sowie den Deckelkrug von König Charles zur Bank bringen lassen. Dann setzte ich mich in den Zug. Bei meiner Ankunft fand ich Mabel in sehr nervöser Verfassung vor. Ihr Haus war ziemlich groß und behaglich eingerichtet. Eine Köchin und ein Hausmädchen waren vorhanden, ferner eine Pflegerin für den alten Mr. Denman, Mabels Schwiegervater, der, wie man so sagt, ›nicht ganz richtig im Oberstübchen‹ war. Ganz friedlich und gesittet, aber zu Zeiten entschieden merkwürdig. Wie ich schon sagte, lag Geisteskrankheit in der Familie.

Ich war wirklich entsetzt, als ich Mabel so verändert fand. Sie war das reinste Nervenbündel, furchtbar zappelig, und doch hatte ich die größten Schwierigkeiten, sie dazu zu bewegen, mir ihr Herz auszuschütten. Schließlich habe ich alles auf indirektem Wege erfahren. Ich erkundigte mich nach ihren Freunden, den Gallaghers, die sie immer in ihren Briefen erwähnte. Zu meiner Überraschung erfuhr ich, dass sie sich kaum noch sahen. Auf meine Fragen nach den anderen Freunden erhielt ich die gleiche Antwort. Ich redete auf sie ein und betonte, wie töricht es sei, zu grübeln und, vor allen Dingen, sich von seinen Freunden loszusagen. Dann rückte sie endlich mit der Wahrheit heraus.

›Es liegt nicht an mir, sondern an den anderen. Keine Menschenseele will hier mit mir reden. Wenn ich die High Street hinuntergehe, verschwinden sie alle, nur um mir nicht zu begegnen oder nicht mit mir sprechen zu müssen. Ich komme mir vor wie eine Aussätzige. Es ist furchtbar, und ich kann das nicht länger ertragen. Ich fühle mich gezwungen, das Haus zu verkaufen und ins Ausland zu gehen. Jedoch sehe ich nicht ein, warum ich mich vertreiben lassen soll. Ich habe doch nichts getan.‹

Ich war über alle Maßen beunruhigt.

›Meine liebe Mabel‹, erwiderte ich, ›du setzt mich in Erstaunen. Was ist die Ursache für dieses merkwürdige Verhalten?‹

Schon als Kind war Mabel ein schwieriges Persönchen gewesen, und ich hatte die größte Mühe, eine klare Antwort auf meine Frage zu bekommen. Sie sprach erst ganz allgemein von bösem Geschwätz und müßigen Leuten, die nichts anderes im Sinn hätten als Klatsch und Tratsch, und von Leuten, die anderen einen Floh ins Ohr setzten.

›Das ist mir alles klar‹, erwiderte ich. ›Offenbar geht ein Gerücht über dich um. Aber was für ein Gerücht das ist, musst du genauso gut wissen wie die anderen. Und du solltest es mir jetzt sagen.‹

›Es ist so boshaft‹, stöhnte Mabel.

›Natürlich ist es boshaft‹, erklärte ich. ›Es gibt nichts in der menschlichen Gesinnung, das mich noch überraschen könnte. Mabel, willst du mir endlich in schlichten Worten erzählen, was die Leute über dich reden?‹

Dann kam alles ans Licht.

Offenbar gab der plötzliche und unerwartete Tod von Geoffrey Denman Anlass zu allen möglichen Gerüchten, die darauf hinausliefen, dass Mabel ihren Mann vergiftet habe.

Wie Sie alle wohl wissen, gibt es nichts Grausameres als Geschwätz, und nichts lässt sich so schwer bekämpfen. Wenn

Leute hinter unserem Rücken reden, können wir nichts abstreiten, und das Gerücht schwillt zu ungeheuren Ausmaßen an. Von einer Sache war ich ganz überzeugt: Mabel war völlig unfähig, jemanden zu vergiften. Und ich sah nicht ein, warum ihr Leben ruiniert und ihr Heim für sie unerträglich gemacht werden sollte, nur weil sie aller Wahrscheinlichkeit nach irgendeine Torheit begangen hatte.

›Von nichts kommt nichts‹, bemerkte ich. ›Nun, Mabel, du musst mir sagen, was die Leute zu diesem Geschwätz veranlasst hat. Es muss irgendetwas vorgefallen sein.‹

Mabel begann zu faseln und erklärte, es sei nichts gewesen – aber auch gar nichts, nur sei Geoffreys Tod eben sehr plötzlich eingetreten. An dem betreffenden Abend habe er sich beim Abendessen anscheinend noch sehr wohl gefühlt und sei in der Nacht dann heftig erkrankt. Man habe den Doktor kommen lassen, aber der arme Geoffrey sei wenige Minuten nach Ankunft des Arztes verschieden. Der Tod sei dem Genuss giftiger Pilze zugeschrieben worden.

›Nun‹, meinte ich, ›ein so plötzlicher Tod kann natürlich die Zungen in Bewegung setzen, aber nicht ohne zusätzliche Tatsachen. Hast du dich mit Geoffrey gestritten oder dergleichen?‹

Sie gab zu, dass sie morgens beim Frühstück eine heftige Auseinandersetzung gehabt hatten.

›Und das haben die Dienstboten wohl gehört?‹, fragte ich.

›Sie waren nicht im Zimmer.‹

›Nein, liebes Kind, aber wahrscheinlich standen sie draußen ziemlich nahe an der Tür.‹

Ich kannte die Tragweite von Mabels hoher, hysterischer Stimme nur zu gut, und Geoffrey Denman sprach auch nicht gerade leise, wenn er zornig war.

›Worüber habt ihr denn gestritten?‹, fragte ich.

›Oh, über die üblichen Dinge. Es war immer das gleiche.

Eine Kleinigkeit gab den Anlass. Dann wurde Geoffrey unmöglich, und ich sagte etwas Abscheuliches und gab ihm zu verstehen, was ich von ihm hielt.‹

›Demnach habt ihr euch ja häufig gestritten, nicht wahr?‹ fragte ich.

›Es war nicht meine Schuld –‹

›Mein liebes Kind, wessen Schuld es war, spielt gar keine Rolle. Das steht nicht zur Debatte. An einem solchen Ort sind die Privatangelegenheiten eines jeden Menschen mehr oder weniger öffentliches Eigentum. Du und dein Mann, ihr habt euch dauernd gestritten. Eines Morgens hattet ihr einen besonders heftigen Krach, und am selben Abend starb dein Mann eines plötzlichen und geheimnisvollen Todes. Ist das alles, oder gibt es noch etwas anderes?‹

›Ich weiß nicht, was du unter etwas anderem verstehst‹, antwortete sie verstockt.

»Genau das, was ich sage, liebes Kind. Wenn du irgendetwas Törichtes getan hast, dann rede jetzt um Gottes willen darüber, denn ich möchte ja alles tun, was ich kann, um dir zu helfen!‹

›Nichts, niemand kann mir helfen‹, rief Mabel verzweifelt, ›außer dem Tod.‹

›Glaube etwas mehr an die Vorsehung, liebes Kind‹, riet ich ihr. ›Also, Mabel, ich weiß genau, dass du mir etwas verheimlichst.‹

Ich wusste stets, selbst als sie noch ein Kind war, wenn sie mir nicht die volle Wahrheit sagte. Na, es dauerte ja eine ganze Weile, aber schließlich bekam ich es heraus. Sie war an jenem Morgen zur Apotheke gegangen und hatte Arsenik gekauft. Sie musste natürlich ihren Namen eintragen, und der Apotheker hatte selbstverständlich nachher geschwatzt.

›Wer ist euer Arzt?‹, fragte ich.

›Dr. Rawlinson.‹

Ich kannte ihn vom Sehen. Mabel hatte mich einmal auf ihn aufmerksam gemacht. Er war, wenn ich mich etwas derb ausdrücken darf, ein alter Trottel. Ich habe zu viel Lebenserfahrung, um an die Unfehlbarkeit der Ärzte zu glauben. Manche unter ihnen sind klug und andere wieder nicht. Und sehr oft wissen die besten nicht, was einem fehlt. Ich persönlich will mit Ärzten und ihren Mixturen nichts zu tun haben.

Ich ließ mir die Sache durch den Kopf gehen. Dann setzte ich meinen Hut auf und stattete Dr. Rawlinson einen Besuch ab. Der Eindruck, den ich von ihm hatte, wurde bestätigt. Er war ein netter alter Mann, freundlich vage, jammervoll kurzsichtig, etwas taub und dazu im höchsten Grade reizbar und empfindlich. Er war sofort in seinem Fahrwasser, als ich Geoffrey Denmans Tod erwähnte, und hielt mir einen langen Vortrag über essbare und giftige Pilze. Er hatte die Köchin befragt, und sie hatte zugegeben, dass einige der Pilze ›ein wenig merkwürdig‹ ausgesehen hätten, aber da sie aus einem Laden geschickt worden waren, hatte sie angenommen, dass sie in Ordnung seien. Je mehr sie seitdem darüber nachdachte, desto tiefer war sie davon überzeugt, dass das Aussehen der Pilze ungewöhnlich war.

›Das kann ich mir lebhaft vorstellen‹, sagte ich. ›Zunächst waren es in ihren Augen wohl ganz normale Pilze, und zum Schluss wurden sie orangefarben mit lila Flecken. Es gibt wohl nichts, das diesen Dienstboten nicht einfällt, wenn sie sich lange genug mit einer Sache beschäftigen.‹

Aus den Worten des Doktors schloss ich, dass Denman nicht mehr sprechen konnte, als der Arzt eintraf. Auch konnte er nicht schlucken und starb nach wenigen Minuten. Der Doktor schien völlig von der Richtigkeit des Totenscheins, den er ausgestellt hatte, überzeugt zu sein. Doch wie viel davon auf Starrköpfigkeit und wie viel auf echtem Glauben beruhte, vermochte ich nicht zu entscheiden.

Ich ging sofort wieder nach Hause und fragte Mabel, warum sie Arsenik gekauft habe, worauf Mabel in Tränen ausbrach.

›Ich wollte mir das Leben nehmen‹, stöhnte sie. ›Ich war zu unglücklich und dachte, es sei am besten, allem ein Ende zu machen.‹

›Hast du das Arsenik noch?‹, fragte ich.

›Nein, ich habe es fortgeworfen.‹

Ich saß da und ließ mir die Dinge durch den Kopf gehen.

›Was geschah, als dein Mann krank wurde? Hat er dich gerufen?‹

›Nein.‹ Sie schüttelte den Kopf. ›Er klingelte heftig. Er muss mehrere Male geläutet haben. Schließlich hörte es Dorothy, das Hausmädchen. Sie weckte die Köchin auf, und sie kamen zusammen nach unten. Als Dorothy ihn sah, bekam sie Angst; denn er fantasierte im Fieberwahn. Sie ließ die Köchin bei ihm zurück und kam gleich zu mir. Ich stand auf und ging zu ihm. Natürlich sah ich sofort, dass er schwer krank war. Zum Unglück war Brewster, die den alten Mr. Denman betreut, in dieser Nacht nicht da, und wir anderen wussten nicht, was wir tun sollten. Ich schickte Dorothy zum Arzt und blieb mit der Köchin bei ihm. Doch nach einer kurzen Weile konnte ich es nicht mehr ertragen; es war zu schrecklich. Ich rannte in mein Zimmer zurück und schloss die Tür ab.‹

›Sehr selbstsüchtig und unfreundlich von dir‹, bemerkte ich, ›und du kannst dich darauf verlassen, dass dieses Benehmen dir sehr geschadet hat. Die Köchin wird überall davon erzählt haben. Das ist eine sehr dumme Geschichte.‹

Dann sprach ich mit den Dienstboten. Die Köchin fing gleich von den Pilzen an, aber ich schnitt ihr das Wort ab. Von diesen Pilzen hatte ich allmählich genug. Statt dessen erkundigte ich mich genau nach der Verfassung ihres Herrn in jener Nacht. Alle beide stimmten darin überein, dass er große

Qualen litt, nicht zu schlucken vermochte und nur mit erstickter Stimme sprechen konnte, und wenn er sprach, war es nur ein sinnloses Fantasieren.

›Was sagte er denn, wenn er fantasierte?‹, fragte ich neugierig.

›Irgendetwas von einem Fisch, nicht wahr?‹, wandte sich die Köchin an Dorothy.

Dorothy nickte.

›Ja, Pillen und Fisch oder irgend sonst ein Unsinn. Ich habe sofort erkannt, dass er nicht richtig bei Verstand war, der arme Herr.‹

Das ergab natürlich keinen Sinn. Zu guter Letzt ging ich nach oben und stattete Brewster einen Besuch ab. Sie war eine hagere Frau von etwa fünfzig Jahren.

›Es ist ein Jammer, dass ich in jener Nacht nicht hier war‹, meinte sie. ›Niemand scheint sich seiner angenommen zu haben, bis der Arzt kam.‹

›Ich glaube, er befand sich im Fieberwahn‹, sagte ich zweifelnd.

›Aber das ist doch kein Symptom von Pilzvergiftung, nicht wahr?‹

›Das kommt darauf an‹, entgegnete Brewster.

Ich erkundigte mich nach ihrem Patienten. Sie schüttelte den Kopf. ›Ihm geht es ziemlich schlecht.‹

›Schwach?‹

›O nein, körperlich ist er stark genug – abgesehen von seinen Augen, die sehr schlecht sind. Er mag uns alle überleben, aber mit seinem Verstand geht es rapide bergab. Ich habe Mr. und Mrs. Denman bereits gesagt, dass er eigentlich in eine Anstalt gehört, aber Mrs. Denman wollte gar nichts davon wissen.‹

Eines muss ich Mabel zugestehen: Sie hat ein gutes Herz.

Nun, ich überlegte mir das Ganze noch einmal nach allen Richtungen hin und kam zu dem Schluss, dass uns nur noch ein

Ausweg blieb. Angesichts der umherschwirrenden Gerüchte mussten wir die Exhumierung der Leiche beantragen und eine richtige Leichenschau vornehmen lassen, damit die verleumderischen Zungen für immer zum Schweigen gebracht wurden. Mabel machte natürlich ein großes Theater, hauptsächlich aus sentimentalen Gründen: Man solle den Toten nicht in seiner Ruhe stören und dergleichen. Aber ich blieb fest.

Ich will mich bei diesem Teil der Geschichte nicht lange aufhalten. Kurz und gut, wir erhielten die Erlaubnis für die Exhumierung, und es wurde eine Leichenschau veranstaltet, jedoch das Ergebnis war nicht so befriedigend, wie ich mir das gedacht hatte. Es war keine Spur von Arsenik vorhanden – und das war nur gut –, aber der Bericht lautete: *Es lässt sich nicht feststellen, wodurch der Verstorbene zu Tode gekommen ist.*

Damit war also die missliche Lage noch nicht geklärt. Die Leute klatschten weiter – sprachen von seltenen Giften, die keine Spuren hinterließen, und ähnlichem Unsinn. Ich redete mit dem Pathologen, der die Leiche untersucht hatte, und stellte ihm mehrere Fragen. Obwohl er sich nach Kräften bemühte, sich vor dem Antworten zu drücken, bekam ich doch aus ihm heraus, dass er die giftigen Pilze für eine höchst unwahrscheinliche Todesursache hielt. Eine gewisse Idee spukte mir im Kopf herum, und ich fragte ihn, was für ein Gift in diesem Fall eventuell in Frage käme. Er hielt mir einen langatmigen Vortrag, von dem ich kaum etwas verstand, das will ich gern zugeben. Aber der Kernpunkt war dieser: Der Tod hätte durch ein starkes Pflanzenalkaloid hervorgerufen worden sein können.

Ich hatte nämlich folgende Idee: Angenommen, Geoffrey Denman hätte auch die Anlage zur Geistesgestörtheit geerbt, wäre es da nicht möglich gewesen, dass er sich das Leben genommen hätte? Er hatte früher einmal Medizin studiert und sicher gute Kenntnis von Giften und ihren Wirkungen gehabt.

Das klang zwar etwas dünn, aber es war die einzige Erklärung, die mir einfiel. Und ich war fast am Ende meines Lateins, das kann ich Ihnen versichern. Jetzt werden die modernen jungen Leute unter Ihnen wahrscheinlich lachen, aber wenn ich tief in der Klemme stecke, dann sage ich immer ein kleines Gebet vor mich hin, ganz gleich, wo ich mich aufhalte, ob auf der Straße oder in einem Laden. Und ich bekomme stets eine Antwort, manchmal in Form einer unwesentlichen Kleinigkeit, die anscheinend gar nichts mit der Sache zu tun hat. An dem Morgen, von dem hier die Rede ist, ging ich nun die High Street hinunter und betete inbrünstig. Ich schloss die Augen, und was meinen Sie wohl, worauf mein erster Blick fiel, als ich sie wieder öffnete?«

Fünf Gesichter richteten sich voller Spannung auf Miss Marple. Es lässt sich jedoch mit Sicherheit annehmen, dass keiner der Anwesenden die richtige Antwort auf diese Frage gefunden haben würde.

»Ich sah«, versicherte ihnen Miss Marple mit großem Nachdruck, »*das Schaufenster eines Fischladens*. Es lag nur ein Gegenstand darin, und das war ein *frischer Schellfisch*.«

Sie blickte triumphierend um sich.

»Oh, mein Gott!«, stöhnte Raymond West. »Als Antwort auf ein Gebet – ein frischer Schellfisch!«

»Ja, Raymond«, tadelte Miss Marple, »und du brauchst gar nicht zu lästern. Gottes Hand ist überall. Das erste, was ich sah, waren die schwarzen Flecke – die Daumenabdrücke des heiligen Petrus, wie es in der Legende heißt. Und das gab mir eine klare Einsicht: Ich brauchte Glauben, den felsenfesten Glauben des heiligen Petrus. Ich brachte die beiden Dinge miteinander in Zusammenhang, Glaube – und Fisch.«

Sir Henry schnäuzte sich eiligst die Nase. Joyce biss sich auf die Lippe.

»Da kam mir ein Gedanke. Die Köchin und das Hausmädchen hatten beide erwähnt, dass der sterbende Mann das Wort ›Fisch‹ ausgesprochen habe. Ich war völlig davon überzeugt, dass die Lösung des Geheimnisses in den beiden Worten des sterbenden Mannes zu finden sei. Ich kehrte nach Hause zurück mit dem festen Entschluss, der Sache auf den Grund zu gehen.

Ich nahm mir die Köchin und das Hausmädchen getrennt vor und fragte die Köchin, ob sie ganz sicher sei, dass ihr Herr die Worte Pille und Fisch gebraucht habe. Sie versicherte es mir noch einmal.

›Wie lauteten die Worte genau?‹, fragte ich. ›Hat er etwa eine besondere Art von Fisch erwähnt?‹

›Ja, richtig‹, erwiderte die Köchin, ›es war eine besondere Art von Fisch. Aber was für eine Sorte, kann ich Ihnen im Augenblick nicht sagen. Was war es doch nur? Barsch – oder Hecht? Nein. Es fing nicht mit einem H an.‹

Dorothy entsann sich ebenfalls, dass ihr Herr eine besondere Fischart erwähnt hatte. ›Ein ungewöhnlicher Fisch war es‹, meinte sie.

›Und das Wort Pille hat er auch gebraucht?‹

›Ja, es klang jedenfalls so. Ich bin mir nicht mehr so ganz sicher – es ist schwer, sich an die eigentlichen Worte zu erinnern, nicht wahr, Miss, besonders, wenn sie keinen Sinn ergeben. Aber wenn ich es mir richtig überlege, ist mir doch klar, dass es das Wort Pille war, und der Fisch begann mit einem K, aber es war nicht Kabeljau oder Klippfisch.‹

Bei dem, was nun folgt, bin ich richtig stolz auf mich«, erklärte Miss Marple, »weil ich natürlich von Drogen nichts verstehe – ein ekliger, gefährlicher Kram in meinen Augen. Aber ich wusste, dass verschiedene medizinische Bücher im Hause existierten. Ich nahm sie mir vor und fand in einem Band ein alphabetisches Verzeichnis von Drogen.

Erst suchte ich unter K, fand aber nichts, das passte; dann

begann ich mit P, und sehr bald stieß ich auf – was meinen Sie wohl?«

Sie blickte sich im Kreise um und verlängerte den Augenblick ihres Triumphes.

»Pilokarpin. Man stelle sich vor: Ein Mann, der kaum sprechen konnte, versucht, dieses Wort herauszubringen. Wie würde es in den Ohren einer Köchin klingen, die das Wort nie gehört hatte? Würde sie nicht den Eindruck gehabt, er habe ›Pille‹ und ›Karpfen‹ gesagt?«

»Wahrhaftig!«, rief Sir Henry erstaunt.

»Darauf wäre ich nie gekommen«, gab Dr. Pender zu.

›Höchst interessant«, meinte Mr. Petherick. »Wirklich höchst interessant.«

»Ich schlug rasch die im Verzeichnis angegebene Seite auf«, fuhr Miss Marple fort, »und las, was da stand über Pilokarpin und seine Wirkung auf die Augen und vieles andere, das mit unserem Fall nichts zu tun zu haben schien, aber schließlich stieß ich auf eine höchst bedeutsame Stelle: *Ist mit Erfolg als Gegengift bei Atropinvergiftung angewandt worden.*

Da fiel es mir auf einmal wie Schuppen von den Augen, kann ich Ihnen sagen. Ich hatte ja nie richtig daran geglaubt, dass Geoffrey Denman Selbstmord begangen hatte. Diese neue Lösung war nicht nur möglich, sondern ich war fest überzeugt, dass sie die einzig richtige war; denn jede Tatsache ergab sich logisch aus der anderen.«

»Ich mache erst gar nicht den Versuch zu raten«, erklärte Raymond. »Erzähl weiter von deiner auffallenden Entdeckung, Tante Jane.«

»Von Medizin habe ich natürlich keine Ahnung«, fuhr Miss Marple fort, »aber eines wusste ich. Als meine Augen schlecht wurden, verordnete mir der Arzt Tropfen, die Atropinsulfat enthielten. Ich marschierte schnurstracks nach oben in das Zimmer des alten Mr. Denman.

›Mr. Denman‹, sagte ich. ›Warum haben Sie Ihren Sohn vergiftet?‹

Er blickte mich eine Weile an – und ich muss sagen, er war ein ziemlich gut aussehender alter Herr – und brach dann in ein schallendes Gelächter aus. Es war das boshafteste Lachen, das ich je gehört hatte. Ich bekam eine richtige Gänsehaut.

›Ja‹, antwortete er, ›nun bin ich quitt mit Geoffrey. Ich war zu klug für ihn. Er wollte mich in eine Anstalt stecken, nicht wahr? Ich habe wohl gehört, wie sie darüber gesprochen haben. Mabel ist ein gutes Mädchen – Mabel trat für mich ein, aber ich wusste, dass sie sich auf die Dauer nicht gegen Geoffrey behaupten konnte. Letzten Endes hätte er doch seinen Willen bekommen, wie immer. Aber ich habe mit ihm abgerechnet – habe mit meinem liebevollen Sohn abgerechnet! Ha, ha! In der Nacht habe ich mich hinuntergeschlichen. Es war ganz leicht. Brewster war ja fort. Mein teurer Sohn schlief bereits. Neben seinem Bett stand ein Glas Wasser, das er immer trank, wenn er mitten in der Nacht aufwachte. Ich goss es aus – ha, ha! – und füllte meine Augentropfen in das Glas. Wenn er aufwachte, würde er sie ahnungslos hinunterschütten. Es war nur ein Esslöffel voll – aber genug, völlig genug. Und er hat sie dann auch getrunken! Am nächsten Morgen kamen sie alle zu mir und brachten es mir ganz schonend bei. Sie hatten Angst, es würde mich zu sehr aufregen. Ha! Ha! Ha! Ha! Ha!‹

»Nun«, schloss Miss Marple, »damit ist die Geschichte zu Ende. Der arme alte Mann wurde natürlich in eine Anstalt gebracht. Er war für seine Tat nicht verantwortlich. Sobald die Wahrheit bekannt wurde, brachte man Mabel wieder Sympathie und Freundschaft entgegen und man konnte nicht genug tun, um den angerichteten Schaden wieder gutzumachen. Aber wenn Geoffrey nicht gemerkt hätte, was für einen Stoff er geschluckt hatte, und nicht versucht hätte, das Gegengift zu nennen, das man ihm unverzüglich holen sollte, wäre die

Wahrheit wahrscheinlich nie an den Tag gekommen. Ich glaube, bei einer Atropinvergiftung sind ganz bestimmte Symptome vorhanden – erweiterte Pupillen und dergleichen; aber der arme alte Dr. Rawlinson war, wie ich schon erwähnte, sehr kurzsichtig. Und in demselben medizinischen Werk, in dem ich weiterlas – manches war höchst interessant –, wurden die Symptome von Pilzvergiftung und Atropinvergiftung beschrieben, und sie waren sich in ihren Auswirkungen nicht unähnlich. Aber ich kann Ihnen versichern, dass ich niemals frischen Schellfisch gesehen habe, ohne an die Daumenabdrücke des heiligen Petrus zu denken.«

Es entstand eine lange Pause.

»Meine liebe Freundin«, unterbrach Mr. Petherick das Schweigen, »meine sehr liebe Freundin, Sie sind geradezu erstaunlich.«

»Ich werde Scotland Yard empfehlen, sich bei Ihnen Rat zu holen«, erklärte Sir Henry.

»Aber eins, liebe Tante Jane«, sagte Raymond, »weißt du jedenfalls nicht.«

»Doch, mein lieber Neffe«, erwiderte Miss Marple. »Es geschah gerade vor dem Essen, nicht wahr? Als du Joyce mit in den Garten nahmst, um den Sonnenuntergang zu bewundern. Die Stelle an der Jasminhecke ist sehr beliebt. Dort hat vor Jahren auch der Milchmann unsere Annie gefragt, ob er das Aufgebot bestellen dürfe.«

»Zum Kuckuck, Tante Jane«, rief Raymond. »Verdirb nicht alle Romantik. Joyce und ich sind nicht wie der Milchmann und Annie.«

»Da bist du aber auf dem Holzweg, lieber Neffe«, meinte Miss Marple. »Die Menschen sind sich alle sehr ähnlich. Aber es ist vielleicht ein Glück, dass sie es nicht merken.«

Die blaue Geranie

»Als ich letztes Jahr in dieser Gegend war –« Sir Henry Clithering brach ab, und seine Gastgeberin, Mrs. Bantry, schaute ihn neugierig an.

Der ehemalige Kommissar von Scotland Yard war bei seinen alten Freunden, Colonel Bantry und seiner Frau, zu Besuch, die in der Nähe von St. Mary Mead lebten.

Mrs. Bantry überlegte gerade, wen sie wohl für den Abend als sechsten Gast zum Essen einladen sollte, und bat Sir Henry um Rat.

»Wen könnten Sie vorschlagen?«, ermunterte sie ihn.

»Sagen Sie, kennen Sie eine Miss Marple?«, fragte Sir Henry.

Mrs. Bantry war überrascht. Das hatte sie am allerwenigsten erwartet.

»Miss Marple? Wer kennt sie wohl nicht! Die typische alte Jungfer. Ein sehr netter Mensch, aber hoffnungslos hinter dem Mond. Wollen Sie etwa, dass ich sie zum Essen einlade?«

»Überrascht Sie das?«

»Ein wenig, muss ich gestehen. Das hatte ich gar nicht erwartet ... aber vielleicht haben Sie einen besonderen Grund?«

»Der besondere Grund ist ganz einfach. Als ich im vergangenen Jahr hier war, pflegten wir unaufgeklärte geheimnisvolle Begebenheiten zu erörtern – wir waren fünf oder sechs Personen –, Raymond West, der Schriftsteller, regte diesen

Zeitvertreib an. Jeder von uns erzählte eine Geschichte, deren Ausgang nur dem Erzähler bekannt war. Das sollte unser Denkvermögen auf die Probe stellen – um zu sehen, wer der Wahrheit am nächsten kam.«

»Na, und?«

»Wir hatten nicht angenommen, dass Miss Marple mitmachen würde. Aber wir waren höflich – wollten ihre Gefühle nicht verletzen. Und nun kommt das Schönste vom Ganzen: Die alte Dame übertrumpfte uns mit ihrem Scharfsinn jedes Mal!«

»Das ist doch nicht möglich!«

»Ich gebe Ihnen mein Wort – jedes Mal traf sie den Nagel auf den Kopf.«

»Wie merkwürdig! Dabei hat die gute alte Miss Marple St. Mary Mead so gut wie nie verlassen.«

»Ah! Aber gerade das hat ihr, wie sie selbst sagt, unbegrenzte Gelegenheit gegeben, die menschliche Natur zu beobachten – unter dem Mikroskop sozusagen.«

»Daran mag schon etwas Wahres sein«, räumte Mrs. Bantry ein. »Man kann zumindest die kleinlichen Seiten der Leute kennen lernen. Aber ich glaube nicht, dass wir wirklich interessante Fälle zu bieten haben. Wir werden ihr wohl Arthurs Geistergeschichte nach dem Essen vorsetzen müssen. Ich wäre dankbar, wenn sie dafür eine Lösung fände.«

»Ich wusste gar nicht, dass Arthur an Geister glaubt.«

»Das tut er auch nicht. Darum beunruhigt ihn die Sache ja so. – Und es ist seinem Freund, George Pritchard – einem ganz prosaischen Menschen –, passiert. Für den armen George ist es eigentlich ziemlich tragisch. Entweder ist diese ungewöhnliche Geschichte wahr oder –«

»Oder was?«

Mrs. Bantry antwortete nicht gleich. Nach einer Weile sagte sie, ohne auf seine Frage einzugehen:

»Wissen Sie, ich mag George gern – jeder mag ihn. Man kann einfach nicht glauben, dass er – aber die Menschen bringen die seltsamsten Dinge fertig.«

Sir Henry nickte. Davon konnte er ein Lied singen. Das wusste er besser als Mrs. Bantry.

So kam es, dass Mrs. Bantry abends, als ihre Augen prüfend um den Esstisch wanderten (sie zitterte dabei ein wenig, denn das Esszimmer war, wie die meisten englischen Esszimmer, außerordentlich kalt), ihren Blick auf der sehr aufrechten Gestalt der alten Dame ruhen ließ, die zur Rechten ihres Mannes saß. Miss Marple trug schwarze fingerlose Spitzenhandschuhe; ein Spitzentuch war um ihre Schultern drapiert, und ein weiteres Stück Spitze thronte auf ihrem weißen Haar. Sie unterhielt sich lebhaft mit dem älteren Arzt, Dr. Lloyd, über das Armenhaus und die mutmaßlichen Fehler der Gemeindeschwester.

Mrs. Bantry wunderte sich von neuem. Sie fragte sich sogar, ob Sir Henry sich vielleicht einen Scherz mit ihr erlaubt habe – aber das schien unwahrscheinlich. Unglaublich, dass seine Behauptungen wahr sein sollten.

Ihr Blick wanderte weiter und ruhte liebevoll auf dem leicht geröteten Gesicht ihres breitschultrigen Mannes, der mit Jane Helier, der schönen und allgemein beliebten Schauspielerin, über Pferde redete. Jane, die in Wirklichkeit noch schöner war als auf der Bühne, schlug ihre ungeheuren blauen Augen auf und sagte von Zeit zu Zeit taktvoll: »Wirklich?« – »Was Sie nicht sagen!« – »Wie seltsam!« Sie verstand nichts von Pferden, und es war ihr auch völlig gleich.

»Arthur«, rief Mrs. Bantry, »du treibst die arme Jane noch an den Rand der Verzweiflung. Lass die Pferde ruhen und erzähle ihr lieber deine Geistergeschichte. Du weißt doch . . . George Pritchard.«

»Wie bitte, Dolly? Oh, aber ich weiß nicht recht –«

»Sir Henry möchte sie auch hören. Ich habe heute morgen mit ihm darüber gesprochen. Es wäre interessant zu erfahren, was die anderen dazu meinen.«

»O ja, bitte!«, rief Jane. »Ich liebe Geistergeschichten.«

»Nun –« Colonel Bantry zögerte ein wenig, »ich habe nie an das Übernatürliche geglaubt. Aber diese Geschichte –

Ich denke nicht, dass jemand von Ihnen George Pritchard kennt. Er ist ein ganz famoser Kerl. Seine Frau – na, sie ist jetzt tot, die Ärmste. Ich möchte nur das eine sagen: Sie hat George das Leben recht schwer gemacht. Sie war eine dieser ewig kränkelnden Personen – ich glaube allerdings, dass sie wirklich ein Leiden hatte, aber was es auch gewesen sein mochte, sie verstand, diese Tatsache nach Strich und Faden auszunutzen. Sie war launenhaft, anspruchsvoll, unvernünftig und klagte von morgens bis abends. George musste sie von vorn und hinten bedienen, und was er auch tat, es war immer verkehrt, und er wurde obendrein noch ausgescholten. Die meisten Männer – davon bin ich fest überzeugt – hätten ihr längst auf irgendeine ganz kaltblütige Art den Garaus gemacht. Stimmt's nicht, Dolly?«

»Ja, sie war eine abscheuliche Frau«, erklärte Mrs. Bantry im Brustton tiefster Überzeugung. »Wenn George Pritchard sie mit einer Axt getötet hätte und eine Frau unter den Geschworenen gewesen wäre, hätte man ihn glatt freigesprochen.«

»Ich weiß nicht, wie die Geschichte eigentlich anfing. George hat sich nie klar darüber geäußert. Soviel ich weiß, besaß Mrs. Pritchard immer eine Schwäche für Wahrsagerinnen, Handdeuterinnen, Hellseherinnen und dergleichen. George hatte nichts dagegen. Wenn es ihr Spaß machte, schön und gut. Aber er selbst lehnte dergleichen ab, und er geriet darüber natürlich nicht in Verzückung, was für sie ein neues Ärgernis war.

Eine Krankenschwester nach der anderen kam ins Haus;

denn Mrs. Pritchard war immer schon nach wenigen Wochen mit ihnen unzufrieden. Eine junge Schwester hatte sich sehr für diesen Wahrsageunfug interessiert, und Mrs. Pritchard mochte sie daher eine ganze Weile recht gern. Es dauerte trotzdem nicht lange, bis Mrs. Pritchard ihrer überdrüssig wurde, und so musste auch sie bald das Haus verlassen. Daraufhin nahm sie eine Schwester, die früher schon einmal bei ihr war – eine ältere Frau, erfahren und taktvoll im Umgang mit einer neurotischen Patientin. Nach Georges Ansicht war Schwester Copling ein prächtiger Mensch – eine Frau, mit der man vernünftig reden konnte. Sie ließ Mrs. Pritchards Launen und Zornesausbrüche mit völliger Gleichgültigkeit über sich ergehen.

Mrs. Pritchard nahm ihren Lunch gewöhnlich oben ein, und während dieser Zeit trafen George und die Schwester ihre Anordnungen für den Nachmittag. Streng genommen hatte die Schwester von zwei bis vier Uhr frei. Aber wenn George gern einen freien Nachmittag haben wollte, tat sie ihm den Gefallen und nahm ihre Freizeit erst nach dem Tee. Eines Tages erwähnte Schwester Copling, dass sie vielleicht etwas später zurückkehren würde, da sie ihre Schwester in Golders Green besuchen wolle. George machte ein sehr betrübtes Gesicht, denn er hatte sich für ein Golfspiel verabredet. Schwester Copling beruhigte ihn jedoch.

›Man wird uns beide nicht vermissen, Mr. Pritchard.‹ Sie zwinkerte lustig mit den Augen. ›Mrs. Pritchard hat anregendere Gesellschaft als uns.‹

›Wer kommt denn?‹

›Einen Augenblick.‹ Schwester Coplings Augen zwinkerten belustigter denn je. ›Ich möchte den Namen richtig hinkriegen. *Zarida, spiritistische Deuterin der Zukunft.*‹

›O Herr!‹, stöhnte George. ›Das ist eine ganz neue Nummer, nicht wahr?‹

›Ganz neu. Ich glaube, meine Vorgängerin, Schwester

Carstairs, hat sie geschickt. Mrs. Pritchard hat sie noch nicht gesehen. Sie bat mich, ihr zu schreiben und sie für heute Nachmittag herzubitten.‹

›Na, auf jeden Fall komme ich zu meinem Golf‹, meinte George und ging mit den freundlichsten Gefühlen für Zarida, die Deuterin der Zukunft, von dannen.

Bei seiner Rückkehr war Mrs. Pritchard in größter Aufregung. Sie lag, wie üblich, auf ihrer Krankencouch und hielt ein Riechfläschchen in der Hand, an dem sie häufig roch.

›George‹, rief sie ihm entgegen, ›was habe ich immer von diesem Hause gesagt? In derselben Sekunde, als ich es betrat, spürte ich, dass etwas nicht in Ordnung war. Habe ich es dir damals nicht sofort gesagt?‹

George unterdrückte sein heftiges Verlangen zu erwidern: ›du lässt nichts ungesagt‹, und er antwortete statt dessen: ›Nein, ich kann mich nicht daran erinnern.‹

›Du kannst dich nie an etwas erinnern, das mit mir zu tun hat. Männer sind ja im allgemeinen außerordentlich dickfellig. Aber ich glaube wirklich, dass du noch gefühlloser bist als alle anderen zusammen.‹

›Nanu, liebe Mary, das ist wohl nicht ganz fair.‹

›Also, wie ich dir bereits sagte, wusste diese Frau sofort Bescheid! Sie – sie schreckte tatsächlich zurück, als sie zur Tür hereintrat, und sprach: Böses steckt unter diesem Dache – Böses und Gefahr. Ich spüre es.‹

George lachte, was nicht besonders klug von ihm war.

›Da bist du ja heute Nachmittag auf deine Kosten gekommen.‹

Seine Frau schloss die Augen und schnupperte lange an ihrer Riechflasche.

›Wie sehr du mich doch hassen musst. Du würdest lachen und spotten, wenn ich im Sterben läge.‹

George protestierte, doch sie fuhr unbeirrt fort:

›Du kannst ruhig lachen, ich werde dir trotzdem die ganze Geschichte erzählen. Dieses Haus ist für mich entschieden gefährlich – das hat die Frau ganz deutlich gesagt.‹

Die freundlichen Gefühle, die George vorher noch für Zarida gehegt hatte, erfuhren eine merkliche Veränderung. Er wusste genau, dass seine Frau ohne weiteres darauf bestehen würde, dass sie in ein neues Haus zögen, wenn sie diese Laune packte.

›Was hat sie denn sonst noch gesagt?‹, fragte er.

›Sehr viel konnte sie mir nicht sagen. Sie war noch so aufgeregt. Aber auf eines hat sie mich aufmerksam gemacht. Ich hatte ein paar Veilchen im Glase stehen. Sie zeigte mit dem Finger darauf und rief: ›Stellen Sie die fort. Keine blauen Blumen – niemals blaue Blumen. Blaue Blumen sind für Sie verhängnisvoll – denken Sie daran!‹

›Und du weißt ja‹, fügte Mrs. Pritchard hinzu, ›ich habe dir schon immer gesagt, dass mir Blau widerlich ist. Mein natürlicher Instinkt warnte mich davor.‹

Diese Ansicht hatte er zwar noch nie von ihr gehört, aber er war zu klug, um das zu erwähnen. Statt dessen erkundigte er sich nach dem Aussehen dieser mysteriösen Zarida, und Mrs. Pritchard ging mit Begeisterung darauf ein.

›Schwarzes Haar in Schnecken über den Ohren – ihre Augen meistens halb geschlossen – große schwarze Ränder darum – über Mund und Kinn trug sie einen schwarzen Schleier – sie sprach mit einer singsangartigen Stimme und mit einem deutlichen ausländischen Akzent – spanisch, glaube ich –‹

›Mit anderen Worten also: der übliche Klimbim‹, meinte George heiter.

Seine Frau schloss sofort die Augen.

›Ich fühle mich außerordentlich schlecht‹, hauchte sie. ›Bitte klingle nach der Schwester. Du weißt sehr gut, dass Unfreundlichkeit mich immer furchtbar aufregt.‹

Zwei Tage später trat Schwester Copling mit ernster Miene zu George ins Zimmer. ›Wollen Sie, bitte, zu Mrs. Pritchard kommen. Sie hat einen Brief bekommen, der sie sehr erregt hat.‹

Als er bei seiner Frau im Zimmer erschien, hielt sie ihm den Brief schon entgegen.

›Lies das!‹, rief sie.

George las. Der Brief war auf stark parfümiertem Papier geschrieben, in großen schwarzen Buchstaben:

›Ich habe in die Zukunft geblickt. Lassen Sie sich warnen, ehe es zu spät ist. Hüten Sie sich vor dem Vollmond. Die blaue Primel bedeutet Warnung; die blaue Stockrose bedeutet Gefahr; die blaue Geranie bedeutet Tod . . .‹

George wollte gerade in schallendes Gelächter ausbrechen, als er die warnende Geste von Schwester Copling sah. Er sagte ein wenig ungeschickt:

›Die Frau versucht wahrscheinlich, dir Angst einzujagen, Mary. Jedenfalls gibt es keine blauen Primeln und keine blauen Geranien.‹

Doch Mrs. Pritchard begann zu weinen und klagte, dass ihre Tage gezählt seien.

Schwester Copling begleitete George bis zur Treppe.

›So ein hirnverbrannter Unsinn!‹, platzte er heraus.

›Vielleicht.‹

Etwas in der Art, wie sie dies sagte, machte ihn stutzig, und er blickte sie höchst erstaunt an.

›Aber Schwester, Sie glauben doch nicht allen Ernstes –‹

›Nein, nein, Mr. Pritchard. Ich glaube nicht an Zukunftsdeuterei – das ist Unsinn. Ich frage mich nur: Was bedeutet dies alles? Wahrsagerinnen sind meistens hinter dem Geld her. Aber diese Frau scheint Mrs. Pritchard ängstigen zu wollen, ohne dabei etwas für sich herauszuschlagen. Das will mir nicht in den Kopf. Und dann noch eins –‹

›Ja?‹

›Mrs. Pritchard behauptet, Zarida komme ihr irgendwie bekannt vor.‹

›Na, und?‹

›Kurz und gut, mir gefällt das Ganze nicht, Mr. Pritchard.‹

›Ich habe nicht gewusst, dass Sie so abergläubisch sind, Schwester.‹

›Ich bin nicht abergläubisch, aber ich fühle, wenn etwas faul ist.‹

Ungefähr vier Tage danach ereignete sich der erste Zwischenfall. Um den zu erklären, muss ich Ihnen zunächst Mrs. Pritchards Zimmer beschreiben –«

»Das kann ich wohl am besten«, unterbrach Mrs. Bantry ihn. »Es war mit einer jener Tapeten ausgestattet, auf denen Gruppen von Blumen eine Art Rabatte bilden, so dass man sich fast einbilden kann, man sei in einem Garten – aber natürlich sind die Blumen alle verkehrt. Ich meine, sie können unmöglich alle zur selben Zeit blühen –«

»Lass dich nicht von deiner Leidenschaft für floristische Genauigkeit hinreißen, Dolly«, mahnte ihr Mann. »Wir wissen alle, dass du eine begeisterte Gärtnerin bist.«

»Na, es ist schon lächerlich«, protestierte Mrs. Bantry, »wenn man wilde Hyazinthen, Narzissen, Lupinen, Stockrosen und Herbstastern alle zur selben Zeit blühen lässt.«

»Höchst unwahrscheinlich«, stimmte Sir Henry ihr zu. »Aber nun bitte weiter mit der Geschichte, wir sind alle gespannt.«

»Unter diesen Blumengruppen befanden sich auch Primeln, Büschel von gelben und roten Primeln und – aber erzähle weiter, Arthur, es ist deine Geschichte –«

Colonel Bantry fuhr mit der Erzählung fort.

»Eines Morgens läutete Mrs. Pritchard heftig. Der ganze Haushalt stürzte herbei – im Glauben, dass sie in den letzten

Zügen liege. Aber nichts dergleichen. Sie zeigte nur ganz aufgebracht mit dem Finger auf die Tapete, wo tatsächlich eine blaue Primel unter den anderen zu sehen war . . .«

»Oh«, rief Miss Helier, »wie unheimlich!«

»Man warf die Frage auf: War die blaue Primel nicht schon immer vorhanden gewesen? Diese Möglichkeit wurde von George und der Schwester ins Auge gefasst. Aber die aufgeregte Mrs. Pritchard wollte nichts davon wissen. Sie hatte die Primel erst an diesem Morgen bemerkt, und in der vergangenen Nacht war Vollmond gewesen.«

»Ich begegnete George Pritchard zufällig am selben Tag«, warf Mrs. Bantry ein, »und er erzählte mir davon. Daraufhin besuchte ich seine Frau und tat mein Bestes, die ganze Sache abzuschwächen. Aber vergebens. Ich war besorgt, als ich fortging. Unterwegs traf ich Jean Instow und erzählte ihr von dieser Episode. Jean ist ein merkwürdiges Mädchen. Sie wollte wissen: ›Sie regt sich also wirklich darüber auf?‹ Ich erwiderte, dass nach meinem Empfinden die Frau wohl vor Angst sterben könne – sie war wirklich übertrieben abergläubisch.

Ich erinnere mich noch, dass ihre Antwort mich geradezu erschreckte. Sie sagte nämlich: ›Das wäre vielleicht am allerbesten.‹ Die Worte waren so kühl, so sachlich gesprochen, dass ich tatsächlich – einfach schockiert war. Ich weiß, es gehört heutzutage mit zum guten Ton, sich realistisch, ja manchmal sogar brutal auszudrücken, aber ich kann mich nicht daran gewöhnen. Jean lächelte mich ein wenig seltsam an und meinte: ›Sie hören das nicht gern – aber es ist wahr. Was hat denn Mrs. Pritchard schon von ihrem Leben? Gar nichts. Und George Pritchard hat die Hölle auf Erden. Wenn seine Frau vor Schreck das Zeitliche segnete – das wäre das Beste, was ihm passieren könnte.‹ Ich sagte: ›George ist stets äußerst gut zu ihr.‹ Und sie erwiderte: ›Ja, er verdient eine Belohnung, der arme Kerl. Er ist eine anziehende Persönlichkeit, dieser George Pritchard. Dieser Meinung war auch die letzte Krankenschwester – die hübsche –, wie hieß sie doch noch? Carstairs. Er war auch die Ursache des Streits zwischen ihr und Mrs. P.‹

Das hörte ich natürlich nicht gern. Man hatte sich allerdings im Stillen gewundert –«

Mrs. Bantry machte eine bedeutungsvolle Pause.

»Ja, meine Liebe«, ertönte Miss Marples ruhige Stimme. »Das tut man immer. Ist Miss Instow ein hübsches Mädchen? Spielt sie etwa Golf?«

»Ja, sie ist eine hervorragende Sportlerin. Außerdem hübsch und attraktiv, sehr blond, mit gesundem Teint und schönen, ruhigen blauen Augen. Wir hatten natürlich immer das Gefühl, dass sie und George Pritchard – ich meine, wenn die Verhältnisse anders gewesen wären – sie passen so gut zueinander.«

»Und waren sie miteinander befreundet?«, fragte Miss Marple.

»O ja, sie waren gute Freunde.«

»Wie wär's, Dolly«, fragte Colonel Bantry etwas ungeduldig, »wenn ich endlich mit meiner Geschichte fortführe?«

»Arthur«, sagte Mrs. Bantry resigniert, »möchte zu seinen Geistern zurückkehren.«

»Den Rest der Geschichte erzählte mir George selbst«, fuhr der Colonel fort. »Es besteht kein Zweifel darüber, dass Mrs. Pritchard gegen Ende des folgenden Monats in großen Ängsten schwebte. Sie strich sich auf einem Kalender den Tag an, an dem der Mond voll sein würde, und ließ am Abend vorher die Schwester wie auch George in ihr Zimmer kommen. Beide mussten die Tapete sorgfältig prüfen. Es waren rosa und rote Stockrosen vorhanden, aber keine blauen. Sobald George das Zimmer verlassen hatte, schloss sie die Tür ab –«

»Und am nächsten Morgen war eine große blaue Stockrose zu sehen«, sagte Miss Helier fidel.

»Ganz recht«, pflichtete ihr Colonel Bantry bei. »Oder jedenfalls beinahe recht. Eine Blüte einer Stockrose gerade über ihrem Kopf war blau geworden. Dies machte George stutzig. Und natürlich, je mehr er stutzte, desto heftiger weigerte er sich, die Sache ernst zu nehmen. Er hielt daran fest, dass das Ganze ein dummer Streich sei, und ignorierte die Tatsache, dass die Tür verschlossen war und Mrs. Pritchard die Veränderung wahrnahm, bevor jemand anders – sogar Schwester Copling – ins Zimmer gelassen wurde.

Es machte George stutzig und zugleich unvernünftig. Seine Frau wollte das Haus verlassen, doch er gestattete das nicht. Zum ersten Mal in seinem Leben neigte er dazu, an das Übernatürliche zu glauben, aber er wollte es nicht zugeben. Gewöhnlich gab er den Wünschen seiner Frau nach. Diesmal weigerte er sich. Mary solle sich nicht lächerlich machen, erklärte er, das Ganze sei nur grober Unfug.

Und so eilte der nächste Monat dahin. Mrs. Pritchard erhob weniger Protest, als man gedacht hatte. Ich glaube, sie war abergläubisch genug, um anzunehmen, dass sie ihrem Schicksal nicht entrinnen könne. Sie wiederholte immer wieder: ›Die blaue Primel – Warnung. Die blaue Stockrose – Gefahr. Die blaue Geranie – Tod.‹ Und sie pflegte auf das Büschel rosaroter Geranien zu starren, die ihrem Bett am nächsten waren.

Das war nun alles ziemlich nervenaufreibend. Selbst die Schwester wurde davon angesteckt. Zwei Tage vor Vollmond kam sie zu George und bat ihn, Mrs. Pritchard aus dem Hause zu bringen.

George wurde zornig.

›Und wenn sich alle Blumen auf dieser verflixten Wand in blaue Teufel verwandeln würden, könnte das niemanden töten!‹, schrie er.

›Doch, das wäre möglich. An einem Schock sind schon mehr Leute gestorben.‹

›Unsinn‹, meinte George.

George ist stets ein wenig dickköpfig gewesen und ließ sich nicht umstimmen. Ich glaube, er nahm im Stillen an, dass seine Frau selbst diese Änderungen verursache und dass alles auf einen krankhaften hysterischen Plan von ihr zurückzuführen sei. Nun, die verhängnisvolle Nacht brach an. Wie üblich, verschloss Mrs. Pritchard ihre Tür. Sie war sehr ruhig – in einer fast erhabenen Gemütsverfassung. Dieser Zustand beunruhigte die Schwester, die ihr zur Anregung eine Strychninspritze geben wollte. Doch Mrs. Pritchard lehnte das ab. Ich glaube, in gewissem Sinne bereitete ihr das alles Vergnügen. Das behauptete George jedenfalls auch.«

»Das ist durchaus möglich«, bemerkte Mrs. Bantry. »Das Ganze muss von einem gewissen Zauber umsponnen gewesen sein.«

»Am nächsten Morgen ertönte kein heftiges Geklingel. Mrs. Pritchard wachte gewöhnlich um acht Uhr auf. Als man um halb neun noch nichts von ihr hörte, klopfte die Schwester laut an die Tür. Es blieb alles still. Daraufhin holte sie George und bestand darauf, dass man die Tür aufbreche. Dies geschah mit Hilfe eines Meißels.

Ein Blick auf die stille Gestalt auf dem Bett genügte Schwester Copling. Sie schickte George ans Telefon, um den Arzt herbeizurufen, aber es war zu spät. Mrs. Pritchard, erklärte der Doktor, sei seit mindestens acht Stunden tot. Ihr Riechfläschchen lag neben ihrer Hand auf dem Bett, und auf der Wand neben ihr hatte sich das Rosarot einer Geranie in ein leuchtendes Dunkelblau verwandelt.«

»Grässlich!«, stieß Miss Helier schaudernd hervor.

Sir Henry runzelte die Stirn.

»Keine weiteren Einzelheiten?«

Colonel Bantry schüttelte den Kopf. Doch Mrs. Bantry sagte rasch: »Das Gas.«

»Was hat es mit dem Gas auf sich?«, fragte Sir Henry.

»Als der Doktor kam, bemerkte er einen leichten Gasgeruch und entdeckte dann auch, dass der Gasring am Kamin etwas aufgedreht war, aber so wenig, dass es keine Rolle spielte.«

»Haben Mr. Pritchard und die Schwester nichts wahrgenommen, als sie das Zimmer zuerst betraten?«

»Die Schwester behauptete, sie habe etwas gerochen. George erklärte, er habe zwar keinen Gasgeruch gespürt, aber so etwas wie eine Ohnmachtsanwandlung bekommen. Er führte das auf den Schock zurück – und hatte wahrscheinlich Recht. Auf jeden Fall war eine Gasvergiftung unwahrscheinlich. Der Geruch war kaum zu merken.«

»Und ist die Geschichte damit zu Ende?«

»Nein, es wurde viel geredet. Die Dienstboten hatten nämlich gelauscht und zum Beispiel gehört, wie Mrs. Pritchard zu ihrem Mann sagte, dass er sie hasse und sich über sie lustig machen werde, wenn sie sterbe. Und dann noch spätere Bemerkungen. So hatte sie eines Tages, als er sich weigerte, das Haus aufzugeben, zu ihm gesagt: ›Na schön, wenn ich tot bin, wird sich hoffentlich jeder klarmachen, dass du mich umgebracht hast.‹ Und wie es das Unglück so wollte, hatte er gerade am Tag vor ihrem Tod etwas Unkrautgift angerührt, um die Gartenwege herzurichten. Eines der jüngeren Dienstmädchen hatte ihn dabei beobachtet und gesehen, wie er später seiner Frau ein Glas heiße Milch brachte.

Der Klatsch wurde immer größer. Der Arzt hatte einen Totenschein ausgestellt, aber ich weiß nicht, wie die Todesursache lautete – wahrscheinlich hatte er einen medizinischen Ausdruck gewählt, der nicht viel besagte. Die arme Frau ruhte jedenfalls noch nicht einen Monat in ihrem Grab, als die Exhumierung der Leiche angeordnet wurde.«

»Und die Autopsie ergab nichts, wie ich mich entsinne«, sagte Sir Henry ernst.

»Das Ganze ist wirklich sehr merkwürdig«, meinte Mrs. Bantry. »Diese Wahrsagerin Zarida, zum Beispiel. An der Adresse, die sie angegeben hatte, war eine solche Person gänzlich unbekannt!«

»Sie tauchte einmal auf – aus dem blauen Dunst heraus«, bemerkte ihr Mann, »und verschwand dann wieder vollständig, im blauen Dunst – das ist gut!«

»Und außerdem«, fuhr Mrs. Bantry fort, »hatte die kleine Schwester Carstairs, die sie ja empfohlen haben sollte, niemals etwas von dieser Zarida gehört.«

Sie blickten sich gegenseitig an.

»Eine geheimnisvolle Geschichte«, meinte Dr. Lloyd. »Man könnte natürlich allerlei Vermutungen anstellen, aber –«

Er schüttelte den Kopf.

»Hat Mr. Pritchard dann Miss Instow geheiratet?«, fragte Miss Marple mit ihrer sanften Stimme.

»Nun, warum wollen Sie gerade das wissen?«, erkundigte sich Sir Henry.

Miss Marple schlug ihre gütigen blauen Augen weit auf.

»Es erscheint mir so wichtig«, entgegnete sie. »Haben die beiden geheiratet?«

Colonel Bantry schüttelte den Kopf.

»Wir – nun, wir haben das eigentlich erwartet –, aber jetzt sind schon achtzehn Monate vergangen, und ich glaube, sie sehen sich kaum noch.«

»Das ist wichtig«, sagte Miss Marple, »sehr wichtig.«

»Dann denken Sie sicher dasselbe wie ich«, bemerkte Mrs. Bantry. »Sie nehmen an –«

»Nun, Dolly«, unterbrach ihr Mann sie, »was du da sagen

willst, ist unberechtigt. Du kannst nicht einfach jemanden anklagen, ohne den geringsten Beweis dafür zu haben.«

»Sei nicht so – so männerhaft, Arthur. Männer haben eine furchtbare Angst, auch nur das Geringste zu sagen. Dies bleibt ja ganz unter uns. Es ist nur eine wilde, fantastische Idee von mir, dass Jean Instow sich eventuell – ich möchte betonen – *eventuell* – als Wahrsagerin verkleidet hat. Wohlverstanden, nur im Scherz. Ich glaube ja nicht für eine Sekunde, dass sie böse Absichten dabei gehabt hat. Wenn sie es aber getan hat und Mrs. Pritchard dumm genug war, vor Angst zu sterben – nun, das ist doch der Gedanke, den Miss Marple ebenfalls hatte, nicht wahr?«

»Nein, meine Liebe, nicht ganz«, entgegnete Miss Marple. »Sehen Sie, wenn ich jemanden töten wollte – was mir natürlich nicht einmal im Traum einfallen würde, da es etwas sehr Unnatürliches ist, und außerdem töte ich nicht einmal Wespen, obwohl das ja notwendig ist, und ich bin überzeugt, der Gärtner verfährt dabei stets so human wie eben möglich. Aber was wollte ich doch noch sagen?«

»Wenn Sie jemanden töten wollten«, drängte Sir Henry.

»Ja. Dann würde ich mich nicht darauf verlassen, dass jemand vor Angst sterben könnte. Ich weiß, man liest von solchen Fällen, aber es scheint mir doch eine ungewisse Angelegenheit zu sein. Selbst die nervösesten Leute sind in Wirklichkeit weitaus tapferer, als man im allgemeinen annimmt. Nein, ich würde etwas Sicheres vorziehen und einen gründlichen Plan zu diesem Zweck machen.«

»Miss Marple«, ließ Sir Henry sich hören. »Sie flößen mir geradezu Angst ein. Ich hoffe, Sie haben nie das Verlangen, mich von dieser Erde verschwinden zu lassen. Ihre Pläne könnten allzu gut sein.«

Miss Marple warf ihm einen vorwurfsvollen Blick zu.

»Ich dachte, ich hätte es deutlich genug zum Ausdruck gebracht, dass ich ein solches Verbrechen nie ins Auge fassen würde. Nein, ich habe nur versucht, mich in die Lage – einer gewissen Person hineinzuversetzen.«

»Denken Sie etwa an George Pritchard?«, fragte der Colonel. »Das traue ich George niemals zu – obwohl die Schwester es annimmt. Ich suchte sie etwa einen Monat später auf, gerade zur Zeit der Exhumierung. Sie wusste nicht, wie es geschehen war, und wollte eigentlich gar nicht darüber reden. Aber ich hatte den deutlichen Eindruck, dass sie George für den Tod seiner Frau verantwortlich machte. Sie schien völlig überzeugt zu sein.«

»Nun«, meinte Dr. Lloyd, »vielleicht war sie nicht so weit von der Wahrheit entfernt. Und bedenken Sie eines: Eine Krankenschwester weiß oft Bescheid. Sie kann es nicht sagen, da sie keinen Beweis hat – aber sie weiß es.«

Sir Henry beugte sich vor. »Miss Marple, Sie scheinen ganz in Gedanken versunken. Wollen Sie uns nicht etwas davon verraten?«

Miss Marple schreckte hoch.

»Ich bitte um Verzeihung«, entgegnete sie. »Ich dachte gerade an unsere Gemeindeschwester. Ein höchst schwieriges Problem.«

»Schwieriger als das Problem der blauen Geranie?«

»Eigentlich hängt es mit den Primeln zusammen«, lautete die überraschende Antwort. »Mrs. Bantry erwähnte gelbe und rötliche. Wenn es eine rötliche Primel war, die blau wurde, dann passt es natürlich sehr gut. Aber wenn es eine gelbe gewesen ist –«

»Es war eine rötliche Primel«, bestätigte Mrs. Bantry, während sie Miss Marple anschaute. Alle starrten Miss Marple an.

»Das scheint die Sache zu erklären«, sagte Miss Marple und schüttelte bedauernd den Kopf. »Und dann noch die Wespenzeit und alles. Und das Gas natürlich.«

»Es erinnert Sie wohl an zahllose Dorftragödien, nicht wahr?«, fragte Sir Henry.

»Nicht gerade Tragödien«, erwiderte Miss Marple. »Und gewiss nicht an verbrecherische Handlungen. Aber es erinnert mich tatsächlich an die Scherereien, die wir mit der Gemeindeschwester haben. Schließlich sind Krankenschwestern auch menschliche Wesen, und wenn man bedenkt, dass sie stets ein korrektes Benehmen an den Tag legen und diese unbequemen Kragen tragen und so eng mit der Familie zusammenleben müssen – nun, kann man sich da wundern, dass manchmal etwas passiert?«

Sir Henry ging ein schwaches Licht auf.

»Aha, Sie denken an Schwester Carstairs?«

»O nein. Nicht an Schwester Carstairs. An Schwester Copling. Sie war nämlich vorher schon einmal im Hause gewesen und sehr viel mit Mr. Pritchard zusammengekommen, der, wie Sie sagen, eine große Anziehungskraft besitzt. Sie hat wohl geglaubt, das arme Ding – na, darauf brauchen wir nicht weiter einzugehen. Vermutlich hat sie von Miss Instow nichts gewusst, und hinterher, als sie es erfuhr, wurde sie zu seiner Feindin und versuchte, ihm soviel Schaden zuzufügen wie nur möglich. Natürlich hat der Brief sie in erster Linie verraten, nicht wahr?«

»Was für ein Brief?«

»Nun, auf Mrs. Pritchards Bitte hin schrieb sie doch an die Wahrsagerin, und die Wahrsagerin kam doch anscheinend auf diesen Brief hin. Aber später stellte es sich heraus, dass eine solche Person niemals an dieser Adresse existiert hat. Das zeigt, dass Schwester Copling ihre Hand dabei im Spiel hatte. Sie tat nur so, als ob sie schrieb. Was ist also wahrscheinlicher, als anzunehmen, dass sie selbst die Wahrsagerin spielte?«

»Die Sache mit dem Brief ist mir entgangen«, gab Sir Henry zu, »und das ist natürlich ein höchst wichtiger Punkt.«

»Ein ziemlich kühnes Unterfangen«, meinte Miss Marple, »denn Mrs. Pritchard hätte sie trotz ihrer Verkleidung ja erkennen können. Aber in dem Falle konnte die Schwester ja so tun, als handle es sich um einen Scherz.«

»Sie erwähnten vorhin, dass Sie sich an der Stelle einer gewissen Person nicht auf das Angstmotiv verlassen hätten. Was wollten Sie damit sagen?«, fragte Sir Henry.

»Man konnte nicht damit rechnen«, erwiderte Miss Marple. »Nein, ich glaube, die Warnungen und die blauen Blumen waren – wenn ich mal einen militärischen Ausdruck verwenden darf« – sie lachte etwas verlegen –, »nur Camouflage.«

»Und was steckte dahinter?«

»Ich weiß«, entschuldigte sich Miss Marple, »dass mir Wespen im Kopf herumspuken. Die armen Dinger, zu Tausenden vernichtet – und gewöhnlich an so schönen Sommertagen. Aber als ich einmal sah, wie der Gärtner das Zyankali in einer Flasche mit Wasser auflöste, habe ich mir gedacht, wie sehr es doch dem Riechsalz ähnelt. Und wenn man es in ein Riechfläschchen täte – nun, die arme Kranke gebrauchte ja immer so ein Fläschchen. Man fand es sogar neben ihrer Hand, als sie gestorben war. Als Mr. Pritchard den Arzt anrief, konnte die Schwester es gegen das richtige Fläschchen austauschen, und sie konnte ein ganz klein wenig das Gas aufdrehen, um den Mandelgeruch zu verdecken, und für den Fall, dass sich jemand nicht recht wohl fühlte. Ich habe immer gehört, dass Zyankali keine Spuren hinterlässt, wenn man lange genug wartet. Aber ich kann mich natürlich getäuscht haben, und es mag etwas ganz anderes in der Flasche gewesen sein; doch das spielt eigentlich keine Rolle, nicht wahr?«

Miss Marple hielt etwas erschöpft inne.

Jane Helier beugte sich vor und sagte: »Aber wie steht's mit der blauen Geranie und den anderen Blumen?«

»Schwestern haben immer Lackmuspapier, nicht wahr?«, entgegnete Miss Marple. »Für – nun, für Untersuchungen. Kein sehr angenehmes Thema. Wir wollen nicht dabei verweilen. Ich habe auch etwas Krankenpflege ausgeübt. Blaues Lackmuspapier wird durch Säuren rot, und rotes Lackmuspapier wird durch Basen blau. Es ist so leicht, etwas rotes Lackmuspapier über eine rote Blume zu kleben – nahe am Bett natürlich. Und wenn dann die arme Dame ihr Riechsalz benutzte, färbten die starken Ammoniakdünste das Papier blau. Wirklich sehr spitzfindig. Die Geranie war natürlich noch nicht blau, als die Leute ins Zimmer kamen – das sah man erst später. Als die Schwester die Flaschen vertauschte, hat sie das Riechfläschchen einen Moment gegen die Tapete gehalten.«

»Man könnte meinen, Sie seien dabei gewesen, Miss Marple«, sagte Sir Henry bewundernd.

»Worüber ich mir Sorgen mache«, erwiderte Miss Marple, »das ist das Verhältnis zwischen dem armen Mr. Pritchard und dem netten jungen Mädchen, Miss Instow. Wahrscheinlich haben sie sich gegenseitig in Verdacht und gehen sich aus dem Wege. Dabei ist das Leben so kurz.«

Sie schüttelte betrübt den Kopf.

»Darüber brauchen Sie sich keine Sorgen zu machen«, beruhigte sie Sir Henry. »Ich habe nämlich eine kleine Überraschung für Sie. Eine Krankenschwester ist gerade verhaftet worden, weil sie eine ältere Patientin ermordete, die ihr eine größere Summe vermacht hatte. Es geschah mit Zyankali, das anstelle von Riechsalz in ein Riechfläschchen abgefüllt worden war. Es handelt sich um Schwester Copling, die den gleichen Trick noch einmal versuchte. Miss Instow und Mr. Pritchard brauchen keine Zweifel an der Wahrheit zu hegen.«

Die Gesellschafterin

»Nun, Dr. Lloyd«, wandte sich Miss Helier an den Arzt, »wissen Sie keine aufregenden Geschichten?«

Sie lächelte ihm zu – es war das Lächeln, das allabendlich das Theaterpublikum bezauberte. Jane Helier wurde manchmal die schönste Frau Englands genannt, und eifersüchtige Kolleginnen pflegten einander zuzuraunen: »Jane ist natürlich keine Künstlerin. Sie kann nicht spielen – wenn Sie mich richtig verstehen. Es sind einfach diese Augen!« Und diese Augen waren in diesem Moment schmachtend auf den grauhaarigen Junggesellen Dr. Lloyd gerichtet, der in den letzten fünf Jahren die Kranken im Dorf St. Mary Mead betreut hatte.

»Wissen Sie, Miss Helier«, meinte Dr. Lloyd, »es passiert nicht viel Unheilvolles – und noch weniger Verbrecherisches – in St. Mary Mead.«

»Aber Doktor«, beharrte Jane Helier, »Sie haben doch nicht immer hier gelebt. Sie sind gewiss in der ganzen Welt herumgekommen und an merkwürdigen Orten gewesen, wo etwas passiert sein muss!«

»Das stimmt natürlich«, erwiderte Dr. Lloyd, der verzweifelt nachdachte. »Ja, sicher . . . Ja . . . Ah! Ich hab's!«

Mit einem Seufzer der Erleichterung sank er zurück.

»Es ist schon einige Jahre her – fast hätte ich es vergessen. Aber die Begebenheiten waren seltsam, wirklich sehr seltsam. Und die letzte Koinzidenz, die mir des Rätsels Lösung verschaffte, war ebenfalls sehr merkwürdig.«

Miss Helier zog eilig ihren Stuhl etwas näher zu ihm heran. Die anderen schauten ihm ebenfalls sehr interessiert entgegen.

»Ich weiß nicht, ob jemand von Ihnen die Kanarischen Inseln kennt«, begann der Doktor.

»Die müssen wundervoll sein«, warf Jane dazwischen. »Sie liegen in der Südsee, nicht wahr? Oder im Mittelmeer?«

»Ich habe sie auf meinem Weg nach Südafrika besucht«, bemerkte der Colonel. »Die Landspitze von Teneriffa bietet bei Sonnenuntergang einen wunderschönen Anblick.«

»Der Zwischenfall, den ich beschreibe, ereignete sich auf der Insel Gran Canaria, nicht auf Teneriffa. Vor einer Reihe von Jahren war ich gesundheitlich nicht auf der Höhe. Infolgedessen musste ich meine Praxis in England aufgeben und ins Ausland gehen. Ich praktizierte damals in Las Palmas, der Hauptstadt von Gran Canaria, und genoss das Leben dort sehr.

Schiffe aus allen Teilen der Welt kommen nach Las Palmas. Manchmal bleiben sie nur ein paar Stunden, manchmal ein paar Tage. Im ersten Hotel dort, im Metropole, sieht man Leute aller Rassen und Nationalitäten – Zugvögel. Selbst die Leute, die nach Teneriffa gehen, bleiben erst ein paar Tage hier, bevor sie zu der anderen Insel hinüberfahren.

Meine Geschichte beginnt im Metropole-Hotel an einem Donnerstagabend im Januar. Es wurde getanzt, und ein Freund und ich saßen an einem kleinen Tisch und sahen zu. Es waren mehrere Engländer und Angehörige anderer Nationen da, aber die meisten der Tänzer waren spanischer Herkunft. Als das Orchester einen Tango spielte, waren nur sechs Paare spanischer Nationalität auf dem Parkett. Sie tanzten alle sehr gut, und wir sahen bewundernd zu. Besonders eine Frau erregte unsere lebhafte Bewunderung. Groß, schön und geschmeidig, bewegte sie sich mit der Grazie einer halbgezähmten Leopardin. Sie hatte so etwas Verderbliches an sich. Ich sprach mit meinem Freund darüber, und er pflichtete mir bei.

›Solche Frauen‹, meinte er, ›haben unbedingt eine Vergangenheit. Das Leben geht nicht an ihnen vorüber.‹

›Schönheit ist vielleicht ein gefährlicher Besitz‹, sagte ich.

›Es ist nicht nur Schönheit‹, beharrte er. ›Es ist noch etwas anderes. Sieh sie dir doch einmal an. Sicherlich passiert ihr vieles, oder es passiert ihretwegen. Wie ich schon sagte, das Leben wird nicht spurlos an ihr vorübergehen. Sie wird im Mittelpunkt seltsamer und aufregender Ereignisse stehen. Man braucht nur einen Blick auf sie zu werfen, und man weiß Bescheid.‹

Er machte eine Pause und fügte dann lächelnd hinzu:

›Ebenso wie du nur einen Blick auf die zwei Frauen da drüben zu werfen brauchst, um zu wissen, dass nichts Ungewöhnliches sich je in ihrem Leben ereignen wird. Sie sind wie geschaffen für eine sichere, eintönige Existenz.‹

Ich folgte seinen Blicken. Die beiden Frauen, auf die er anspielte, waren Reisende, die eben erst angekommen waren – ein Dampfer vom Holländischen Lloyd hatte Las Palmas gerade angelaufen, und die ersten Passagiere waren bereits von Bord gegangen.

Auf den ersten Blick sah ich, was mein Freund meinte. Es handelte sich um zwei Engländerinnen – die richtig nette Sorte, die man so oft im Ausland antrifft. So um die vierzig herum. Die eine war blond und vollschlank und die andere dunkel und ein wenig überschlank. Beide – noch gut erhalten, wie man so zu sagen pflegt – trugen schlichte, unauffällige und leichte Tweedkostüme und gebrauchten offensichtlich keinerlei Make-up. Und wie mein Freund schon bemerkte, würden sie nie etwas Aufregendes oder Besonderes erleben, wenn sie auch die halbe Welt durchreisten. Mein Blick wanderte zurück zu unserer geschmeidigen Spanierin mit ihren oft halbgeschlossenen glutvollen Augen, und ich musste lächeln.«

»Die Ärmsten«, seufzte Jane Helier. »Aber ich halte es wirklich für töricht, wenn jemand so gar nichts aus sich macht.«

»Fahren Sie fort, Doktor«, bat Mrs. Bantry. »Ich höre gern Geschichten von geschmeidigen spanischen Tänzerinnen. Darüber vergesse ich ein wenig, wie alt ich inzwischen bin.«

»Leider muss ich Sie enttäuschen«, entschuldigte sich Dr. Lloyd. »Die Geschichte dreht sich nämlich gar nicht um die Spanierin.«

»Nein?«

»Nein. Mein Freund und ich hatten uns sehr geirrt. Im Dasein der spanischen Schönheit ereignete sich nicht das geringste, das man als interessant oder aufregend hätte bezeichnen können. Sie heiratete später einen Angestellten in einem Schifffahrtsbüro, und zur Zeit, als ich die Insel verließ, hatte sie bereits fünf Kinder und war recht korpulent. Nein, meine Geschichte dreht sich um die beiden Engländerinnen.«

»Ist ihnen etwas zugestoßen?«, hauchte Miss Helier.

»Ihnen ist etwas zugestoßen – und zwar gleich am nächsten Tag.«

»Wirklich?«

»Bevor ich an dem Abend ausging, warf ich aus Neugierde einen Blick in das Gästebuch und entdeckte die Namen sehr schnell. Miss Mary Barton und Miss Amy Durrant aus Little Paddocks, Caughton Weir, Bucks. In dem Augenblick hatte ich nicht die leiseste Ahnung, wie bald ich diesen beiden Namen wieder begegnen sollte – und unter was für tragischen Umständen. Am folgenden Tag hatte ich mich mit einigen Freunden für ein Picknick verabredet. Wir wollten mit dem Auto quer über die Insel zu einem Ort fahren, der, soweit ich mich nach so langer Zeit noch erinnern kann, Las Nieves hieß und in einer wohlgeschützten Bucht lag, wo wir unseren Lunch essen und später baden wollten, wenn wir noch Lust dazu hatten. Dieses Programm führten wir auch durch, nur brachen wir reichlich spät auf, so dass wir schon unterwegs picknickten und später nach Las Nieves weiterfuhren, um vor dem Tee noch etwas zu schwimmen.

Sobald wir uns dem Strand näherten, nahmen wir einen ungeheuren Tumult wahr. Die ganze Bevölkerung des kleines Dorfes schien dort versammelt zu sein. Als man uns sah, stürzten einige der Inselbewohner sofort auf unseren Wagen zu und begannen, uns sehr erregt die Situation zu erklären. Da mein Spanisch nicht sehr gut war, dauerte es eine Weile, bis ich alles verstand, aber schließlich hatte ich begriffen.

Zwei verrückte Engländerinnen waren ins Wasser gegangen, und eine davon war zu weit hinausgeschwommen und dadurch in Schwierigkeiten geraten. Die andere war ihr nachgeschwommen und hatte versucht, sie an Land zurückzubringen. Doch auch ihre Kraft hatte versagt. Sie wäre ebenfalls ertrunken, wenn nicht ein Mann in einem Boot hinausgerudert wäre und beide zurückgebracht hätte – eine davon rettungslos verloren. Sobald ich die Sache erfasst hatte, drängte ich mich durch die Menschenmenge und eilte ans Ufer. Zuerst erkannte ich die beiden Frauen nicht. Die rundliche Figur in dem schwarzen Badekostüm und der eng anliegenden grünen Bademütze rief keine Erinnerung in mir wach, als sie ängstlich zu mir aufblickte. Sie kniete neben ihrer Freundin und machte etwas ungeschickte Wiederbelebungsversuche. Als ich ihr sagte, dass ich Arzt sei, stieß sie einen Seufzer der Erleichterung aus, und ich schickte sie sofort in eine nahe gelegene Hütte, damit sie sich abtrocknen und etwas anderes anziehen konnte. Eine der Damen aus meiner Gesellschaft begleitete sie. Ich selbst bemühte mich vergeblich um die ertrunkene Frau. Es steckte kein Funke Leben

mehr in ihr, und schließlich musste ich meine Wiederbelebungsversuche resigniert einstellen.

Ich gesellte mich dann zu den anderen in der kleinen Fi-
scherhüte und versuchte der zweiten Dame die traurige
Nachricht so schonend wie möglich beizubringen. Die Überlebende hatte jetzt Straßenkleider an, und ich erkannte in ihr
sofort eine der beiden Engländerinnen, die am Abend vorher
angekommen waren. Sie nahm die Trauerbotschaft ziemlich
gelassen entgegen. Offenbar spielte die Aufregung über das
ganze Geschehen eine größere Rolle als irgendwelche persönlichen Gefühle.

›Arme Amy‹, sagte sie. ›Arme, arme Amy. Sie hatte sich so
sehr auf das Schwimmen hier gefreut, und sie war auch eine
gute Schwimmerin. Ich kann es einfach nicht verstehen. Was
mag es nur gewesen sein, Herr Doktor?‹

›Vielleicht ein Krampf. Wollen Sie mir, bitte, den Vorgang
genau beschreiben?‹

›Wir waren beide eine Zeit lang geschwommen – zwanzig
Minuten, möchte ich sagen. Dann wollte ich das Wasser verlassen, aber Amy erklärte, sie würde noch einmal hinaus-
schwimmen, was sie auch tat. Plötzlich hörte ich sie rufen,
und ich merkte sehr bald, dass es ein Hilferuf war. Ich
schwamm ihr nach, so schnell ich konnte. Sie war noch über
Wasser, als ich sie erreichte, aber sie klammerte sich aufgeregt und sehr fest an mich, so dass wir beide untergingen.
Wenn der Mann mit seinem Boot nicht gekommen wäre,
hätte auch ich mein Leben eingebüßt.‹

›Das ist schon oft genug vorgekommen‹, bestätigte ich. ›Jemanden vor dem Ertrinken zu retten ist nicht so einfach.‹

›Es ist entsetzlich‹, fuhr Miss Barton fort. ›Wir sind nämlich
erst gestern hier angekommen und waren so begeistert von
dem Sonnenschein und unseren Ferien. Und nun muss diese
schreckliche Tragödie passieren.‹

Ich bat sie dann um Einzelheiten über die Tote und erklärte ihr, dass ich ihr in jeder Weise zur Seite stehen würde, dass aber die spanischen Behörden genaue Auskunft verlangten. Und sie erzählte mir bereitwillig alles, was ich wissen musste.

Die Tote, Miss Amy Durrant, war ihre Gesellschafterin und hatte vor etwa fünf Monaten ihren Posten bei ihr angetreten. Sie waren recht gut miteinander ausgekommen, aber Miss Durrant hatte sehr wenig über ihre Angehörigen gesprochen. Sie war sehr früh verwaist und wuchs dann bei einem Onkel auf. Mit einundzwanzig Jahren verdiente sie sich schon ihren eigenen Lebensunterhalt.

Und nun war sie tot«, fügte der Doktor hinzu. Nach einer kleinen Pause wiederholte er noch einmal – und es klang, als sei er am Ende seiner Erzählung angelangt –: »Und nun war sie tot.«

»Ich verstehe nicht ganz«, meldete sich Jane Helier. »Ist das alles? Ich meine, es ist ja wohl sehr tragisch, aber nicht gerade sehr mysteriös.«

»Ich glaube, die Geschichte ist noch nicht zu Ende«, meinte Sir Henry.

»Nein«, antwortete Dr. Lloyd, »die Geschichte ist leider noch nicht zu Ende. Schon damals kam etwas Merkwürdiges zutage. Ich hatte natürlich auch bei den Fischern und den übrigen Augenzeugen Erkundigungen über den Vorgang eingezogen, und eine Frau hatte etwas Seltsames zu berichten. Damals gab ich nicht viel darauf, aber später erinnerte ich mich wieder daran. Sie behauptete nämlich, steif und fest, Miss Durrant sei nicht am Ertrinken gewesen, als sie Miss Barton etwas zurief. Miss Barton sei hinausgeschwommen und habe Miss Durrants Kopf vorsätzlich unter Wasser gehalten. Wie ich schon sagte, gab ich nicht viel darauf. Die Geschichte klang so fantastisch, und oft bekommt man am Ufer einen ganz anderen Eindruck von diesen Dingen. Vielleicht wollte Miss Barton bewirken, dass ihre Freundin das Bewusstsein verlor, weil sie erkannte, dass durch die wilden Anklammerungsversuche sie alle beide ertrinken würden. Die Spanierin dagegen stellte es so dar, als habe Miss Barton versucht, ihre Gesellschafterin zu ertränken.

Ich wiederholte nochmals: Ich schenkte dieser Geschichte damals wenig Beachtung. Unsere große Schwierigkeit bestand darin, etwas über diese Amy Durrant ausfindig zu machen. Es schienen gar keine Verwandten zu existieren. Miss Barton und ich durchsuchten ihre Sachen. Wir fanden eine Adresse, an die wir sofort schrieben. Aber es stellte sich heraus, dass es sich nur um ein Zimmer handelte, das Miss Durrant gemietet hatte, um ihre Sachen unterzustellen. Die Wirtin wusste nichts und hatte sie nur beim Vermieten des Zimmers gesehen. Miss Durrant hatte damals die Bemerkung gemacht, dass sie gern einen Platz habe, den sie ihr eigen nennen und zu dem sie jederzeit zurückkehren könne. Es waren, schrieb die Wirtin, ein paar schöne alte Möbelstücke in dem Zimmer, ferner einige Bände mit Zeichnungen und ein Koffer mit im Ausland erstandenen Stoffresten, aber keine persönlichen Dinge. Der Wirtin gegenüber hatte sie erwähnt, dass ihre Eltern in Indien gestorben seien, als sie noch ein Kind war, und dass sie bei einem Onkel, einem Geistlichen, aufgewachsen sei. Sie hatte jedoch nicht gesagt, ob es ein Bruder ihres Vaters oder ihrer Mutter gewesen sei. Also konnte man mit dem Namen nicht viel anfangen.

Es war eigentlich nicht mysteriös, eher unbefriedigend. Es muss viele einsame, stolze und zurückhaltende Frauen geben, die sich in derselben Lage befinden. Unter ihren Habseligkeiten in Las Palmas entdeckten wir ein paar Fotografien – ziemlich alt und verblichen, und da sie außerdem für die Rahmen zurechtgeschnitten waren, stand der Name des Fotografen nicht mehr darauf.

Sie hatte Miss Barton zwei Referenzen gebracht. Eine hatte Miss Barton vergessen, und auf die andere besann sie sich nach langem Nachdenken. Aber es stellte sich heraus, dass es sich um eine Dame handelte, die gerade nach Australien gereist war. Man schrieb an sie, und es dauerte natürlich eine ganze Weile, bis die Antwort kam. Und als sie schließlich eintraf, konnte man nicht viel damit anfangen. Die Dame schrieb, dass Miss Durrant ihre Gesellschafterin und sehr tüchtig und charmant gewesen sei, dass sie aber nichts Näheres über ihre Privatangelegenheiten oder Verwandten wisse.

Es lag nichts Ungewöhnliches darin. Aber beides zusammen – einmal, dass niemand etwas über Amy Durrant wusste, und zum anderen der merkwürdige Bericht der Spanierin – erweckte eine gewisse Neugierde und Unruhe in mir. Ja, und ich möchte noch ein Drittes hinzufügen: Als ich mich zuerst über Miss Durrant beugte und Miss Barton auf die Hütte zuging, blickte sie sich um, und zwar mit einem Ausdruck auf ihrem Gesicht, den ich als äußerst bestürzt bezeichnen möchte – eine angstvolle Ungewissheit, die sich mir deutlich eingeprägt hat.

Damals sah ich nichts Ungewöhnliches darin. Ich schrieb es ihrer großen Sorge um ihre Freundin zu. Später aber wurde mir klar, dass die beiden sich gar nicht so freundschaftlich zugetan waren. Miss Barton mochte Amy Durrant gern und war betroffen über ihren Tod – aber sie empfand keinen tiefen Kummer.

Warum dann aber diese auffallende Besorgnis? Diese Frage tauchte immer wieder in mir auf. In dem Blick hatte ich mich nämlich nicht geirrt. Und fast gegen meinen Willen begann sich allmählich eine Antwort in meinem Gehirn zu formen. Wenn nun die Geschichte der Spanierin richtig wäre; wenn Mary Barton versucht hätte, Amy Durrant vorsätzlich und kaltblütig zu ertränken?

Es gelingt ihr, sie unter Wasser zu halten, während sie vorgibt, sie zu retten, Sie werden von dem Boot an Land geholt. Sie befinden sich an einer einsamen, weltabgelegenen Küste. Und dann erscheine ich – etwas, womit sie ganz und gar nicht gerechnet hatte. Ein Arzt! Und noch dazu ein englischer Arzt! Sie weiß ganz genau, dass Menschen, die bedeutend länger unter Wasser gewesen sind als Amy Durrant, durch künstliche Atmung wieder belebt worden sind. Aber sie muss ihre Rolle spielen – muss fortgehen und mich mit ihrem Opfer allein lassen. Und als sie einen letzten Blick zurückwirft, zeigt sich eine schreckliche Angst in ihren Zügen. Wird Amy Durrant ins Leben zurückkehren und erzählen, was sie weiß?«

»Oh!«, rief Jane Helier. »Jetzt bin ich aber gespannt!«

»Aus dieser Perspektive heraus nahm die ganze Geschichte einen unheimlichen Charakter an, und die Persönlichkeit der Amy Durrant wurde immer geheimnisvoller. Wer war Amy Durrant? Warum sollte sie, eine unbedeutende bezahlte Gesellschafterin, von ihrer Arbeitgeberin ermordet worden sein? Was für eine Geschichte lag der verhängnisvollen Badeexkursion zugrunde? Sie hatte erst vor wenigen Monaten ihren Posten angetreten. Mary Barton hatte sie mit ins Ausland genommen, und gleich am ersten Tag nach ihrer Ankunft war die Tragödie passiert. Und sie waren beide nette, durchschnittliche, gebildete Engländerinnen! Es war zu fantastisch, und das habe ich mir dann auch gesagt! Ich hatte meiner Fantasie die Zügel schießen lassen.«

»Sie haben also nichts weiter unternommen?«, fragte Miss Helier.

»Meine liebe junge Dame, was konnte ich denn tun? Man hatte keinen Beweis. Die meisten Augenzeugen gaben denselben Bericht wie Miss Barton. Ich hatte meinen eigenen Verdacht auf einem flüchtigen Gesichtsausdruck aufgebaut, den ich mir auch sehr gut eingebildet haben mochte. Nur eins

blieb mir übrig, und das tat ich auch. Ich stellte die ausge-
dehntesten Nachforschungen nach Amy Durrants Verwandten an. Als ich das nächste Mal in England war, suchte ich sogar ihre Wirtin auf, ohne jedoch mehr zu erfahren, als ich
schon berichtete habe.«

»Aber Sie spürten, dass da etwas nicht stimmte«, sagte
Miss Marple.

Dr. Lloyd nickte.

»Meistens schämte ich mich dieses Gedankens. Wie konnte
ich mir erlauben, diese nette, wohlerzogene Engländerin eines gemeinen, kaltblütigen Verbrechens zu verdächtigen? Ich
gab mir die erdenklichste Mühe, ihr gegenüber so herzlich
wie möglich zu sein während ihres kurzen Aufenthalts auf
der Insel. Ich half ihr bei den spanischen Behörden und tat alles, was ein Engländer in einem fremden Lande für eine
Landsmännin tun konnte. Und doch bin ich überzeugt, dass
sie wusste, dass ich sie verdächtigte.«

»Wie lange blieb sie denn noch auf der Insel?«, erkundigte
sich Miss Marple.

»Ich glaube, etwa vierzehn Tage. Miss Durrant wurde dort
begraben, und es muss ungefähr zehn Tage später gewesen
sein, als Miss Barton mit einem Schiff nach England zurückfuhr. Das Ganze hatte sie so aufgeregt, dass sie den Winter
nicht dort verbringen mochte, wie sie geplant hatte. Das sagte
sie jedenfalls.«

»War es ihr anzumerken, dass sie aufgeregt war?«, fragte
Miss Marple.

Der Doktor zögerte.

»Nun, äußerlich konnte man ihr nichts ansehen«, sagte er
vorsichtig.

»Sie wurde zum Beispiel nicht dicker?«, fragte Miss Marple.

»Wissen Sie – es ist sehr merkwürdig, dass Sie das sagen.

127

Und ich glaube sogar, Sie haben recht. Jetzt, wo ich daran zurückdenke, scheint es mir tatsächlich so, als habe sie zugenommen.«

»Wie grässlich«, meinte Jane Helier schaudernd. »Es – es klingt ja beinahe so, als ob sie sich vom Blut ihres Opfers nährte.«

»Und doch mag ich ihr auf andere Weise Unrecht zufügen«, fuhr Dr. Lloyd fort. »Bevor sie abreiste, sagte sie tatsächlich etwas, das auf etwas ganz anderes schließen ließ. Bei manchen Menschen arbeitet das Gewissen, glaube ich, sehr langsam; sie brauchen eine gewisse Zeit, bis sie sich der Ungeheuerlichkeit einer begangenen Tat bewusst werden.

Es war am Abend vor ihrer Abreise von den Kanarischen Inseln. Sie hatte um meinen Besuch gebeten uns sich bei mir für alle meine Hilfe herzlich bedankt. Ich wehrte natürlich ab und stellte alles als ganz selbstverständlich hin. Nach einer kurzen Pause stellte sie mir plötzlich eine Frage: ›Glauben Sie, dass man je dazu berechtigt ist, selbst Gerechtigkeit zu üben?‹

Ich erwiderte, dass das eine ziemlich schwierige Frage sei, die ich aber im Großen und Ganzen verneinen müsse. Dazu sei das Gesetz da, und diesem Gesetz müssten wir uns fügen.

›Selbst wenn das Gesetz machtlos ist?‹

›Das verstehe ich nicht ganz.‹

›Es ist sehr schwierig zu erklären. Aber man könnte einen sehr guten und triftigen Grund haben für eine Tat, die unbedingt als verkehrt, ja sogar als ein Verbrechen angesehen wird.‹

Ich erwiderte ganz trocken, dass wahrscheinlich eine ganze Reihe von Verbrechern dieser Ansicht gewesen seien, und sie wich vor mir zurück.

›Das ist aber schrecklich‹, murmelte sie. ›Schrecklich.‹

Dann bat sie mich plötzlich in verändertem Ton um ein

Schlafmittel. Sie habe seit – sie zauderte – seit dem furchtbaren Schock nicht mehr richtig schlafen können.

›Sind Sie sicher, dass das der Grund ist?‹, fragte ich. ›Sonst beunruhigt Sie nichts? Es lastet nichts auf Ihrer Seele?‹

›Auf meiner Seele? Was sollte wohl schon auf meiner Seele lasten?‹

Sie stieß diese Worte heftig und misstrauisch hervor.

›Angst ist manchmal die Ursache von Schlaflosigkeit‹, sagte ich leichthin.

Sie schien einen Augenblick nachzudenken.

›Meinen Sie Angst vor der Zukunft oder Angst wegen der Vergangenheit, die nicht mehr zu ändern ist?‹

›Beides!‹

›Nur hätte es keinen Zweck, sich über die Vergangenheit zu beunruhigen. Sie ist unwiederbringlich. – Oh! Was für einen Sinn hat es schon! Man darf nicht denken. Man darf nicht nachdenken.‹

Ich verordnete ihr einen milden Schlaftrunk und verabschiedete mich. Beim Fortgehen dachte ich ziemlich lange über die Worte nach, die sie gesagt hatte. ›Sie ist unwiederbringlich –‹ Was? Oder wer?

Ich glaube, diese letzte Unterredung bereitete mich gewissermaßen auf die folgenden Erlebnisse vor, die ich natürlich nicht erwartet hatte. Aber als sie eintraten, war ich nicht überrascht. Ich hatte nämlich von Anfang an den Eindruck, dass Mary Barton eine gewissenhafte Frau und keine leichtsinnige Person sei. Eine Frau mit Prinzipien, die nach diesen Prinzipien handeln und nicht nachgeben würde, solange sie daran glaubte. Ich hatte das Empfinden, dass sie während unserer letzten Unterhaltung begann, ihre eigenen Prinzipien anzuzweifeln. Ihre Worte deuteten darauf hin, dass sie die ersten schwachen Regungen jenes schrecklichen Seelenforschers spürte, den man das Gewissen nennt.

Es passierte dann in Cornwall, in einem kleinen, um diese Jahreszeit ziemlich verlassenen Badeort. Es muss Ende März gewesen sein. Ich las darüber in der Zeitung. Eine Dame hatte dort in einem kleinen Hotel gewohnt – eine Miss Barton. Sie hatte ein äußerst merkwürdiges Wesen zur Schau getragen. Das war allen aufgefallen. Nachts war sie in ihrem Zimmer auf und ab gegangen und hatte vor sich hin gemurmelt, so dass in den benachbarten Zimmern niemand schlafen konnte. Eines Tages hatte sie den Pfarrer aufgesucht und ihm versichert, sie habe ihm eine Mitteilung von äußerster Wichtigkeit zu machen. Sie habe, so sagte sie, ein Verbrechen begangen. Anstatt fortzufahren, hatte sie sich unvermittelt erhoben und erklärt, sie wolle an einem anderen Tag wiederkommen. Der Pfarrer vermutete, dass sie nicht ganz richtig im Oberstübchen sei, und nahm ihre Selbstanklage gar nicht ernst.

Gleich am nächsten Morgen entdeckte man, dass sie nicht in ihrem Zimmer war. Statt dessen fand man einen an den Leichenbeschauer gerichteten Brief folgenden Wortlauts:

Ich versuchte gestern, mit dem Pfarrer zu reden, ihm alles zu beichten, aber ich durfte es nicht. *Sie* ließ es nicht zu. Ich kann nur auf eine Weise sühnen – ein Leben für ein Leben; und mein Leben muss genauso enden wie das ihrige. Auch ich muss im tiefen Meer ertrinken. Ich glaubte, meine Tat sei gerechtfertigt gewesen. Nun sehe ich ein, dass es nicht richtig war. Um Amys Verzeihung zu erlangen, muss ich zu ihr gehen. Niemand ist an meinem Tode schuld. – Mary Barton.

Ihre Kleider fand man am Strand in einer abgeschiedenen Bucht. Offenbar hatte sie sich dort ausgezogen und war dann mutig in die See hinausgeschwommen, wo, wie allgemein bekannt, eine gefährliche Strömung war, die jeden Schwimmer die Küste hinabtrieb.

Die Leiche wurde nicht angetrieben, und nach einer Weile wurde Miss Barton für tot erklärt. Sie war eine reiche Frau; ihr Vermögen belief sich auf hunderttausend Pfund. Da sie ohne Testament starb, fiel das Geld an ihre nächsten Verwandten – eine Familie von Vettern in Australien. Die Zeitungen machten diskrete Anspielungen auf die Tragödie auf den Kanarischen Inseln und vertraten den Standpunkt, dass Miss Durrants Tod den Verstand ihrer Freundin zerrüttet habe. Bei der gerichtlichen Untersuchung der Angelegenheit wurde das übliche Urteil gesprochen: Selbstmord in vorübergehendem Wahnzustand.

Und so fällt der Vorhang nach der Tragödie von Amy Durrant und Miss Barton.«

Es entstand eine lange Pause, die von der schwer atmenden Jane Helier unterbrochen wurde:

»Oh, Sie dürfen hier aber nicht aufhören – gerade an der interessantesten Stelle. Bitte weiter.«

»Aber, Miss Helier, dies ist kein Fortsetzungsroman. Dies ist das wirkliche Leben, und das wirkliche Leben hört da auf, wo es ihm gefällt.«

»Aber das will ich nicht«, jammerte Jane. »Ich möchte wissen, wie es weitergeht.«

»Hier müssen wir eben unseren Verstand gebrauchen, Miss Helier«, erklärte Sir Henry. »Warum hat Mary Barton ihre Gesellschafterin getötet? Das ist das Problem, das Dr. Lloyd uns gestellt hat.«

»Nun«, meinte Miss Helier, »da gibt es eine Reihe von Gründen. Ich meine – oh, ich weiß nicht recht. Sie mochte ihr auf die Nerven gefallen sein, oder Eifersucht mag eine Rolle gespielt haben. Dr. Lloyd erwähnte zwar keine Männer, aber immerhin mag auf dem Schiff etwas vorgefallen sein – Sie wissen ja, was man im allgemeinen von Schiffen und Seereisen sagt.«

Miss Helier hielt leicht erschöpft inne, und es dämmerte ihrer Zuhörerschaft, dass Janes reizender Kopf von außen besser ausgestattet war als von innen.

»Ich möchte eine ganze Reihe von Mutmaßungen zur Sprache bringen«, erklärte Mrs. Bantry. »Aber ich muss mich wohl auf eine beschränken. Ich nehme an, dass Miss Bartons Vater all sein Geld auf Kosten von Amy Durrants Vater gemacht hat, den er dabei zugrunde richtete. Also beschloss Amy, sich zu rächen. Nein, das ist falsch. Die Verhältnisse liegen ja gerade umgekehrt. Wie ärgerlich! Warum tötet eine reichte Brotherrin die bescheidene Gesellschafterin? Ich hab's. Miss Barton hatte einen jüngeren Bruder, der sich aus Liebe zu Amy Durrant erschossen hat. Miss Barton wartet auf eine günstige Gelegenheit. Amy verarmt und wird von Miss Barton als Gesellschafterin engagiert. Diese nimmt sie mit auf die Kanarischen Inseln und führt ihren Racheakt aus. Wie hört sich das an?«

»Ausgezeichnet«, lobte Sir Henry. »Nur wissen wir nicht, ob Miss Barton jemals einen Bruder hatte.«

»Das nehmen wir einfach an«, entgegnete Mrs. Bantry. »Ohne Bruder hatte sie kein Motiv. Also muss sie einen Bruder gehabt haben. Sehen Sie das ein, Watson?«

»Das ist ja alles sehr schön, Dolly«, bemerkte ihr Mann. »Aber es ist eben nur eine Mutmaßung.«

»Natürlich«, entgegnete Mrs. Bantry. »Es bleibt uns ja nichts anderes übrig, als zu raten. Wir haben keine Indizien. Nur zu, lieber Arthur, rate auch einmal.«

»Wirklich und wahrhaftig, ich weiß nicht, was ich sagen soll. Aber ich glaube, Miss Heliers Vorschlag, dass sie sich eines Mannes wegen entzweit haben könnten, hat etwas für sich. Hör zu, Dolly, es war sicher ein Pfarrer der Hochkirche, und sie haben ihm beide vielleicht einen Chormantel oder dergleichen gestickt, und er hat den von der Durrant zuerst getragen. Verlass dich drauf, so etwas wird's schon gewesen sein. Denke daran, wie sie zum Schluss wieder zu einem Pfarrer rannte. Diese Frauen verlieren alle den Kopf wegen eines gut aussehenden Geistlichen. Das hört man immer wieder.«

»Ich glaube, ich muss versuchen, meine Erklärung ein wenig zu präzisieren«, meinte Sir Henry, »obgleich ich zugebe, dass es sich auch nur um eine Vermutung handelt. Meine Idee ist, dass Miss Barton immer ein wenig verwirrt oder, sagen wir, geistesgestört war. Es gibt mehr solche Fälle, als man denkt. Ihre Wahnvorstellungen wurden mit der Zeit stärker, und sie begann es für ihre Pflicht zu halten, die Welt von gewissen Personen zu befreien – vielleicht von den so genannten ›Frauen mit Vergangenheit‹. Über Miss Durrants Vergangenheit ist nicht gerade viel bekannt, also hatte sie vielleicht eine. Miss Barton erfährt davon und beschließt, sie zu beseitigen. Später steigen Zweifel an der Richtigkeit ihrer Handlungsweise in ihr auf, und sie wird von Gewissensbissen geplagt. Ihr Ende zeigt, dass ihr Verstand völlig zerrüttet ist. Sind Sie auch dieser Ansicht, Miss Marple?«

»Leider nicht, Sir Henry«, bedauerte Miss Marple lächelnd. »Meiner Meinung nach zeigt ihr Ende, dass sie eine kluge Frau war, die sich geschickt aus der Affäre zu ziehen verstand.«

Jane Helier unterbrach sie mit einem kleinen Aufschrei.

»Oh! Ich bin ja so dumm gewesen. Darf ich noch einmal raten? Erpressung! Das war's natürlich. Diese Gesellschafterin hat sie erpresst. Allerdings kann ich nicht verstehen, warum Miss Marple sagt, es sei klug von ihr, sich das Leben zu nehmen. Das kann ich ganz und gar nicht einsehen.«

»Das glaube ich wohl«, meinte Sir Henry. »Aber Miss Marple kannte wohl genau so einen Fall in St. Mary Mead.«

»Sie machen sich über mich lustig, Sir Henry«, sagte Miss Marple vorwurfsvoll. »Aber ich muss bekennen, dass es mich ein ganz klein wenig an die alte Mrs. Trout erinnert. Sie ließ sich nämlich in verschiedenen Gemeinden die Rente für drei alte Frauen auszahlen, die schon tot waren.«

»Ein höchst kompliziertes und geistreiches Verbrechen«, meinte Sir Henry. »Aber es scheint mir kein Licht auf unser gegenwärtiges Problem zu werfen.«

»Ich weiß«, erwiderte Miss Marple, »für einen Außenseiter ist es schwer zu verstehen. Aber die Familien waren sehr arm, und die Rente war ein großer Segen für die Kinder. Aber was ich eigentlich damit sagen wollte, war, dass sich das Ganze um die Ähnlichkeit dreht, die eine alte Frau mit anderen alten Frauen hat.«

»Wie war das doch gleich?«, fragte Sir Henry verwirrt.

»Ich erkläre alles immer so schlecht«, entschuldigte sich Miss Marple. »Ich wollte damit sagen: Als Dr. Lloyd die beiden Damen zuerst beschrieb, wusste er sie nicht zu unterscheiden, und ich vermute, dass es den anderen Gästen im Hotel genauso erging. Nach ein paar Tagen wäre das natürlich anders geworden, aber gleich am nächsten Tag ertrank die eine der beiden, und wenn die Überlebende erklärte, sie sei Miss Barton, so kam wahrscheinlich niemandem der Gedanke, dass sie es nicht sein könnte.«

»Dann glauben Sie also – Oh! Ich verstehe«, sagte Sir Henry langsam.

»Es ist die einzige natürliche Erklärung. Unsere liebe Mrs. Bantry begann soeben damit. Warum sollte auch eine reiche Brotgeberin die bescheidene Gesellschafterin ermorden. Umgekehrt ist die Sache viel wahrscheinlicher. Ich meine – so ist das in den meisten Fällen.«

»Wirklich?«, fragte Sir Henry. »Sie schockieren mich.«

»Miss Durrant«, fuhr Miss Marple fort, »musste natürlich Miss Bartons Kleider tragen, und die waren selbstverständlich etwas zu eng für sie, so dass es aussah, als sei sie ein wenig dicker geworden. Deshalb stellte ich vorhin die Frage. Ein Mann würde natürlich nicht vermuten, dass es an den Kleidern liegt, sondern denken, die Dame sei dicker geworden.«

»Aber wenn Miss Durrant tatsächlich Miss Barton ermordete, was erreichte sie dadurch?«, fragte Mrs. Bantry. »Sie konnte diese Täuschung doch nicht für immer aufrechterhalten.«

»Sie hat sie nur für etwa einen Monat aufrechterhalten«, gab Miss Marple zu bedenken. »Und während dieser Zeit ist sie wohl viel gereist und hat sich von allen fern gehalten, die sie kannten. Da, wie ich schon sagte, Damen in einem gewissen Alter sich sehr ähnlich sehen, ist niemandem das falsche Passbild aufgefallen, ganz abgesehen davon, dass Passbilder sowieso nicht viel taugen. Und im März fuhr sie dann in dieses cornische Dorf und zog durch ihr merkwürdiges Verhalten die Aufmerksamkeit auf sich, damit die Leute, wenn sie ihre Kleider am Strand sahen und ihren letzten Brief lasen, nicht misstrauisch werden sollten, wenn –«

»Wenn was?«, drängte Sir Henry.

»Wenn keine Leiche da war«, sagte Miss Marple mit fester Stimme. »Diese Tatsache hätte wohl jeden stutzig gemacht, wenn nicht diese vielen Ablenkungsmanöver mit Gewissensbissen und dergleichen alle von der richtigen Spur entfernt hätten. Keine Leiche. Das war die wirklich bedeutsame Tatsache.«

»Wollen Sie etwa sagen«, fragte Mrs. Bantry, »wollen Sie etwa sagen, dass sie keine Gewissensbisse hatte? Dass sie überhaupt nicht ins Wasser gegangen ist?«

»Genau das«, bestätigte Miss Marple. »Mit Mrs. Trout war es dasselbe. Auch sie verstand sich gut auf Ablenkungsmanöver, aber ich kam ihr auf die Schliche. Und ich habe auch die von Gewissensbissen gequälte ›Miss Barton‹ durchschaut. Die und sich ertränken? Wahrscheinlich ist sie nach Australien gefahren, wenn ich einigermaßen gut raten kann.«

»Das können Sie wirklich, Miss Marple«, beteuerte Dr. Lloyd. »Ohne jeden Zweifel. Ich war ganz überrascht an jenem Tag in Melbourne.«

»War das die letzte Koinzidenz, von der Sie am Anfang sprachen?«

Dr. Lloyd nickte.

»Ja, das war eine Pechsträhne für Miss Barton oder Miss Amy Durrant, je nachdem, wie man sie bezeichnen will. Ich arbeitete eine Zeit lang als Schiffsarzt, und als ich in Melbourne ankam, fiel mein erster Blick auf die Dame, von der ich angenommen hatte, dass sie in Cornwall ertrunken sei. Sie erkannte, dass sie bei mir ausgespielt hatte, und handelte sehr kühn: Sie zog mich ins Vertrauen. Eine merkwürdige Frau, der ein moralisches Bewusstsein vollkommen abging, wie ich vermute. Sie war die Älteste von neun Kindern und ihre Familie jämmerlich arm. Sie hatten einmal ihre reiche Kusine in England, Miss Barton, um Hilfe angefleht; aber umsonst, da Miss Barton sich mit ihrem Vetter überworfen hatte. Sie brauchten unbedingt Geld, da die drei jüngsten Kinder zart waren und eine kostspielige ärztliche Behandlung nötig hatten. In jenem Augenblick scheint Amy Barton den Plan gefasst zu haben, ihre Kusine kaltblütig zu ermorden. Sie machte sich auf nach England und verdiente sich ihre Überfahrt damit, dass sie einen Posten als Kindermädchen annahm. In England nannte sie sich Amy Durrant, und es gelang ihr, von Miss Barton als Gesellschafterin engagiert zu werden. Sie mietete sich ein Zimmer und stellte ein paar Möbel hinein, um sich einen gewissen Hintergrund zu schaffen. Der Plan mit dem Ertränken beruhte auf einer plötzlichen Inspiration. Sie hatte schon die ganze Zeit auf eine Gelegenheit gewartet. Dann inszenierte sie den Schlussakt ihres Dramas und kehrte nach Australien zurück. Nach einer gewissen Zeit erbten sie und ihre Geschwister Miss Bartons Geld als nächste Verwandte.«

»Ein sehr kühnes und perfektes Verbrechen«, bemerkte Sir Henry. »Beinahe *das* perfekte Verbrechen. Wenn Miss Mary Barton auf den Kanarischen Inseln umgekommen wäre, hätte sich der Verdacht wahrscheinlich auf Amy Durrant gerichtet, und dann wäre ihre Verbindung mit der Familie Barton ans Licht gekommen. Doch der Wechsel der Persönlichkeit und das doppelte Verbrechen, wenn man es so nennen will, haben diese Gefahr gründlich beseitigt. Ja, fast das perfekte Verbrechen.«

»Was geschah mit ihr?«, fragte Mrs. Bantry. »Was haben Sie in der Angelegenheit unternommen, Dr. Lloyd?«

»Ich befand mich in einer merkwürdigen Situation, Mrs. Bantry. Im Sinne des Gesetzes hatte ich immer noch keine Beweise. Auch erkannte ich als Arzt an gewissen Zeichen, dass die Dame, obwohl sie einen starken, kräftigen Eindruck machte, nicht mehr lange auf dieser Erde weilen würde. Ich begleitete sie nach Hause und lernte ihre Geschwister kennen – reizende Menschen, die ihre älteste Schwester verehrten und nicht die leiseste Ahnung hatten, dass sie eine Verbrecherin war. Warum sollte ich Kummer und Sorgen über diese Familie bringen, wenn ich nichts beweisen konnte. Das Bekenntnis der Dame mir gegenüber hatte niemand anders gehört. Ich ließ dem Schicksal seinen Lauf. Miss Amy Barton starb sechs Monate nach unserer Begegnung. Ich habe mich oft gefragt, ob sie wohl bis zum letzten Augenblick heiter und ohne Reue war.«

»Sicherlich nicht«, meinte Mrs. Bantry.

»Ich glaube doch«, war Miss Marples Ansicht. »Mrs. Trout war es jedenfalls.«

Jane Helier schüttelte sich ein wenig.

»Nun«, sagte sie. »Das ist ja alles sehr, sehr spannend. Aber eines verstehe ich nicht so ganz: Wer ertränkte wen? Und was hat Mrs. Trout auf einmal damit zu tun?«

»Nichts, meine Liebe«, erwiderte Miss Marple. »Sie war nur eine Person – eine nicht sehr nette Person – in unserem Dorf.«

»Oh!«, meinte Jane. »Im Dorf. Aber in einem Dorf passiert doch nie etwas, nicht wahr?« Sie seufzte. »Wenn ich in einem Dorfe lebte, würde ich sicher vollständig verdummen.«

Die vier Verdächtigen

Die Unterhaltung drehte sich weiter um unentdeckte und unbestrafte Verbrechen. Jeder der Anwesenden äußerte der Reihe nach seine Meinung: Colonel Bantry, seine rundliche, liebenswürdige Frau, Jane Helier, Dr. Lloyd und sogar die alte Miss Marple. Nur eine Person äußerte sich nicht dazu, und das war die Person, die sich nach Ansicht der meisten Leute am besten dazu eignete. Sir Henry Clithering, Ex-Kommissar von Scotland Yard, saß schweigend da und drehte an seinem Schnurrbart oder streichelte ihn vielmehr. Dabei schmunzelte er, als ob ein heimlicher Gedanke ihn köstlich amüsiere.

»Sir Henry«, wandte sich Mrs. Bantry zu guter Letzt an ihn, »wenn Sie nicht bald Ihren Mund auftun, fange ich an zu schreien. Gibt es nicht eine ganze Menge Verbrechen, bei denen der Täter unbestraft entkommt?«

»Sie denken an die Schlagzeilen in den Zeitungen, Mrs. Bantry. *Scotland Yard wieder auf falscher Fährte,* und dann folgt eine Aufzählung von ungesühnten Verbrechen.«

»Die vermutlich in Wirklichkeit nur einen kleinen Prozentsatz ausmachen, nicht wahr?«, meinte Dr. Lloyd.

»Ja, das stimmt. Die Hunderte von Verbrechen, die aufgeklärt und deren Täter bestraft worden sind, werden selten besungen. Aber das ist nicht der strittige Punkt, nicht wahr? Unentdeckte Verbrechen und ungesühnte Verbrechen sind zwei verschiedene Dinge. Unter die erste Kategorie fallen alle Verbrechen, von denen Scotland Yard niemals etwas erfährt, Verbrechen, die begangen werden, ohne dass jemand etwas davon weiß.«

»Aber die Zahl solcher Verbrechen ist wohl nicht sehr groß«, meinte Mrs. Bantry.

»Haben Sie 'ne Ahnung!«

»Sir Henry! Das ist doch nicht Ihr Ernst?!«

»Ich möchte sagen«, bemerkte Miss Marple nachdenklich, »dass die Zahl sehr beträchtlich sein muss.«

Die charmante alte Dame mit ihrer ruhigen, altjüngferlichen Art machte diese Feststellung in äußerst gelassenem Ton.

»Aber meine liebe Miss Marple«, rief der Colonel erstaunt.

»Natürlich«, erklärte Miss Marple, »gibt es eine Reihe von dummen Leuten, und dumme Leute fallen meistens herein. Auf der anderen Seite gibt es sehr viele kluge Leute, und es überläuft einen ganz kalt, wenn man daran denkt, was sie alles fertig bringen können, falls sie nicht tief eingewurzelte Prinzipien haben.«

»Ja«, stimmte Sir Henry zu, »es gibt sehr viele Leute, die nicht dumm sind. Wie oft kommt ein Verbrechen nur an den Tag, weil jemand unglaublich gestümpert hat, und jedes Mal fragt man sich: »Hätte man je etwas davon erfahren, wenn die Sache nicht verpfuscht worden wäre?«

»Das ist aber eine sehr ernste Angelegenheit, Clithering«, bemerkte Colonel Bantry. »In der Tat, eine sehr ernste Angelegenheit.«

»Meinen Sie?«

»Was soll das heißen: Meinen Sie? Natürlich ist die Sache ernst.«

»Sie sagen: Der Verbrecher kommt ungestraft davon; ist das aber so? Vielleicht wird er nicht vom Gesetz bestraft; aber der Zusammenhang von Ursache und Wirkung gilt auch außerhalb des Gesetzes. Jedes Verbrechen birgt seine eigene Strafe in sich – das ist vielleicht ein Klischee, aber meiner Ansicht nach trifft es zu.«

»Möglich, möglich«, erwiderte Colonel Bantry. »Aber das beeinträchtigt nicht den Ernst – den – hm – Ernst der Frage –« Er brach in einiger Verlegenheit ab.

Sir Henry Clithering lächelte.

»Neunundneunzig Prozent der Menschen sind zweifellos Ihrer Meinung«, sagte er. »Aber wissen Sie, in diesen Fällen ist die Schuld nicht so wichtig wie die – Unschuld. Das macht sich niemand so richtig klar.«

»Das verstehe ich nicht«, erklärte Jane Helier.

»Aber ich«, sagte Miss Marple. »Als Mrs. Trent entdeckte, dass eine halbe Krone aus ihrer Handtasche verschwunden war, hatte Mrs. Arthur, die Putzfrau, am meisten darunter zu leiden. Die Trents hatten sie natürlich in Verdacht, aber da sie freundliche Menschen waren und wussten, dass sie eine große Familie und einen Trinker zum Mann hatte, wollten sie die Sache nicht aufbauschen. Aber ihre Einstellung ihr gegenüber änderte sich, und sie ließen das Haus nicht mehr in ihrer Obhut, wenn sie verreisten, wodurch sie natürlich einen ziemlichen Verdienstausfall hatte. Und andere Leute wurden dadurch ebenfalls in ihrem Verhalten ihr gegenüber beeinflusst. Und dann stellte es sich plötzlich heraus, dass es die Gouvernante war. Mrs. Trent sah durch eine Tür ihr Spiegelbild. Der reinste Zufall – obgleich ich es lieber Vorsehung nenne. Und das ist es, glaube ich, was Sir Henry im Sinn hat. Die meisten Menschen würden sich nur dafür interessieren, wer das Geld nahm, und es war gerade die unwahrscheinlichste Person – genau wie in Detektivgeschichten! Aber die Person, für die es die Hölle auf Erden bedeutete, war die arme Mrs. Arthur, die ganz unschuldig war. Das hatten Sie doch gemeint, nicht wahr, Sir Henry?«

»Ja, Miss Marple, Sie haben wieder einmal den Nagel auf den Kopf getroffen. Die Putzfrau in dem von Ihnen erwähnten Beispiel konnte noch von Glück reden. Ihre Unschuld wurde erwiesen. Aber andere müssen ihr ganzes Leben lang unter der Last eines Verdachtes leiden, der wirklich ungerechtfertigt ist.«

»Haben Sie etwa einen besonderen Fall dabei im Sinn, Sir Henry?«, fragte Mrs. Bantry verschmitzt.

»Allerdings, Mrs. Bantry. Ein merkwürdiger Fall. Ein Fall, bei dem wir glauben, dass ein Mord begangen worden ist, und bei dem wir keinerlei Chancen haben, es je beweisen zu können.«

»Gift, wahrscheinlich«, hauchte Jane. »Etwas, das keine Spuren hinterlässt.«

Sir Henry schüttelte den Kopf.

»Nein. Nicht das geheimnisvolle Pfeilgift der südamerikanischen Indianer! Ich wollte, es wäre etwas Derartiges. Wir haben es mit etwas zu tun, das weit prosaischer ist – in der Tat so prosaisch, dass keine Hoffnung besteht, den Täter zu überführen. Es handelt sich um einen alten Herrn, der die Treppe hinunterfiel und sich das Genick brach. Einer jener bedauerlichen Unfälle, die jeden Tag vorkommen können.«

»Aber was ist in Wirklichkeit geschehen?«

»Wer kann das sagen?« Sir Henry zuckte die Achseln. »Ein Stoß von hinten? Ein über die Treppe gespannter und nachher sorgfältig entfernter Bindfaden? Das werden wir niemals erfahren.«

»Aber Sie sind der Ansicht, dass es – kein Unfall war? Warum?«, fragte Doktor Lloyd.

»Das ist eine reichlich lange Geschichte, aber – nun ja, wir sind unserer Sache ziemlich sicher. Wie gesagt, besteht leider keine Chance, den Täter zu überführen, das Beweismaterial ist zu fadenscheinig. Aber da ist die andere Seite des Falles zu berücksichtigen – die Seite, von der wir vorhin sprachen. Es handelt sich nämlich um vier Personen, die diese Tat begangen haben könnten. Eine davon ist schuldig; die anderen drei sind unschuldig! Und wenn die Wahrheit nicht an den Tag kommt, ruht auf den anderen drei der schreckliche Schatten des Verdachts.«

»Ich glaube«, schlug Mrs. Bantry vor, »es ist besser, wenn Sie uns Ihre lange Geschichte erzählen.«

»Ich brauche sie ja nicht so ausführlich zu schildern«, meinte Sir Henry. »Auf jeden Fall kann ich den Anfang abkürzen. Er handelt von einer deutschen Geheimgesellschaft – der Schwarzen Hand –, etwas Ähnliches wie die Camorra oder was die meisten sich unter Camorra vorstellen. Sie arbeitet mit Erpressung und Terror. Die Geschichte fing kurz nach dem Kriege an und verbreitete sich in erstaunlicher Weise. Zahllose Menschen fielen ihr zum Opfer. Den Behörden gelang es nicht, sie auszurotten, denn ihre Geheimnisse wurden ängstlich gehütet, und es war fast unmöglich, jemanden zu finden, der sich dazu bewegen ließ, sie zu verraten.

In England wusste man nicht viel darüber, aber in Deutschland übte die Gesellschaft eine höchst lähmende Wirkung aus. Letzten Endes wurde sie durch die Anstrengung eines einzigen Mannes aufgespürt und zerstreut. Dieser Mann hieß Dr. Rosen, und er hatte einst eine prominente Rolle im Geheimdienst gespielt. Er wurde Mitglied der Gesellschaft, konnte auf diese Weise bis in ihre innersten Kreise vordringen und führte so ihren Untergang herbei. Infolgedessen war er ein gezeichneter Mann, und man hielt es für ratsam, dass er Deutschland verließ – wenigstens eine Zeit lang. Er kam nach England, und wir erhielten von der Berliner Polizei den Bericht über ihn. Mit mir hatte er eine persönliche Unterredung. Er war sehr gelassen und gefasst und hegte nicht den geringsten Zweifel darüber, was die Zukunft für ihn barg.

›Sie werden mich schon kriegen, Sir Henry‹, sagte er. ›Darüber bin ich nicht im Zweifel.‹ Er war ein kräftiger Mann mit einem guten Kopf und einer tiefen Stimme. Ein leichter Akzent verriet seine eigentliche Nationalität. ›Das steht fest. Aber es macht nichts, ich bin darauf gefasst. Dieses Risiko bin ich eingegangen, als ich die Aufgabe übernahm. Ich habe mein Vorhaben ausgeführt. Die Organisation kann niemals wieder zusammengeschweißt werden. Aber viele ihrer Mitglieder sind auf freiem Fuß, und sie werden sich auf die einzige Art und Weise rächen, die ihnen zu Gebote steht – sie werden mir das Leben nehmen. Es ist nur eine Frage der Zeit. Aber ich möchte gern, dass die Spanne Zeit, die mir bleibt, recht lang sei. Ich sammle nämlich zwecks späterer Veröffentlichung sehr interessantes Material – das meine Lebensarbeit darstellt. Ich möchte, wenn irgend möglich, diese Aufgabe zu Ende führen.‹

Er sprach sehr schlicht und mit einer gewissen Würde, die ich nur bewundern konnte. Ich sagte ihm, dass wir alle nötigen Vorsichtsmaßnahmen treffen würden. Doch er winkte ab.

›Früher oder später werden sie mich finden, und dann töten sie mich‹, wiederholte er. ›Wenn es passiert ist, machen Sie sich bitte keine Vorwürfe, denn Sie werden zu meinem Schutz sicherlich alles getan haben, was in Ihrer Macht steht.‹

Dann schilderte er mir seine Pläne. Er hatte vor, ein kleines Haus auf dem Land zu kaufen, wo er in Ruhe seiner Arbeit nachgehen konnte. Schließlich wählte er ein Dorf in Somerset – King's Gnaton –, das zehn Kilometer von der nächsten Eisenbahnstation entfernt lag und von der Zivilisation kaum berührt war. Er kaufte ein reizendes Häuschen, in dem er allerlei Verbesserungen und Veränderungen vornehmen ließ, und richtete sich dort gemütlich ein. Zu seinem Haushalt gehörten seine Nichte Greta, sein Sekretär, eine ältere deutsche

Haushälterin, die ihm beinahe vierzig Jahre lang treu gedient hatte, und ein nicht im Haus wohnender Gärtner, der aus King's Gnaton stammte.«

»Die vier Verdachtspersonen«, murmelte Dr. Lloyd.

»Ganz richtig. Die vier Verdachtspersonen. Fünf Monate lang führten sie ein friedliches Leben in King's Gnaton, und dann geschah das Unglück. Dr. Rosen fiel eines Morgens die Treppe hinunter und wurde erst eine halbe Stunde später tot aufgefunden. Zu der Zeit, als der Unfall passiert sein musste, war Gertrud in der Küche, und da die Tür geschlossen war, hörte sie nichts – so lautet ihre Aussage. Greta war im Garten und pflanzte einige Blumenzwiebeln – wiederum ihre Aussage. Dobbs, der Gärtner, war in dem kleinen Schuppen, in dem die Blumen umgepflanzt wurden, und nahm gerade einen kleinen Happen zu sich – seine Aussage. Und der Sekretär machte einen Spaziergang; auch hier müssen wir seinen eigenen Worten Glauben schenken. Keiner hat ein Alibi, keiner vermag die Aussage des anderen zu bestätigen. Aber eines steht fest: Niemand von außerhalb hätte es tun können, denn ein Fremder wäre in dem kleinen Dorf King's Gnaton mit tödlicher Sicherheit bemerkt worden. Die Vordertür und die Hintertür des Hauses waren beide abgeschlossen; jeder im Haus hatte einen eigenen Schlüssel. Wie Sie sehen, kommt also nur eine der genannten Personen in Betracht, und doch scheint jeder einen einwandfreien Charakter zu haben. Greta, die Tochter seines eigenen Bruders. Gertrud, die ihm vierzig Jahre lang treu gedient hatte. Dobbs, der niemals aus King's Gnaton herausgekommen war. Und Charles Templeton, der Sekretär –«

»Ja«, unterbrach Colonel Bantry die Erzählung, »wie steht es mit ihm? Er scheint mir die verdächtigste Person zu sein. Was wissen Sie über ihn?«

»Gerade das, was ich über ihn wusste, stellte ihn außerhalb jeglichen Verdachts – wenigstens damals«, erwiderte Sir

Henry ernst. »Templeton war nämlich einer meiner eigenen Leute.«

»Oha!« Colonel Bantry war sichtlich betroffen.

»Ja. Ich wollte jemanden an Ort und Stelle haben. Ohne Aufsehen im Dorf zu erregen. Rosen brauchte wirklich einen Sekretär. Also übertrug ich Templeton diese Aufgabe. Er ist ein Gentleman, spricht fließend Deutsch und ist überhaupt ein fähiger Mann.«

»Welchen von ihnen verdächtigen Sie dann aber?«, fragte Mrs. Bantry verwirrt. »Alle scheinen so – über jeden Verdacht erhaben.«

»Ja, es hat den Anschein. Aber man kann die Sache auch von einem anderen Gesichtspunkt aus betrachten. Greta war zwar seine Nichte und außerdem ein reizendes Mädchen, aber der Krieg hat uns immer wieder gezeigt, dass Bruder sich gegen Schwester oder Vater sich gegen Sohn wenden kann, und die reizendsten und sanftesten jungen Mädchen haben sich oft erstaunliche Dinge geleistet. Dasselbe lässt sich auf Gertrud anwenden, und wer weiß, was in ihrem Falle alles mitspielt. Vielleicht ein Streit mit ihrem Herrn, ein wachsender Groll, der um so tiefer saß, als sie ihm so viele Jahre treu gedient hatte. Ältere Frauen dieser Klasse können manchmal recht verbittert sein. Und Dobbs? Ist er unbedingt aus der Sache heraus, nur weil er mit der Familie nichts zu tun hatte? Mit Geld kann man viel erreichen. Es besteht durchaus die Möglichkeit, dass man sich an Dobbs herangemacht und ihn bestochen hat. Denn eines scheint sicher: Irgendeine Botschaft oder ein Befehl muss von außen hereingekommen sein. Warum hatte man Dr. Rosen sonst fünf Monate lang ungeschoren gelassen? Nein, die Agenten der Gesellschaft mussten am Werk gewesen sein. Vielleicht waren sie vorher noch nicht ganz sicher, dass es Rosen war, der sie verraten hatte, und haben gewartet, bis es einwandfrei erwiesen war. Und dann, als alle Zweifel beseitigt waren, mussten sie ihre Botschaft an ihren Verbündeten innerhalb der Tore geschickt haben – die Botschaft, die lautete: ›Töte‹.«

»Wie schrecklich!«, rief Jane Helier schaudernd aus.

»Aber wie ist die Botschaft hineingelangt? Das war der Punkt, den ich zu klären suchte – darin lag meine einzige Hoffnung, das Problem zu lösen. Mit einer dieser vier Personen musste man sich in Verbindung gesetzt haben. Darauf konnte kein Aufschub mehr eintreten – das wusste ich –, sobald der Befehl gekommen war, wurde er unverzüglich ausgeführt. Das war eine Eigentümlichkeit der Schwarzen Hand.

Ich beschäftigte mich mit dieser Frage, und zwar in einer Weise, die Sie wahrscheinlich für lächerlich pedantisch halten werden. Ich fragte mich: Wer war an jenem Morgen zu seinem Haus gekommen? Ich ließ niemanden aus. Hier ist die Liste.«

Er zog einen Umschlag aus der Tasche und entnahm ihm einen Bogen Papier.

»Der Metzger, der ein Stück Hammelbraten brachte. Geprüft und als korrekt befunden.

Der Bote vom Lebensmittelladen, der ein Paket Grieß, zwei Pfund Zucker, ein Pfund Butter und ein Pfund Kaffee ablieferte. Ebenfalls nachgeprüft und für richtig befunden.

Der Postbote, der folgende Post abgab: zwei Drucksachen für Greta Rosen, einen Brief aus dem Dorf für Gertrud, drei Briefe für Dr. Rosen, einer davon mit einer ausländischen Briefmarke, und zwei Briefe für Mr. Templeton, einer davon ebenfalls mit einer ausländischen Marke.«

Sir Henry hielt inne und nahm ein ganzes Bündel von Papieren aus dem Umschlag.

»Vielleicht haben Sie Interesse daran, sich diese Dokumente selbst anzusehen. Sie wurden mir von den verschiedenen Beteiligten gegeben oder aus dem Papierkorb gefischt. Ich brauche wohl nicht zu erwähnen, dass sie von Fachleuten auf unsichtbare Tinte hin untersucht worden sind. Derartige Tricks sind ausgeschlossen.«

Alle drängten sich um ihn herum, um einen Blick in die Papiere zu tun. Die Drucksachen kamen von einer Gärtnerei und von einem bekannten Londoner Pelzgeschäft. Zwei von den an Dr. Rosen gerichteten Briefen waren Rechnungen, eine aus dem Geschäft für Sämereien und die andere von einer Londoner Schreibwarenfirma. Der an ihn gerichtete Brief lautete wie folgt:

Mein lieber Herr Rosen – Komme gerade zurück von Dr. Helmut Spath. Kürzlich habe ich Edgar Jackson gesehen. Er und Amos Perry sind soeben aus Tringtau zurückgekehrt, wo sie Honesty getroffen haben. Wie ich Ihnen schon vorher sagte: Hüten Sie sich vor einer gewissen Person. Sie wissen ja, wen ich meine, obgleich Sie anderer Ansicht sind.

Ihre Georgina

»Mr. Templetons Post«, fuhr Sir Henry fort, »bestand aus dieser Rechnung, die, wie Sie sehen, von seinem Schneider stammt, und einem Brief von einem Freund in Deutschland; diesen Brief hat er leider auf seinem Spaziergang zerrissen. Und zuletzt haben wir hier den an Gertrud adressierten Brief:

Liebe Frau Swartz – Wir hoffen, das Sie Freitag Abend zu unseren geselligen Abend von der Kirche kommen können, der Paster sagt, er hofft es auch – jeder herzlich willkommen. Das Rezept für den Schinken war sehr gut. Besten Dank. Hoffe, das dies Sie bei besten Wohlbefinden antrifft, hoffe, wir sehen Sie Freitag.

Mit besten Gruß
Emma Greene

Dr. Lloyd und Mrs. Bantry schmunzelten ein wenig über diese Epistel.

»Ich glaube, dieser Brief ist völlig harmlos«, meinte Dr. Lloyd.

»Ganz meine Meinung«, bestätigte Sir Henry. »Dennoch war ich vorsichtig und habe nachgeprüft, ob es eine Mrs. Greene und einen geselligen Kirchenabend gegeben hat. Man kann nie vorsichtig genug sein.«

»Das behauptet unsere Freundin, Miss Marple, ja auch immer«, bemerkte Dr. Lloyd lächelnd. »Sie sind wieder einmal in Gedanken versunken, Miss Marple. Worüber grübeln Sie nun nach?«

Miss Marple fuhr zusammen.

»Oh, ich musste nur an die etwas merkwürdigen Namen in Dr. Rosens Brief denken.«

Mrs. Bantry blickte sie aufmerksam an, und plötzlich huschte etwas wie eine Erleuchtung über ihre Züge.

»Oh, ja!«, stieß sie hervor.

»Ja, meine Liebe«, sagte Miss Marple, »ich dachte mir schon, dass es Ihnen auch auffallen würde.«

»Der Brief enthält eine ausgesprochene Warnung«, bemerkte Colonel Bantry. »Das ist das erste, was meine Aufmerksamkeit erregte. Ich merke mehr, als man denkt. Ja, eine ausgesprochene Warnung – vor wem?«

»Mit diesem Brief hat es eine etwas merkwürdige Bewandtnis«, erklärte Sir Henry. »Nach Templetons Aussage öffnete Dr. Rosen den Brief am Frühstückstisch und warf ihn zu ihm hinüber mit der Begründung, er habe keine Ahnung, wer der Bursche sei.«

»Aber es war kein Bursche«, sagte Jane Helier. »Die Unterschrift lautet doch ›Georgina‹.«

»Es ist schwer zu entziffern«, meinte Dr. Lloyd. »Man könnte auch ›Georgey‹ daraus lesen. Aber es sieht doch wohl mehr wie ›Georgina‹ aus. Allerdings habe ich den Eindruck, dass es eine Männerhandschrift ist.«

»Das ist ja interessant«, ließ Colonel Bantry sich hören, »dass er den Brief über den Tisch geworfen und so getan hat, als wisse er von nichts. Wollte wohl jemanden beobachten. Wen – das Mädchen oder den Mann?«

»Oder gar die Köchin«, warf Mrs. Bantry ein. »Sie war vielleicht auch im Zimmer und brachte gerade das Frühstück herein. Aber was ich nicht ganz verstehe ... hm ... höchst eigenartig.«

Sie blickte stirnrunzelnd auf den Brief. Miss Marple rückte näher an sie heran und deutete mit dem Finger auf einige Stellen des Briefes. Dann steckten beide die Köpfe zusammen. »Aber warum hat der Sekretär den anderen Brief zerrissen?«, fragte Jane Helier plötzlich. »Das kommt – ich weiß nicht – das kommt mir sehr merkwürdig vor. Und warum erhält er überhaupt Briefe aus Deutschland? Aber wenn er, wie Sie sagen, über jeden Verdacht erhaben ist –«

»Das hat Sir Henry nicht gesagt«, warf Miss Marple rasch dazwischen und unterbrach für eine Weile ihre gemurmelte Konferenz mit Mrs. Bantry. »Er hat von vier Verdachtspersonen geredet. Das deutet drauf hin, dass er Mr. Templeton einbezogen hat. Habe ich recht, Sir Henry?«

»Ja, Miss Marple. Aus bitterer Erfahrung habe ich eines gelernt: niemanden in solchen Fällen vom Verdacht auszuschließen. Ich habe Ihnen vorhin einige Gründe angeführt, warum drei von diesen Leuten doch schuldig sein könnten, so unwahrscheinlich es auch aussieht. Charles Templeton hatte ich zuerst vom Verdacht ausgenommen. Doch eingedenk meines soeben erwähnten Grundsatzes nahm ich auch ihn unter die Lupe. Ich hielt mir vor Augen, dass jede Armee, jede Marine, jede Polizeitruppe eine gewisse Zahl von Verrätern in ihren Reihen hat, wenn wir es auch höchst ungern zugeben. Also prüfte ich unbefangen alle gegen Charles Templeton gerichteten Verdachtsmomente.

Ich stellte mir dieselbe Frage wie Miss Helier. Warum war er als einziger im ganzen Haus nicht in der Lage, den von ihm erhaltenen Brief vorzuzeigen – einen Brief, der überdies eine deutsche Briefmarke trug? Warum bekam er überhaupt Briefe aus Deutschland?

Da die letzte Frage harmlos war, stellte ich sie ihm tatsächlich. Er hatte eine ganz einfache Erklärung. Die Schwester seiner Mutter sei mit einem Deutschen verheiratet, und der Brief stamme von einer deutschen Kusine. Auf diese Weise erfuhr ich etwas, das ich bis dahin noch nicht gewusst hatte – nämlich, dass Charles Templeton Beziehungen zu Leuten in Deutschland hatte. Und das brachte ihn entschieden auf die Liste der Verdächtigen. Er ist zwar einer von meinen Leuten – ein junger Mann, den ich immer gern mochte und dem ich volles Vertrauen schenkte, aber ich muss zugeben, dass er an der Spitze meiner Liste steht.

Aber wer der Schuldige ist, das weiß ich nicht; ich weiß es einfach nicht . . . und aller Wahrscheinlichkeit nach werde ich es niemals herausbekommen. Es handelt sich hier nicht in erster Linie darum, einen Mörder zu bestrafen. Es geht um etwas anderes, das mir hundertmal wichtiger erscheint: die Vernichtung der ganzen Karriere eines vielleicht ehrenwerten Mannes . . . durch einen Verdacht – einen Verdacht, den ich nicht ignorieren darf.«

Miss Marple räusperte sich und sagte sanft:

»Wenn ich Sie richtig verstehe, Sir Henry, ist es nur dieser junge Mr. Templeton, um den Sie sich soviel Sorgen machen?«

»In gewissem Sinne, ja. Theoretisch sollte es für alle dasselbe sein, aber in der Praxis verhält es sich anders. Denken wir zum Beispiel einmal an Dobbs. Ich mag gegen ihn Verdacht hegen, aber das hat weiter keinen Einfluss auf seinen Beruf. Niemand im Dorf hat je vermutet, dass der Tod des alten Mr. Rosen etwas anderes war als ein Unfall. Gertrud ist ein wenig mehr in Mitleidenschaft gezogen. Greta Rosen wird wahrscheinlich eine andere Einstellung zu ihr haben, aber vielleicht ist das nicht so wichtig für sie.

Und Greta Rosen selbst – na, hier kommen wir zu der eigentlichen Komplikation. Greta ist ein sehr hübsches junges Mädchen und Charles Templeton ein gut aussehender junger Mann. Fünf Monate lang waren sie ohne äußere Ablenkung aufeinander angewiesen. Das Unvermeidliche geschah. Sie verliebten sich ineinander – wenn sie es sich auch noch nicht in Worten eingestanden haben.

Dann kam die Katastrophe. Es ist inzwischen drei Monate her, und ein paar Tage nachdem ich in den Ruhestand getreten war suchte Greta Rosen mich auf. Sie hatte das Häuschen verkauft, die Angelegenheiten ihres Onkels in Ordnung gebracht und war im Begriff, nach Deutschland zurückzukehren. Sie kam zu mir, obwohl sie wusste, dass ich in den Ruhestand getreten war; denn sie wollte eine ganz persönliche Sache mit mir besprechen. Sie ging zunächst wie die Katze um den heißen Brei, aber schließlich packte sie aus. Was ich eigentlich von dem Brief halte – sie habe sich schon die schlimmsten Gedanken darüber gemacht –, sie meine diesen Brief mit der deutschen Marke, den Charles zerrissen habe. Ob das wohl in Ordnung sei? Natürlich musste es nicht mysteriös sein. Selbstverständlich glaube sie seinen Worten, aber – wenn sie doch bloß wüsste! Wenn sie es doch mit Bestimmtheit wüsste!

Sehen Sie? Dasselbe Gefühl: der Wunsch, ihm Vertrauen zu schenken – aber gleichzeitig der unbestimmte, lauernde Verdacht, der, obwohl resolut zurückgedrängt, doch immer wieder zum Vorschein kommt. Ich sprach ganz offen mit ihr über die Angelegenheit und bat sie, dasselbe zu tun. Ich fragte sie, ob sie sich zueinander hingezogen gefühlt hätten.

›Ich glaube wohl‹, erwiderte sie. ›O ja, ich weiß es ganz genau. Wir waren so glücklich. Jeder Tag verlief in Zufriedenheeit. Wir wussten es – beide wussten wir es. Wir hatten keine Eile – das ganze Leben lag ja vor uns. Eines Tages würde er es mir schon sagen, dass er mich liebte, und ich würde ihm auch meine Liebe gestehen. Aber jetzt ist alles so anders. Eine schwarze Wolke hat sich zwischen uns gedrängt – wir sind befangen; wenn wir uns begegnen, wissen wir nicht, was wir sagen sollen. Vielleicht ergeht es ihm genauso wie mir – vielleicht sagt jeder von uns: ›Wenn ich nur sicher wäre!‹ Deshalb möchte ich Sie, Sir Henry, bitten, mir zu sagen: ›Wer Ihren Onkel auch getötet haben mag, es war nicht Charles Templeton!‹ Sagen Sie es mir bitte! Oh, sagen Sie es mir doch! Bitte!‹

»Und verflixt noch mal«, rief Sir Henry und schlug heftig mit der Faust auf den Tisch, »ich konnte es ihr nicht sagen. Sie werden sich einander immer mehr entfremden, diese beiden – während der Verdacht wie ein Geist zwischen ihnen schwebt, ein Geist, der nicht gebannt werden kann.«

Mit müdem, grauem Gesicht lehnte er sich in seinen Sessel zurück und schüttelte ein paar Mal verzagt den Kopf.

»Und man kann nichts weiter tun, es sei denn« – er richtete sich wieder auf, und ein Schmunzeln huschte über sein Gesicht –, »es sei denn, Miss Marple kann uns helfen. Wie ist's, Miss Marple? Ich habe nämlich das Gefühl, als ob der Brief gerade das Gegebene für Sie sei. Der mit der kirchlichen Geselligkeit. Erinnert er Sie nicht an jemanden oder an etwas, das die ganze Angelegenheit mit einem Schlage aufklärt? Können Sie nicht zwei hilflosen jungen Menschen zu ihrem Glück verhelfen?«

Hinter seiner scherzenden Art verbarg sich ein gewisser

Ernst. Er hatte nämlich eine ziemliche Hochachtung vor dem scharfen Verstand der zarten, ein wenig altmodisch wirkenden Miss Marple gewonnen. Mit hoffnungsvollem Ausdruck blickte er zu ihr hinüber.

Miss Marple räusperte sich und strich ihr Spitzenfichu glatt.

»Er erinnert mich tatsächlich ein wenig an Annie Poultney«, gab sie zu. »Natürlich ist der Brief völlig klar – wenigstens für mich und Mrs. Bantry. Ich meine nicht den Brief von dem geselligen Abend, sondern den anderen. Sie, Sir Henry, der Sie so viel in London leben und kein Gärtner sind, haben es wahrscheinlich nicht bemerkt.«

»Wie?«, fragte Sir Henry. »Was habe ich denn nicht bemerkt?«

Mrs. Bantry streckte ihre Hand nach einer der beiden Drucksachen aus, schlug den Katalog auf und las voller Eifer daraus vor:

»Dr. Helmut Spath. Reines Lila, eine wunderbar schöne Blüte, auf einem ungewöhnlich langen und steifen Stiel. Herrliche Schnittblumen und sehr dekorativ im Garten. Eine neue Art von auffallender Schönheit.

Edgar Jackson. Schön geformte, chrysanthemenartige Blüte von ausgesprochen ziegelroter Farbe.

Amos Perry. Leuchtend rot, sehr dekorativ.

Tringtau. Ein leuchtendes Orangerot, auffallende Gartenpflanze und eine sich lange haltende Schnittblume.

Honesty. Rosa und weiße Schattierungen, seltene und vollendet geformte Blüte.«

Mrs. Bantry warf den Katalog hin und stieß mit gewaltigem Nachdruck hervor.

»Dahlien!«

»Und die Anfangsbuchstaben bilden das Wort ›DEATH‹ – TOD«, erklärte Miss Marple.

»Aber der Brief war doch an Dr. Rosen selbst gerichtet«, wandte Sir Henry ein.

»Das war ja gerade das Schlaue daran«, erwiderte Miss Marple. »Das und die Warnung darin. Was würde Dr. Rosen tun, wenn er einen Brief von einem Unbekannten bekam, der voller Namen steckte, die ihm ebenfalls fremd waren? Ihn natürlich an seinen Sekretär weiterreichen.«

»Dann war es also doch der –«

»O nein!« sagte Miss Marple. »Nicht der Sekretär. Wenn er es gewesen wäre, hätte er den Brief niemals in Ihre Hände geraten lassen. Ebensowenig hätte er einen an sich gerichteten Brief mit einer deutschen Marke zerstört. Nein, seine Unschuld – wenn ich mich einmal so ausdrücken darf – strahlt geradezu.«

»Wer ist es aber dann?«

»Nun, es ist ziemlich sicher – so sicher, wie überhaupt etwas in dieser Welt sein kann. Es saß noch eine andere Person am Frühstückstisch, die – was unter Umständen ganz natürlich war – ihre Hand nach dem Brief ausstrecken und ihn lesen würde. Und damit war die Sache erledigt. Wie Sie sich vielleicht noch erinnern, bekam sie einen Gartenkatalog mit derselben Post –«

»Greta Rosen«, sagte Sir Henry langsam vor sich hin. »Dann war ihr Besuch bei mir also –«

»Männer durchschauen so etwas nicht«, erklärte Miss Marple. »Und ich fürchte, sie halten ältere Damen oft für gehässig und boshaft, weil wir einen Blick für diese Dinge haben. Aber so ist es nun einmal. Man weiß leider sehr viel über sein eigenes Geschlecht. Zweifellos hatte sich eine Schranke zwischen ihnen aufgerichtet. Der junge Mann empfand plötzlich eine unerklärliche Abneigung. Er schöpfte rein instinktiv Verdacht und konnte diesen Verdacht nicht verbergen. Und ich nehme wirklich an, dass das Mädchen seinen Besuch bei Ihnen aus reiner Bosheit machte. Sie war ja eigentlich frei von Verdacht, aber sie tat ein Übriges, um Ihren Verdacht mit Bestimmtheit auf den armen Mr. Templeton zu lenken. Vor ihrem Besuch war Ihr Verdacht gegen den jungen Mann noch gar nicht so ausgeprägt.«

»Sie hat aber gar nichts gesagt –«, begann Sir Henry.

»Männer«, unterbrach Miss Marple ihn seelenruhig, »durchschauen diese Dinge nicht.«

»Und dieses Mädchen –« Er hielt inne. »Sie begeht einen kaltblütigen Mord und kommt ungestraft davon!«

»O nein, Sir Henry«, widersprach Miss Marple, »nicht ungestraft. Weder Sie noch ich glauben das. Denken Sie doch daran, was Sie vorhin gesagt haben. Nein. Greta Rosen wird ihrer Strafe nicht entgehen. Zunächst einmal muss sie sich mit sehr merkwürdigen Menschen eingelassen haben – Erpresser und Terroristen –, Gefährten, die nicht gut für sie sind und durch die sie wahrscheinlich zu einem schlechten Ende kommen wird. Aber, wie Sie schon sagten, man darf seine Gedanken nicht an den Schuldigen verschwenden – die Unschuldigen sind wichtiger. Mr. Templeton wird wohl die deutsche Kusine heiraten; das Zerreißen des Briefes sieht mir ein wenig – nun ja, verdächtig aus, aber in einem anderen Sinne, als wir das Wort den ganzen Abend gebraucht haben. Es ist, als fürchtete er, dass das andere Mädchen ihn zu sehen bekommen würde. Ja, ich glaube, es muss ein romantisches Verhältnis zwischen ihnen bestanden haben. Und dann ist da noch Dobbs. Wie Sie schon sagten, wird es für ihn nicht soviel ausmachen. Eine Wurst und ein Glas Wein spielen für ihn wohl eine größere Rolle. Aber Gertrud – das ist schon etwas anderes. Die arme alte Gertrud, die mich an Annie Poultney erinnerte. Arme Annie Poultney. Fünfzig Jahre treu gedient und dann verdächtigt, Miss Lambs Testament beiseite geschafft zu haben, obgleich nichts bewiesen werden konnte. Es brach dem treuen Geschöpf beinahe das Herz, und nach ihrem Tod kam dann das Testament zum Vorschein, und zwar in der Geheimschublade der Teebüchse, wohin die alte Miss Lamb es selbst der Sicherheit wegen gelegt hatte. Aber für die arme Annie kam die Entdeckung zu spät.

Das beunruhigt mich so sehr bei der armen alten deutschen Frau. Im Alter wird man sehr leicht verbittert. Sie tut mir weitaus mehr leid als Mr. Templeton, der noch jung ist, gut aussieht und bei den Damen einen Stein im Brett zu haben scheint. Sie werden ihr doch schreiben, Sir Henry, nicht wahr, und ihr sagen, dass ihre Unschuld sich einwandfrei erwiesen hat? Ihr lieber alter Herr tot und sie wahrscheinlich am Grübeln und dazu noch unter der Last des Verdachts, ihn . . . Oh, der Gedanke ist unerträglich!«

»Ich werde ihr schreiben, Miss Marple«, versprach Sir Henry und sah sie fragend an. »Wissen Sie, ich werde Sie niemals ganz verstehen. Ihre Schlussfolgerungen entsprechen nie meinen Erwartungen.«

»Meine Schlussfolgerungen sind leider sehr begrenzt«, sagte Miss Marple bescheiden. »Ich komme so selten aus St. Mary Mead heraus.«

»Und doch haben Sie ein – man möchte fast sagen – internationales Geheimnis aufgeklärt«, entgegnete Sir Henry. »Denn Ihre Lösung ist richtig. Davon bin ich überzeugt.«

Miss Marple errötete. Dann warf sie den Kopf ein wenig in den Nacken. »Für die Verhältnisse der damaligen Zeit bin ich, nach meinem Dafürhalten, sehr gut erzogen worden. Meine Schwester und ich hatten eine deutsche Erzieherin – ein Fräulein. Ein sehr sentimentales Geschöpf. Sie brachte uns die Blumensprache bei – eine höchst charmante Wissenschaft, die aber heutzutage in Vergessenheit geraten ist. Eine gelbe Tulpe bedeutet zum Beispiel, hoffnungslose Liebe, während eine chinesische Aster besagt: Ich sterbe zu deinen

Füßen aus Eifersucht. Dieser Brief ist mit ›Georgina‹ unterzeichnet, und das bedeutet im Deutschen soviel wie Dahlie. Dadurch wurde das Ganze völlig klar. Ich wollte, ich könnte mich an die Bedeutung der Dahlie erinnern, aber leider komme ich nicht darauf. Mein Gedächtnis lässt nach.«

»Auf jeden Falll bedeutete das Wort nicht Tod.«

»Allerdings nicht. Grässlich, nicht wahr? Es gibt doch sehr viel Trauriges in der Welt.«

»Das stimmt«, pflichtete Mrs. Bantry ihr seufzend bei. »Man kann von Glück sagen, dass man Blumen und Freunde hat.«

»Uns nennt sie an zweiter Stelle, wie Sie bemerken«, warf Dr. Lloyd ein.

»Ein Mann schickt mir jeden Abend purpurfarbene Orchideen ins Theater«, erwähnte Jane träumerisch.

»Ich erwarte Ihre Gunst – bedeutet das«, erklärte Miss Marple lebhaft.

Sir Henry bekam einen merkwürdigen Hustenreiz und wandte den Kopf ab.

Plötzlich rief Miss Marple:

»Oh, es ist mir wieder eingefallen. Dahlie bedeutet ›Verrat‹ und ›falsche Angaben‹.«

»Wunderbar«, sagte Sir Henry. »Einfach wunderbar.«

Und er seufzte.

Eine Weihnachtstragödie

»Ich möchte eine Beschwerde vorbringen«, erklärte Sir Henry Clithering.

Mit zwinkernden Augen blickte er sich im Kreise um. Colonel Bantry saß mit ausgestreckten Beinen im Sessel und starrte mit gerunzelter Stirn auf den Kaminsims. Seine Frau blätterte in einem Blumenkatalog. Dr. Lloyd blickte mit offener Bewunderung auf Jane Helier, und diese betrachtete nachdenklich ihre rosafarbenen polierten Fingernägel. Nur Miss Marple saß kerzengerade auf ihrem Stuhl und zwinkerte Sir Henry ebenfalls mit ihren blauen Augen zu.

»Eine Beschwerde?«, murmelte sie.

»Eine sehr ernste Beschwerde. Wir sind hier heute Abend sechs Personen; drei Vertreter jeden Geschlechts, und ich protestiere im Namen der unterdrückten männlichen Wesen. Wir haben drei Geschichten gehört, die alle von den Männern erzählt wurden Ich erkläre hiermit feierlich, dass die Damen nicht ihren angemessenen Teil zur Unterhaltung beigetragen haben.«

»Oho!«, erwiderte Mrs. Bantry empört. »Das möchte ich bestreiten. Wir haben mit größtem Verständnis zugehört. Außerdem haben wir ein geziemendes Wesen an den Tag gelegt, das sich davor scheut, die Blicke aller auf sich zu ziehen!«

»Eine ausgezeichnete Entschuldigung«, bemerkte Sir Henry, »aber wir lassen sie nicht gelten. Ich bin überzeugt, dass eine der Damen ein besonders geschätztes Geheimnis in petto hat. Wie ist es, Miss Marple, mit der ›Merkwürdigen Begebenheit mit der Putzfrau‹ oder der ›Mysteriösen Angelegenheit bei der Mütterversammlung‹? Sie und St. Mary Mead dürfen mich nicht enttäuschen.«

Kopfschüttelnd erwiderte Miss Marple:

»Ich habe nicht viel erlebt, Sir Henry. Natürlich haben wir unsere kleinen rätselhaften Angelegenheiten, aber die würden Sie nicht interessieren.«

»Und wie steht's mit Ihnen, Miss Helier?«, fragte Colonel Bantry. »Sie müssen doch sicher interessante Erlebnisse gehabt haben.«

»Ja, wirklich«, stimmte Dr. Lloyd zu.

»Ich?«, fragte Jane. »Sie meinen, dass ich Ihnen jetzt etwas von mir erzähle?«

»Oder irgendetwas, das einem Ihrer Freunde passiert ist«, ergänzte Sir Henry.

»Oh!«, sagte Jane vage. »Ich glaube, ich habe gar nichts Besonderes erlebt – jedenfalls nicht so etwas. Blumen natürlich und seltsame Botschaften – aber das sind einfach Männergeschichten, nicht wahr? Ich glaube nicht –« Sie brach gedankenverloren ab.

»Ich sehe schon, wir müssen auf die kleinen Angelegenheiten zurückkommen«, meinte Sir Henry. »Also beginnen Sie, Miss Marple.«

»Sie belieben wohl zu scherzen, Sir Henry. Aber wenn ich so darüber nachdenke, fällt mir tatsächlich eine Begebenheit ein – Begebenheit ist allerdings nicht der richtige Ausdruck, es handelt sich um etwas viel Ernsteres: um eine Tragödie. Und ich war gewissermaßen darin verwickelt. Aber was ich getan habe, hat mich nie gereut – niemals. Doch ist es nicht in St. Mary Mead geschehen.«

»Da bin ich aber enttäuscht«, meinte Sir Henry. »Aber ich

werde versuchen, mich damit abzufinden. Ich wusste ja, dass wir uns auf Sie verlassen können.«

Er setzte sich voller Erwartung in seinem Sessel zurecht.

»Ich hoffe, dass ich es Ihnen richtig schildern kann«, sagte sie ein wenig vorsichtig. »Ich neige etwas zur Weitschweifigkeit. Ohne es zu wissen, verliert man oft den Faden, und es ist so schwer, sich an die richtige Reihenfolge zu erinnern. Sie müssen Geduld mit mir haben, wenn ich mich als eine schlechte Erzählerin entpuppe. Außerdem ist es schon so lange her.

Wie gesagt, die Geschichte spielte sich nicht in St. Mary Mead, sondern in einem Thermalbad ab.«

»Unfreundliche Plätze«, schob Colonel Bantry ein, »absolut scheußlich! Man muss früh aus den Federn und dieses widerliche Wasser trinken. Alte Frauen sitzen massenweise herum, mit ihren tausend kleinen Gebrechen und ihrem endlosen Geschwätz. Mein Gott, wenn ich bloß daran denke –«

»Das ist leider wahr«, stimmte Miss Marple ihm zu. »Ich selbst –«

»Meine liebe Miss Marple«, rief der Colonel entsetzt. »Ich habe natürlich nicht für eine Sekunde –«

Rosa angehaucht brachte sie ihn mit einer kleinen Geste zum Schweigen.

»Aber es ist wahr Colonel. Nur möchte ich noch etwas hinzufügen. Was war es doch gleich? Ach so, ja. Es wird, wie Sie sagen, viel gelästert. Und die Menschen urteilen sehr hart darüber – besonders junge Menschen. Mein Neffe, der Bücher schreibt – und, wie ich glaube, sehr gescheite –, hat äußerst sarkastische Bemerkungen gemacht über Leute, die ohne jeglichen Beweis den guten Ruf anderer vernichten.

Hierzu möchte ich bemerken, dass die jungen Leute oft nicht nachdenken oder die Tatsachen prüfen. An dem Getratsche ist nämlich meistens sehr viel Wahres dran! Und wenn die jungen Leute der Sache einmal auf den Grund gingen, würden sie die Entdeckung machen, dass es in neun von zehn Fällen stimmt. Und darum regen sich die Leute auch so darüber auf.«

»Die göttliche Eingebung, wie?«, sagte Sir Henry ironisch.

»O nein, durchaus nicht. Es handelt sich in Wirklichkeit um praktische Erfahrungen. Wenn Sie einem Ägyptologen einen dieser merkwürdigen kleinen Käfer zeigen, kann er Ihnen, wie ich gehört habe, aus dem Gefühl heraus sagen, welcher Periode er angehört oder ob es eine Imitation aus Birmingham ist. Aber er kann nicht immer bestimmte Gründe dafür angeben. Er weiß es eben. Er hat sich ein Leben lang mit solchen Dingen beschäftigt.

Ebenso haben die von meinem Neffen als ›nutzlos‹ bezeichneten Frauen sehr viel freie Zeit, und sie interessieren sich in der Hauptsache für Menschen. Und auf diese Weise werden sie sozusagen Sachverständige auf diesem Gebiet. Nun, diese jungen Leute heutzutage – sie reden sehr frei über Dinge, die in meiner Jugend nicht erwähnt wurden; auf der anderen Seite aber sind sie sehr naiv. Sie glauben an alles und jeden. Und wenn man sie noch so sanft zu warnen versucht, wird einem gesagt, man sei viktorianisch – und damit ist die Sache erledigt.

Nun muss ich bekennen, dass ich auch etwas empfindlich bin, und gedankenlose Bemerkungen haben mich schon oft aufs tiefste verletzt. Ich weiß, Männer interessieren sich nicht für häusliche Angelegenheiten, aber ich muss doch kurz mein Hausmädchen Ethel erwähnen – ein sehr hübsches Mädchen und in jeder Weise gefällig. Nun, sobald ich sie sah, wusste ich, dass sie der gleiche Typ wie Annie Webb war. Wenn sich die Gelegenheit ergab, würde sie Mein und Dein nicht unterscheiden können. Daher ließ ich sie am Ende des Monats gehen und schrieb ihr ins Zeugnis, dass sie ehrlich und bescheiden sei. Aber unter vier Augen warnte ich die alte Mrs. Edwards davor, sie zu nehmen. Mein Neffe Raymond war entsetzt und erklärte mir, er habe noch nie so etwas Schändliches – ja, Schändliches – gehört. Na, sie ging dann zu Lady Ashton, die zu warnen ich mich nicht verpflichtet fühlte. Und was geschah? Alle Spitzen wurden von ihrer Unterwäsche abgeschnitten und zwei Diamantbroschen gestohlen – und das Mädchen schlich sich mitten in der Nacht davon, und seitdem hat man nichts mehr von ihr gehört!«

Miss Marple hielt inne, holte tief Atem und fuhr dann fort.

»Sie werden sicher denken, dies alles hat nichts zu tun mit dem, was sich in dem Kurort ereignete – aber indirekt ist es doch so. Denn es ist eine Erklärung dafür, warum ich nicht den geringsten Zweifel daran in meinem Herzen hatte – gleich als ich die beiden Sanders' zusammen sah –, dass er beabsichtigte, sie umzubringen.«

»Was sagen Sie da?«, fragte Sir Henry erstaunt.

»Ich sage, Sir Henry, dass ich durchaus nicht im Zweifel war. Mr. Sanders war ein stattlicher, gut aussehender Mann von sehr herzlichem Wesen und bei allen recht beliebt. Und niemand hätte netter zu seiner Frau sein können als er. Aber ich wusste Bescheid! Er hatte die Absicht, sie aus dem Weg zu räumen.«

»Aber meine liebe Miss Marple –«

»Ja, ich weiß. Mein Neffe Raymond West würde mir dasselbe sagen, nämlich, dass ich nicht den geringsten Beweis hätte. Aber ich muss dabei an Walter Hones denken, den Wirt des ›Grünen Mannes‹. Als er eines Abends mit seiner Frau nach Hause ging, fiel sie in den Fluss – und er ließ sich das Versicherungsgeld auszahlen! Ich könnte noch ein paar Leute anführen, die bis heute ungestraft herumlaufen – sogar einen aus unseren Kreisen. Verbrachte die Sommerferien in der Schweiz, um mit seiner Frau Kletterpartien zu machen. Ich bat sie vorher, nicht mitzufahren; das arme Geschöpf wurde nicht einmal zornig mit mir, wie man es hätte erwarten können – sie lachte nur. Es erschien ihr komisch, dass eine merkwürdige Alte wie ich so etwas über ihren Harry sagen sollte. Na, und dann es eben einen Unfall – und Harry ist jetzt mit einer anderen Frau verheiratet. Aber was konnte ich tun? Ich wusste es zwar, hatte aber keine Beweise.«

»Oh! Miss Marple«, rief, Mrs. Bantry. »Das ist doch wohl nicht möglich!«

»Meine Liebe, solche Dinge passieren alle Tage. Und Männer sind dieser Versuchung besonders ausgesetzt, da sie so viel stärker sind. Es ist ja so leicht, wenn es wie ein Unfall aussieht. Wie gesagt, bei den Sanders' hatte ich denselben Eindruck. Wir fuhren mit der Straßenbahn. Da unten alles voll war, mussten wir nach oben klettern. Dann standen wir alle drei auf, um auszusteigen, und Mr. Sanders verlor das Gleichgewicht und fiel heftig gegen seine Frau, die kopfüber nach unten stürzte. Glücklicherweise war der Schaffner ein starker junger Mann und fing sie geschickt auf.«

»Das war aber doch bestimmt ein Zufall.«

»Natürlich war es ein Zufall – nichts hätte zufälliger aussehen können. Aber Mr. Sanders war, wie er mir erzählt hatte, in der Handelsmarine gewesen, und wenn jemand auf einem schwankenden Schiff das Gleichgewicht bewahren kann, verliert er es nicht gleich in einer Elektrischen, zumal wenn eine alte Frau wie ich fest auf den Füßen steht. Das kann mir keiner weismachen.«

»Jedenfalls dürfen wir annehmen, dass Ihnen die Sache auf der Stelle sonnenklar war, nicht wahr, Miss Marple?«, meinte Sir Henry.

Die alte Dame nickte.

»Ich war ziemlich sicher, und ein anderer Zwischenfall, als wir später die Straße überquerten, bestätigte meinen Eindruck. Nun frage ich Sie, Sir Henry, was konnte ich machen? Hier war eine nette, zufriedene, glückliche kleine Frau, die in Kürze ermordet werden sollte.«

»Meine liebe gnädige Frau, ich bin einfach sprachlos.«

»Seien Sie nicht so ironisch. Wie die meisten Leute heutzutage neigen Sie zu der Ansicht, dass so etwas nicht möglich ist. Aber es verhielt sich so, und ich wusste es. Leider ist man in seiner Handlungsweise so sehr behindert. Ich konnte zum Beispiel nicht zur Polizei gehen. Und die junge Frau zu warnen wäre völlig nutzlos gewesen; denn ich konnte sehen, dass sie diesen Mann liebte. Also bemühte ich mich darum, soviel wie möglich über sie in Erfahrung zu bringen. Man hat reichlich Gelegenheit dazu, wenn man am Feuer sitzt und Handarbeiten macht. Mrs. Sanders, Gladys hieß sie mit Vornamen, redete nur zu gern. Allem Anschein nach waren sie noch nicht lange verheiratet. Ihr Mann hatte Aussicht, bald in den Besitz eines Vermögens zu kommen. Aber im Augenblick waren sie ziemlich schlecht dran. Ja, sie lebten von ihrem kleinen Einkommen. Diese Geschichte ist nicht neu. Sie bedauerte es sehr, dass sie ihr Kapital nicht anrühren konnte. Anscheinend hatte irgendjemand irgendwo etwas Verstand gehabt! Aber ich bekam heraus, dass sie das Geld testamentarisch einer anderen Person vermachen konnte. Und sie und ihr Mann hatten gleich nach der Hochzeit jeder ein Testament zugunsten des anderen gemacht. Sehr rührend. Natürlich, wenn Jacks Angelegenheit in Ordnung kam – das war der Refrain, den man den ganzen Tag hörte, und inzwischen waren sie so arm wie Kirchenmäuse, hatten sogar ein Zimmer im oberen Stockwerk, wo die Dienstboten alle schliefen – wie gefährlich, falls ein Feuer ausbrach! Obgleich zufälligerweise gerade hinter ihrem Fenster eine Feuertreppe hinabführte. Ich erkundigte mich vorsichtig danach, ob auch ein Balkon vorhanden sei – sehr gefährlich, so ein Balkon. Ein Stoß genügt!

Ich nahm ihr das Versprechen ab, nicht auf den Balkon zu treten, unter dem Vorwand, dass ich einen Traum gehabt hätte. Das machte einen tiefen Eindruck auf sie – manchmal kann man durch Aberglauben sehr viel erreichen. Sie war ein blonder Typ mit käsiger Gesichtsfarbe und einer unordentlichen Haarrolle im Nacken. Sehr leichtgläubig. Sie erzählte, was ich ihr gesagt hatte, ihrem Mann, und es fiel mir auf, dass er mich ein paar Mal recht merkwürdig anschaute. Er war nicht leichtgläubig, und er wusste, dass ich auch in der Straßenbahn gewesen war.

Aber ich war in Sorge – in schrecklicher Sorge –, weil ich nicht wusste, wie ich ihn an der Ausführung seines Planes hindern konnte. Für den Augenblick wäre es mir natürlich möglich gewesen. Ich hätte ihm nur mit ein paar Worten anzudeuten brauchen, dass ich Verdacht gegen ihn schöpfte. Aber dann hätte er seinen Plan einfach auf später verschoben. Nein, ich gelangte allmählich zu der Überzeugung, dass nur ein kühner Schritt sie retten konnte – man musste ihm eine Falle stellen. Wenn man ihn dazu bringen konnte, einen Anschlag auf ihr Leben zu machen nach einem von mir entworfenen Plan – nun, dann vermochte man ihn zu entlarven, und sie war gezwungen, der Wahrheit ins Auge zu sehen, wie schwer der Schock für sie auch sein mochte.«

»Ich bin sprachlos«, erklärte Dr. Lloyd. »Was für einen Plan hätten Sie da bloß in Anwendung gebracht?«

»Keine Angst, ich hätte schon einen gefunden«, erwiderte Miss Marple. »Aber der Mann war zu schlau für mich. Er wartete nicht. Wahrscheinlich ahnte er, dass ich misstrauisch war. Also schlug er zu, bevor ich sicher sein konnte. Er wusste, dass ich bei einem Unfall Verdacht schöpfen würde. So machte er gleich einen Mord daraus.«

Alle im Kreise schnappten nach Luft. Miss Marple nickte und fuhr mit grimmiger Miene fort:

»Ich befürchte, ich bin ein wenig unvermittelt damit herausgeplatzt, und ich will versuchen, Ihnen der Reihe nach alles zu erzählen. Stets verspüre ich eine gewisse Bitterkeit – es will mir scheinen, als hätte ich es irgendwie verhindern sollen. Aber das Schicksal hat es vielleicht nicht anders gewollt. Auf jeden Fall habe ich getan, was in meinen Kräften stand.

Es lag ein seltsam unheimliches Gefühl in der Luft. Etwas schien auf uns allen zu lasten. Eine Ahnung von nahem Unheil. Zunächst war da einmal die Geschichte mit George, dem Portier. Er war jahrelang dort gewesen und kannte jeden. Dann bekam er Bronchitis und eine Lungenentzündung und starb am vierten Tag. Schrecklich traurig. Ein wirklicher Schlag für alle. Noch dazu vier Tage vor Weihnachten! Dann bekam eines der Hausmädchen – ein so nettes Geschöpf – eine Blutvergiftung am Finger und starb tatsächlich innerhalb von vierundzwanzig Stunden.

Ich war gerade mit Miss Trollope und der alten Mrs. Carpenter im Salon, und Mrs. Carpenter war geradezu dämonisch – sie schien sich regelrecht daran zu weiden.

›Hören Sie auf mich‹, sagte sie. ›Dies ist noch nicht das Ende. Sie kennen doch das Sprichwort? Aller guten Dinge sind drei. Das habe ich immer wieder erlebt. Wir werden noch einen Todesfall haben. Ganz ohne Zweifel. Und wir brauchen nicht lange zu warten. Aller guten Dinge sind drei.‹

Bei diesen Worten, die sie, mit dem Kopf nickend, beim Geklapper ihrer Stricknadeln hervorbrachte, blickte ich zufällig auf, und da stand Mr. Sanders im Türrahmen. Einen Augenblick lang war er nicht auf der Hut, und ich sah die nackte Wahrheit in seinen Augen. Bis zu meiner letzten Stunde glaube ich, dass es die Worte dieser grässlichen Mrs. Carpenter waren, die den Plan bei ihm auslösten. Ich konnte ganz deutlich sehen, welche Gedanken sich hinter seiner Stirn verbargen.

In seiner jovialen Art lächelnd, trat er ins Zimmer.

›Kann ich für die Damen irgendwelche Weihnachtseinkäufe erledigen?‹, fragte er. ›Ich gehe nämlich gleich in den Ort.‹

Lachend und schwatzend blieb er noch eine Weile und ging dann hinaus. Voller Unruhe fragte ich sofort:

›Wo ist Mrs. Sanders eigentlich? Weiß es jemand?‹

Miss Trollope erwiderte, sie sei zu ihren Freunden, den Mortimers, gegangen, um Bridge zu spielen, und das beruhigte mich im Augenblick ein wenig. Aber ich war immer noch sehr besorgt und unschlüssig, ob ich etwas unternehmen sollte. Eine halbe Stunde später ging ich auf mein Zimmer. Auf der Treppe begegnete ich meinem Arzt, Dr. Coles, und da ich ihn sowieso wegen meines Rheumatismus um Rat fragen wollte, nahm ich ihn mit in mein Zimmer. Dort erwähnte er mir gegenüber (im Vertrauen, sagte er) den Tod des armen Hausmädchens Mary. Der Geschäftsführer wünsche nicht, dass es sich herumspräche, sagte er, und ich solle es daher für mich behalten. Natürlich erwähnte ich nicht, dass wir alle während der letzten Stunde – von dem Augenblick an, als das arme Mädchen seinen letzten Atemzug getan hatte – von nichts anderem mehr geredet hatten. So etwas ist doch immer gleich bekannt, und ein Mann von seiner Erfahrung hätte das wissen müssen. Aber Dr. Coles war von jeher ein schlichter, naiver Mann, der glaubte, was er glauben wollte, und gerade das beunruhigte mich eine Sekunde später. Als er sich verabschiedete, erwähnte er, dass Sanders ihn gebeten habe, sich seine Frau mal anzusehen, sie fühle sich schlecht; irgendetwas stimme nicht mit ihr.

Und am selben Tage hatte mir Gladys Sanders selber erzählt, dass sie in allerbester Verfassung wäre, wofür sie sehr dankbar sei.

Sehen Sie? Mein ganzer Verdacht gegen diesen Mann

kehrte hundertfach zurück. Er traf Vorbereitungen – aber wofür? Dr. Coles war gegangen, ehe ich mich entschließen
konnte, ob ich mit ihm reden sollte oder nicht. Und ich hätte
auch nicht recht gewusst, wie ich mich ausdrücken sollte. Als
ich aus meinem Zimmer trat, kam Sanders selbst die Treppe
vom nächsten Stockwerk herunter. Er trug Straßenkleidung
und fragte mich abermals, ob er mir in der Stadt etwas besorgen könne. Ich musste mich sehr beherrschen, um nicht unhöflich zu ihm zu sein! Dann ging ich in die Diele und be-
stellte mir Tee. Es ging schon auf halb sechs zu, wie ich mich
entsinne.

Um Viertel vor sieben, als Mr. Sanders hereinkam, war ich
immer noch in der Diele. Er hatte zwei Herren bei sich, und
alle drei waren in ziemlich gehobener Stimmung. Mr. Sanders ließ seine beiden Freunde stehen und kam sofort zu dem
Tisch, an dem ich mit Miss Trollope saß. Er bat uns um Rat
wegen eines Weihnachtsgeschenks für seine Frau. Es war
eine Abendhandtasche.

›Meine Damen‹, erklärte er, ›ich bin nur ein rauer Seemann.
Was weiß ich schon von diesen Dingen? Ich habe mir drei zur
Auswahl schicken lassen und wäre Ihnen für Ihren sachkun-
digen Rat sehr dankbar.‹

Wir versicherten ihm natürlich, dass es uns ein Vergnügen
sein werde, und er fragte uns, ob es uns etwas ausmache, mit
ihm nach oben zu gehen, da seine Frau jede Minute kommen
könne und sonst die Taschen sehen würde. Also gingen wir
mit ihm hinauf. Niemals werde ich die nächsten Minuten vergessen – mich überläuft jetzt noch eine Gänsehaut.

Mr. Sanders öffnete die Tür zum Schlafzimmer und drehte
das Licht an. Ich weiß nicht, wer von uns sie zuerst sah . . .

Mrs. Sanders lag mit dem Gesicht nach unten auf dem Boden – tot. Ich war zuerst bei ihr, kniete nieder, nahm ihre
Hand und fühlte nach dem Puls, aber es war sinnlos, denn

der Arm war schon kalt und steif. Unmittelbar neben ihrem Kopf lag ein mit Sand gefüllter Strumpf – offensichtlich die Waffe, mit der sie niedergeschlagen worden war. Miss Trollope, dieses törichte Geschöpf, stand an der Tür und jammerte zum Steinerweichen. Mit dem Schrei ›Meine Frau, meine Frau!‹ stürzte Mr. Sanders an ihre Seite. Ich hinderte ihn daran, sie zu berühren; denn ich war überzeugt, dass er der Täter war, und glaubte, er wolle vielleicht etwas fortnehmen und verstecken.

›Es darf nichts angerührt werden‹, erklärte ich. ›Reißen Sie sich zusammen, Mr. Sanders. Miss Trollope, bitten gehen Sie nach unten und holen Sie den Geschäftsführer.‹

Ich selbst verharrte kniend bei der Leiche, da ich nicht die Absicht hatte, Sanders mit ihr allein zu lassen. Allerdings muss ich zugeben, dass der Mann ein wunderbarer Schauspieler war. Er schien bestürzt, verwirrt und über alle Maßen verängstigt.

Sehr bald erschien der Geschäftsführer. Er inspizierte in aller Eile den Raum, dann drängte er uns alle hinaus, schloss die Tür ab und nahm den Schlüssel mit, als er ging, um die Polizei anzurufen. Es schien eine Ewigkeit zu dauern, bis sie kam (später erfuhren wir, dass die Leitung nicht in Ordnung gewesen war). Der Geschäftsführer musste jemanden zur Post schicken, und das Kurhotel liegt ziemlich weit von der Stadt entfernt, fast am Rande des Moores. Inzwischen fiel Mrs. Carpenter uns allen sehr auf die Nerven. Sie war so zufrieden, dass ihre Prophezeiung sich so schnell erfüllt hatte. Sanders lief stöhnend und händeringend in den Garten hinaus, und in seinen Zügen malte sich tiefster Kummer ab.

Endlich kam die Polizei. Mit dem Geschäftsführer und Mr. Sanders gingen sie nach oben, und später ließen sie mich holen. Als ich kam, saß der Inspektor an einem Tisch und schrieb. Er sah intelligent aus und war mir sehr sympathisch.

›Miss Jane Marple?‹, fragte er.

›Ja.‹

›Wie ich höre, gnädige Frau, waren Sie zugegen, als die Leiche gefunden wurde.‹

Ich bestätigte das und schilderte genau, was vorgefallen war. Ich glaube, der arme Mann war sichtlich erleichtert, dass er jemanden gefunden hatte, der seine Fragen zusammenhängend beantworten konnte, nachdem er sich vorher mit Sanders und Emily Trollope abgequält hatte. Wie ich hörte, war Emily Trollope ja vollständig aus der Fassung geraten – was auch nicht anders zu erwarten war von diesem törichten Geschöpf! Meine liebe Mutter hat mir immer eingeschärft, dass eine Dame sich in der Öffentlichkeit stets zusammennehmen müsse, wie sehr sie sich auch in ihren eigenen vier Wänden gehen lassen mochte.«

»Ein bewundernswerter Grundsatz«, bemerkte Sir Henry mit ernster Miene.

»Als ich mit meiner Schildung zu Ende war, sagte der Inspektor zu mir: ›Vielen Dank, gnädige Frau. Nun muss ich Sie leider bemühen, sich die Leiche noch einmal anzusehen. Hat sie genauso gelegen, als Sie das Zimmer betraten? Ist sie von niemandem berührt worden?‹

Ich erklärte ihm, dass ich Mr. Sanders daran gehindert hätte, und der Inspektor nickte beifällig.

›Der Herr scheint furchtbar erregt zu sein‹, bemerkte er.

›Das scheint er wohl – ja‹, erwiderte ich.

Ich glaube nicht, dass ich das Wort ›scheint‹ besonders betont habe. Dennoch warf der Inspektor mir einen ziemlich scharfen Blick zu.

›Wir können also annehmen, dass die Leiche sich in genau derselben Stellung befindet wie am Anfang, wie?‹ fragte er.

›Ja, abgesehen von dem Hut‹, entgegnete ich.

Der Inspektor blickte mich erstaunt an.

›Was ist mit dem Hut?‹

Ich setzte ihm auseinander, dass die arme Gladys den Hut zuerst auf dem Kopf gehabt habe, während er jetzt neben ihr liege, und ich sprach die Vermutung aus, dass die Polizei ihn wohl entfernt habe. Doch der Inspektor verneinte diese Tatsache ganz entschieden. Nichts sei bisher angerührt oder bewegt worden. Mit gerunzelter Stirn blickte er auf die arme hingestreckte Gestalt hinab. Gladys trug Straßenkleidung – einen weiten dunkelroten Tweedmantel mit grauem Pelzkragen. Der Hut, ein billiges Stück aus rotem Filz, lag gerade neben ihrem Kopf. Eine Weile stand der Inspektor grübelnd da. Dann kam ihm plötzlich ein Gedanke.

›Können Sie sich ganz zufällig daran erinnern, gnädige Frau, ob die Verstorbene gewöhnlich Ohrringe trug?‹

Nun habe ich, Gott sei Dank, eine recht gute Beobachtungsgabe, und ich entsann mich sofort, dass ich gerade unter dem Hutrand einen Schimmer von Perlen gesehen habe, obgleich ich in dem Augenblick keine besondere Notiz davon genommen hatte. Seine Frage konnte ich also bejahen.

›Dann ist die Sache ja klar‹, meinte er. ›Der Schmuckkasten der Dame ist geplündert worden – nicht, dass sie etwas Wertvolles besaß, soweit ich unterrichtet bin –, und die Ringe hat man ihr von den Fingern gezogen. Der Mörder muss also die Ohrringe vergessen und sie geholt haben, nachdem der Mord entdeckt war. Ein hart gesottener Bursche! Oder vielleicht‹ – bei diesen Worten starrte er im Zimmer umher und sagte langsam: ›Vielleicht hatte er sich im Zimmer versteckt und war die ganze Zeit über hier.‹

Doch ich verwarf die Idee. Ich selbst, erklärte ich ihm, hätte unter das Bett geschaut, und der Geschäftsführer habe die Türen des Kleiderschranks geöffnet. Und sonst gebe es keine Versteckplätze im Zimmer, wo ein Mann sich verbergen könne. Allerdings sei das Hutfach mitten im Kleiderschrank verschlossen gewesen, aber da es nicht sehr tief und außerdem mit Regalen versehen sei, habe sich kein Mann darin verstecken können.

Der Inspektor nickte langsam, während ich dies alles erklärte.

›Ich glaube Ihnen, gnädige Frau. Dann muss er eben, wie ich schon sagte, noch einmal zurückgekommen sein. Ein wirklich abgebrühter Geselle.‹

›Aber der Geschäftsführer hat doch die Tür abgeschlossen und den Schlüssel mitgenommen!‹

›Das hat nichts zu bedeuten. Der Dieb hat den Balkon und die Feuertreppe benutzt. Wahrscheinlich haben Sie ihn sogar bei der Arbeit gestört. Da ist er einfach zum Fenster hinausgeschlüpft und, als Sie alle fort waren, wieder zurückgekehrt, um mit seiner Arbeit fortzufahren.‹

›Sind Sie sicher‹, fragte ich, ›dass es ein Dieb war?‹

Er erwiderte ziemlich trocken:

›Na, es sieht doch ganz danach aus, nicht wahr?‹

Aber etwas in seinem Ton gab mir eine gewisse Befriedigung. Ich hatte das Gefühl, dass er Mr. Sanders in seiner Rolle als trauernder Witwer nicht allzu ernst nehmen würde.

Ich gebe unumwunden zu, dass ich von dieser fixen Idee ganz besessen war. Dass dieser Sanders seine Frau umbringen wollte, stand für mich durchaus fest. Was ich jedoch nicht mit einkalkuliert hatte, war dieses seltsame und fantastische Etwas, das man als Koinzidenz bezeichnet. Meine Ansichten über Mr. Sanders – davon war ich überzeugt – waren absolut richtig. Der Mann war ein Schurke. Aber obgleich sein geheuchelter Kummer mich nicht für eine Sekunde täuschte, so hatte ich doch empfunden, als wir zuerst ins Zimmer traten, dass seine Überraschung und Verwirrung außerordentlich echt schienen – absolut natürlich. Ich muss gestehen, dass mich nach meiner Unterhaltung mit dem Inspektor ein seltsamer Zweifel beschlich. Denn wenn Sanders diese furchtbare Tat begangen hatte, konnte ich mir keinen stichhaltigen Grund vorstellen, warum er sich über die Feuertreppe zurückschleichen sollte, um seiner Frau die Ohrringe fortzunehmen. Das wäre durchaus nicht klug gewesen, und Sanders war ein sehr kluger Mann – darum hielt ich ihn ja für so gefährlich.«

Miss Marple blickte sich im Kreise ihrer Zuhörer um.

»Sie wissen vielleicht schon, worauf ich hinauswill. In dieser Welt geschieht oft genug das, was man am wenigsten erwartet. Ich war eben sicher, und das hatte mich wohl so blind gemacht. Das Resultat war für mich ein großer Schock. Denn es wurde einwandfrei bewiesen, dass Mr. Sanders unter keinen Umständen das Verbrechen begangen haben konnte . . .«

Ein Laut der Überraschung kam von Mrs. Bantrys Lippen. Miss Marple wandte sich ihr zu.

»Ich weiß, meine Liebe, das haben Sie nach dem Anfang meiner Geschichte nicht erwartet. Auch ich hatte es nicht erwartet. Aber an den Tatsachen lässt sich nicht rütteln, und wenn die Beweise ergeben, dass man Unrecht hat, muss man sich bescheiden und wieder von vorn anfangen. Dass Mr. Sanders im Grunde genommen ein Mörder war, wusste ich – von dieser festen Überzeugung ließ ich mich durch nichts abbringen.

Und nun möchten Sie wohl gern hören, wie sich alles zugetragen hat. Wie Sie bereits wissen, verbrachte Mrs. Sanders den Nachmittag bei ihren Freunden, den Mortimers, wo sie Bridge spielte. Um Viertel nach sechs etwa ging sie von dort weg. Von dem Haus ihrer Freunde bis zum Kurhotel brauchte man ungefähr eine Viertelstunde – oder noch weniger, wenn man sich beeilte. Sie musste also um halb sieben zurückgekehrt sein. Da niemand sie hereinkommen sah, ist anzunehmen, dass sie die Seitentür benutzt hat und geradewegs auf ihr Zimmer gegangen ist. Sie hat sich dann wohl umgezogen (die Sachen, die sie nachmittags getragen hatte – der rehfarbene Mantel und der Rock – hingen im Schrank) und war offenbar auf dem Sprung, wieder auszugehen, als das Unglück sich ereignete. Wahrscheinlich, so sagt man, hat sie gar nicht gemerkt, wer sie niedergeschlagen hat. Der Sandsack soll ja eine sehr wirksame Waffe sein. Demnach muss der Angreifer im Zimmer verborgen gewesen sein, möglicherweise in dem anderen Schrank, den sie nicht geöffnet hatte.

Nun zu Mr. Sanders. Er ging, wie gesagt, gegen halb sechs aus – oder ein wenig später. Dann besuchte er verschiedene Läden und betrat gegen sechs Uhr das Grand Spa Hotel, wo er zwei Freunde traf – dieselben, mit denen er später zum Kurhotel zurückkehrte. Sie spielten zusammen Billard und tranken mehrere Glas Whisky dabei. Diese beiden Männer waren tatsächlich die ganze Zeit von sechs Uhr an mit ihm zusammen. Sie begleiteten ihn zum Hotel, und er verließ sie erst, als er zu mir und Miss Trollope an den Tisch kam. Das war etwa um Viertel vor sieben; wie ich bereits erwähnte, muss seine Frau um diese Zeit schon tot gewesen sein.

Ich gestehe, dass ich selbst mit diesen beiden Freunden gesprochen habe. Ich mochte sie nicht leiden. Sie waren weder angenehm noch gebildet. Doch über eines war ich mir klar: Sie sprachen die volle Wahrheit, als sie sagten, Mr. Sanders sei während der ganzen Zeit in ihrer Gesellschaft gewesen. Eine Kleinigkeit ist vielleicht noch zu erwähnen. Während des Bridgespiels wurde Mrs. Sanders offenbar ans Telefon gerufen. Ein Mr. Littleworth wollte sie sprechen. Hinterher schien sie freudig erregt zu sein und machte, nebenbei bemerkt, ein paar schlimme Spielfehler. Sie brach bedeutend früher auf, als ihre Freunde erwartet hatten.

Mr. Sanders wurde gefragt, ob ihm der Name Littleworth

bekannt sei und ob dieser Mann zu den Freunden seiner Frau zähle, aber er erklärte, er habe den Namen noch nie gehört. Und das schien mir durch das Verhalten seiner Frau bestätigt – ihr bedeutete der Name Littleworth anscheinend zuerst auch nichts. Dennoch kam sie lächelnd, aber doch etwas verwirrt vom Telefon zurück. Daraus muss man schließen, dass der Betreffende nicht seinen richtigen Namen genannt hat, und das erweckt an sich schon ein gewisses Misstrauen, nicht wahr?

Jedenfalls war dies das Problem, das sich uns präsentierte: die Einbrechergeschichte, die ziemlich unwahrscheinlich war – oder aber die Theorie, dass Mrs. Sanders im Begriff stand, auszugehen und sich mit jemandem zu treffen. Ist dieser Jemand über die Feuertreppe in ihr Zimmer gekommen? Hat es einen Streit gegeben? Oder hat er sie aus dem Hinterhalt überfallen?«

Miss Marple hielt inne.

»Nun?«, meinte Sir Henry. »Wie lautet die Antwort?«

»Ob einer unter Ihnen sie wohl erraten kann?«

»Ich kann nicht gut raten«, erklärte Mrs. Bantry. »Es ist schade, dass Sanders ein so tadelloses Alibi hatte. Aber wenn es Ihnen genügte, muss es schon in Ordnung gewesen sein.«

Jane Helier bewegte ihr schönes Haupt und wollte wissen: »Warum war das Hutfach verschlossen?«

»Eine sehr kluge Frage, meine Liebe«, antwortete Miss Marple strahlend. »Darüber habe ich mich im Stillen auch gewundert. Allerdings war die Erklärung ganz einfach. Es enthielt ein paar handgearbeitete Pantoffeln und einige Taschentücher, die die junge Frau für ihren Mann zu Weihnachten bestickt hatte. Darum hatte sie das Fach abgeschlossen. Den Schlüssel fand man in ihrer Handtasche.«

»Oh!«, meinte Jane. »Dann ist es doch nicht so interessant.«

»O ja, aber sehr«, erwiderte Miss Marple. »Es ist das einzig wirklich Interessante an der Sache – das einzige, was die Pläne des Mörders vereitelte.«

Jeder starrte die alte Dame an.

»Ich selbst habe es zwei Tage lang nicht erkannt«, sagte Miss Marple. »Ich zerbrach mir immer und immer wieder den Kopf, und dann auf einmal kam die Erleuchtung über mich. Ich ging sofort zum Inspektor und bat ihn, etwas auszuprobieren, was er dann auch tat.«

»Um was haben Sie ihn gebeten?«

»Ich bat ihn, der armen Frau den Hut aufzusetzen – und das ging nicht. Der Hut passte nicht. Es war nämlich nicht ihr Hut.«

Mrs. Bantry rief ganz erstaunt:

»Aber er saß doch zuerst auf ihrem Kopf.«

»Nicht auf ihrem Kopf –«

Miss Marple wartete einen Augenblick, um ihren Worten Gewicht zu verleihen, und fuhr dann fort:

»Wir nahmen als selbstverständlich an, dass es sich um die Leiche der armen Gladys handelte. Aber wir haben uns nie das Gesicht angesehen. Wie Sie sich erinnern, lag sie mit dem Gesicht nach unten, und der Hut verdeckte alles.«

»Aber sie wurde doch getötet?«

»Ja, später. In dem Augenblick, als wir die Polizei anriefen, war Gladys noch quicklebendig.«

»Meinen Sie etwa, es war jemand anders, die vorgab, Gladys zu sein? Aber als Sie sie anfassten –«

»Es war eine Leiche. Darüber besteht nicht der geringste Zweifel«, sagte Miss Marple ernst.

»Aber zum Kuckuck noch mal«, mischte sich Colonel Bantry ein, »Leichen fallen einem doch nicht einfach so in den Schoß. Was hat man denn nachher mit der ersten Leiche gemacht?«

»Mr. Sanders hat sie zurückgetragen«, erwiderte Miss Marple. »Es war ein böser, aber sehr kluger Plan. Unsere Unterhaltung im Salon hat ihn darauf gebracht. Die Leiche des armen Hausmädchens Mary – warum sollte er sie nicht gebrauchen? Sie müssen bedenken, dass das Zimmer der Sanders' oben im Dienstbotenflügel lag. Marys Zimmer befand sich nur zwei Türen weiter, und der Leichenbestatter würde erst später am Abend kommen – damit rechnete Mr. Sanders. Er trug also die Leiche über den Balkon (um fünf Uhr war es schon dunkel), zog ihr ein Kleid seiner Frau und ihren weiten roten Mantel an. Und dann entdeckte er, dass das Hutfach abgeschlossen war! Was tun? Es blieb ihm nichts anderes übrig, als einen Hut das Mädchens zu holen. Das würde niemandem auffallen. Er legte den Sandsack neben sie auf den Boden und ging dann fort, um sich ein Alibi zu beschaffen.

Unter dem Namen Littleworth rief er seine Frau an. Ich weiß nicht, was er ihr erzählt hat. Aber sie war eine leichtgläubige Frau, wie ich vorhin schon sagte. Auf alle Fälle veranlasste er sie, das Bridgespiel früher abzubrechen und nicht ins Kurhotel zurückzukehren. Er verabredete sich mit ihr im Park des Hotels, nahe der Feuertreppe, um sieben Uhr.

Er selbst kehrte mit seinen Freunden ins Hotel zurück und richtete es so ein, dass Miss Trollope und ich gemeinsam mit ihm die Leiche entdeckten. Er tat sogar so, als wolle er sie umdrehen – und ausgerechnet ich hielt ihn davon zurück! Dann schickte man nach der Polizei, und er taumelte in den Park hinaus.

Es hatte ihn natürlich niemand gefragt, wo er sich nach dem Verbrechen aufgehalten habe. Er traf sich mit seiner Frau, ging mit ihr die Feuertreppe hinauf, und sie betraten das Zimmer. Vielleicht hatte er ihr gegenüber schon etwas von der Leiche erwähnt. Sie beugte sich über die am Boden liegende Gestalt, und er nahm den Sandsack und schlug zu . . . mein Gott, es macht mich jetzt noch krank, wenn ich nur daran denke! Dann zog er ihr rasch den Mantel und den Rock aus, hängte die Sachen in den Schrank und zog ihr die Sachen der anderen Leiche an.

Doch der Hut wollte nicht passen. Mary hatte kurz geschnittenes Haar und Gladys Sanders eine dicke Haarrolle. Er war gezwungen, ihn neben die Leiche zu legen, und hoffte, dass niemand es bemerken würde. Dann trug er die Leiche der armen Mary in ihr Zimmer zurück und legte sie wieder schicklich auf das Bett.«

»Es erscheint unglaublich«, bemerkte Dr. Lloyd. »Dieses Risiko, das er auf sich nahm. Die Polizei hätte ja bloß zu früh einzutreffen brauchen.«

»Sie müssen bedenken, dass die Telefonleitung nicht in Ordnung war«, erinnerte ihn Miss Marple. »Dafür war natürlich er verantwortlich. Er konnte es sich nicht leisten, dass die Polizei zu früh erschien. Als sie dann endlich kam, brachte sie noch eine Weile im Büro des Geschäftsführers zu. Die größte Gefahr bestand darin, dass jemand merken würde, dass Gladys erst vor einer halben Stunde das Zeitliche gesegnet hatte. Aber er verließ sich darauf, dass die Leute, die das Verbrechen zuerst entdeckten, keine Fachkenntnisse auf diesem Gebiet besaßen.«

Dr. Lloyd nickte.

»Man nahm wahrscheinlich an, dass das Verbrechen gegen Viertel vor sieben begangen worden sei«, meinte er. »In Wirklichkeit geschah es um sieben oder ein paar Minuten nach sieben. Frühestens um halb acht hat dann der Polizeiarzt die Leiche untersucht. Da konnte er es unmöglich merken.«

»Aber ich bin diejenige, die es hätte merken sollen«, erwiderte Miss Marple. »Ich habe die Hand der armen Frau angefasst, und sie war eiskalt. Und kurz darauf sprach der Inspektor davon, dass der Mord gerade vor unserer Ankunft begangen worden sein müsse – und ich habe nichts bemerkt!«

»Meiner Ansicht nach haben Sie sehr viel bemerkt, Miss Marple«, sagte Sir Henry. »Es muss vor meiner Zeit passiert sein. Ich kann mich überhaupt nicht entsinnen, dass ich je davon gehört habe. Was geschah dann?«

»Sanders wurde gehängt«, entgegnete Miss Marple lebhaft. »Und das geschah ihm recht. Ich hae es niemals bereut, dass ich dazu beigetragen habe, diesen Mann vor den Richter zu bringen.«

Ihre strengen Züge wurden weicher.

»Aber ich habe mir oft bittere Vorwürfe gemacht, dass ich es versäumte, dieser armen Frau das Leben zu retten. Würde sie aber auf mich gehört haben? Wahrscheinlich hätte sie meine Warnungen für Hirngespinste einer alten Frau gehalten. Wer weiß? Auf jeden Fall liebte sie diesen Schurken und vertraute ihm. Sie hat ihn nie durchschaut.«

»Nun«, meinte Jane Helier, »dann war ja soweit alles in Ordnung. In bester Ordnung. Ich wollte –« Sie brach ab.

Miss Marple blickte auf die berühmte, die schöne, die erfolgreiche Jane Helier und nickte sanft mit dem Kopf.

»Ich verstehe, liebes Kind«, sagte sie sehr leise. »Ich verstehe.«

Das Todeskraut

»Jetzt ist die Reihe an Ihnen, Mrs. B.«, sagte Sir Henry Clithering aufmunternd.

Mrs. Bantry, seine Gastgeberin, maß ihn mit einem kühlen, tadelnden Blick.

»Ich habe Ihnen bereits gesagt, dass ich *nicht* Mrs. B. genannt werden möchte. Es gehört sich nicht.«

»Dann Scheherezade.«

»Noch weniger bin ich Sche – wie heißt das noch? Ich kann nie eine Geschichte richtig erzählen. Fragen Sie Arthur, wenn Sie mir nicht glauben wollen.«

»Tatsachen kannst du ganz gut schildern, Dolly«, meinte Colonel Bantry, »aber es hapert etwas mit der Ausschmückung.«

»Das ist es ja gerade«, meinte Mrs. Bantry. »Ich habe Ihnen allen zugehört und weiß nicht, wie Sie es fertig bringen. Ich kann's einfach nicht. Und außerdem habe ich auch gar keinen Stoff für eine Erzählung.«

»Das können wir Ihnen nicht so ohne weiteres glauben, Mrs. Bantry«, erklärte Dr. Lloyd und schüttelte sein graues Haupt in scherzhaftem Zweifel.

Mit sanfter Stimme mischte sich nun auch Miss Marple ein.

»Sie werden doch sicherlich irgendetwas erlebt haben, meine Liebe.«

Mrs. Bantry blieb hartnäckig.

»Sie haben keine Vorstellung, wie banal mein Leben ist. Alles dreht sich um Dienstboten und um die Schwierigkeit, ein Küchenmädchen zu bekommen. Man fährt höchstens einmal nach London zum Zahnarzt, oder um Kleider zu kaufen, und auch nach Ascot, das Arthur nicht ausstehen kann. Und dann habe ich natürlich meinen Garten –«

»Aha!«, bemerkte Dr. Lloyd. »Der Garten. Wir alle wissen, woran Ihr Herz hängt, Mrs. Bantry.«

»Es muss wunderbar sein, einen Garten zu haben«, meinte Jane Helier, die schöne junge Schauspielerin. »Das heißt, wenn man nicht zu graben oder sich die Hände schmutzig zu machen braucht. Ich schätze Blumen ja so sehr.«

»Der Garten!«, rief Sir Henry. »Könnten wir den nicht als Ausgangspunkt nehmen? Raffen Sie sich auf, Mrs. B., und erzählen Sie uns von den giftigen Blumenknollen, den Verderben bringenden Narzissen, dem Todeskraut!«

»Merkwürdig, dass Sie gerade das erwähnen«, sagte Mrs. Bantry. »Dadurch haben Sie mich auf etwas gebracht. Arthur, erinnerst du dich noch an Clodderham Court? An den alten Sir Ambrose Bercy, den wir für einen so höflichen, charmanten alten Herrn hielten?«

»Aber natürlich! Ja, das war eine merkwürdige Geschichte. Nun, da hast du ja etwas zu erzählen, Dolly.«

»Mir wäre es lieber, du würdest es tun.«

»Unsinn! Selbst ist der Mann. Und heutzutage auch die Frau. Fang nur an. Ich habe bereits meine Pflicht getan.«

Mrs. Bantry holte tief Atem, faltete die Hände und blickte etwas verängstigt in die Runde. Dann begann sie rasch und recht flüssig zu sprechen.

»Nun, es gibt eigentlich nicht viel zu erzählen. Das Wort ›Todeskraut‹ hat mir die Sache wieder ins Gedächtnis zurückgerufen, obgleich es bei mir den Namen ›Salbei und Zwiebeln‹ führt.«

»Salbei und Zwiebeln?«, fragte Dr. Lloyd erstaunt.

Mrs. Bantry nickte.

»Ich will Ihnen das näher erklären. Arthur und ich waren einmal bei Sir Ambrose Bercy auf Clodderham Court zu Besuch, und eines Tages wurden aus Versehen – ich fand diese Dummheit unerklärlich – Fingerhutblätter zusammen mit Salbeiblättern gepflückt. Die Enten, die wir zum Essen hatten, wurden damit gefüllt, und nachher waren wir alle sehr krank. Eines der Mädchen – Sir Ambroses Mündel – starb sogar.«

Sie hielt inne.

»Herrje«, sagte Miss Marple, »wie tragisch.«

»Nicht wahr?«

»Nun«, meinte Sir Henry, »was geschah dann?«

»Nichts«, erwiderte Mrs. Bantry. »Das ist alles.«

Alle waren enttäuscht. Obgleich sie im Voraus gewarnt gewesen waren, hatten sie sich doch nicht auf eine derart kurze Geschichte gefasst gemacht.

»Aber, meine liebe gnädige Frau«, protestierte Sir Henry, »das kann doch nicht alles sein. Was Sie uns da erzählt haben, ist wohl ein tragisches Ereignis, aber in keinem Sinne des Wortes ein Problem.«

»Natürlich folgt noch etwas«, entgegnete Mrs. Bantry. »Aber wenn ich Ihnen das sagte, würden Sie sofort Bescheid wissen.«

Sie sah ihre Zuhörer herausfordernd an.

»Ich habe Ihnen ja gleich gesagt, dass ich nicht verstehe, etwas so auszumalen, dass es sich wie eine richtige Geschichte anhört.«

»Aha!« Sir Henry richtete sich in seinem Sessel auf und schob sein Monokel zurecht. »Wissen Sie, Scheherezade, das ist höchst erfrischend. Ein Appell an unsere Spitzfindigkeit. Ich möchte fast annehmen, dass Sie es mit Absicht so gemacht haben, um unsere Neugier anzuregen. Ich glaube, ein paar lebhafte Quiz-Runden sind angezeigt. Miss Marple, wollen Sie anfangen?«

»Ich möchte etwas über die Köchin erfahren«, sagte Miss Marple. »Sie muss entweder eine sehr dumme oder eine äußerst unerfahrene Person gewesen sein.«

»Sie war einfach nur dumm«, erwiderte Mrs. Bantry. »Nachher weinte sie heftig und erklärte, die Blätter seien ihr als Salbei gebracht worden und wie hätte sie es wissen sollen.«

»Sie hätte sich selbst überzeugen können«, bemerkte Miss Marple. »Aber wahrscheinlich war es eine ältere Frau und eine sehr gute Köchin.«

»Oh, ausgezeichnet!«, bestätigte Mrs. Bantry.

»Sie sind an der Reihe, Miss Helier!«, rief Sir Henry.

»Ach . . . Sie meinen, ich soll eine Frage stellen?« Es trat eine Pause ein, während Jane sich den Kopf zerbrach. Schließlich sagte sie ganz hilflos: »Ich weiß wirklich nicht, was ich fragen soll.«

Ihre schönen Augen richteten sich flehend auf Sir Henry.

»Warum versuchen Sie es nicht mit den *dramatis personae*?«, schlug er lächelnd vor.

Jane wirkte immer noch ganz unschlüssig.

»Die handelnden Personen des Dramas«, erklärte er sanft.

»O ja«, meinte Jane. »Das ist eine gute Idee.«

Mrs. Bantry begann lebhaft, die Leute an den Fingern aufzuzählen.

»Sir Ambrose – Sylvia Keene (das ist das Mädchen, das gestorben ist) – eine Freundin von ihr, Maud Wye, eines jener dunklen, hässlichen Mädchen, die irgendwie doch großen Eindruck machen; wie, das mag der Himmel wissen. Ferner ein Mr. Curle, der gekommen war, um mit Sir Ambrose über Bücher zu reden – seltene Ausgaben, wissen Sie, merkwürdige alte Schmöker in lateinischer Sprache, muffige alte Pergamente. Ein Nachbar war auch noch da, Jerry Lorimer. Sein

Besitz, Fairlies, grenzt an Sir Ambroses Gut. Schließlich wäre noch Mrs. Carpenter zu erwähnen, eine von diesen alten Spinatwachteln, die es stets fertig bringen, sich irgendwo behaglich einzunisten. Sie war so eine Art Gesellschafterin für Sylvia, denke ich mir.«

»Nun bin ich wohl dran«, meinte Sir Henry, »da ich neben Miss Helier sitze. Ich verlange ziemlich viel: Ich möchte nämlich um eine kurze Beschreibung aller dieser Personen bitten, Mrs. Bantry.«

»Oh!« Mrs. Bantry zögerte ein wenig.

»Beginnen Sie nur mit Ambrose«, ermunterte Sir Henry sie. »Was für ein Typ war er?«

»Er war ein sehr vornehmer älterer Herr – eigentlich nicht so sehr alt – vermutlich nicht mehr als sechzig. Aber er hatte ein schwaches Herz; konnte keine Treppen steigen und musste sich einen Fahrstuhl einbauen lassen. Das alles ließ ihn vielleicht älter erscheinen, als er war. Er hatte bezaubernde Manieren – war ein richtiger Gentleman. Man sah ihn niemals aufgebracht. Er hatte schönes weißes Haar und eine wohltuende Stimme.«

»Gut«, lobte Sir Henry. »Ich sehe Sir Ambrose direkt vor mir. Nun zu diesem Mädchen Sylvia – wie hieß sie doch noch?«

»Sylvia Keene. Sie war hübsch – wirklich sehr hübsch. Blond und mit einer wunderbaren Haut gesegnet. Allerdings nicht gerade klug. Alles, was sie von sich gab, war recht seicht.«

»Das graziöseste Geschöpf, das ich je gesehen habe«, sagte Colonel Bantry voller Wärme. »Ich sehe sie noch Tennis spielen – charmant, einfach charmant! Und dazu so lustig. Ein höchst amüsantes kleines Ding. Und ihr reizendes Wesen. Ich wette, die jungen Burschen waren alle ganz begeistert von ihr.«

»Da bist du aber auf dem Holzwege«, erwiderte seine Frau. »Jugend an sich hat heutzutage keinen Reiz für junge Männer. Nur so alte Käuze wie du, Arthur, faseln so ein Zeug zusammen.«

»Und die Gesellschafterin, die Sie so schön als Spinatwachtel titulierten?«, bemerkte Sir Henry.

»Oh, Adelaide Carpenter war ein rundliches, zuckersüßes Persönchen.«

»In welchem Alter?«

»So um die vierzig herum. Sie war schon ziemlich lange dort – ich glaube, seit Sylvias elftem Lebensjahr. Eine sehr taktvolle Person. Eine jener unglücklich situierten Witwen, die viele aristokratische Verwandte, aber keinen Pfennig in der Tasche haben. Ich persönlich konnte sie nicht leiden. Aber ich habe Leute mit sehr langen weißen Händen noch nie gemocht. Und Spinatwachteln schon gar nicht!«

»Und was für ein Typ war Mr. Curle?«

»Ein älterer Mann mit gebückter Haltung. Er wurde erst lebhaft, wenn er von seinen muffigen Büchern redete; sonst war er sterbenslangweilig. Ich glaube nicht, dass Sir Ambrose ihn sehr gut kannte.«

»Und Jerry von nebenan?«

»Ein wirklich reizender junger Mann. Er war mit Sylvia verlobt. Das machte die Sache besonders traurig.«

»Ich möchte gern wissen –«, begann Miss Marple und brach ab.

»Was?«

»Ach, nichts, meine Liebe.«

Sir Henry warf der alten Dame einen merkwürdigen Blick zu. Dann sagte er nachdenklich:

»Dieses junge Paar war also verlobt! Wie lange wohl schon?«

»Ungefähr ein Jahr. Sir Ambrose hatte sich der Verbindung

widersetzt unter dem Vorwand, dass Sylvia zu jung sei. Aber nach einjähriger Verlobungszeit hatte er nachgegeben, und die Hochzeit hätte in Kürze stattfinden sollen.«

»Aha! War die junge Dame vermögend?«

»Durchaus nicht – ein Einkommen von ein- oder zweihundert Pfund im Jahr.«

»Nun kann der Doktor einmal eine Frage stellen«, schlug Sir Henry vor. »Ich habe genug geredet.«

»Meine Neugierde ist in erster Linie professionell«, erklärte Dr. Lloyd. »Ich möchte gern wissen, wie der medizinische Befund bei der Leichenschau lautete . . . falls unsere Gastgeberin es überhaupt wissen oder sich noch daran erinnern sollte.«

»Ja, ich weiß es so ungefähr«, erwiderte Mrs. Bantry. »Vergiftung durch Digitalin – ist das richtig?«

Dr. Lloyd nickte.

»Der Hauptbestandteil des Fingerhuts – Digitalis – wirkt auf das Herz. Bei manchen Herzbeschwerden ist es sogar ein wertvolles Heilmittel. Im Großen und Ganzen ein recht merkwürdiger Fall. Ich hätte es nie für möglich gehalten, dass sich das Verspeisen zubereiteter Fingerhutblätter tödlich auswirken könnte. Die Vorstellungen, die die Menschen vom Essen giftiger Blätter und Beeren haben, sind sehr übertrieben. Die wenigsten sind sich darüber klar, dass das Gift, um seine volle Wirkung zu erlangen, durch einen sorgfältigen Prozess extrahiert werden muss.«

»Jetzt müssen wir aber mit der Untersuchung des Verbrechens fortfahren«, drängte Sir Henry.

»Verbrechen?«, fragte Jane betroffen. »Ich dachte, es handle sich um einen Unglücksfall.«

»Wenn es so wäre«, sagte Sir Henry sanft, »hätte Mrs. Bantry uns die Geschichte wohl nicht erzählt. Nein, wie ich sie deute, war es nur ein scheinbarer Unglücksfall, hinter dem et-

was Unheimlicheres steckt. Irgendjemand hatte diese Fingerhutblätter absichtlich unter die Salbeiblätter gemischt. Da wir
die Köchin freisprechen – und das tun wir doch, nicht wahr?
–, erhebt sich die Frage: Wer hat die Blätter gepflückt und in
der Küche abgeliefert?«

»Die Frage ist leicht zu beantworten«, erwiderte Mrs. Bantry. »Wenigstens der zweite Teil. Sylvia selbst hat die Blätter
in die Küche gebracht. Es gehörte mit zu ihren täglichen
Pflichten, Salate, Kräuter, junge Karotten und dergleichen
aus dem Garten zu holen, weil die Gärtner das nie richtig besorgten. Und in einer Ecke des Gartens wuchs roter Fingerhut
tatsächlich mitten unter den Salbeipflanzen. Also handelte es
sich um ein ganz natürliches Versehen.«

»Hat aber Sylvia die Blätter tatsächlich selbst gepflückt?«

»Das hat niemand gewusst. Man nahm es nur an.«

»Annahmen«, sagte Sir Henry, »sind etwas sehr Gefährliches.«

»Aber ich weiß ganz sicher, dass Mrs. Carpenter sie nicht
gepflückt hat; denn sie ging zufällig an jenem Morgen mit mir
auf der Terrasse auf und ab. Sylvia ging allein in den Garten,
aber später sah ich sie Arm in Arm mit Maud Wye.«

»Sie waren also eng befreundet?«, fragte Miss Marple.

»Ja«, erwiderte Mrs. Bantry. Sie schien noch etwas hinzufügen zu wollen, überlegte es sich dann aber anders.

»War sie schon lange dort zu Besuch?«, erkundigte Miss
Marple sich.

»Ungefähr vierzehn Tage«, lautete die Antwort.

Mrs. Bantrys Stimme klang ein wenig bekümmert.

»Mochten Sie Miss Wye nicht leiden?«, fragte Sir Henry.

»Doch, sehr sogar. Das ist es ja gerade.«

In ihrer Stimme schwang jetzt ein schmerzlicher Ton mit.

»Sie verheimlichen uns etwas, Mrs. Bantry«, beschuldigte
Sir Henry sie.

»Ich habe mich vorhin im Stillen gewundert«, sagte Miss Marple, »aber ich wollte es nicht sagen.«

»Wann war das?«

»Als Sie erwähnten, dass die jungen Leute verlobt gewesen seien und dass es daher besonders traurig sei. Aber Ihre Stimme klang dabei nicht sehr überzeugend.«

»Es ist ganz schrecklich mit Ihnen«, sagte Mrs. Bantry. »Sie durchschauen uns doch immer. Ja, ich habe allerdings an etwas gedacht, aber ich weiß wirklich nicht, ob ich es erwähnen soll oder nicht.«

»Sie müssen sogar«, mahnte Sir Henry. »Was für Skrupel Sie auch haben mögen, Sie dürfen es nicht für sich behalten.«

»Nun, es handelt sich um folgendes«, erklärte Mrs. Bantry. »Am Abend vor der Tragödie ging ich zufällig vor dem Abendessen auf die Terrasse hinaus. Das Fenster des Salons stand offen, und ich sah Maud Wye und Jerry Lorimer im Zimmer. Er – nun – er küsste sie gerade. Natürlich wusste ich nicht, ob das eine zufällige Angelegenheit war oder ob mehr dahinter steckte. Mir war bekannt, dass Sir Ambrose stets eine Abneigung gegen Jerry Lorimer gehabt hatte – vielleicht wusste er, was von diesem jungen Mann zu halten war. Einer Sache bin ich jedenfalls sicher: Maud Wye mochte ihn wirklich gern. Man brauchte nur zu sehen, wie sie ihn anhimmelte, wenn sie sich unbeobachtet fühlte. Und meiner Ansicht nach passten sie auch besser zusammen als Sylvia und Jerry.«

»Ich werde rasch eine Frage stellen, ehe Miss Marple mir zuvorkommt«, meldete sich Sir Henry. »Hat Jerry Lorimer nach dem tragischen Ereignis Maud Wye geheiratet?«

»Ja«, antwortete Mrs. Bantry. »Sechs Monate später haben sie geheiratet.«

»Zwei Frauen und ein Mann«, betonte Sir Henry. »Das uralte Dreieck. Liegt das unserem Problem hier zugrunde? Ich glaube beinahe.«

Dr. Lloyd räusperte sich.

»Ich habe mir die Sache durch den Kopf gehen lassen«, sagte er ein wenig schüchtern. »Waren Sie selbst nicht auch krank, Mrs. Bantry?«

»Und wie! Arthur ebenfalls! Und alle andern auch!«

»Das ist es ja gerade – jeder war krank«, sagte der Doktor.

»Ich verstehe nicht?«, fragte Jane.

»Ich wollte damit sagen«, fuhr der Doktor fort, »wer diesen Plan ausgeheckt hat, glaubte entweder blindlings an den Zufall oder besaß nicht die geringste Achtung vor dem menschlichen Leben. Man kann sich kaum vorstellen, dass es einen Mann gibt, der vorsätzlich acht Personen vergiftet, um eine unter ihnen zu beseitigen.«

»Ich verstehe, worauf Sie hinauswollen«, bemerkte Sir Henry nachdenklich. »Ich muss gestehen, das hätte mir auch einfallen müssen.«

»Und hätte er sich nicht auch selbst vergiften können?«, fragte Jane.

»Fehlte an jenem Abend jemand an der Tafel?«, erkundigte Miss Marple sich.

Mrs. Bantry schüttelte den Kopf.

»Alle waren anwesend.«

»Außer Mr. Lorimer wahrscheinlich, meine Liebe. Er war doch kein Logiergast, nicht wahr?«

»Nein, aber er war an dem Abend zum Essen eingeladen.«

»Oh!«, sagte Miss Marple in verändertem Ton. »Dann liegt die Sache ja ganz anders.«

Sie runzelte die Stirn und schien ärgerlich mit sich selbst.

»Der Punkt, den Sie da vorgebracht haben, Lloyd«, gestand Sir Henry, »macht mir einiges Kopfzerbrechen. Wie sollte der Mörder sich vergewissern, dass das Mädchen allein die verhängnisvolle Dosis bekam?«

»Unmöglich«, erklärte der Doktor. »Das bringt mich zu der

Frage, die mich beschäftigt hat: War das Mädchen vielleicht gar nicht das beabsichtigte Opfer?«

»Was sagen Sie da?«

»In allen Fällen von Vergiftungen durch Nahrungsmittel ist das Resultat sehr ungewiss. Mehrere Leute essen das gleiche Gericht. Was geschieht? Einige erkranken leicht, andere sind schwer krank, einer stirbt. Aber es können noch andere Faktoren hinzukommen. Digitalin ist eine Droge, die unmittelbar auf das Herz wirkt. Wie ich Ihnen bereits sagte, wird es in gewissen Fällen verordnet. Nun gab es eine Person im Hause, die an Herzbeschwerden litt. War diese das auserwählte Opfer? Der Mörder sagte sich vielleicht: Was den andern nicht schadet, wird dieser Person zum Verhängnis werden. Dass es anders kam, ist nur ein Beweis für meine soeben aufgestellte Behauptung von der Ungewissheit und Unzuverlässigkeit der Wirkung von Giften auf menschliche Wesen.«

»Sir Ambrose!«, rief Sir Henry. »Glauben Sie etwa, dass man es auf ihn abgesehen hatte? Ja, ja – und der Tod des Mädchens war nur ein Versehen.«

»Wer hätte sein Geld nach seinem Tod geerbt?«, fragte Jane.

»Eine sehr vernünftige Frage, Miss Helier. Eine der ersten, die wir in meinem früheren Beruf immer stellten«, bemerkte Sir Henry.

»Sir Ambrose hatte einen Sohn«, erwiderte Mrs. Bantry, »mit dem er sich vor vielen Jahren überworfen hatte. Der junge Mann war wohl etwas wild. Immerhin konnte Sir Ambrose ihn nicht enterben – Clodderham Court war ein unveräußerliches Erblehen. Martin Bercy erbte den Titel und den Grundbesitz. Sir Ambrose hatte aber außerdem noch sehr viel anderes Vermögen, das er hinterlassen konnte, wem er wollte; und dafür setzte er sein Mündel Sylvia als Erbin ein.

Ich weiß dies alles, weil Sir Ambrose noch vor Ablauf eines Jahres nach den von mir erwähnten Ereignissen starb und sich nicht die Mühe gemacht hatte, nach Sylvias Tod ein neues Testament aufzusetzen. Ich glaube, das Geld fiel an die Krone oder auch an seinen Sohn als den nächsten Verwandten – daran kann ich mich nicht so genau erinnern.«

»Dann lag es also nur im Interesse seines Sohnes, der nicht zugegen war, und des Mädchens, das selber starb, Sir Ambrose zu töten«, sagte Sir Henry nachdenklich. »Das ist nicht sehr viel versprechend.«

»Wurde der anderen Frau nichts vermacht?«, fragte Jane. »Ich meine die Frau, die Mrs. Bantry als ›Spinatwachtel‹ bezeichnet hat.«

»Sie ist im Testament überhaupt nicht erwähnt worden«, erwiderte Mrs. Bantry.

»Miss Marple, Sie hören gar nicht zu«, sagte Sir Henry. »Sie scheinen mit Ihren Gedanken ganz woanders zu sein.«

»Ich dachte gerade an den alten Mr. Badger, den Apotheker«, entgegnete Miss Marple. »Er hatte eine sehr junge Haushälterin – jung genug, um nicht nur seine Tochter, sondern sogar seine Enkelin sein zu können. Und da waren seine vielen Neffen und Nichten, die ihn zu beerben hofften. Und was meinen Sie, als er starb, da stellte sich doch heraus, dass er seit zwei Jahren heimlich mit ihr verheiratet war. Mr. Badger war natürlich nur ein Apotheker und außerdem ein ungeschliffener alter Mann, während Sir Ambrose, wie Mrs. Bantry ihn uns schilderte, höchst kultiviert war. Dennoch ist die menschliche Natur überall die gleiche.«

Es trat eine Stille ein. Sir Henry schaute Miss Marple prüfend in die sanften blauen Augen, in denen ein sonderbarer Ausdruck lag.

Jane Helier brach das Schweigen.

»Sah diese Mrs. Carpenter eigentlich gut aus?«, fragte sie.

»Ja, wenn sie auch nicht gerade eine auffallende Schönheit war.«

»Sie hatte eine sehr sympathische Stimme«, fügte der Colonel hinzu.

»Ich möchte eher sagen: Sie schnurrte wie ein Kätzchen«, sagte Mrs. Bantry.

»Nimm dich in acht, Dolly, dass man dich nicht eines Tages auch eine Katze nennt.«

»Ich habe im allgemeinen nicht viel für Frauen übrig, das weißt du doch. Ich ziehe Männer und Blumen vor.«

»Ein ausgezeichneter Geschmack«, meinte Sir Henry. »Besonders, da Sie die Männer zuerst nennen.«

»Das geschah aus Takt«, parierte Mrs. Bantry. »Doch nun zu meinem kleinen Problem. Bitte, äußern Sie sich dazu. Sie sind zuerst an der Reihe, Sir Henry.«

»Ich werde wohl etwas langatmig sein«, begann Sir Henry, »denn ich bin noch nicht zu einer festen Ansicht gelangt. Sehen wir uns zunächst einmal Sir Ambrose an. Nun, er würde bestimmt nicht eine so originelle Methode wählen, um Selbstmord zu begehen. Andererseits brachte ihm der Tod seines Mündels keinerlei Vorteil. Also, ab durch die Mitte, Sir Ambrose. Nun kommt Mr. Curle. Kein Motiv für den Tod des Mädchens. Falls Sir Ambrose das beabsichtigte Opfer war, hätte er höchstens mit ein paar seltenen Manuskripten davonziehen können, denen niemand nachtrauerte. Sehr unwahrscheinlich. Wir können Mr. Curle also mit ruhigem Gewissen freisprechen. Miss Wye. Motiv für den Mord an Sir Ambrose – keines. Motiv für den Mord an Sylvia – ziemlich stark. Sie wollte Sylvias Verlobten und war – nach Mrs. Bantrys Schilderung zu urteilen – einigermaßen versessen auf ihn. Sie war an dem Morgen mit Sylvia im Garten, hatte also Gelegenheit, die Blätter zu pflücken. Nein, wir dürfen Miss Wye nicht so rasch aus den Augen verlieren. Der junge Lorimer. Er hat in jedem Fall ein Motiv. Wenn er seine Verlobte loswird, kann er die andere heiraten, obwohl es ja etwas drastisch erscheint, sie deswegen zu töten – was bedeutet heutzutage schon eine aufgelöste Verlobung? Wenn Sir Ambrose stirbt, heiratet er ein reiches und kein armes Mädchen. Das kann unter Umständen wichtig sein – hängt von seiner finanziellen Lage ab. Wenn es sich herausstellen sollte, dass auf seinem Besitz schwere Hypotheken lasten und Mrs. Bantry uns diese Tatsache absichtlich verheimlicht hat, werde ich mich wegen unfairen Spiels beklagen. Und nun Mrs. Carpenter. Wissen Sie, ich habe einen starken Verdacht gegen Mrs. Carpenter. Einmal ihre weißen Hände, zum anderen ihr ausgezeichnetes Alibi zur Zeit, als die Kräuter gesammelt wurden. Gegen Alibis bin ich immer misstrauisch. Außerdem habe ich noch einen andern Verdachtsgrund, den ich für mich behalten möchte. Aber wenn ich mich nun einmal für jemanden entscheiden muss, dann entscheide ich mich für Miss Maud Wye, weil gegen sie mehr Beweismaterial vorliegt als gegen alle anderen.«

»Nun kommen Sie, Dr. Llyod«, sagte Mrs. Bantry.

»Ich glaube, Sie machen einen Fehler, Clithering, wenn Sie sich an die Theorie klammern, dass der Tod des Mädchens beabsichtigt war. Ich bin der Überzeugung, dass der Mörder Sir Ambrose um die Ecke bringen wollte. Meiner Ansicht nach hatte der junge Lorimer nicht die nötigen Kenntnisse. Ich neige eher zu der Annahme, dass Mrs. Carpenter die schuldige Person ist. Sie war lange in der Familie gewesen und kannte sich mit Sir Ambroses Gesundheitszustand genau aus; mit Leichtigkeit konnte sie es so einrichten, dass Sylvia – die ja, wie Sie sagten, reichlich arglos war – die gewünschten Blätter pflückte. Allerdings sehe ich kein Motiv, das muss ich zugeben. Aber ich möchte annehmen, dass Sir Ambrose irgendwann einmal ein Testament gemacht hatte, in dem auch sie bedacht wurde. Etwas Besseres fällt mir nicht ein.«

Mrs. Bantrys Zeigefinger richtete sich nun auf Jane Helier.

»Ich weiß nicht, was ich sagen soll«, meinte Jane. »Aber warum könnte das junge Mädchen es nicht selbst getan haben? Sie hat schließlich die Blätter in die Küche gebracht. Und Sie erwähnten doch, dass Sir Ambrose sich gegen die Heirat gesträubt habe. Wenn er also starb, bekam sie das Geld und konnte sofort heiraten. Sie war ebenso vertraut mit Sir Ambroses Gesundheitszustand wie Mrs. Carpenter.«

Mrs. Bantrys Finger bewegte sich langsam auf Miss Marple zu.

»Nun legen Sie los, Frau Schulmeisterin!«

»Sir Henry hat uns ja alles so klar auseinander gesetzt – so überaus klar«, begann Miss Marple. »Und Dr. Lloyd hat ebenfalls seinen Standpunkt deutlich zum Ausdruck gebracht. Nur hat er eines außer acht gelassen, glaube ich. Da er ja nicht Sir Ambroses ärztlicher Ratgeber war, konnte er natürlich nicht wissen, was für ein Herzleiden Sir Ambrose hatte, nicht wahr?«

»Ich verstehe nicht ganz, worauf Sie hinauswollen, Miss Marple«, erklärte Dr. Lloyd.

»Nun, Sie nehmen doch an, dass Sir Ambrose ein Herzleiden hatte, das durch Digitalin ungünstig beeinflusst wurde. Dafür haben wir aber keine Beweise. Es könnte genauso gut das Gegenteil der Fall gewesen sein.«

»Das Gegenteil?«

»Ja, Sie sagten doch selbst, dass Digitalin oft auch als Medizin verschrieben wird.«

»Selbst in diesem Fall verstehe ich nicht, was Sie damit bezwecken, Miss Marple.«

»Nun, es würde bedeuten, dass er Digitalin auf ganz natürliche Weise in seinem Besitz hatte – ohne Verdacht zu erregen. Was ich Ihnen zu erklären versuche (ich drücke mich immer so schlecht aus), ist folgendes: Nehmen wir einmal an, Sie wollten jemanden mit einer tödlichen Dosis Digitalin vergiften. Wäre es da nicht am einfachsten, wenn Sie die Sache so arrangierten, dass alle infolge des Genusses von Fingerhutblättern Vergiftungserscheinungen zeigten? Es würde natürlich für keinen der anderen tödlich ausgehen, aber niemand würde überrascht sein, wenn doch eine Person dabei stürbe; denn Dr. Lloyd wies ja darauf hin, dass die Wirkung so verschieden sei. Niemand würde fragen, ob das Mädchen eine tödliche Dosis von seinem Digitalisextrakt bekommen habe. Er konnte es ihr in einen Cocktail oder in den Kaffee getan oder einfach als Stärkungsmittel verabreicht haben.«

»Sie behaupten also, Sir Ambrose habe sein Mündel, das reizende Mädchen, das er so liebte, vergiftet?«

»Das ist ja gerade der Grund«, erwiderte Miss Marple. »Genau wie bei Mr. Badger und seiner jungen Haushälterin. Nun erzählen Sie mir nicht, dass es für einen sechzigjährigen Mann absurd sei, sich in ein zwanzigjähriges Mädchen zu verlieben. Das passiert alle Tage. Und wenn es sich dabei um einen so alten Autokraten wie Sir Ambrose handelte, mochte es sich seltsam auswirken. So etwas wird manchmal zu einer Besessenheit. Er konnte den Gedanken an ihre Heirat mit Lorimer nicht ertragen. Er tat alles, was in seiner Macht stand, um die Heirat zu verhindern; aber es gelang ihm auf die Dauer nicht. Sein Eifersuchtswahn nahm solche Ausmaße an, dass er es vorzog, sie zu töten, statt ihre Hand dem jungen Lorimer zu geben. Er muss sich schon eine ganze Weile mit dem Gedanken getragen haben; denn der Fingerhutsamen musste ja erst unter die Salbeipflanzen gesät werden! Als es soweit war, pflückte er die Blätter selbst und schickte Sylvia damit in die Küche. Der Gedanke daran ist entsetzlich, aber wir müssen wohl so nachsichtig sein wie eben möglich. Männer in dem Alter sind manchmal sehr sonderbar, wenn es sich um junge Mädchen handelt.«

»Mrs. Bantry«, fragte Sir Henry, »verhält sich die Sache so?«

Mrs. Bantry nickte.

»Ja, allerdings. Ich hatte nicht die geringste Ahnung – dachte nicht im Traum daran, dass es etwas anderes sein könnte als ein Unglücksfall. Nach Sir Ambroses Tod bekam ich dann einen Brief, der mir auf seine Anweisung hin durch seinen Rechtsanwalt zugestellt wurde. Darin erzählte er mir den wahren Sachverhalt. Ich weiß nicht, weshalb – aber er und ich kamen immer recht gut miteinander aus.«

In dem momentanen Schweigen spürte sie anscheinend eine unausgesprochene Kritik und fuhr hastig fort:

»Sie denken sicher, ich hätte einen Vertrauensbruch begangen – aber das ist nicht der Fall. Ich habe alle Namen geändert. Er hieß nicht Sir Ambrose Bercy. Haben Sie denn nicht gesehen, wie Arthur dumm in die Gegend starrte, als ich den Namen zum ersten Mal erwähnte? Er hat es zuerst gar nicht begriffen. Ich habe alles geändert. Wie in den Büchern, wo es zu Beginn heißt: ›Alle Personen in diesem Buch sind reine Fantasiegestalten.‹ Sie werden nie erfahren, um wen es sich in meinem Fall handelte.«

Die seltsame Angelegenheit
mit dem Bungalow

»Mir ist auch etwas eingefallen!«, rief Jane Helier.

Ihr schönes Gesicht wurde erhellt durch das vertrauensvolle Lächeln eines Kindes, das Beifall erwartet. Es war dasselbe Lächeln, welches das Londoner Publikum Abend für Abend in Ekstase versetzte und den Fotografen ein Vermögen einbrachte.

»Es ist . . .« fuhr sie etwas zögernd fort, »einer Freundin von mir passiert.«

Von allen Seiten ertönten aufmunternde, wenn auch etwas geheuchelte Zurufe. Colonel Bantry, Mrs. Bantry, Sir Henry Clithering, Dr. Lloyd und Miss Marple waren alle davon überzeugt, dass Janes »Freundin« Jane selber war. Sie war gar nicht dazu imstande, sich an etwas zu erinnern oder sich für etwas zu interessieren, das jemand anders betraf.

»Meine Freundin«, fuhr Jane fort, »– ich will ihren Namen nicht erwähnen – war eine sehr bekannte Schauspielerin.«

Keiner war von dieser Enthüllung überrascht.

Sir Henry Clithering dachte im Stillen: Beim wievielten Satz wird sie sich wohl verraten und statt »sie« auf einmal »ich« sagen?

»Meine Freundin befand sich auf einer Tournee durch die Provinzen – das war vor ein paar Jahren. Den Namen des Ortes will ich lieber nicht verraten. Es war eine an der Themse gelegene Stadt, nicht weit von London. Nennen wir sie mal –«

Sie brach ab und dachte mit tief gerunzelter Stirn nach. Selbst die Erfindung eines einfachen Namens schien über ihre Kräfte zu gehen.

Sir Henry kam ihr zu Hilfe.

»Sollen wir sie Riverbury nennen?«, schlug er mit todernster Miene vor.

»Ach ja, das geht großartig. Riverbury – das werde ich behalten. Also, wie ich schon sagte, meine Freundin war mit ihrer Theatergruppe in Riverbury, und da passierte etwas sehr Merkwürdiges.«

Wieder zog sie die Stirn in krause Falten.

»Es ist sehr schwierig«, klagte sie, »gerade das zu sagen, was man gern möchte. Man bringt so leicht alles durcheinander und fängt womöglich falsch an.«

»Sie machen Ihre Sache sehr gut«, ermunterte Dr. Lloyd sie. »Erzählen Sie nur weiter.«

»Nun, diese merkwürdige Sache ereignete sich, und man ließ meine Freundin zur Polizeiwache kommen. Sie ging auch hin. Offenbar hatte man in einem am Fluss gelegenen Bungalow einen Einbruch verübt, und ein junger Mann wurde verhaftet. Da dieser eine seltsame Geschichte erzählte, schickte man nach meiner Freundin. Sie war noch nie auf einer Polizeiwache gewesen, aber alle waren dort sehr nett zu ihr – wirklich, sehr nett.«

»Das glaube ich gern«, meinte Sir Henry.

»Der Sergeant – ich glaube wenigstens, es war ein Sergeant, es mag aber auch ein Inspektor gewesen sein – rückte ihr einen Stuhl zurecht und erklärte die Situation, und natürlich sah ich sofort, dass es sich um einen Irrtum handelte.«

Aha! dachte Sir Henry. Da wären wir ja soweit. Ich! Hab's ja gleich geahnt!

»Meine Freundin sagte das auch sofort«, fuhr Jane gelassen fort, ohne sich bewusst zu sein, dass sie sich verraten hatte.

»Sie erklärte ihnen, dass sie im Hotel mit ihrem Double geprobt und niemals etwas von diesem Mr. Faulkener gehört habe. Und der Sergeant sagte: ›Miss Hel-‹« Sie brach errötend mitten im Wort ab.

»Miss Helman«, schlug Sir Henry mit lustig zwinkernden Augen vor.

»Ja – ja, das geht. Vielen Dank. Er sagte also: ›Nun, Miss Helman, ich habe mir gleich gedacht, dass es ein Versehen war, da ich ja wusste, dass Sie im Bridge Hotel wohnen.‹ Dann fragte er mich, ob ich etwas dagegen hätte, wenn ich konferiert – oder hieß es: konfrontiert – würde? Ich kann mich nicht mehr entsinnen.«

»Es tut wirklich nichts zur Sache«, beruhigte Sir Henry sie.

»Jedenfalls mit dem jungen Mann. Daraufhin sagte ich: ›Natürlich nicht.‹ Und sie brachten ihn herein und sagten: ›Dies ist Miss Helier‹, und – Oh!«

Jane blieb vor Schreck der Mund offen stehen.

»Macht nichts, meine Liebe«, tröstete Miss Marple sie. »Wir hätten es doch erraten. Und Sie haben uns nicht den Namen des Ortes oder andere wichtige Einzelheiten preisgegeben.«

»Nun«, meinte Jane, »ich wollte es ja so erzählen, als ob es einer anderen Person zugestoßen sei. Aber es ist so schwierig. Ich meine, man vergisst es immer wieder.«

Alle versicherten ihr, dass es wirklich sehr schwierig sei, und sie fuhr beruhigt mit ihrer etwas verwickelten Erzählung fort.

»Er war ein schöner Mann – sah wirklich sehr gut aus. Jung, mit rötlichem Haar. Er starrte mich mit offenem Mund an, und der Sergeant fragte: ›Ist dies die Dame?‹ Und er antwortete: ›Nein, das ist nicht die Dame. Was für ein Esel bin ich gewesen!‹ Ich lächelte ihn an und sagte, es sei nicht von Bedeutung.«

»Ich kann mir die Szene gut vorstellen«, meinte Sir Henry.

Jane Helier legte die Stirn in Falten.

»Einen Augenblick – wie soll ich wohl am besten fortfahren?«

»Vielleicht erzählen Sie uns erst einmal, worum es sich überhaupt handelte, meine Liebe.« Miss Marples Stimme klang so milde, dass keiner sie der Ironie verdächtigte. »Ich meine, was für einen Fehler der junge Mann begangen hatte und wie die Geschichte mit dem Einbruch war.«

»O ja«, stimmte Jane ihr zu. »Sehen Sie, dieser junge Mann – Leslie Faulkener hieß er – hatte ein Bühnenstück geschrieben. Mehrere sogar; obwohl keines davon aufgeführt worden war. Dieses eine aber hatte er mir zum Lesen geschickt. Ich wusste nichts weiter davon, denn ich bekomme natürlich Hunderte von Dramen und lese selbst sehr wenige davon – nur die, von denen ich etwas Näheres weiß. So war's jedenfalls, und offenbar hatte Mr. Faulkener einen Brief von mir erhalten – nur stellte es sich heraus, dass er eigentlich nicht von mir stammte – verstehen Sie –«

Sie hielt ängstlich inne, und alle versicherten ihr eilig, dass sie die Situation erfasst hätten.

»In diesem Brief stand, dass ich das Stück gelesen hätte und es mir sehr gut gefalle und ob er wohl kommen und die Sache mit mir besprechen könnte. Als Adresse war angegeben: Bungalow, Riverbury. Mr. Faulkener war natürlich hoch erfreut und fuhr gleich hin. Als er am Bungalow ankam, öffnete ein Hausmädchen ihm die Tür und er erkundigte sich nach Miss Helier. Sie sagte, Miss Helier sei zu Hause und erwarte ihn. Dann führte sie ihn in einen Salon, wo ihm eine Frau entgegenkam. Und er nahm ohne weiteres an, dass ich es sei – was ich sehr merkwürdig fand; schließlich hatte er mich auf der Bühne gesehen, und meine Fotografien sind doch überall verbreitet, nicht wahr?«

»Weit über England hinaus«, erklärte Mrs. Bantry prompt.

»Aber Fotografien unterscheiden sich oft sehr vom Original, meine liebe Jane. Und im Rampenlicht sehen die meisten anders aus als im täglichen Leben. Sie müssen bedenken, dass nicht jede Schauspielerin diese Gefahr so spielend besteht wie Sie.«

»Nun«, meinte Jane etwas besänftigt, »das mag ja sein. Jedenfalls beschrieb er diese Frau als hoch gewachsen und blond. Mit großen blauen Augen und sehr gut aussehend. Also musste sie mir wohl ziemlich ähnlich gesehen haben. Er schöpfte jedenfalls keinen Verdacht. Sie setzten sich dann hin und redeten über sein Stück, und sie erklärte, dass sie sehr gern die Hauptrolle darin übernehmen würde. Während sie sich unterhielten, wurden Cocktails hereingebracht, und Mr. Faulkener trank natürlich auch einen. Nun, dieser Cocktail war das einzige, woran er sich erinnern konnte. Als er aufwachte oder zu sich kam – wie man es nennen will –, lag er draußen auf der Straße; an der Hecke natürlich, damit er nicht in Gefahr geriet, überfahren zu werden. Er fühlte sich merkwürdig schwach. Schließlich stand er auf und taumelte die Straße entlang, ohne zu wissen, wohin er ging. Er behauptete, wenn er alle seine Sinne beieinander gehabt hätte, wäre er zum Bungalow zurückgekehrt und der Sache auf den Grund gegangen. Aber er war so benommen und verdattert, dass er einfach weiterging, ohne recht zu wissen, was er tat. Er kam gerade wieder etwas zu Verstand, als die Polizei erschien und ihn verhaftete.«

»Warum hat die Polizei ihn denn verhaftet?«, fragte Dr. Lloyd.

»Oh, habe ich Ihnen das denn nicht erzählt?«, fragte Jane mit weit geöffneten Augen. »Ich Dummkopf! Wegen des Einbruchs, natürlich.«

»Sie haben wohl einen Einbruch erwähnt – aber nichts von dem näheren Drum und Dran«, bemerkte Mrs. Bantry.

»Nun, dieser Bungalow gehörte natürlich nicht mir, sondern einem Mann namens –«

Wieder zog sich ihre Stirn in angestrengtem Nachdenken zusammen.

»Soll ich wieder Pate spielen?«, fragte Sir Henry. »Pseudonyme frei Haus. Beschreiben Sie den Pächter, und ich gebe ihm einen Namen.«

»Das Haus war von einem reichen Mann aus der City gemietet – einem Adeligen.«

»Sir Herman Cohen«, schlug Sir Henry vor.

»Wunderbar! Er hatte es für eine Dame gemietet – sie war die Frau eines Schauspielers und selbst auch Schauspielerin.«

»Den Schauspieler wollen wir Claud Leason nennen«, meinte Sir Henry. »Und die Dame war sicher unter ihrem Bühnennamen bekannt. Sagen wir also Miss Mary Kerr.«

»Sie müssen schrecklich klug sein«, meinte Jane. »Ich verstehe nicht, wie Ihnen das alles so zufällt. Also, dies war nämlich eine Art Wochenendhaus Sir Hermans – sagten Sie Herman? – und dieser Dame. Seine Frau wusste natürlich nichts davon.«

»Was ja so häufig der Fall sein soll«, entfuhr es Sir Henry.

»Und er hatte dieser Schauspielerin einen Haufen Juwelen geschenkt, darunter einige sehr schöne Smaragde.«

»Aha!«, rief Dr. Lloyd. »Nun kommen wir der Sache schon näher.«

»Diese Juwelen befanden sich im Bungalow, einfach in einem Schmuckkasten eingeschlossen. Die Polizei sagte, es sei sehr nachlässig gewesen, jeder hätte sie mitnehmen können.«

»Siehst du, Dolly«, warf Colonel Bantry dazwischen. »Was habe ich dir immer gesagt?«

»Nach meiner Erfahrung«, erwiderte Mrs. Bantry, »sind es gerade die überaus vorsichtigen Leute, die alles verlieren. Ich schließe meinen Schmuck nicht ein, sondern bewahre ihn lose in einer Schublade auf – unter den Strümpfen. Und wenn – wie heißt sie doch? – Mary Kerr es genauso gemacht hätte, wäre ihr der Schmuck wahrscheinlich nicht abhanden gekommen.«

»Doch«, erklärte Jane. »Denn alle Schubladen waren aufgerissen, und der ganze Inhalt lag am Boden verstreut.«

»Dann waren sie nicht hinter den Juwelen her«, erwiderte Mrs. Bantry, »sondern auf der Suche nach Geheimpapieren, wie es ja immer in den Büchern steht.«

»Von Geheimpapieren ist mir nichts bekannt«, meinte Jane. »Ich habe nie davon gehört.«

»Lassen Sie sich nicht beirren, Miss Helier«, warnte Colonel Bantry. »Dollys Ablenkungsmanöver sind nur gespielt.«

»Sie wollten uns von dem Einbruch erzählen!«, mahnte Sir Henry.

»Ach ja. Nun, die Polizei wurde von einer Frau angerufen, die behauptete, sie sei Miss Mary Kerr. Sie meldete, dass bei ihr im Bungalow eingebrochen worden sei, und beschrieb einen Mann mit rötlichem Haar, der am Vormittag bei ihr vorgesprochen habe. Ihr Hausmädchen sei misstrauisch gewesen und habe ihn nicht hineingelassen. Später hätten sie ihn dann aus einem Fenster steigen sehen. Sie beschrieb den Mann so haargenau, dass die Polizei ihn schon nach einer Stunde verhaftete. Dann erzählte er ihnen seine Geschichte und zeigte ihnen meinen Brief. Daraufhin holten Sie mich, wie ich vorhin schon erwähnte, und als er mich sah, sagte er, was ich Ihnen vorhin schon erzählt habe – dass ich es gar nicht gewesen sei.«

»Eine äußerst merkwürdige Begebenheit«, meinte Dr. Lloyd.

»Kannte Mr. Faulkener diese Miss Kerr?«

»Nein, jedenfalls behauptete er das. Aber das Merkwürdigste habe ich Ihnen noch gar nicht erzählt. Die Polizei ging natürlich zu dem Bungalow und fand dort alles vor wie beschrieben – Schubladen herausgezogen, Juwelen verschwunden –, aber das ganze Haus war leer. Erst einige Stunden später kehrte Mary Kerr zurück und erklärte der Polizei, dass sie überhaupt nicht bei ihnen angerufen habe, sondern jetzt erst von der Geschichte höre. Es stellte sich heraus, dass sie morgens ein Telegramm bekommen hatte von einem Manager, der ihr eine höchst interessante Rolle anbot und sie zu einer Unterredung zu sich bat. Daraufhin war sie natürlich nach London gestürzt, musste aber bei ihrer Ankunft entdecken, dass es sich um einen dummen Streich handelte und man ihr von dort überhaupt kein Telegramm geschickt hatte.«

»Ein ganz gewöhnlicher Trick, um jemanden fortzulocken«, bemerkte Sir Henry. »Wo waren denn die Dienstboten?«

»Hier geschah dasselbe. Es war nur ein Hausmädchen vorhanden, und das wurde ans Telefon gerufen – anscheinend von Mary Kerr, die ihm sagte, sie habe etwas äußerst Wichtiges vergessen, und ihm Anweisung gab, eine bestimmte Handtasche, die im Schlafzimmer in einer Schublade lag, zu ihr nach London zu bringen, und zwar mit dem nächsten Zug. Das Mädchen befolgte diese Instruktion und schloss natürlich das Haus ab. Aber als sie Miss Kerrs Club erreichte, wo sie ihre Herrin treffen sollte, wartete sie vergeblich.«

»Hm«, meinte Sir Henry. »Es wird allmählich klarer. Das Haus stand leer, und ich könnte mir denken, dass es nicht allzu schwierig gewesen ist, durch ein Fenster hineinzugelangen. Aber ich verstehe nicht recht, was für eine Rolle Mr. Faulkener dabei spielt. Wer hat überhaupt bei der Polizei angerufen, wenn es nicht Miss Kerr war?«

»Das ist nie herausgekommen.«

»Seltsam«, bemerkte Sir Henry. »War denn der junge Mann tatsächlich die Person, für die er sich ausgab?«

»O ja, das war alles in Ordnung. Er hatte sogar den angeblich von mir geschriebenen Brief. Die Handschrift war meiner ganz und gar nicht ähnlich – aber das konnte er natürlich nicht wissen.«

»Nun, wir wollen uns die Situation noch einmal ganz klar vorstellen«, schlug Sir Henry vor. »Verbessern Sie mich, wenn ich einen Fehleer mache. Die Dame und das Mädchen werden vom Haus fortgelockt. Dieser junge Mann wird mit Hilfe eines gefälschten Briefes herbeigelockt – eines Briefes, der dadurch glaubhaft erscheint, dass Sie tatsächlich diese Woche in Riverbury auftreten. Der junge Mann wird bewusstlos gemacht. Dann wird die Polizei angerufen und der Verdacht auf ihn gelenkt. Ein Einbruch ist tatsächlich verübt worden. Ich nehme an, dass die Juwelen wirklich gestohlen wurden.«

»O ja.«

»Hat man sie jemals wiederbekommen?«

»Nein, nie. Ich glaube, Sir Herman hat sogar versucht, die Sache nach Möglichkeit zu vertuschen. Es gelang ihm aber nicht, und ich könnte mir denken, dass seine Frau daraufhin die Scheidung eingereicht hat. Aber darüber weiß ich nichts.«

»Was ist aus Mr. Leslie Faulkener geworden?«

»Er wurde zu guter Letzt entlassen. Die Polizei sagte, sie habe nicht genug Beweismaterial gegen ihn. Aber finden Sie das Ganze nicht auch reichlich seltsam?«

»Ganz entschieden. Zunächst müssen wir uns fragen, wem man überhaupt Glauben schenken soll. Während Ihrer Schilderung habe ich bemerkt, Miss Helier, dass Sie geneigt sind, Mr. Faulkener zu glauben. Ist es Ihr Instinkt, der Sie dazu treibt – oder haben Sie einen bestimmten Grund dafür?«

»N-nein«, erwiderte Jane zögernd. »Einen bestimmten Grund habe ich nicht, aber er war so sehr nett und voller Bedauern, dass er jemand anders mit mir verwechselt hatte. Da-

her hatte ich einfach das Gefühl, er müsse die Wahrheit gesprochen haben.«

»Ich verstehe«, lächelte Sir Henry. »Aber Sie müssen doch
zugeben, dass er die Geschichte sehr leicht hätte erfinden können. Den angeblich von Ihnen stammenden Brief konnte er
selbst schreiben. Auch konnte er sich nach erfolgtem Einbruch
sehr gut selbst betäuben – allerdings verstehe ich nicht ganz,
was für ein Sinn darin läge. Es wäre viel einfacher gewesen, in
das Haus einzudringen, sich zu nehmen, was er brauchte, und
dann ruhig zu verschwinden – es sei denn, er habe gespürt,
dass er von jemandem in der Nachbarschaft beobachtet worden war. In diesem Fall mag er hastig diesen Plan ausgeheckt
haben, um den Verdacht von sich abzulenken und eine Erklärung für seine Anwesenheit in der Gegend zu haben.«

»War er wohl situiert?«, fragte Miss Marple.

»Das nehme ich nicht an«, erwiderte Jane. »Nein, ich
glaube sogar, es ging ihm ziemlich schlecht.«

»Mir kommt das Ganze etwas schleierhaft vor«, erklärte
Dr. Lloyd. »Ich muss gestehen, der Fall wird noch kompli-
zierter, wenn wir die Geschichte des jungen Mannes für bare
Münze nehmen. Warum sollte die Unbekannte, die sich als
Miss Helier ausgab, diesen unbekannten Mann in die Affäre
ziehen? Warum sollte sie eine so verwickelte Komödie inszenieren?«

»Sagen Sie mal, Jane«, erkundigte sich Mrs. Bantry, »ist der
junge Faulkener irgendwann im Verlauf dieser Angelegenheit Mary Kerr persönlich begegnet?«

»Das kann ich nicht genau sagen«, erwiderte Jane nach einigem Nachdenken.

»Wenn das nämlich nicht der Fall wäre, ist das Rätsel gelöst!«, triumphierte Mrs. Bantry. »Ich bin überzeugt, dass ich
Recht habe. Was ist leichter, als vorzutäuschen, dass man
nach London bestellt sei? Dann telefoniert man dem Mäd-

chen vom Ankunftsbahnhof aus, und sobald sie ankommt, fährt man wieder nach Hause. Der junge Mann erscheint wie verabredet; er wird bewusstlos gemacht, und man inszeniert den Einbruch in recht übertriebener Weise. Daraufhin ruft man die Polizei an, liefert eine ziemlich genau Beschreibung des Sündenbocks und begibt sich wieder nach London. Mit einem späteren Zug kehrt macn dann zurück und spielt die erstaunte Unschuld vom Lande.«

»Aber warum sollte sie ihre eigenen Juwelen stehlen, Dolly?«

»Das tun sie immer«, entgegnete Mrs. Bantry. »Außerdem könnte ich hundert Gründe angeben. Sie mag, zum Beispiel, sofort Geld nötig gehabt haben – vielleicht wollte der alte Sir Herman nicht damit herausrücken. Also tut sie so, als seien die Juwelen gestohlen, und verkauft sie heimlich. Oder sie ist von jemandem erpresst worden, der ihr angedroht hat, ihren Mann oder Sir Hermans Frau über die Sachlage aufzuklären. Vielleicht hatte sie die Juwelen auch bereits verkauft, und Sir Herman verlangte ungeduldig danach, sie zu sehen. Also musste sie einen Einbruch fingieren. Das kommt in Büchern sehr häufig vor. Oder vielleicht wollte er sie neu fassen lassen, und dabei wären die falschen Glassteine entdeckt worden. Ha! Hier habe ich noch eine Idee, die nicht so oft in Büchern benutzt wird: Sie täuscht Diebstahl vor, regt sich furchtbar auf und bekommt eine neue Garnitur von ihm. Auf diese Weise macht sie ein ganz schönes Geschäft. Diese Sorte Frauen ist ziemlich gerissen, davon bin ich überzeugt.«

»Sind Sie aber klug, Dolly!«, sagte Jane bewundernd. »An so etwas hätte ich nie gedacht.«

»Du magst ja klug sein, Dolly. Aber Jane sagte nicht, dass du Recht hast«, wandte Bantry ein. »Ich bin eher geneigt, den Herrn aus der City zu verdächtigen. Er würde es gewusst haben, mit was für einem Telegramm man die Dame aus dem

Haus locken konnte, und das übrige hätte er sehr leicht mit Hilfe einer neuen Freundin inszenieren können.«

»Was halten Sie davon, Miss Marple?« Jane wandte sich der alten Dame zu, die schweigsam und nachdenklich in ihrem Sessel saß.

»Meine Liebe, ich weiß wirklich nicht, was ich dazu sagen soll. Sir Henry wird lachen, aber mir fällt im Augenblick keine Dorfparallele hierzu ein, die mir helfen könnte. Natürlich tauchen mehrere Fragen auf. Zum Beispiel die Dienstbotenfrage. In einem – hm – irregulären Haushalt, wie Sie ihn beschreiben, würde das Dienstmädchen zweifellos über den Stand der Dinge orientiert sein – und ein wirklich anständiges Mädchen würde einen solchen Posten gar nicht annehmen, das würde ihre Mutter schon keinesfalls gestatten. Daher können wir wohl vermuten, dass das Mädchen keine wirklich zuverlässige Person war. Vielleicht steckte sie mit den Dieben unter einer Decke. In dem Fall hätte sie dann das Haus offen gelassen und wäre tatsächlich nach London gefahren, um den Verdacht von sich abzulenken. Ich muss gestehen, dass mir diese Lösung am meisten einleuchtet. Nur, wenn es sich um ganz gewöhnliche Diebe handelt, scheint alles sehr seltsam, da es mehr Wissen voraussetzt, als ein Dienstmädchen warhscheinlich besitzt.«

Miss Marple hielt einen Augenblick inne und fuhr dann gedankenverloren fort:

»Ich habe unbedingt den Eindruck, dass irgendwie persönliche Gefühle mitspielen. Vielleicht hegt jemand einen Groll gegen Faulkener. Eine junge Schauspielerin etwa, die er nicht anständig behandelt hatte. Meinen Sie nicht auch, dass man mit einer solchen Erklärung weiterkommen würde? Ein vorsätzlicher Versuch, ihm Unannehmlichkeiten zu bereiten. So kommt's mir beinahe vor. Und doch ist diese Lösung auch nicht ganz befriedigend.«

»Doktor Lloyd, Sie haben sich ja noch gar nicht geäußert«, sagte Jane. »Ich hatte Sie ganz übersehen.«

»Ich werde immer übersehen«, erwiderte der grauhaarige Doktor traurig. »Ich muss eine sehr unauffällige Persönlichkeit sein.«

»O nein, durchaus nicht! Aber sagen Sie uns doch Ihre Meinung.«

»Ich befinde mich in der merkwürdigen Lage, dass ich die Lösungen alle plausibel finde, aber mit keiner übereinstimme. Selbst habe ich die abwegige und wahrscheinlich gänzlich falsche Theorie, dass die Frau etwas damit zu tun hat. Ich denke dabei an Sir Hermans Frau. Ich habe keine besonderen Gründe dafür – aber Sie würden überrascht sein, wenn Sie wüssten, was eine gekränkte Frau alles zuwege bringt.«

»Oh, Dr. Lloyd!«, rief Miss Marple aufgeregt. »Wie klug von Ihnen! Und ich habe gar nicht an Mrs. Pebmarsh gedacht.«

Jane starrte sie an.

»Mrs. Pebmarsh? Wer ist denn nun Mrs. Pebmarsh?«

»Nun –« Miss Marple zauderte. »Eigentlich hat sie wohl doch nichts mit diesem Fall zu tun. Sie ist eine Waschfrau, die einer Frau eine Opalnadel aus der Bluse stahl und sie in die Bluse einer andern Frau steckte.«

Jane blickte noch verwirrter drein denn je.

»Und dadurch ist für Sie unser Problem sonnenklar, ja, Miss Marple?« Sir Henry zwinkerte ihr belustigt zu.

»Nein, leider nicht. Ich muss bekennen, dass ich völlig ratlos dastehe. Doch eines ist mir klar geworden: Frauen müssen zusammenstehen – in einer schwierigen Lage sollte man zu seinem eigenen Geschlecht halten. Das ist für mich die Moral der Geschichte, die Miss Helier uns erzählt hat.«

»Ich muss gestehen, dass mir diese besondere ethische Bedeutung des Geheimnisses entgangen ist«, bemerkte Sir Henry mit ernster Miene. »Aber vielleicht erkenne ich den Sinn Ihrer Behauptung deutlicher, wenn Miss Helier uns die Lösung verraten hat.«

»Wie bitte?«, fragte Jane, die ein wenig verdutzt aussah.

»Ich bemerkte nur, dass wir ›es aufgeben‹, wie wir als Kinder zu sagen pflegten. Sie ganz allein, Miss Helier, haben die hohe Ehre gehabt, uns ein so gänzlich verblüffendes Problem zu präsentieren, dass selbst Miss Marple die Waffen strecken muss.«

»Sie geben alle auf?«, fragte Jane.

»Ja.« Nach einem kurzen Schweigen, während dessen er darauf gewartet hatte, dass die andern etwas sagen würden, machte sich Sir Henry wieder zum Sprecher.

»Das soll heißen, dass wir über die skizzenhaften Lösungen, die wir experimentell vorgebracht haben, nicht hinauskommen. Es waren je eine von uns Männern, zwei von Miss Marple und ein rundes Dutzend von Mrs. B.«

»Es war kein Dutzend«, protestierte Mrs. Bantry. »Es waren nur Variationen eines Hauptthemas. Und wie oft muss ich Ihnen noch sagen, dass ich nicht Mrs. B. genannt zu werden wünsche.«

»Sie geben also alle auf«, wiederholte Jane nachdenklich. »Das ist sehr interessant.«

Sie lehnte sich im Sessel zurück und begann etwas zerstreut ihre Nägel zu polieren.

»Nun«, sagte Mrs. Bantry. »Heraus damit, Jane. Wie lautet die Lösung?«

»Die Lösung?«

»Ja. Was ist in Wirklichkeit vor sich gegangen?«

Jane starrte sie an.

»Ich habe nicht die geringste Ahnung.«

»Was sagen Sie da?«

»Ich habe mir immer Gedanken darüber gemacht. Und da Sie alle so klug sind, dachte ich, einer von Ihnen würde es mir wohl verraten können.«

Alle waren etwas verärgert. Jane mochte ja sehr schön sein – aber in diesem Augenblick hatte jeder das Gefühl, dass Dummheit auch etwas übertrieben werden könne. Selbst die vortrefflichste Schönheit war keine Entschuldigung dafür.

»Wollen Sie etwa sagen, dass die Wahrheit nie ans Licht gekommen ist?«, fragte Sir Henry.

»Nein, man hat sie nie entdeckt. Deshalb hatte ich, wie gesagt, gehofft, dass Sie mir eine Erklärung geben würden.«

Jane schien ein wenig beleidigt zu sein. Man merkte ganz deutlich, dass sie verstimmt war.

»Na, da bin ich doch –« Colonel Bantry fehlten einfach die Worte.

»Sie können einen schon auf die Palme bringen, Jane«, entrüstete sich seine Frau. »Jedenfalls bin ich felsenfest davon überzeugt, dass meine Lösung die Richtige ist. Wenn Sie uns nun noch die wirklichen Namen aller Beteiligten nennen, wird es sich ja herausstellen.«

»Das kann ich schlecht machen«, antwortete Jane langsam.

»Nein, meine Liebe«, erklärte Miss Marple. »Das kann Miss Helier wirklich nicht.«

»Natürlich«, protestierte Mrs. Bantry. »Setzen Sie sich nicht aufs hohe Ross! Wir älteren Leute brauchen etwas Skandal, Jane. Auf jeden Fall verraten Sie uns doch, wer der City-Magnat war.«

Aber Jane schüttelte den Kopf, und Miss Marple unterstützte sie auf ihre altmodische Art.

»Es muss wohl alles sehr peinlich gewesen sein«, meinte sie.

»Nein«, erwiderte Jane wahrheitsgetreu. »Es hat mir eigentlich eher Spaß gemacht.«

»Nun, das mag sein«, meinte Miss Marple. »Vielleicht war es eine kleine Abwechslung in dem ewigen Einerlei. In welchem Stück traten Sie damals auf?«

»In *Smith*.«

»O ja. Von Somerset Maugham, nicht wahr? Alle seine Dramen sind so geistreich. Ich habe sie fast alle gesehen.«

»Im Herbst wollen Sie mit *Smith* wieder auf Tournee gehen, nicht wahr?«, fragte Mrs. Bantry.

Jane nickte.

»Nun«, sagte Miss Marple und erhob sich. »Jetzt muss ich aber nach Hause gehen. Es ist schon spät. Aber wir hatten einen sehr unterhaltsamen Abend. Außergewöhnlich interessant. Ich glaube, Miss Heliers Erzählung trägt den ersten Preis davon. Meinen Sie nicht auch?«

»Es tut mir Leid«, sagte Jane, »dass Sie mir zürnen, weil ich den Ausgang nicht wusste. Ich hätte das vielleicht gleich erwähnen sollen.«

Ihre Stimme klang so zerknirscht, dass Dr. Lloyd galant in die Bresche sprang.

»Mein liebes gnädiges Fräulein, warum denn nur? Sie haben uns doch ein sehr nettes Problem vorgelegt, an dem wir unsern Verstand schärfen konnten. Es tut mir nur Leid, dass keiner von uns das Rätsel überzeugend lösen konnte.«

»Reden Sie bitte nicht für die Allgemeinheit«, wehrte Mrs. Bantry sich. »*Ich* habe es gelöst. Davon bin ich fest überzeugt.«

»Wissen Sie, das glaube ich fast auch«, bestätigte Jane. »Was Sie sagten, hatte Hand und Fuß.«

»Welche Ihrer sieben Lösungen haben Sie dabei im Sinn?«, neckte Sir Henry sie.

Dr. Lloyd half Miss Marple ritterlich in ihre Überschuhe. »Für den Fall, dass . . .« meinte die alte Dame. Der Doktor erbot sich, sie nach Hause zu begleiten. In mehrere wollene Schals gehüllt, wünschte Miss Marple allen eine gute Nacht.

Als sie sich zuletzt von Jane Helier verabschiedete, beugte sie sich vor und flüsterte der Schauspielerin etwas ins Ohr. Ein bestürztes »Oh!« entrang sich Janes Lippen – so laut, dass sich die andern alle umdrehten.

Lächelnd und nickend ging Miss Marple zur Tür hinaus, und Jane Helier starrte ihr nach.

»Gehen Sie auch schon zu Bett, Jane?«, fragte Mrs. Bantry.

»Was ist denn mit Ihnen? Sie starren ja so, als hätten Sie einen Geist gesehen.«

Mit einem tiefen Seufzer kam Jane wieder zu sich, schenkte den beiden Männern ein betörendes Lächeln und folgte ihrer Gastgeberin nach oben. Mrs. Bantry trat noch für einen Augenblick zu Jane ins Zimmer.

»Ihr Feuer ist ja beinahe aus«, sagte Mrs. Bantry und stocherte heftig, aber wirkungslos darin herum. »Es muss nicht richtig angelegt worden sein. Wie dumm diese Hausmädchen doch sind! Allerdings ist es auch schon ziemlich spät. Du meine Güte, es ist ja nach eins!«

»Gibt es wohl viele Leute wie sie?«, fragte Jane, die anscheinend tief in Gedanken versunken, auf der Bettkante saß.

»Wie das Hausmädchen?«

»Nein, wie die komische alte Frau – wie heißt sie doch? – Miss Marple.«

»Ach, ich weiß nicht, nehme aber an, dass sie in einem kleinen Dorf so der Durchschnittstyp ist.«

»Du meine Güte! Ich weiß nicht, was ich tun soll.« Jane seufzte tief.

»Was ist mit Ihnen?«

»Ich habe Angst.«

»Wovor?«

»Dolly«, sagte Jane mit Unheil verkündender Stimme, »wissen Sie, was diese merkwürdige alte Dame mir zugeflüstert hat?«

»Keine Ahnung.«

»Sie sagte zu mir: ›An Ihrer Stelle würde ich es nicht tun, meine Liebe. Man soll sich nie zu sehr in die Gewalt einer andern Frau begeben, selbst wenn man sie im Augenblick für eine gute Freundin hält.‹ – Wissen Sie, Dolly, das ist eigentlich sehr wahr.«

»Der Grundsatz? Ja, vielleicht. Aber ich sehe im Augenblick keine Nutzanwendung.«

»Ich glaube, man kann einer Frau nie richtig trauen, und ich würde tatsächlich in ihrer Gewalt sein. Daran habe ich nie gedacht.«

»Von welcher Frau reden Sie denn eigentlich?«

»Von Netta Greene, meinem Double.«

»Was weiß denn Miss Marple von Ihrem Double?«

»Sie hat es wohl erraten – aber wie, das kann ich einfach nicht fassen.«

»Jane, wollen Sie mir nun bitte endlich sagen, wovon Sie eigentlich reden?«

»Von der Geschichte, die ich Ihnen soeben erzählt habe. Oh, Dolly, Sie wissen doch, die Frau – die mir Claude weggenommen hat . . .«

Mrs. Bantry nickte, und vor ihrem geistigen Auge zog blitzschnell die erste von Janes unglücklichen Ehen vorüber – die Ehe mit dem Schauspieler Claude Averbury.

»Er hat sie geheiratet. Und ich hätte ihm prophezeien können, wie es kommen würde. Claude weiß es nicht, aber sie hat ein Verhältnis mit Sir Joseph Salmon – verbringt das Wochenende immer mit ihm in dem Bungalow, von dem ich Ihnen erzählt habe. Ich möchte sie an den Pranger stellen, möchte, dass alle Leute wissen, was für ein Weibsstück das ist! Und durch einen Einbruch würde doch alles ans Licht kommen.«

»Jane!« Mrs. Bantry schnappte nach Luft. »Haben Sie sich das alles ausgedacht, was Sie uns da erzählt haben?«

Jane nickte.

»Deshalb habe ich das Stück *Smith* gewählt. Darin trage ich nämlich die Uniform eines Zimmermädchens. Und wenn dann die Polizei nach mir schickte, könnte ich sagen, ich hätte die Rolle mit einem Double im Hotel geprobt. Ich hatte mir alles so ausgetüftelt: Ich spiele das Zimmermädchen, öffne die Tür und bringe nachher die Cocktails herein. Und Netta stellt mich dar. Er wird sie natürlich nie wieder sehen; also besteht keine Gefahr, dass er sie wieder erkennt. Und ich kann mich als Zimmermädchen unkenntlich machen. Außerdem gehört ein Zimmermädchen zu einer ganz andern Kategorie von Menschen. Ja, und dann den jungen Mann auf die Straße geschleppt, den Schmuckkasten entwendet, die Polizei angerufen und zurück ins Hotel. Und dann würde ihr Name in den Zeitungen erscheinen – und Claude würde sich ein Bild davon machen können, wen er geheiratet hat.«

Mrs. Bantry ließ sich stöhnend in einen Sessel fallen.

»Oh, mein armer Kopf! Und die ganze Zeit – Jane Helier, Sie haben es faustdick hinter den Ohren! Wie Sie uns nur die Geschichte erzählt haben – so naiv.«

»Ich bin tatsächlich eine gute Schauspielerin«, erklärte Jane selbstbewusst. »Bin es immer gewesen, was auch die Leute schwatzen mögen. Ich habe mich nicht ein einziges Mal verraten, nicht wahr?«

»Miss Marple hatte recht«, murmelte Mrs. Bantry. »Das persönliche Element. O ja, das persönliche Element. Jane, mein gutes Kind, machen Sie sich eigentlich klar, dass Diebstahl nun einmal Diebstahl ist und dass man Sie hätte ins Gefängnis stecken können?«

»Na, von Ihnen hat es niemand erraten«, meinte Jane. »Außer Miss Marple.« Ihr Gesicht nahm wieder einen verängstigten Ausdruck an. »Dolly, glauben Sie wirklich, dass es viele solcher Frauen gibt wie sie?«

»Offen gestanden, nein«, erwiderte Mrs. Bantry.

Wieder stieß Jane einen Seufzer aus.

»Immerhin ist es vielleicht besser, wenn ich es nicht riskiere. Und natürlich würde ich in Nettas Gewalt sein. Das stimmt schon. Wir könnten uns zanken, oder sie mag mich erpressen oder dergleichen. Sie hat die Einzelheiten mit mir ausgearbeitet und mir Verschwiegenheit gelobt, aber bei Frauen kann man wirklich nie wissen. Ich sollte es wohl lieber nicht drauf ankommen lassen.«

»Aber meine Liebe, Sie haben es doch bereits drauf ankommen lassen!«

»O nein!« Jane riss die blauen Augen weit auf. »Haben Sie es denn nicht verstanden? Bis jetzt ist doch noch nichts davon wirklich passiert! Ich habe – ich habe, wie man so sagt, es erst mal den Hunden vorgesetzt.«

»Ich maße mir nicht an, Ihren Theaterslang zu verstehen«, meinte Mrs. Bantry würdevoll. »Wollen Sie damit sagen, dass dies ein Projekt der Zukunft ist – und nicht ein in der Vergangenheit liegendes tatsächliches Geschehen?«

»Ich hatte es mir für diesen Herbst vorgenommen – September. Nun weiß ich nicht recht, was ich tun soll.«

»Und Miss Marple hat tatsächlich die Wahrheit erraten und uns nichts davon gesagt? Ein starkes Stück!«, erklärte Mrs. Bantry voller Zorn.

»Ich glaube, darum sprach sie davon, dass Frauen zusammenhalten müssten. Sie wollte mein Geheimnis den Männern wohl nicht preisgeben. Das ist sehr nett von ihr. Aber ich habe nichts dagegen, wenn Sie es wissen, Dolly.«

»Nun schlagen Sie sich die Idee aus dem Kopf, Jane, ich bitte Sie inständig darum.«

»Ich glaube auch«, murmelte Jane. »Vielleicht gibt es doch noch andere alte Damen wie Miss Marple.«

Der Fall von St. Mary Mead

Sir Henry Clithering, Ex-Kommissar von Scotland Yard, war wieder einmal bei seinen Freunden, den Bantrys, in der Nähe des kleinen Dorfes St. Mary Mead zu Gast.

Am Sonnabendmorgen, als er um zehn Uhr fünfzehn – eine angenehme, gastliche Stunde – zum Frühstück nach unten kam, wäre er beinahe mit seiner Gastgeberin, Mrs. Bantry, im Türrahmen des Frühstückszimmers zusammengestoßen; denn sie stürzte gerade ziemlich aufgeregt in den Korridor.

Colonel Bantry saß mit puterrotem Gesicht am Tisch.

»Morgen, Clithering«, begrüßte er seinen Gast. »Schöner Tag. Bedienen Sie sich.«

Sir Henry tat, wie ihm geheißen. Als er sich mit seinem Teller voll Nieren und Speck niederließ, meinte sein Gastgeber:

»Dolly ist heute morgen ein wenig aufgeregt.«

»Ja – hm – den Eindruck hatte ich auch«, erwiderte Sir Henry in sanftem Ton.

Er wunderte sich eigentlich im Stillen darüber. Seine Gastgeberin hatte nämlich ein ruhiges Temperament und ließ sich nicht leicht aus der Fassung bringen. Soweit Sir Henry wusste, besaß sie nur eine Leidenschaft – Blumenzucht.

»Ja«, fuhr Colonel Bantry fort. »Eine Nachricht, die wir heute Morgen erhalten haben, hat sie etwas aus der Fassung gebracht. Ein Mädchen aus dem Dorf – Emmotts Tochter – Emmott, der Wirt vom ›Blauen Eber‹ . . .«

»O ja, natürlich.«

»Ja«, meinte der Colonel sinnend. »Hübsches Mädchen. Hat sich mit einem Mann eingelassen. Übliche Geschichte. Ich hatte mit Dolly ein kleines Wortgefecht deswegen. Töricht von mir. Frauen nehmen keine Vernunft an. Dolly legte sich mächtig für das Mädchen ins Zeug – Sie wissen ja, wie Frauen nun mal sind –, Männer sind alle Scheusale, und so weiter. Aber so einfach ist die Sache nun auch wieder nicht. Heutzutage jedenfalls nicht. Die Mädchen wissen, was sie tun. Ein Bursche, der ein Mädchen verführt, ist nicht unbedingt ein Schurke. In den meisten Fällen hat das Mädchen ebenso viel Schuld. Ich persönlich mochte den jungen Sandford ganz gern. Eher ein junger Esel als ein Don Juan in meinen Augen.«

»Hat dieser Sandford das Mädchen ins Unglück gebracht?«

»Es scheint so. Natürlich weiß ich persönlich nichts Genaues«, setzte der Colonel vorsichtig hinzu. »Alles Geschwätz und Getratsche! Sie wissen ja, wie das hier zugeht. Wie gesagt, ich weiß nichts Positives, und ich bin nicht wie Dolly, die voreilige Schlüsse zieht und mit den Anklagen schnell bei der Hand ist. Zum Kuckuck, man sollte mit seinen Worten sehr vorsichtig umgehen! Sie wissen ja – Leichenschau, und so weiter.«

»Leichenschau?«

Colonel Bantry starrte vor sich hin.

»Ja. Habe ich das nicht erwähnt? Das Mädchen ist ins Wasser gegangen. Darum dreht sich ja das ganze Theater.«

»Das ist eine üble Angelegenheit«, meinte Sir Henry.

»Natürlich. Mag selbst nicht daran denken. Arme, hübsche kleine Range. Ihr Vater ist ein ziemlich harter Mann, wie man so hört. Sie wagte es wohl nicht, ihm gegenüberzutreten.«

Er hielt inne.

»Das hat Dolly so aufgebracht.«

»Wo hat sie sich ertränkt?«

»Im Fluss. Gerade unterhalb der Mühle ist er ziemlich reißend. Dort ist ein Fußpfad, und es führt eine Brücke über den Fluss. Man nimmt an, dass sie sich von dieser Brücke ins Wasser gestürzt hat. Herrje, man darf gar nicht daran denken!«

Mit gewichtigem Rascheln schlug Colonel Bantry seine Zeitung auf und machte sich daran, seine Gedanken von dieser schmerzlichen Angelegenheit abzulenken, indem er sich in die neuesten Ungerechtigkeiten der Regierung vertiefte.

Sir Henry war nur oberflächlich an der Dorftragödie interessiert. Nach dem Frühstück streckte er sich behaglich in einem bequemen Stuhl auf dem Rasen aus, schob sich den Hut über die Augen und betrachtete das Leben von einem geruhsamen Standpunkt.

Es war ungefähr halb zwölf, als ein adrettes Zimmermädchen über den Rasen trippelte.

»Entschuldigen Sie bitte, Sir, Miss Marple ist hier und möchte Sie gern einmal sprechen.«

»Miss Marple?«

Sir Henry richtete sich auf und schob seinen Hut zurück. Er war überrascht. Er konnte sich noch sehr gut an Miss Marple einnern – an ihr sanftes, ruhiges, altjüngferliches Wesen, an ihren erstaunlichen Scharfsinn. Es fielen ihm mindestens ein Dutzend »ungeklärter Fälle« ein – und wie diese typische alte Dorfjungfer jedes Mal unfehlbar die richtige Lösung des Rätsels gefunden hatte. Sir Henry empfand eine große Achtung vor Miss Marple, und er war neugierig zu erfahren, was sie jetzt wohl zu ihm führen mochte.

Miss Marple saß im Salon, kerzengerade wie immer, einen lustig bunten Marktkorb ausländischer Herkunft neben sich. Ihre Wangen waren ziemlich gerötet, und sie schien in großer Aufregung zu sein.

»Sir Henry – ich bin so froh! So ein Glück, Sie anzutreffen. Ich hörte ganz zufällig von Ihrer Anwesenheit hier ... ich hoffe, Sie werden mir verzeihen ...«

»Es ist mir ein großes Vergnügen«, sagte Sir Henry. »Ich fürchte aber, Mrs. Bantry ist nicht zu Hause.«

»Ja«, erwiderte Miss Marple. »Ich sah sie im Gespräch mit Footit, dem Metzger, als ich vorbeikam. Henry Footit ist gestern überfahren worden – das war sein Hund. Einer von diesen glatthaarigen Foxterriern, ziemlich korpulent und zanksüchtig, die die Metzger zu bevorzugen scheinen.«

»Ja«, stimmte Sir Henry ihr zu.

»Ich bin ganz froh, dass Mrs. Bantry gerade nicht zu Hause ist«, fuhr Miss Marple fort. »Denn ich wollte in erster Linie mit Ihnen sprechen. Über diese traurige Angelegenheit.«

»Henry Footit?«, fragte Sir Henry leicht verwirrt.

»Nein, nein. Rose Emmott, natürlich. Sie haben doch davon gehört?«

Sir Henry nickte.

»Bantry hat es mir erzählt. Sehr traurig.«

Er war ein wenig verdutzt und konnte sich nicht recht denken, warum Miss Marple gerade mit ihm über Rose Emmott sprechen wollte.

Miss Marple setzte sich wieder, und Sir Henry nahm auch Platz. Als die alte Dame von neuem zu sprechen begann, hatte ihr Wesen sich verändert. Sie war jetzt ernst und legte eine gewisse Würde an den Tag. »Sie erinnern sich vielleicht noch, Sir Henry, dass wir bei verschiedenen Gelegenheiten einem angenehmen Zeitvertreib huldigten. Wir berichteten von geheimnisvollen Ereignissen und versuchten, die richtige Erklärung zu finden. Sie waren damals so freundlich und sagten, dass ich – dass ich nicht zu schlecht dabei abgeschnitten hätte.«

»Sie haben uns alle geschlagen«, erklärte Sir Henry mit Wärme. »Sie entfalteten ein ausgesprochenes Talent, die Wahrheit zu ergründen, und Sie führten immer, wie ich mich entsinne, eine Parallele aus Ihrem Dorf an, die Ihnen den erforderlichen Anhaltspunkt geliefert hatte.«

Er lächelte bei diesen Worten, aber Miss Marple lächelte nicht. Sie blieb sehr ernst.

»Ihre Worte haben mir den Mut gegeben, Sie jetzt aufzusuchen. Ich habe das Gefühl, dass Sie nicht über mich lachen werden, wenn Sie hören, was ich Ihnen zu sagen habe.«

Er merkte plötzlich, dass sie von einem tödlichen Ernst beseelt war.

»Ich werde bestimmt nicht lachen«, sagte er sanft.

»Sir Henry – dieses Mädchen – diese Rose Emmott. Sie hat sich nicht ertränkt – sie ist ermordet worden! – Und ich weiß, wer es getan hat.«

Sir Henry war so erstaunt, dass er volle zehn Sekunden schwieg. Miss Marple hatte ganz ruhig und sachlich gesprochen, als handle es sich um die alltäglichste Bemerkung der Welt.

»Das ist eine sehr ernste Behauptung, Miss Marple«, erklärte Sir Henry, sobald er sich von seiner Verblüffung erholt hatte.

Sie nickte mehrere Male sanft mit dem Kopf.

»Ich weiß – ich weiß – deshalb bin ich auch zu Ihnen gekommen.«

»Aber, liebe gnädige Frau, ich bin nicht die richtige Anlaufstelle für Sie. Heutzutage bin ich nur noch Privatmann. Wenn Sie diesbezügliche Kenntnisse haben, müssen Sie zur Polizei gehen.«

»Das kann ich wohl nicht«, erwiderte Miss Marple.

»Aber warum nicht?«

»Weil ich nämlich keine diesbezügliche Kenntnisse habe, wie Sie sich ausdrücken.«

»Wollen Sie damit sagen, dass es nur Vermutungen Ihrerseits sind?«

»Sie können es so nennen, wenn Sie wollen, aber es ist in Wirklichkeit ganz anders. *Ich weiß es.* Ich bin in der Lage, es zu wissen. Aber wenn ich Inspektor Drewitt meine Gründe dafür angäbe, würde er einfach lachen. Und ich könnte es ihm nicht einmal übel nehmen. Es ist sehr schwierig, eine besondere Art von Wissen zu verstehen.«

»Zum Beispiel?«, erkundigte sich Sir Henry.

Miss Marple lächelte ein wenig.

»Wenn ich Ihnen nun sagte: Ich weiß es, weil ein Gemüsehändler namens Peasegood vor Jahren einmal bei meiner Nichte Steckrüben anstatt Karotten ablieferte –«

Es folgte ein beredtes Schweigen.

»Mit andern Worten«, meinte Sir Henry, »Sie urteilen also einfach nach den Tatsachen eines Parallelfalls.«

»Ich kenne die menschliche Natur«, betonte Miss Marple.

»Wenn man so viele Jahre in einem Dorf gelebt hat, lernt man sie von Grund auf kennen. Das lässt sich gar nicht vermeiden. Die Hauptsache ist: Glauben Sie mir oder nicht?«

Sie blickte ihm direkt und unverwandt in die Augen, während sich das Rot in ihren Wangen vertiefte.

Sir Henry verfügte über eine umfassende Lebenserfahrung. Er traf seine Entscheidung rasch und ohne Umschweife. So unwahrscheinlich und fantastisch Miss Marples Behauptung auch klingen mochte, er stellte fest, dass er sie ohne weiteres akzeptierte.

»Ich glaube Ihnen wirklich, Miss Marple. Aber ich verstehe nicht gannz, was ich in der Angelegenheit tun soll oder weshalb Sie zu mir kommen.«

»Ich habe mir auch schon den Kopf zerbrochen«, erwiderte Miss Marple. »Wie ich bereits sagte, wäre es zwecklos, bei der Polizei ohne Beweise anzutreten, und greifbare Beweise habe ich nicht. Ich möchte Sie daher bitten, Interesse an der Sache zu zeigen. Inspektor Drewitt würde sich bestimmt geschmeichelt fühlen. Und wenn die Sache weitergehen sollte, würde Colonel Melchett, der Polizeipräsident, selbstverständlich wie Wachs in Ihren Händen sein.«

Sie sah ihn flehend an.

»Und was für Anhaltspunkte könnten Sie mir geben?«

»Ich hatte die Absicht, einen Namen – *den* Namen – auf ein Stück Papier zu schreiben und Ihnen dieses zu geben. Wenn Sie dann bei der Untersuchung zu dem Schluss kommen, dass diese Person nichts damit zu tun hat – nun, so habe ich mich eben geirrt.«

Sie hielt inne und fügte dann mit leichtem Schaudern hinzu:

»Es wäre furchtbar – ganz furchtbar, wenn eine unschuldige Person an den Galgen käme.«

»Was veranlasst Sie zu dieser Annahme?«, fragte Sir Henry.

Ein gequälter Ausdruck lag in ihren Augen.

»Ich kann mich ja irren – aber ich glaube es nicht. Inspektor Drewitt ist wirklich ein intelligenter Mann. Doch eine durchschnittliche Intelligenz ist manchmal höchst gefährlich. Sie führt einen nicht weit genug.«

Sir Henry warf ihr einen merkwürdigen Blick zu.

Etwas ungeschickt öffnete Miss Marple einen zierlichen Pompadour, nahm ein kleines Notizbuch hervor und riss ein Blatt heraus. Darauf schrieb sie sorgfältig einen Namen, faltete das Blatt und reichte es Sir Henry.

Er öffnete es und las den Namen, der keinerlei Bedeutung für ihn hatte. Ein wenig verdutzt blickte er zu Miss Marple hinüber und steckte dann das Stück Papier in seine Tasche.

»Nun«, meinte er, »eine ziemlich ungewöhnliche Sache. So etwas ist mir in meiner ganzen Praxis noch nicht vorgekommen. Aber ich setze alles auf die hohe Meinung, die ich von Ihnen habe, Miss Marple.«

Sir Henry saß mit Colonel Melchett, dem Polizeipräsidenten der Grafschaft, und Inspektor Drewitt zusammen.

Der Polizeipräsident war ein kleiner Mann, der ein etwas aggressives, militärisches Benehmen zur Schau trug. Der Inspektor war breit und stattlich und überaus vernünftig.

»Ich habe wirklich das Gefühl, dass ich meine Nase in Dinge stecke, die mich nichts angehen«, erklärte Sir Henry mit gewinnendem Lächeln. »Ich kann Ihnen nicht einmal sagen, warum ich es tue.«

»Aber mein lieber Kollege, wir sind hocherfreut und betrachten es als ein Kompliment.«

»Es ist uns eine Ehre, Sir Henry«, sagte der Inspektor.

Im Stillen dachte der Polizeipräsident: Der arme Kerl langweilt sich bestimmt zu Tode bei den Bantrys, wo der Alte dauernd auf die Regierung schimpft und die Frau ständig von ihren Blumenzwiebeln schwatzt.

Der Inspektor dachte: Schade, dass wir es nicht mit einem richtig komplizierten Fall zu tun haben. Einer der besten Köpfe Englands, wie ich gehört habe. Ein Jammer, dass es sich um eine so einfache, klare Sache handelt.

Laut sagte der Polizeipräsident:

»Ich glaube, es ist ein ziemlich gewöhnlicher und unkomplizierter Fall. Zuerst glaubte man, das Mädchen habe sich selbst ins Wasser gestürzt. Es war nämlich schwanger. Unser Dr. Haydock ist jedoch ein sorgfältiger Bursche. Er hat die blauen Flecke an beiden Oberarmen bemerkt, die vor dem Tod verursacht worden sind. Gerade an den Stellen, wo ein Kerl sie am Arm hätte packen müssen, um sie hineinzuwerfen.«

»Hätte das viel Kraft erfordert?«

»Ich glaube nicht. Das Mädchen hat sich ja vermutlich nicht gewehrt, da der Angriff unvermutet erfolgt sein muss. Es ist dort ein Fußsteg aus schlüpfrigem Holz. Geradezu ein Kinderspiel, sie hineinzustoßen. Auf der einen Seite ist nicht einmal ein Geländer.«

»Wissen Sie ganz genau, dass die tragische Begebenheit sich dort ereignet hat?«

»Ja, wir haben da einen Jungen zu fassen gekriegt – Jimmy Brown –, zwölf Jahre alt. Er war auf der andern Seite im Wald, als er einen Schrei von der Brücke her und dann ein Aufklatschen hörte. Es war schon dämmrig – schwierig, etwas zu erkennen. Bald darauf sah er etwas Weißes unten im Wasser treiben und ist davongerannt, um Hilfe zu holen. Man hat sie dann herausgefischt, aber es war zu spät, um sie zu retten.«

Sir Henry nickte.

»Und der Junge hat niemanden auf der Brücke gesehen?«

»Nein. Aber wie gesagt, es war schon dämmrig, und es ist dort immer etwas neblig. Ich werde ihn noch mal fragen, ob er kurz nachher oder kurz vorher überhaupt jemanden in der Gegend gesehen hat. Er hat nämlich einfach angenommen, dass das Mädchen sich ins Wasser gestürzt habe.«

»Immerhin haben wir den Brief«, sagte Inspektor Drewitt und wandte sich Sir Henry zu.

»Einen Brief aus der Tasche des toten Mädchens, Sir, mit einer Art Zeichenstift geschrieben. Obwohl das Papier ziemlich aufgeweicht war, konnten wir ihn noch lesen.«

»Und was stand darin?«

»Er war von dem jungen Sandford. ›Also gut‹, so lautete er, ›ich treffe dich um halb neun an der Brücke. R. S.‹ Nun, es war so um halb neun herum, vielleicht ein paar Minuten später, dass Jimmy Brown den Schrei und das Platschen hörte.«

»Ich weiß nicht, ob Sie Sandford schon begegnet sind«, fuhr Colonel Melchett fort. »Er ist seit etwa einem Monat hier. Einer dieser modernen jungen Architekten, die seltsame Häuser bauen. Er baut gerade jetzt eins für Allington. Mag der Himmel wissen, was daraus wird – steckt sicher voll von hypermodernem Kram. Esszimmertische aus Glas und Operationstische aus Stahl mit Gurtbändern! Na, das spielt hier keine Rolle; ich wollte Ihnen nur zeigen, was für ein Bursche dieser Sandford ist. Ein Bolschewist, wissen Sie – ohne jegliche Moral.«

»Verführung«, meinte Sir Henry, »ist ein ziemlich altes Vergehen, wenn es natürlich auch nicht so weit zurückdatiert wie Mord.«

Colonel Melchett starrte ihn an.

»O ja«, sagte er dann, »ganz recht – ganz recht.«

»Nun, Sir Henry«, bemerkte Drewitt, »das wär's. Eine hässliche Geschichte, aber völlig unkompliziert. Dieser junge Sandford macht das Mädchen unglücklich, und dann will er schleunigst verduften. Zurück nach London, wo er auch ein Mädchen hat – eine nette junge Dame, mit der er verlobt ist. Wenn die von dieser Geschichte erfährt, ist er natürlich bei ihr erledigt. Also trifft er sich mit Rose auf der Brücke – es ist ein nebliger Abend –, weit und breit kein Mensch zu sehen. Er packt sie bei den Schultern und wirft sie einfach ins Wasser. Ein richtiger Schweinehund, der den Strick verdient hat. Das ist meine Ansicht.«

Sir Henry schwieg eine Zeit lang. Aus den Reden der beiden Männer sprach ein starkes, örtlich bedingtes Vorurteil. Ein moderner Architekt würde sich zweifellos in dem konservativen Dorf St. Mary Mead nicht sehr großer Beliebtheit erfreuen.

»Und dieser Sandford war wirklich der Vater des Kindes?«

»Nein. Er ist schon der Vater. Rose Emmott hat es ihrem Vater gestanden. Sie glaubte, er würde sie heiraten. Der sie heiraten! Das hätte er nie und nimmer getan.«

Herrje! dachte Sir Henry bei sich. Da bin ich ja in ein regelrechtes Melodrama aus der guten alten Zeit hineingeraten: das ahnungslose Mädchen, der Schurke aus London, der strenge Vater, der Verrat – und nun fehlt uns nur noch der treue Liebhaber aus dem Dorf. Ja, es ist wohl an der Zeit, dass ich mich nach ihm erkundige.

Laut fragte er:

»Hatte das Mädchen denn nicht einen jungen Mann hier im Dorf?«

»Meinen Sie etwa Joe Ellis?«, erwiderte der Inspektor. »Ein guter Kerl, dieser Joe. Tischler von Beruf. Ah! Wenn sie Joe nur treu geblieben wäre!«

Colonel Melchett nickte beifällig. »Jeder zu seinesgleichen!«, schnauzte er.

»Wie hat sich Joe Ellis denn zu der Sache gestellt?«, erkundigte Sir Henry sich.

»Das weiß niemand«, entgegnete der Inspektor. »Ein ruhiger Bursche, dieser Joe. Verschwiegen. Alles, was Rose tat, war in seinen Augen richtig. Er tanzte völlig nach ihrer Pfeife. Ich glaube, er hoffte wohl, dass sie eines Tages zu ihm zurückkehren würde.«

»Ich möchte gern einmal mit ihm sprechen«, sagte Sir Henry.

»Oh, wir werden ihn schon aufsuchen«, versprach Colonel Melchett. »Wir übersehen keine Möglichkeit. Persönlich habe ich es mir so gedacht: Zuerst gehen wir zu Emmott, dann zu Sandford, und zum Schluss können wir noch Ellis besuchen. Ist Ihnen das recht, Clithering?«

»Das passt mir ausgezeichnet«, entgegnete Sir Henry.

Im »Blauen Eber«, trafen sie Tom Emmott an, einen großen, kräftig gebauten Mann in mittleren Jahren mit unbeständigem Blick und grausamem Mund.

»Freut mich, Sie zu sehen, meine Herren – guten Morgen. Colonel. Treten Sie bitte hier ein, dann sind wir unter uns. Darf ich Ihnen etwas anbieten, meine Herren? Nein? Wie Sie wünschen. Sie kommen also wegen meiner armen Tochter. Ach! Sie war ein so gutes Mädchen, meine Rose. Stets so rechtschaffen, bis dieser Gauner ins Dorf kam. Versprach ihr die Ehe, dieser Kerl! Aber ich werde ihn verklagen. Er hat sie in den Tod getrieben! Das hat er, dieser mörderische Halunke, und Schande über uns alle gebracht. Mein armes Kind!«

»Hat Ihre Tochter Ihnen ausdrücklich gesagt, dass Mr. Sandford für ihren Zustand verantwortlich sei?«, fragte Melchett in energischem Ton.

»Jawohl. Hier in diesem Zimmer sogar.«

»Und was haben Sie zu ihr gesagt?«, erkundigte Sir Henry sich.

»Zu ihr gesagt?«

Der Mann schien im Augenblick ganz verblüfft.

»Ja. Haben Sie ihr vielleicht gedroht, sie aus dem Haus zu werfen?«

»Ich war etwas erregt – aber das ist doch ganz natürlich. Das werden Sie sicher zugeben. Aber ich habe sie selbstverständlich nicht aus dem Haus geworfen. So etwas würde ich doch nicht tun.« Er spielte den beleidigten Tugendbold. »Nein, wofür haben wir denn das Gesetz, sage ich immer. Wofür haben wir das Gesetz? Er musste sie heiraten. Und wenn er das nicht tat, dann, bei Gott, musste er eben zahlen.«

Er schlug heftig mit der Faust auf den Tisch. »Wann haben Sie Ihre Tochter zum letzten Mal gesehen?«, fragte Melchett.

»Gestern – beim Tee.«

»Wie war sie da?«

»Nun – wie immer –, ich habe ihr nichts angemerkt. Wenn ich gewusst hätte –«

»Aber Sie haben es nicht gewusst«, sagte der Inspektor trocken.

Sie brachen auf.

»Emmott hinterlässt nicht gerade einen günstigen Eindruck«, bemerkte Sir Henry nachdenklich.

»Ein kleiner Schurke«, gab Melchett zu. »Er würde Sandford schon das Fell über die Ohren gezogen haben, wenn er die Chance gehabt hätte.«

Ihr nächster Besuch galt dem Architekten. Rex Sandford entsprach keineswegs dem Bild, das Sir Henry sich unbewusst von ihm gemacht hatte. Er war ein großer junger Mann, sehr blond und sehr dünn. Er hatte blaue, träumerische Augen, und sein Haar war unordentlich und etwas zu lang. Seine Sprechweise war reichlich geziert.

Colonel Melchett stellte sich und seine Begleiter vor. Dann steuerte er ohne Umschweife auf den Zweck seines Besuches los. Er forderte den Architekten auf, ihnen genau zu sagen, wo er sich am vergangenen Abend zu den verschiedenen Zeiten aufgehalten hatte.

»Sie verstehen ja wohl«, warnte er. »Ich habe keine Befugnis, eine Aussage von Ihnen zu erzwingen. Und jede Aussage, die Sie machen, kann als Beweis gegen Sie verwendet werden. Ich möchte, dass Sie sich darüber ganz klar sind.«

»Ich – ich verstehe nicht recht«, stotterte Sandford.

»Es ist Ihnen wohl bekannt, dass Rose Emmott gestern Abend ertrunken ist, nicht wahr?«

»Ich weiß. Oh! Es ist zu schrecklich. Wirklich, ich habe kein Auge zugetan. Und heute konnte ich einfach nicht arbeiten. Ich fühle mich verantwortlich – furchtbar verantwortlich!«

Er fuhr sich mit den Händen durchs Haar. »Ich habe nichts Böses im Schilde geführt«, fuhr er kläglich fort. »Ich war gedankenlos und habe es mir nicht träumen lassen, dass sie es sich so zu Herzen nehmen würde.«

Er ließ sich am Tisch nieder und vergrub das Gesicht in den Händen.

»Mr. Sandford, weigern Sie sich, eine Aussage darüber zu machen, wo Sie gestern Abend um halb neun waren?«

»Nein, nein – gewiss nicht. Ich war draußen – habe einen Spaziergang gemacht.«

»Sie gingen zu einer Verabredung mit Miss Emmott, nicht wahr?«

»Nein. Ich war allein. Bin durch den Wald gegangen. Ziemlich weit.«

»Was für eine Erklärung haben Sie dann für diesen Brief, der in der Tasche des ertrunkenen Mädchens gefunden wurde?«

Inspektor Drewitt las den Brief kalt und sachlich laut vor.

»Nun, mein Herr«, fragte er schließlich, »leugnen Sie, dass Sie dies geschrieben haben?«

»Nein, nein, Sie haben recht, ich habe diesen Brief tatsächlich geschrieben. Rose bat mich um eine Zusammenkunft. Sie besstand darauf. Ich wusste nicht, was ich machen sollte. Daher schrieb ich den Brief.«

»Aha, das ist schon besser«, meinte der Inspektor.

»Aber ich bin nicht hingegangen!« Sandfords Stimme wurde schrill und aufgeregt. »Ich bin nicht hingegangen! Nach meinem Gefühl war es viel besser, wenn ich nicht hinging. Morgen wollte ich nach London zurückkehren. Ich hielt es für ratsamer, mich nicht mit ihr zu treffen. Ich hatte die Absicht, von London aus zu schreiben und – gewisse Anordnungen zu treffen.«

»Sie wissen doch, mein Herr, dass dieses Mädchen ein Kind erwartete und Sie als den Vater angegeben hat, ja?«

Sandford stöhnte, antwortete aber nicht.

»War diese Behauptung richtig, mein Herr?«

Sandford vergrub sein Gesicht noch tiefer.

»Ich glaube wohl«, erwiderte er mit erstickter Stimme.

»Aha!« Inspektor Drewitt konnte seine Befriedigung nicht verbergen. »Um auf diesen ›Spaziergang‹ zurückzukommen: Sind Sie dabei jemandem begegnet?«

»Ich weiß es nicht, glaube es aber nicht. Soweit ich mich entsinne, habe ich niemanden getroffen.«

»Das ist sehr schade.«

»Wie meinen Sie das?« Sandford starrte ihn aufgeregt an.

»Was hat es auf sich, ob ich einen Spaziergang gemacht habe oder nicht? Was ändert es schon daran, dass Rose sich ertränkt hat?«

»Ah!«, entgegnete der Inspektor. »Aber sie hat sich nicht ertränkt! Sie ist vorsätzlich in den Fluss geworfen worden, Mr. Sandford.«

»Was sagen Sie da?« Es dauerte eine Weile, bis er die Schreckensnachricht erfasst hatte. »Mein Gott! Dann –«

Er sank in einen Sessel.

Colonel Melchett schickte sich zum Gehen an.

»Sie verstehen, Sandford«, sagte er. »Unter keinen Umständen dürfen Sie dieses Haus verlassen.«

Die drei Männer gingen fort. Der Inspektor und der Polizeipräsident tauschten Blicke miteinander aus.

»Das genügt wohl, Sir«, meinte der Inspektor.

»Ja, lassen Sie einen Haftbefehl ausstellen und verhaften Sie ihn.«

»Entschuldigen Sie bitte«, sagte Sir Henry. »Ich habe meine Handschuhe vergessen.«

Er trat schnell wieder ins Haus. Sandford saß noch in derselben Stellung, wie sie ihn verlassen hatten, und starrte benommen vor sich hin.

»Ich bin zurückgekehrt«, erklärte Sir Henry, »um Ihnen zu sagen, dass ich persönlich alles tun werde, um Ihnen zu helfen. Den Grund hierfür kann ich Ihnen leider nicht verraten. Aber ich möchte Sie bitten, mir so kurz wie möglich zu schildern, was eigentlich zwischen Ihnen und dem Mädchen vorgefallen ist.«

»Sie war sehr hübsch«, erwiderte Sandford. »Sehr hübsch und sehr verführerisch. Und – und sie hatte es sofort auf mich abgesehen. Bei Gott, das ist wahr. Sie ließ mir keine Ruhe. Außerdem war es hier sehr einsam für mich; die andern mochten mich nicht besonders, und, wie gesagt, sie war erstaunlich hübsch und mit allen Wassern gewaschen –« Seine Stimme sank zu einem Flüstern herab. Er blickte auf. »Und dann ist es eben passiert. Sie wollte, dass ich sie heirate. Ich wusste nicht, was ich tun sollte, da ich mit einem Mädchen in London verlobt bin. Wenn sie je davon erfährt – und das wird sie wohl –, na, dann ist alles aus. Sie wird kein Verständnis dafür haben. Natürlich nicht. Und ich bin ja auch ein Taugenichts. Wie gesagt, ich wusste nicht aus noch ein. Ich vermied es, Rose wieder zu sehen. Ich dachte, es sei am besten, wenn ich nach London zurückführe – meinen Rechtsanwalt aufsuchte – und finanzielle Anordnungen für sie träfe. Gott, was für ein Idiot war ich doch! Und alles deutet auf mich als Täter hin. Aber sie haben sich geirrt. Sie *muss* es selbst getan haben.«

»Hat sie jemals gedroht, sich das Leben zu nehmen?«

Sandford schüttelte den Kopf.

»Nie! Ich hätte es ihr auch nicht geglaubt.«

»Wie steht es denn mit einem Manne namens Joe Ellis?«

»Dieser Tischler? Stammt aus einer guten alten Dorffamilie. Langweiliger Bursche – aber ganz versessen auf Rose.«

»Vielleicht war er eifersüchtig?«, deutete Sir Henry an.

»Das war er wohl etwas – aber er ist ein sturer Typ. Der leidet, ohne zu klagen.«

»Nun«, meinte Sir Henry, »ich muss jetzt gehen.«

Sobald er die andern eingeholt hatte, wandte er sich an Melchett:

»Wissen Sie, Melchett, ich bin dafür, dass wir uns erst noch diesen anderen Burschen – Ellis – ansehen, bevor wir etwas Drastisches unternehmen. Es wäre schade, wenn Sie den falschen Mann verhaften. Schließlich ist Eifersucht ein ziemlich gutes – und auch ein ziemlich alltägliches Mordmotiv.«

»Das ist schon richtig«, erwiderte der Inspektor. »Aber Joe Ellis ist nicht der Typ für so etwas. Der täte keiner Fliege etwas zuleide. Ihn hat noch nie jemand in gereizter Stimmung gesehen. Immerhin kann es nichts schaden, wenn wir ihn eben mal fragen, wo er gestern Abend war. Um diese Zeit wird er zu Hause sein. Er wohnt bei Mrs. Bartlett. Eine herzensgute Seele, eine Witwe, die sich ihr Brot mit Waschen verdient.«

Das kleine Häuschen, auf das sie zugingen, war von peinlicher Sauberkeit. Eine große, stämmige Frau in mittleren Jahren öffnete ihnen die Tür. Sie hatte ein angenehmes Gesicht und blaue Augen.

»Guten Morgen, Mrs. Bartlett«, begrüßte der Inspektor sie. »Ist Joe Ellis da?«

»Vor kaum zehn Minuten ist er nach Hause gekommen«, antwortete Mrs. Bartlett. »Treten Sie doch bitte ein, meine Herren.«

Während sie sich die Hände an ihrer Schürze abwischte, führte sie die Besucher in die kleine Vorderstube, die mit ausgestopften Vögeln, Porzellanhunden, einem Sofa und mehreren nutzlosen Möbelstücken vollgestellt war.

Sie zog eilig ein paar Stühle zurecht, schob eigenhändig einen Ziertisch beiseite, um mehr Platz zu schaffen, und rief zur Tür hinaus:

»Joe, hier sind drei Herren, die Sie gern sprechen möchten.«

Aus der Hinterküche ertönte eine Stimme:

»Ich komme, sobald ich mich gewaschen habe.«

Mrs. Bartlett lächelte.

»Kommen Sie doch herein, Mrs. Bartlett«, sagte Colonel Melchett. »Nehmen Sie Platz.«

»O nein, Sir, das fiele mir im Traum nicht ein.«

Mrs. Bartlett war ganz entsetzt über diese Idee.

»Haben Sie in Joe Ellis einen gute Mieter?«, erkundigte Melchett sich in ganz beiläufigem Ton.

»Könnte keinen besseren finden, Sir. Ein wirklich zuverlässiger junger Mann. Rührt keinen Tropfen an. Ist stolz auf seine Arbeit. Und immer freundlich und hilfsbereit im Haus. Er hat dieses Regal für mich gemacht und auch eine neue Küchenanrichte. Und wenn etwas im Haus zu reparieren ist, tut Joe es mit der größten Selbstverständlichkeit und will nicht einmal Dank dafür, Sir.«

»Das Mädchen, das ihn mal bekommt, ist glücklich dran«, bemerkte Melchett wie nebenbei. »Er war wohl sehr verliebt in die arme Rose Emmott, nicht wahr?«

Mrs. Bartlett seufzte.

»Es hat mich geradezu geärgert. Er verehrte den Saum ihres Gewandes, und sie machte sich auch nicht so viel aus ihm.«

Dabei schnipste sie mit den Fingern.

»Wo verbringt Joe seine Abende, Mrs. Bartlett?«

»Gewöhnlich hier, Sir. Manchmal hat er abends noch etwas zu tun, und außerdem nimmt er an einem schriftlichen Kursus teil, um die Buchhaltung zu erlernen.«

»Wirklich? War er gestern Abend zu Hause?«

»Ja, Sir.«

»Sind Sie sicher, Mrs. Bartlett?« fragte Sir Henry mit einiger Schärfe.

Sie wandte sich ihm zu.

»Ganz sicher, Sir.«

»Er ist zum Beispiel nicht irgendwann zwischen acht und halb neun ausgegangen?«

»O nein«, erwiderte sie lachend. »Er hat fast den ganzen Abend an meiner Küchenanrichte gearbeitet, und ich habe ihm dabei geholfen.«

Sir Henry blickte in ihre lächelnden, zuversichtlichen Augen, und der erste Zweifel begann an ihm zu nagen.

Einen Augenblick später trat Ellis selbst ins Zimmer. Er war ein großer, breitschultriger junger Mann, der in seiner bäurischen Art sehr gut aussah. In seinen blauen Augen lag eine gewisse Schüchternheit, und um seinen Mund spielte ein gutmütiges Lächeln. Im ganzen machte er den Eindruck eines liebenswürdigen jungen Riesen.

Melchett eröffnete die Unterhaltung, während Mrs. Bartlett sich in die Küche zurückzog.

»Wir stellen Nachforschungen an über den Tod der Rose Emmott. Sie kannten sie doch, Ellis.«

»Ja.« Er zögerte ein wenig und murmelte dann: »Hoffte, sie eines Tages zu heiraten. Das arme Mädchen!«

»Hatten Sie von ihrem Zustand gehört?«

»Ja.« In seinen Augen blitzte es zornig auf. »Hat sie sitzen lassen, dieser Kerl. Aber es wäre zu ihrem Besten gewesen. Sie wäre niemals glücklich geworden, wenn er sie geheiratet hätte. Ich hatte damit gerechnet, dass sie zu mir kommen würde. Ich hätte für sie gesorgt.«

»Trotz allem?«

»Es war nicht ihre Schuld. Er hat sie mit schönen Versprechungen verführt. O ja, das hat sie mir erzählt. Sie hatte es nicht nötig, ins Wasser zu gehen. Er war es nicht wert!«

»Wo waren Sie gestern Abend um halb neun, Ellis?«

Bildete Sir Henry es sich ein, oder lag wirklich eine gewisse Verlegenheit in der prompten – fast allzu prompten – Antwort?

»Ich war hier. Habe für Mrs. Bartlett an der Küchenanrichte gearbeitet. Sie können sie fragen. Sie wird es Ihnen bestätigen.«

Das kam wie aus der Pistole geschossen, dachte Sir Henry. Er ist ein langsam denkender Mann, doch dies klappte wie am Schnürchen. Er muss es sich vorher zurechtgelegt haben.

Dann sagte er sich aber, es sei wohl Einbildung. Er bildet sich so manches ein – ja, er glaubte sogar einen Schimmer von Furcht in diesen blauen Augen zu entdecken.

Noch ein paar Fragen und Antworten, und dann erhoben

sich die drei Männer. Sir Henry ging unter einem Vorwand in die Küche, wo Mrs. Bartlett am Herd beschäftigt war. Sie blickte mit freundlichem Lächeln zu ihm auf. An der Wand stand die neue Küchenanrichte, die noch nicht ganz fertig war. Werkzeuge und ein paar Holzstücke lagen am Boden verstreut.

»Daran hat Ellis also gestern Abend gearbeitet?«, fragte Sir Henry.

»Ja, Sir, ein schönes Stück, nicht wahr? Joe ist ein sehr geschickter Tischler.«

Kein Schimmer von Furcht in ihren Augen – keine Verlegenheit.

Aber Ellis – hatte er es sich eingebildet? Nein, er hatte tatsächlich etwas gesehen.

Ich muss ihn mir noch einmal vornehmen, dachte Sir Henry.

Beim Verlassen der Küche stieß er gegen einen Kinderwagen.

»Ich habe doch wohl nicht das Baby aufgeweckt?«, sagte er.

Mrs. Bartlett brach in schallendes Gelächter aus.

»Nein, Sir. Ich habe keine Kinder – leider. Den Wagen benutze ich, um die Wäsche zu holen und wegzubringen.«

»Ach so –«

Nach einer kleinen Pause folgte er einer plötzlichen Eingebung und sagte:

»Mrs. Bartlett, Sie kannten Rose Emmott. Sagen Sie mir, was Sie wirklich von ihr hielten.«

Sie sah ihn merkwürdig an und erwiderte:

»Nun, Sir, nach meinem Gefühl war sie oberflächlich. Aber sie ist nun tot – und über die Toten möchte ich nichts Schlechtes sagen.«

»Aber ich habe einen besonderen Grund – einen sehr guten Grund für meine Frage.«

Er sprach mit sanfter Überredung.

Sie schien zu überlegen, während sie ihn aufmerksam betrachtete. Endlich war ihr Entschluss gefasst.

»Sie war ein schlechtes Frauenzimmer«, sagte sie in aller Ruhe. »Das würde ich natürlich nie in Joes Gegenwart sagen. Sie hat ihn so richtig an der Nase herumgeführt. Diese Sorte versteht's – leider Gottes. Sie wissen ja, wie es ist, Sir.«

Ja, Sir Henry wusste Bescheid. Leute wie Joe Ellis waren besonders leicht verletzbar. Sie vertrauten blindlings. Aber darum war der Schock der Entdeckung vielleicht um so größer.

Als er das Haus verließ, wusste er nicht, was er von der Geschichte halten sollte. Er befand sich in einer Sackgasse. Joe Ellis hatte gestern den ganzen Abend im Haus gearbeitet, und Mrs. Bartlett hatte ihm tatsächlich dabei zugeschaut. Das ließ sich wohl nicht bestreiten. Man konnte nichts dagegen vorbringen – höchstens vielleicht die verdächtige Schnelligkeit, mit der Joe geantwortet hatte, den Argwohn, dass es sich um eine zurechtgelegte Geschichte handelte.

»Nun«, meinte Melchett, »das scheint die Angelegenheit endgültig geklärt zu haben, wie?«

»Ganz gewiss, Sir«, pflichtete der Inspektor ihm bei. »Sandford ist unser Mann. Er steckt in der Klemme. Es ist alles sonnenklar. Meiner Ansicht nach gingen Vater und Tochter darauf aus, ihn zu erpressen. Er hat nicht viel Geld – außerdem wünschte er nicht, dass es seiner Braut zu Ohren kam. In seiner Verzweiflung hat er dann einfach gehandelt. Was meinen Sie dazu, Sir?«

Mit diesen Worten wandte er sich ehrerbietig an Sir Henry.

»Es sieht ja wohl so aus«, gab Sir Henry zu. »Und doch kann ich mir Sandford kaum als einen gewalttätigen Menschen vorstellen.«

Aber schon während er das sagte, kam es ihm zum Bewusstsein, dass dies kein triftiger Einwand war. Selbst das schwächste Tier vermochte, in die Enge getrieben, Erstaunliches zu vollbringen.

»Aber ich möchte gern noch den Jungen sehen«, sagte er plötzlich. »Den Jungen, der den Schrei gehört hat.«

Jimmy Brown entpuppte sich als ein intelligenter Bursche, etwas klein für sein Alter und mit einem scharfen, ziemlich listigen Ausdruck im Gesicht. Mit größter Bereitwilligkeit ließ er sich vernehmen und war ein wenig enttäuscht, als er in seiner dramatischen Schilderung der Vorgänge des verhängnisvollen Abends unterbrochen wurde.

»Du warst also auf der anderen Seite der Brücke, wie ich höre«, sagte Sir Henry. »Jenseits des Flusses, vom Dorf aus gesehen. Hast du dort jemanden gesehen, als du über die Brücke gingst?«

»Da war jemand, der im Wald spazieren ging. Mr. Sandford war es, glaube ich, der Architektenherr, der das verrückte Haus baut.«

Die drei Männer blickten einander an. »War das etwa zehn Minuten, bevor du den Schrei hörtest?« Der Junge nickte.

»Hast du sonst noch jemanden gesehen, vielleicht auf der Dorfseite des Flusses?«

»Auf der Seite kam ein Mann den Pfad entlang. Er ging ganz langsam und pfiff vor sich hin. Es hätte Joe Ellis sein können.«

»Du konntest ihn doch unmöglich erkennen«, sagte der Inspektor mit scharfer Stimme. »Es war ja fast dunkel und so neblig.«

»Es ist wegen des Pfeifens«, erwiderte der Junge. »Joe Ellis pfeift immer dieselbe Melodie – die einzige, die er kennt.«

»Jeder kann schließlich eine Melodie pfeifen«, meinte Melchett. »Ging er auf die Brücke zu?«

»Nein, in entgegengesetzter Richtung – nach dem Dorf zu.«

»Ich glaube nicht, dass wir uns mit diesem Unbekannten zu befassen brauchen«, erklärte Melchett. »Du hörtest also den Schrei und das Aufklatschen und sahst wenige Minuten später die Leiche flussabwärts treiben. Dann bist du, um Hilfe zu holen, zur Brücke gerannt, hast sie überquert und den direkten Weg zum Dorf eingeschlagen. Hast du dabei irgendjemanden in der Nähe der Brücke gesehen?«

»Ich glaube, es waren zwei Männer mit einer Schiebkarre auf dem Flusspfad; aber sie waren etwas weiter weg, und ich könnte nicht sagen, ob sie gingen oder kamen, und Mrs. Giles' Haus lag am nächsten. Also bin ich dorthin gelaufen.«

»Hast deine Sache gut gemacht, mein Junge«, lobte Melchett. »Du hast sehr lobenswert und mit großer Geistesgegenwart gehandelt. Du bist wohl ein Pfadfinder, wie?«

»Ja, Sir.«

»Sehr gut. Wirklich sehr gut.«

Sir Henry war schweigsam – in Gedanken versunken. Er zog einen Zettel aus der Tasche, warf einen Blick darauf und schüttelte den Kopf. Es schien nicht möglich – und doch . . .

Er hielt es für angebracht, Miss Marple einen Besuch abzustatten. Sie empfing ihn in ihrem hübschen, etwas voll gepfropften altmodischen Salon.

»Ich bin gekommen, um Bericht zu erstatten«, begrüßte er sie. »Leider stehen die Dinge von unserm Standpunkt aus nicht allzu rosig. Sie sind im Begriff, Sandford zu verhaften, und ich muss sagen, ihre Handlungsweise erscheint mir richtig.«

»Sie haben dann also nichts entdeckt, das – wie soll ich sagen – meine Theorie stützt?« Sie blickte ganz perplex drein, auch etwas besorgt. »Vielleicht habe ich mich geirrt, sehr geirrt. Sie haben eine so große Erfahrung. Sie würden es bestimmt herausgefunden haben, wenn es sich so verhielte.«

»Einmal kann ich es kaum glauben«, sagte Sir Henry. »Und

zum andern stehen wir einem unantastbaren Alibi gegenüber. Joe Ellis hat den ganzen Abend an einem Schrank in der
Küche gearbeitet, und Mrs. Bartlett hat dabeigestanden und
ihm zugesehen.«

Miss Marple beugte sich schnell atmend vor.

»Aber das kann ja nicht sein«, erklärte sie. »Es war doch
Freitagabend.«

»Wieso Freitagabend?«

»Freitag abend liefert Mrs. Bartlett doch die fertige Wäsche
bei den verschiedenen Kunden ab.«

Sir Henry lehnte sich im Sessel zurück. Er dachte daran,
was Jimmy erzählt hatte von dem pfeifenden Mann und – ja,
es schien alles zu passen.

Er erhob sich und drückte Miss Marple warm die Hand.

»Ich glaube, ich weiß jetzt, wie ich vorgehen muss. Wenigstens kann ich mein Heil versuchen . . .«

Fünf Minuten später war er wieder bei Mrs. Bartlett im
Haus und saß Joe Ellis gegenüber in der kleinen Stube mit
den vielen Porzellanhunden.

»Sie haben uns belogen, Ellis, wegen gestern Abend«, sagte
er in bestimmtem Ton. »Zwischen acht und halb neun haben
Sie nicht in der Küche an der Anrichte gearbeitet. Man hat Sie
auf dem Flusspfad gesehen, und zwar wenige Minuten, bevor Rose Emmott ermordet wurde.«

Der Mann rang nach Luft.

»Sie ist nicht ermordet worden – bestimmt nicht. Ich habe
nichts damit zu tun. Sie hat sich selbst ins Wasser gestürzt.
Aus Verzweiflung. Ich hätte ihr kein Haar gekrümmt – bestimmt nicht!«

»Warum haben Sie uns dann belogen?«, fragte Sir Henry
scharf.

Dem Mann wurde es unbehaglich zumute, und er senkte
den Blick.

»Ich hatte Angst. Mrs. Bartlett sah mich dort in der Gegend, und als wir hinterher hörten, was geschehen war – nun, da glaubte sie, es sähe vielleicht schlecht aus für mich. Da habe ich mir denn so gedacht, ich wollte sagen, ich hätte hier gearbeitet, und sie hat sich bereit erklärt, mir den Rücken zu decken. So eine wie sie gibt es nicht alle Tage. Sie ist immer gut zu mir gewesen.«

Ohne ein Wort zu verlieren, verließ Sir Henry das Zimmer und marschierte in die Küche. Mrs. Bartlett stand gerade am Spülbecken und wusch ab.

»Mrs. Bartlett«, sagte er unvermittelt, »ich weiß alles. Ich glaube, Sie legen am besten ein Geständnis ab – oder Joe Ellis wird gehängt für eine Tat, die er nicht begangen hat . . . Ah! Ich sehe, dass Sie das nicht wünschen. Ich will Ihnen genau sagen, was geschehen ist. Sie hatten die Wäsche fortgebracht und waren auf dem Heimweg. An der Brücke trafen Sie Rose Emmott. Sie glaubten, sie habe Joe betrogen mit diesem Fremden. Aber nun war sie schwanger, und Joe war bereit, ihr zu helfen – sie nötigenfalls zu heiraten, wenn sie ihn haben wollte. Er hat vier Jahre in Ihrem Haus gewohnt, und Sie haben sich in ihn verliebt. Sie wollten ihn für sich haben. Daher hassten Sie dieses Mädchen – konnten es nicht ertragen, dass dieses wertlose Frauenzimmer Ihnen den Mann fortnahm. Sie sind eine starke Frau, Mrs. Bartlett. Sie fassten das Mädchen bei der Schulter und warfen es in den Fluss. Kurz darauf trafen Sie Joe Ellis. Der Junge Jimmy hat Sie von weitem zusammen gesehen – doch in der Dunkelheit und dem Nebel hat er den Kinderwagen für eine Schiebkarre gehalten und angenommen, sie werde von zwei Männern geschoben. Sie haben Joe eingeredet, dass der Verdacht auf ihn fallen könnte, und ein Alibi für ihn ausgeklügelt. In Wirklichkeit war es aber ein Alibi für Sie! Das stimmt doch, nicht wahr?«

Er hielt den Atem an und wartete. Alles hatte er auf diesen einen Wurf gesetzt.

Sie stand vor ihm und rieb sich die Hände an der Schürze, während langsam ein Entschluss in ihr reifte.

»Es verhält sich so, wie Sie es geschildert haben, Sir«, sagte sie schließlich mit ihrer ruhigen, beherrschten Stimme (eine gefährliche Stimme, dachte Sir Henry plötzlich). »Ich versteh nicht, was auf einmal über mich kam. Sie war so schamlos. Da konnte ich einfach nicht anders – sie sollte mir Joe nicht nehmen. Ich habe kein glückliches Leben gehabt. Mein Mann war immer krank und verdrießlich. Ich habe ihn gepflegt und treu für ihn gesorgt. Und dann kam Joe zu mir als Mieter. Ich bin noch nicht so sehr alt, Sir, trotz meiner grauen Haare. Bin gerade vierzig geworden. Joe ist ein Mann, wie es unter tausend nur einen gibt. Ich hätte alles für ihn getan – aber auch alles! Er war wie ein kleines Kind, so sanft und so vertrauensvoll. Er gehörte mir, Sir, ich wollte für ihn sorgen. Und diese – diese –«

Sie schluckte und versuchte sich zu beherrschen. Selbst in diesem Augenblick war sie eine starke Frau. Sie richtete sich kerzengerade auf und blickte Sir Henry mit einer gewissen Neugierde an.

»Ich bin bereit, Sir. Ich hätte nie gedacht, dass es herauskommen würde. Es ist mir schleierhaft, wie Sie es entdeckt haben.«

Sir Henry schüttelte sanft den Kopf.

»Nicht ich habe es entdeckt«, sagte er – und er dachte an das Stück Papier, das noch in seiner Tasche ruhte und auf dem in sauberer, altmodischer Handschrift die Worte standen: *Mrs. Bartlett, bei der Joe Ellis wohnt. Mill Cottages Nr. 2.*

Miss Marple hatte wieder einmal Recht gehabt.

Miss Marple erzählt eine Geschichte

»Ich glaube nicht, meine Lieben, dass ich euch je die ziemlich seltsame Geschichte erzählt habe, die vor ein paar Jahren passiert ist. Weder dir, Raymond, noch dir, Joan. Ich möchte auf keinen Fall eingebildet erscheinen ... Natürlich weiß ich, dass ich im Vergleich mit euch jungen Leuten überhaupt nicht clever bin ... Raymond schreibt so moderne Bücher über ziemlich unsympathische junge Männer und Frauen, und Joan malt bemerkenswerte Bilder, alles darauf ist eckig oder weist seltsame Rundungen auf – wirklich, sie sind sehr gelungen, meine Liebe! Doch was sagt Raymond immer von mir? Natürlich auf nette Art, denn er ist der netteste Neffe, den man sich vorstellen kann ... dass ich hoffnungslos altmodisch bin. Wovon sprach ich doch gerade? Ja, natürlich, ich möchte nicht eingebildet erscheinen, obwohl ich ein ganz klein wenig stolz auf mich bin, denn ich habe mit etwas gesundem Menschenverstand ein Problem gelöst, das wesentlich klügeren Köpfen als meinem zu schaffen machte. Zwar lag die Lösung von Anfang an auf der Hand ...

Also, ich werde euch meine kleine Geschichte erzählen, und wenn ihr meint, dass ich mir zu viel darauf einbilde, denkt daran, ich habe einem Menschen geholfen, der sich in großen Schwierigkeiten befand.

Ich erinnere mich, dass Gwen eines Abends um neun Uhr – ihr erinnert euch doch noch an Gwen, mein nettes rothaariges Dienstmädchen? – also, Gwen kam und sagte mir, Mr. Petherick und ein anderer Herr wünschten mich zu sprechen. Sie saßen im Wohnzimmer, während ich mich im Esszimmer aufhielt; ich finde es so verschwenderisch, im Frühling zwei Kamine brennen zu lassen.

Ich wies Gwen an, Cherrybrandy und Gläser zu bringen, und ging ins Wohnzimmer. Ich weiß nicht, ob ihr euch an Mr. Petherick erinnert? Er starb vor zwei Jahren, doch viele Jahre lang war er sowohl ein persönlicher Freund als auch ein guter Rechtsberater für mich. Ein sehr gewissenhafter und auch kluger Rechtsanwalt. Jetzt kümmert sich sein Sohm um meine Angelegenheiten – auch ein fähiger Kopf –, doch irgendwie habe ich nicht dasselbe Vertrauen zu ihm.

Ich entschuldigte mich bei Mr. Petherick, dass kein Feuer im Kamin brenne, und dann stellte er mich seinem Freund vor, einem Mr. Rhodes. Einem noch jungen Mann, etwas über vierzig. Ich merkte sofort, dass etwas mit ihm nicht stimmte. Er benahm sich *sehr* seltsam. Man hätte ihn für unhöflich halten können, doch er stand unter einem großen Druck, wie ich gleich merkte.

Nachdem wir uns im Esszimmer niedergelassen hatten, jeder ein Gläschen Cherrybrandy vor sich, erklärte Mr. Petherick den Grund seines Kommens.

›Miss Marple‹, sagte er, ›bitte entschuldigen Sie meinen unerwarteten Besuch. Aber ich brauche Ihren Rat.‹

Ich wusste nicht, was er mit seinen Worten sagen wollte, doch er fuhr fort: ›Wenn jemand schwer erkrankt ist, möchte man immer zwei Diagnosen haben. Die des Hausarztes, und die eines Spezialisten. Allgemein wird angenommen, dass die Diagnose des Spezialisten kompetenter ist, doch der Meinung bin ich nicht. Ein Spezialist kennt nur sein eigenes Fachgebiet, der Hausarzt aber hat – vielleicht – weniger Fachwissen, dafür um so mehr Erfahrung.‹

Ich wusste, was er damit sagen wollte. Erst vor kurzem

hatte eine meiner jungen Nichten ihr Kind von einem bekannten Dermatologen behandeln lassen, ohne vorher ihren Hausarzt zu konsultieren. Der Dermatologe verordnete eine ziemlich teure Behandlung, und schließlich stellte es sich heraus, dass das Kind einfach die Masern hatte.

Ich führe das nur an – denn ich *hasse* es, vom Thema abzuschweifen –, um zu erklären, dass ich verstand, was Mr. Petherick meinte. Doch ich wusste immer noch nicht, worauf er hinauswollte.

›Falls Mr. Rhodes krank sein sollte . . .‹, sagte ich, doch unterbrach mich sofort, denn der arme Mann lachte verbittert.

Er meinte: ›Wahrscheinlich werde ich innerhalb von ein paar Monaten tot sein.‹

Und dann wurde die ganze Geschichte klarer. Vor kurzem war in Barnchester ein Mord geschehen. Es ist eine kleine Stadt, etwa zwanzig Meilen von hier entfernt. Ich hatte dem damals nicht viel Aufmerksamkeit geschenkt, denn hier bei uns im Ort passiert immer allerlei. Doch ich konnte mich erinnern, dass ich über eine Frau gelesen hatte, die in einem Hotel erstochen aufgefunden wurde. Ihren Namen wusste ich nicht mehr. Und jetzt stellte sich heraus, dass diese Frau Mr. Rhodes' Gattin gewesen war und er unter Mordverdacht stand.

Das alles erzählte mir Mr. Petherick und betonte die Tatsache, dass, obwohl Anklage gegen unbekannt erhoben worden war, Mr. Rhodes in Kürze mit einer Mordanklage rechnen müsse. Deshalb habe er Mr. Petherick aufgesucht und um seinen Beistand gebeten. Mr. Petherick fügte noch hinzu, dass sie beide am Nachmittag Sir Malcolm Olde aufgesucht hätten, der im Fall einer Anklage Mr. Rhodes verteidigen würde.

Sir Malcolm sei ein junger, dynamischer Mann, sagte Mr. Petherick, sehr modern in seinen Methoden, und er habe schon eine gewisse Verteidigungstaktik für diesen Fall entwickelt. Doch mit dieser Verteidigungstaktik war Mr. Petherick ganz und gar nicht einverstanden.

›Liebe Miss Marple‹, sagte er, ›sie sieht mir zu sehr nach dem Standpunkt eines Spezialisten aus. Wenn Sie Sir Malcolm einen Fall übertragen, legt er sich auf einen Punkt fest, was für einen Verteidiger vernünftig ist. Doch dabei kann selbst der beste Verteidiger den wesentlichen Punkt übersehen, einfach das, was wirklich geschah.‹

Dann sagte er noch ein paar nette Dinge über meinen gesunden Menschenverstand, meine Kenntnis der menschlichen Natur und mein Urteilsvermögen und bat mich, mir den Fall vortragen zu dürfen. Vielleicht wüsste ich eine Lösung.

Mr. Rhodes war es gar nicht recht, hier bei mir zu sitzen, und außerdem zweifelte er daran, dass ich ihm helfen könnte. Doch Mr. Petherick beachtete ihn nicht und erzählte mir, was in jener Nacht des achten März geschehen war.

Mr. und Mrs. Rhodes hatten sich im *Crown Hotel* in Barnchester aufgehalten. Mrs. Rhodes, die, so entnahm ich Mr. Pethericks vorsichtiger Ausdrucksweise, vielleicht etwas hypochondrisch veranlagt war, war unmittelbar nach dem Abendesssen zu Bett gegangen. Sie und ihr Mann bewohnten zwei nebeneinander gelegene Zimmer, die durch eine Tür verbunden waren. Mr. Rhodes, der an einem Buch über prähistorische Feuersteine arbeitete, setzte sich zum Schreiben in sein Zimmer. Um elf Uhr ordnete er sein Manuskript und wollte ins Bett gehen. Doch vorher warf er noch einen Blick in das Zimmer seiner Frau, um sicherzugehen, dass ihr nichts fehle. Das Licht brannte, und sie lag erstochen in ihrem Bett. Sie war seit etwa einer Stunde tot, wahrscheinlich schon länger. Folgendes wurde festgestellt: Es gab noch eine zweite Tür in Mrs. Rhodes' Zimmer, die auf den Flur führte. Diese Tür war von innen verriegelt. Das einzige Fenster des Raumes war ebenfalls verschlossen. Nach Mr. Rhodes' Aussage hatte niemand, außer dem Zimmermädchen, das die Wärmflasche brachte, die Räume betreten. Mrs. Rhodes wurde mit einem Stilett getötet, das auf ihrer Frisierkommode lag und das sie als Brieföffner zu benutzen pflegte. Es wurden keine Fingerabdrücke auf der Waffe gefunden.

Also hatten nur Mr. Rhodes und das Zimmermädchen den Raum des Opfers betreten.

Ich erkundigte mich näher nach dem Mädchen.

›Auch wir nahmen sie als erste unter die Lupe‹, antwortete Mr. Petherick. ›Mary Hill stammt aus dem Ort und arbeitete schon seit zehn Jahren im Hotel als Zimmermädchen. Es gab absolut keinen Grund, warum sie plötzlich einen Gast des Hauses hätte töten sollen. Sie ist nicht sehr intelligent, doch ihre Version der Geschehnisse blieb immer dieselbe. Sie brachte Mrs. Rhodes eine Wärmflasche und sagte, dass die Dame zu diesem Zeitpunkt schon sehr müde gewesen sei. Meiner Meinung nach kann sie den Mord nicht begangen haben.‹

Mr. Petherick fügte weitere Einzelheiten hinzu. Am Ende der Treppe im *Crown Hotel* ist ein kleiner Aufenthaltsraum, wo manchmal Gäste sitzen und Kaffee trinken. Ein Gang führt nach rechts, und die letzte Tür am Ende dieses Ganges ist die Tür zu Mr. Rhodes' Zimmer. Dann macht der Gang wieder eine scharfe Rechtsbiegung, und die erste Tür nach der Biegung führt in Mrs. Rhodes' Zimmer. Zufällig waren Zeugen anwesend, die beide Zimmertüren sehen konnten. Die erste Tür, die zu Mr. Rhodes' Zimmer – ich möchte sie A nennen –, konnte von vier Personen gesehen werden, zwei Handelsvertretern und einem älteren Ehepaar, die dort Kaffee tranken. Nach ihren Aussagen gingen nur Mr. Rhodes und das Zimmermädchen durch Tür A. Tür B wurde von einem Elektriker, der dort eine Leitung reparierte, beobachtet, und er sagt, er habe nur das Zimmermädchen dort ein- und ausgehen sehen.

Das war ein sehr seltsamer und interessanter Fall. Es sah aus, als ob Mr. Rhodes der Mörder seiner Frau sein musste. Doch Mr. Petherick war von der Unschuld seines Klienten überzeugt. Und Mr. Petherick war ein sehr erfahrener Anwalt.

Bei der Voruntersuchung hatte Mr. Rhodes eine etwas verworrene Geschichte über eine Frau erzählt, die Mrs. Rhodes Drohbriefe geschrieben hatte. Diese Geschichte schien höchst unglaubhaft. Von Mr. Petherick ermuntert, sagte er: ›Offen gestanden, ich habe nie so recht daran geglaubt. Ich dachte, Amy hätte das alles nur erfunden.‹ Ich nahm an, dass Mrs. Rhodes eine jener Frauen gewesen ist, die das Leben auf unangenehme Art und Weise komplizieren. Ständig passiert ihnen etwas, und wenn sie auf einer Bananenschale ausrutschen, klingt es, als wären sie mit knapper Not dem Tode entronnen. Und so hatte ihr Mann die Gewohnheit angenommen, ihren Erzählungen keinen Glauben mehr zu schenken. Die Geschichte, dass die Mutter eines Kindes, das sie bei einem Autounfall getötet hatte, ihr Rache geschworen hatte – Nun, Mr. Rhodes nahm sie einfach nicht zur Kenntnis. Der Unfall war vor ihrer Heirat passiert, und obwohl sie ihm die Drohbriefe vorgelesen hatte, war er davon überzeugt, seine Frau schriebe sie selbst. Das war vorher schon ein- oder zweimal vorgekommen. Sie neigte zur Hysterie und inszenierte ständig Zwischenfälle dieser Art.

Ich kenne solche Menschen. Hier im Dorf lebt eine junge Frau, die sich ganz ähnlich verhält. Nur das Schlimme mit diesen Menschen ist, passiert ihnen wirklich etwas, so glaubt ihnen niemand mehr. Und so schien es in diesem Fall auch zu sein. Wahrscheinlich glaubte die Polizei, dass Mr. Rhodes die Geschichte nur erfunden habe, um den Verdacht von sich abzulenken.

Ich fragte, ob es während ihres Aufenthalts im Hotel noch

andere weibliche Gäste gegeben habe. Zwei Damen, lautete die Antwort, eine Mrs. Granby, eine Witwe, und eine Miss Carruthers, eine alte Jungfer, die mit näselnder Stimme sprach. Mr. Petherick fügte hinzu, dass die Untersuchung ergeben hätte, dass weder Mrs. Granby noch Miss Carruthers in der Nähe des Tatorts gesehen worden wären noch irgendwie mit der Tat in Zusammenhang gebracht werden könnten. Ich bat ihn, mir die beiden Frauen zu beschreiben. Mrs. Granby hatte ziemlich unordentlich frisierte rötliche Haare, einen blassen Teint und war etwa fünfzig. Sie kleidete sich in auffallende indische Seidengewänder. Miss Carruthers hingegen war etwa vierzig, trug einen Kneifer und das Haar kurz. Ihre Kleidung war von männlichem Zuschnitt.

›Du meine Güte‹, sagte ich. ›Das macht die Sache eher schwierig.‹ Mr. Petherick sah mich fragend an, doch ich wollte ihm zu diesem Zeitpunkt nicht mehr sagen, und so fragte ich ihn, wie Sir Malcolm Olde den Fall betrachte. Sir Malcom, so schien es, wollte auf Selbstmord plädieren, obwohl der Autopsiebericht sowie das Fehlen von Fingerabdrücken auf der Waffe dagegen sprachen. Doch diese Schwierigkeiten schienen Sir Malcom wenig zu beeindrucken. Ich fragte Mr. Rhodes, wie er über die Sache denke, und er gab zur Antwort, dass er nicht an einen Selbstmord seiner Frau glaube. ›Sie gehörte nicht zu den Menschen, die sich umbringen‹, sagte er, und ich glaubte ihm. Hysteriker begehen gewöhnlich nicht Selbstmord.

Ich dachte eine Weile nach und fragte dann, ob die Tür von Mr. Rhodes' Zimmer direkt auf den Korridor geführt habe. ›Nein‹, antwortete er, ›es gab noch eine Tür, zu einem kleinen Vorraum mit angrenzendem Bad. Und diese Tür zwischen Schlafzimmer und Vestibül war von innen verschlossen.‹

›In diesem Fall ist die ganze Geschichte außerordentlich einfach‹, sagte ich.

Und wirklich, es *war* einfach . . . Die einfachste Sache von der Welt. Doch schien niemand sie unter diesem Blickwinkel betrachtet zu haben.

Beide, Mr. Petherick und Mr. Rhodes starrten mich an, dass ich mich ein wenig unbehaglich fühlte.

›Vielleicht hat Miss Marple den Fall nicht ganz erfasst‹, sagte Mr. Rhodes.

›O doch‹, antwortete ich. ›Es gibt vier Möglichkeiten. Entweder wurde Mrs. Rhodes von ihrem Mann getötet oder von dem Zimmermädchen, oder sie beging Selbstmord, oder ein Unbekannter, den niemand kommen und gehen sah, brachte sie um.‹

›Und das ist einfach unmöglich‹, unterbrach mich Mr. Rhodes. ›Niemand konnte mein Zimmer betreten, ohne dass ich ihn gesehen hätte. Selbst wenn jemand ungesehen in das Zimmer meiner Frau gekommen wäre, wie hätte er es verlassen? Die Tür war doch von innen verriegelt.‹

Mr. Petherick sah mich fragend an. ›Nun, Miss Marple?‹

›Ich möchte Ihnen eine Frage stellen, Mr. Rhodes‹, sagte ich. ›Wie sah das Zimmermädchen aus?‹

Er antwortete, dass er es nicht genau wusste. Er glaubte, sie sei groß, konnte sich aber nicht erinnern, ob sie dunkles oder helles Haar gehabt habe. Dann stellte ich Mr. Petherick dieselbe Frage.

Er antwortete, sie sei mittelgroß gewesen und habe blondes Haar und blaue Augen gehabt.

Mr. Rhodes sagte: ›Sie sind ein besserer Beobachter als ich, Petherick.‹ Diese Meinung teilte ich nicht. Dann fragte ich Mr. Rhodes, ob er mein Hausmädchen beschreiben könne. Weder er noch Mr. Petherick konnte es.

›Verstehen Sie denn nicht, was das bedeutet?‹, sagte ich. ›Sie kamen beide hierher und waren mit Ihren Sorgen beschäftigt. Die Person, die Ihnen die Tür öffnete, war nur ein

Hausmädchen. Das gleiche trifft auf Mr. Rhodes im Hotel zu. Er sah nur ein Zimmermädchen. Er bemerkte ihre Uniform und ihre Schürze. Er konzentrierte sich auf seine Arbeit. Mr. Petherick hingegen sprach aus einem ganz anderen Grund mit ihr. Er nahm sie als *Person* wahr. Und darauf baute die Frau, die den Mord beging, ihren Plan auf.‹

Da sie immer noch nicht begriffen, musste ich es ihnen erklären. ›Ich glaube, dass die Ereignisse sich so zutrugen‹, sagte ich. ›Das Zimmermädchen kam durch die Tür A, ging durch Mr. Rhodes' Zimmer in Mrs. Rhodes' Zimmer mit der Wärmflasche und verließ den Raum durch Tür B. X, so will ich die Mörderin nennen, ging durch Tür B in den kleinen Vorraum, versteckte sich dort und wartete, bis das Zimmermädchen gegangen war. Dann betrat sie Mrs. Rhodes' Zimmer, nahm das Stilett von der Frisierkommode (zweifellos hatte sie sich vorher mit den Örtlichkeiten vertraut gemacht), ging zum Bett und erstach die Schlafende. Dann wischte sie die Fingerabdrücke von der Wafffe, verriegelte die Tür, durch die sie gekommen war, und ging durch Mr. Rhodes' Zimmer nach draußen.‹ Mr. Rhodes sagte erregt: ›Aber ich müsste sie gesehen haben! Und der Elektriker hätte sie in das Zimmer meiner Frau gehen sehen müssen.‹

›Nein‹, erwiderte ich. ›Da liegt der Fehler. Sie hätten sie beide nicht bemerkt – nicht, wenn sie wie ein Zimmermädchen gekleidet war.‹ Ich wartete, bis sie den Satz verdaut hatten, und fuhr dann fort: ›Sie waren mit Ihrer Arbeit beschäftigt. Nur aus dem Augenwinkel sahen Sie ein Zimmermädchen kommen und gehen. Es war dieselbe *Kleidung*, aber nicht dieselbe Frau. Deshalb sahen die Zeugen auch nur ein Zimmermädchen. Das gleiche gilt für den Elektriker. Ich wage zu behaupten, dass ein sehr hübsches Zimmermädchen vielleicht von einem Mann auch als Frau gesehen wird. Das liegt nun einmal in der menschlichen Natur. Aber hier handelt es sich um eine ganz gewöhnliche ältere Frau. Also achtet man nur auf die Kleidung, aber nie auf den Menschen.

Mr. Rhodes fragte aufgeregt: ›Und wer war sie?‹

›Nun‹, antwortete ich, ›das ist etwas schwierig. Entweder Mrs. Granby oder Miss Carruthers. Die Beschreibung von Mrs. Granby klingt, als trüge sie eine Perücke, sie hätte also in ihrer Verkleidung als Zimmermädchen ihr eigenes Haar lassen können. Auf der anderen Seite hätte Miss Carruthers bei ihrem kurz geschnittenen Haar durchaus eine Perücke aufsetzen können. Das wird leicht herauszufinden sein. Ich tippe auf Miss Carruthers.‹

Und wirklich, meine Lieben, das ist das Ende der Geschichte: Carruthers war ein falscher Name, sie war die Mörderin. In ihrer Familie hatte es schon Fälle von Geisteskrankheit gegeben. Mrs. Rhodes, eine rücksichtslose Autofahrerin, hatte ihr kleines Mädchen bei einem Unfall getötet, und die arme Frau war darüber wahnsinnig geworden. Doch sie verbarg ihren Wahnsinn sehr geschickt, außer dass sie ihrem späteren Opfer jene hässlichen Drohbriefe schrieb. Sie war Mrs. Rhodes schon eine Weile gefolgt und hatte ihren Plan sorgfältig vorbereitet. Die Perücke und die Verkleidung hatte sie am nächsten Tag mit der Post weggeschickt. Als man sie mit der Wahrheit konfrontierte, brach sie zusammen und gestand alles. Jetzt ist sie in einer Heilanstalt.

Mr. Petherick besuchte mich später und brachte mir einen ganz reizenden Brief von Mr. Rhodes, der mich ganz verlegen machte. Dann sagte mein alter Freund zu mir: ›Nur eins möchte ich noch wissen. Warum dachten Sie eher an Miss Carruthers als an Mrs. Granby. Sie kannten doch beide nicht.‹

›Nein‹, antwortete ich. ›Sie sagten, dass sie mit näselnder Stimme sprach. Das tun viele Leute in Büchern, doch in Wirklichkeit trifft man kaum solche Menschen. Und dieses Näseln ließ mich an jemand denken, der eine Rolle spielt und zu viel des Guten tut.‹

Ich werde euch Mr. Pethericks Antwort darauf ersparen – sie war sehr schmeichelhaft –, ich war ein bisschen stolz auf mich.

Und es ist wirklich schön, wie sich die Dinge manchmal zum Guten wenden. Mr. Rhodes hat wieder geheiratet. Ein so nettes Mädchen, und sie haben ein Baby. Und was soll ich euch sagen? Sie haben mich gebeten, Patin für das Kind zu sein. Ist das nicht nett von ihnen?

Nun, ich hoffe, ihr denkt nicht, dass ich zu viel geredet habe.«

Ein seltsamer Scherz

»Und das«, sagte Jane Helier abschließend mit großer Geste, »ist Miss Marple.«

Jane war Schauspielerin und verstand sich darauf, Wirkung zu erzielen. Dies war unverkennbar der Höhepunkt, die Krönung der Schlussszene. In ihrem Ton mischten sich zu gleichen Teilen Ehrfurcht und Triumph. Seltsamerweise war die so großartig Eingeführte nur eine freundliche, betulich aussehende alte Jungfer. Die Augen der beiden jungen Leute, die eben dank Janes freundlicher Vermittlung ihre Bekanntschaft gemacht hatten, verrieten Ungläubigkeit und einen Anflug von Bestürzung. Sie waren ein gut aussehendes Paar: Charmian Stroud, das Mädchen, schlank und dunkel – Edward Rossiter, der Mann, ein hellhaariger, liebenswürdiger junger Hüne.

»Oh!«, stieß Charmian ein wenig atemlos hervor. »Wir freuen uns sehr, Sie kennen zu lernen.« Doch in ihren Augen lag Zweifel. Sie warf einen raschen, fragenden Blick zu Jane Helier.

»Liebling«, sagte Jane mit Überzeugung, »sie ist einfach fabelhaft. Überlasst nur alles ihr! Ich habe euch versprochen, sie herzuholen, und da ist sie.« Zu Miss Marple gewandt fügte sie hinzu: »Sie können ihnen bestimmt helfen. Für *Sie* ist das ein Kinderspiel.«

Miss Marple richtete ihre freundlichen, porzellanblauen Augen auf Mr. Rossiter.

»Möchten Sie mir nicht sagen«, bat sie, »worum es hier eigentlich geht?«

»Jane ist eine Freundin von uns«, warf Charmian ungeduldig ein. »Edward und ich sind in einer argen Klemme. Jane sagte, wenn wir zu ihrem Fest kämen, würde sie uns mit jemandem bekannt machen, der uns – der bereit wäre –«

Edward kam ihr zu Hilfe. »Jane hat uns erzählt, dass Sie eine wahre Meisterdetektivin sind, Miss Marple.«

Die Augen der alten Dame blitzten, doch sie wehrte bescheiden ab. »Aber nein, nein! Nichts dergleichen. Doch wenn man auf dem Dorf lebt, wie ich, dann kann man gar nicht umhin, die Menschen kennen zu lernen. Sie haben mich neugierig gemacht. Erzählen Sie mir von Ihren Schwierigkeiten.«

»Die Sache ist ziemlich banal, fürchte ich – es geht nur um einen vergrabenen Schatz«, erklärte Edward.

»Tatsächlich? Aber das klingt ja höchst aufregend.«

»Ich weiß. Wie *Die Schatzinsel*. Nur fehlt unserem Problem das übliche romantische Beiwerk. Keine Karte, auf der die Fundstelle durch einen Totenschädel mit gekreuzten Knochen gekennzeichnet ist; keinerlei Richtungsangaben wie vier Schritte nach links, west-nordwest. Es ist ein ganz prosaisches Problem – wo sollen wir graben?«

»Haben Sie denn überhaupt schon einen Versuch gemacht?«

»Das kann man wohl sagen! Wir haben ungefähr zwei Morgen Land umgegraben. Wir brauchen nur noch Gemüse anzupflanzen, dann haben wir den schönsten Nutzgarten.«

»Möchten Sie wirklich die ganze Geschichte hören?«, fragte Charmian ziemlich unvermittelt.

»Aber natürlich, mein Kind.«

»Dann suchen wir uns doch ein stilles Eckchen. Kommt!« Sie ging voraus durch den mit Menschen gefüllten rauchgeschwängerten Raum, und sie folgten ihr die Treppe hinauf in einen kleinen Salon im zweiten Stockwerk. Als sie sich gesetzt hatten, begann Charmian ohne Umschweife: »Also, die Sache ist so! Die Geschichte dreht sich um Onkel Matthew. Er war unser Onkel – oder vielmehr Großonkel. Er erreichte ein wahrhaft biblisches Alter. Edward und ich waren seine einzigen Verwandten. Er hatte uns so gern und erklärte immer, wenn er eines Tages sterben sollte, würde er uns sein Geld hinterlassen. Nun ist er also im vergangenen März gestorben und verfügte, dass sein gesamtes Vermögen zu gleichen Teilen an Edward und mich gehen sollte. So, wie ich das jetzt erkläre, klingt es ziemlich kaltschnäuzig. Ich will nicht sagen, dass wir uns freuten, als er starb. Wir hatten ihn nämlich wirklich gern. Aber er war vor seinem Tod schon ziemlich lange krank gewesen.

Kurz und gut, das gesamte Vermögen, das er uns hinterließ, war praktisch gar nichts. Und das war, offen gesagt, ein ziemlicher Schlag für uns, nicht wahr, Edward?«

Der liebenswürdige Edward stimmte zu. »Ja«, erklärte er, »wir hatten nämlich ein bisschen mit dem Geld gerechnet. Ich meine, wenn man weiß, dass man etwas Geld zu erwarten hat, dann – na ja, dann strampelt man sich nicht unbedingt ab, um selbst etwas auf die Beine zu bringen. Ich bin beim Militär, und abgesehen von meinem Sold habe ich keine großen Besitztümer. Charmian hat keinen Penny. Sie arbeitet als Spielleiterin bei einem Repertoiretheater; das ist interessant, und es macht ihr Spaß, aber reich werden kann man dabei nicht. Für uns stand fest, dass wir eines Tages heiraten würden, aber die finanzielle Seite machte uns keine Sorgen, weil wir beide wussten, dass wir irgendwann ganz hübsch was erben würden.«

»Und jetzt stehen wir da«, sagte Charmian. »Das schlimmste ist, dass wir wahrscheinlich *Ansteys* – das ist der

Familienbesitz, und Edward und ich lieben ihn – verkaufen müssen. Die Vorstellung ist uns beiden unerträglich. Aber wenn wir Onkel Matthews Geld nicht finden, dann müssen wir ihn verkaufen.«

»Charmian«, mischte sich Edward ein, »zum entscheidenden Punkt sind wir immer noch nicht gekommen.«

»Hm, ja, dann erzähl du doch weiter.«

Edward wandte sich an Miss Marple. »Sehen Sie, es ist folgendermaßen. Mit zunehmendem Alter wurde Onkel Matthew immer misstrauischer. Es kam so weit, dass er niemand mehr vertraute.«

»Sehr klug von ihm«, stellte Miss Marple fest. »Die Verderbtheit der menschlichen Natur ist unglaublich.«

»Kann sein, dass Sie Recht haben. Jedenfalls war Onkel Matthew dieser Auffassung. Er hatte einen Freund, der sein Geld bei einem Bankkrach verlor; ein anderer seiner Freunde wurde von einem betrügerischen Anwalt um sein Vermögen gebracht, und er selbst verlor einiges Geld, als er in eine Schwindelfirma investierte. Am Schluss jedenfalls pflegte er des Langen und Breiten zu erklären, das einzig Sichere und Vernünftige wäre es, sein Geld in Goldbarren anzulegen und die Dinger zu vergraben.«

»Aha«, sagte Miss Marple. »Mir geht ein Licht auf.«

»Ja. Einige seiner Freunde widersprachen ihm, hielten ihm vor, dass er auf diese Weise keine Zinsen bekommen würde, aber er behauptete, das spielte keine Rolle. Das Gescheiteste wäre es, pflegte er zu sagen, den Großteil seines Geldes in einer Pappschachtel unter dem Bett zu verwahren oder im Garten zu vergraben.«

»Und als er starb«, fuhr Charmian fort, »hinterließ er kaum etwas in Wertpapieren, obwohl er schwerreich war. Deshalb glauben wir, dass er sein Geld tatsächlich vergraben hat.«

»Wir stellten nämlich fest«, hakte Edward wieder ein,

»dass er von Zeit zu Zeit einen Teil seiner Wertpapiere verkauft und hohe Geldsummen abgehoben hatte. Kein Mensch weiß, was er mit dem Geld gemacht hat. Wir halten es deshalb für wahrscheinlich, dass er sich tatsächlich an seine Prinzipien gehalten und Goldbarren gekauft hat, die er dann im Garten vergrub.«

»Er hat nicht mit Ihnen gesprochen, bevor er starb? Er hat keine Papiere hinterlassen? Keinen Brief?«

»Das ist ja das, was uns verrückt macht. Nichts. Er war mehrere Tage lang bewusstlos, aber dann erholte er sich noch einmal kurz. Er sah uns beide an und lachte leise – es war ein schwaches, dünnes Lachen. ›Ihr beide seid jetzt gut gestellt, meine hübschen Täubchen‹, sagte er. Dann berührte er seine Augen und machte sie ganz weit auf, so als blickte er in weite Ferne, und zwinkerte uns zu. Kurz danach ist er gestorben.«

»Er berührte seine Augen und machte sie ganz weit auf«, wiederholte Miss Marple nachdenklich.

»Sagt Ihnen das etwas?«, fragte Edward eifrig. »Mir fiel dabei eine Arsène-Lupin-Geschichte ein, wo etwas im Glasauge eines Mannes verborgen war. Aber Onkel Matthew hatte kein Glasauge.

Miss Marple schüttelte den Kopf. »Nein – auf Anhieb fällt mir dabei nichts ein.«

»Jane hat mir erklärt«, bemerkte Charmain enttäuscht, »Sie würden uns augenblicklich sagen, wo wir graben sollen.«

Miss Marple lächelte. »Zaubern kann ich leider nicht. Ich habe Ihren Onkel nicht gekannt, ich weiß nicht, was für ein Mensch er war, und ich kenne weder das Haus noch das umliegende Gelände.«

»Und wenn Sie es kennen lernen würden?«, fragte Charmian.

»Nun, die Sache muss doch eigentlich ganz einfach sein, meinen Sie nicht?«, gab Miss Marple zurück.

»Einfach!«, rief Charmian. »Dann kommen Sie doch mit nach *Ansteys*. Da werden Sie sehen, wie einfach es ist.«

Möglich, dass ihre Einladung nicht ernst gemeint war, doch Miss Marple sagte sogleich ganz lebhaft: »Das ist aber wirklich nett von Ihnen, mein Kind. Ich habe mir immer schon gewünscht, einmal auf Schatzsuche gehen zu können. Und noch dazu«, fügte sie mit einem strahlenden Lächeln hinzu, »wenn die Liebe mit im Spiel ist.«

»Da sehen Sie's!«, sagte Charmian mit dramatischer Geste. Sie hatten soeben einen ausgedehnten Rundgang durch das Gelände von *Ansteys* beendet. Sie waren durch den Gemüsegarten gewandert, der von tiefen Gräben durchzogen war. Sie waren durch das Wäldchen spaziert, wo um jeden größeren Baum herum die Erde ausgehoben worden war, und hatten traurig den mit Erdhügeln gesprenkelten Rasen betrachtet, der einst glatt und wohl gepflegt gewesen war. Sie waren oben in der Mansarde gewesen, wo alte Schiffskoffer und Truhen durchwühlt worden waren. Sie waren in den Keller hinuntergestiegen, wo Steinplatten aus dem Boden gerissen worden waren. Sie hatten Wände nachgemessen und abgeklopft, und Miss Marple hatte jedes antike Möbelstück begutachten müssen, von dem zu vermuten war, dass es ein Geheimfach enthielt.

Auf einem Tisch im Arbeitszimmer lag ein Stapel von Papieren – alle Unterlagen, die der verstorbene Matthew Stroud hinterlassen hatte. Nicht ein Dokument war vernichtet worden, und Charmian und Edward zog es immer wieder zu ihnen hin. Ernsthaft hatten sie schon unzählige Male die Rechnungen, Einladungen und Geschäftsbriefe durchgesehen, in der Hoffnung, einen Hinweis zu entdecken, der ihnen bis dahin entgangen war.

»Fällt Ihnen ein Ort ein, wo wir noch nicht gesucht haben?«, fragte Charmian hoffnungsvoll.

Miss Marple schüttelte den Kopf.

»Ich habe den Eindruck, dass Sie beide sehr gründlich zu Werke gegangen sind, mein Kind. Vielleicht, wenn ich das einmal sagen darf, allzu gründlich. Meiner Meinung nach sollte man immer einen Plan haben. Mir fällt in diesem Zusammenhang meine Freundin, Mrs. Eldritch, ein. Sie hatte ein wirklich nettes kleines Dienstmädchen, das das Linoleum immer auf Hochglanz bohnerte; aber sie war so gründlich, dass sie den Boden im Badezimmer zu heftig bohnerte, und als Mrs. Eldritch aus der Wanne stieg, da rutschte die Matte unter ihren Füßen weg, und sie stürzte äußerst unglücklich und brach sich das Bein. Es war wirklich sehr dumm, weil die Badezimmertür natürlich abgeschlossen war. Der Gärtner musste erst eine Leiter holen und durch das Fenster einsteigen. Schrecklich peinlich für Mrs. Eldritch, wie Sie sich vorstellen können.«

Edward trat nervös von einem Fuß auf den anderen.

»Verzeihen Sie«, sagte Miss Marple hastig. »Ich komme immer so leicht vom Hundersten ins Tausendste, ich weiß. Aber eines erinnert einen eben an das andere. Und manchmal ist das eine Hilfe. Ich wollte damit eigentlich nur sagen, wenn wir uns vielleicht bemühen, unser Gehirn anzustrengen, und uns überlegen, ob es nicht einen Ort gibt –«

»Tun Sie das, Miss Marple«, fiel ihr Edward gereizt ins Wort. »In meinem Gehirn und in Charmians ist inzwischen nur noch gähnende Leere.«

»Sie Ärmster. Natürlich – für Sie ist das alles höchst verdrießlich. Wenn Sie nichts dagegen haben, sehe ich diesen Haufen da einmal durch.« Sie wies auf die Papiere auf dem Tisch. »Das heißt natürlich, wenn nichts Persönliches darunter ist. Ich möchte nicht den Eindruck erwecken, dass ich schnüffle.«

»Nein, nein, sehen Sie sich die Papiere ruhig an. Ich fürchte nur, Sie werden da auch nichts finden.«

Sie setzte sich an den Tisch und arbeitete sich mit Methode durch den Stoß von Unterlagen. Automatisch sortierte sie die Papiere in mehrere ordentliche kleine Häufchen. Als sie das letzte Blatt aus der Hand gelegt hatte, saß sie ein paar Minuten lang stumm da und starrte auf die säuberlichen Häufchen, die vor ihr lagen.

Nicht ohne einen Anklang von Boshaftigkeit fragte Edward: »Nun, Miss Marple?«

Mit einem kleinen Zusammenzucken fuhr Miss Marple aus ihrer Versunkenheit.

»Entschuldigen Sie. Das war äußerst nützlich.«

»Sie haben etwas entdeckt, das von Belang ist?«

»Nein, nein, das nicht, aber ich glaube jetzt zu wissen, was für ein Mensch Ihr Onkel Matthew war. Ich habe den Eindruck, er war meinem eigenen Onkel Henry ziemlich ähnlich. Er hatte eine Schwäche für recht banale Scherze. Ein Junggeselle offensichtlich – würde mich interessieren, wieso – vielleicht eine frühe Enttäuschung? Bis zu einem gewissen Grad genau und methodisch, aber mit einer Abneigung dagegen, sich festzulegen – das ist bei vielen Junggesellen so.«

Hinter Miss Marples Rücken tippte sich Charmian an die Stirn. Sie ist plemplem, gab sie Edward zu verstehen.

Miss Marple erzählte derweilen munter weiter von ihrem verstorbenen Onkel Henry.

»Er hatte eine Vorliebe für Wortspiele. Und es gibt Leute, die Wortspiele einfach hassen. Solche Wortspiele können natürlich auch enervierend sein. Er war ebenfalls ein misstrauischer Mensch. Dauernd verdächtigte er die Hausangestellten, ihn zu bestehlen. Manchmal war das natürlich tatsächlich der Fall, aber nicht immer. Und dieses Misstrauen verschlimmerte sich immer mehr. Der Arme war am Ende so weit, dass er das Personal verdächtigte, sein Essen zu vergiften. Er aß nur noch harte gekochte Eier. In ein hartes Ei könnte niemand etwas hineinmanipulieren, sagte er immer. Und dabei war er früher ein so lebensfroher Mensch. Wie hat er seinen Kaffee nach dem Essen immer genossen! ›Dieser Kaffee schmeckt nach Meer‹, pflegte er zu sagen, womit er wissen lassen wollte, dass er mehr haben wollte, verstehen Sie.«

Edward hatte das Gefühl, dass er aus der Haut fahren würde, wenn er sich noch weitere Anekdoten über Onkel Henry anhören müsste.

»Junge Menschen hatte er gern«, fuhr Miss Marple fort, »aber er hatte eine Vorliebe dafür, sie zu necken. Er machte sich zum Beispiel einen Spaß daraus, eine Tüte Bonbons an einen Platz zu legen, wo die Kinder sie zwar sehen, aber nicht erreichen konnten.«

Charmian vergaß alle Höflichkeit und sagte: »Er muss ein grässlicher Mensch gewesen sein.«

»Aber nein, mein Kind, nur ein verschrobener alter Junggeselle, der an Kinder nicht gewöhnt war. Und dumm war er ganz und gar nicht. Er hatte immer ziemlich viel Geld im Haus, und deshalb ließ er einen Safe einbauen. Er machte großen Wirbel darum, erklärte allen, die es hören wollten, wie sicher der Safe sei. Das Resultat war, dass eines Nachts Einbrecher kamen, und sie schnitten doch tatsächlich ein Loch in den Safe.«

»Recht geschehen«, bemerkte Edward.

»Aber der Safe war leer«, erklärte Miss Marple. »In Wirklichkeit bewahrte er nämlich sein Geld an einem ganz anderen Ort auf – hinter einer mehrbändigen Ausgabe frommer Sprüche und Predigten in der Bibliothek. Solche Bücher zögen die Leute nie aus den Regalen, sagte er.«

»He!« unterbrach Edward aufgeregt. »Das ist ein Gedanke! Vielleicht in der Bibliothek.«

Doch Charmian schüttelte nur verächtlich den Kopf.

»Glaubst du, daran hätte ich nicht gedacht? Letzten Dienstag, als du in Portsmouth warst, habe ich sämtliche Bücher durchgesehen. Eines nach dem anderen habe ich herausgenommen und geschüttelt. Da ist nichts.«

Edward seufzte. Dann raffte er sich zusammen und versuchte nunmehr, den enttäuschenden Gast auf möglichst taktvolle Art loszuwerden.

»Es war sehr freundlich von Ihnen, mit uns hier herunterzukommen und zu versuchen, uns zu helfen. Es tut mir Leid, dass nichts dabei herausgekommen ist. Ich fürchte, wir haben Ihnen nur die Zeit gestohlen. Aber ich hole jetzt gleich den Wagen heraus, dann können Sie den Zug um fünfzehn Uhr dreißig –«

»Aber nein«, unterbracht ihn Miss Marple. »Wir müssen doch noch das Geld finden, oder nicht? Sie dürfen die Flinte nicht ins Korn werfen, Mr. Rossiter. Man muss für den Erfolg arbeiten.«

»Soll das heißen, dass Sie – dass Sie es weiter versuchen wollen?«

»Genau genommen«, gab Miss Marple zurück, »habe ich noch gar nicht begonnen. ›Erst fange man einen Hasen‹, wie Mrs. Beaton in ihrem Kochbuch schreibt – ein prächtiges Buch, aber sündteuer; die meisten Rezepte beginnen mit den Worten: Man nehme einen halben Liter Sahne und ein Dutzend Eier. Hm, Augenblick, wo war ich gleich? Ach, ja. Also, den Hasen haben wir sozusagen jetzt gefangen – wobei der Hase natürlich Ihr Onkel Matthew ist. Nun müssen wir uns nur noch überlegen, wo er das Geld versteckt hätte. Das müsste eigentlich ganz einfach sein.«

»Einfach?«, echote Charmian.

»Gewiss, mein Kind. Ich bin überzeugt, er hätte das nächstliegende getan. Ein Geheimfach – das ist mein Tipp.«

»Goldbarren kann man nicht in einem Geheimfach verstecken«, stellte Edward trocken fest.

»Nein, natürlich nicht. Aber es gibt keinen Anlass anzunehmen, dass das Geld in Goldbarren steckt.«

»Er hat doch immer gesagt –«

»Ja, mein Onkel Henry hat auch immer von seinem Safe gesprochen. Ich vermute deshalb stark, dass das nur ein Täuschungsmanöver war. Diamanten – die ließen sich leicht in einem Geheimfach unterbringen.«

»Aber wir haben doch in allen Geheimfächern nachgesehen! Wir haben extra einen Schreiner kommen lassen, der sich die Möbel angesehen hat.«

»Tatsächlich? Das war sehr klug von Ihnen. Ich würde sagen, dass der Schreibtisch Ihres Onkels am ehesten in Frage kommt. Ist das der hohe Sekretär dort an der Wand?«

»Ja. Ich zeige Ihnen alles.«

Charmian ging zu dem Sekretär. Sie zog die Klappe herunter. Dahinter befanden sich viele kleine Fächer und Schubladen. Sie zog ein kleines Türchen in der Mitte auf und drückte auf eine Feder in der Schublade links davon. Der Boden des Mittelfachs glitt mit einem feinen Knacken nach vorn. Charmian zog ihn heraus. Darunter befand sich ein nicht sonderlich tiefes Fach. Es war leer.

»So ein Zufall!«, rief Miss Marple. »Mein Onkel Henry hatte genau den gleichen Schreibtisch. Nur war seiner aus Walnuss, und der hier ist aus Mahagoni.«

»Auf jeden Fall«, bemerkte Charmian, »ist das Fach leer, wie Sie sehen können.«

»Ich nehme an,« gab Miss Marple zurück, »Ihr Schreiner war ein junger Mann. Nicht allzu bewandert. Die Leute jener Zeit waren sehr raffiniert, wenn sie geheime Verstecke einbauten. Es gibt da häufig ein Geheimfach im Geheimfach.«

Sie zog eine Nadel aus ihrem fest gedrehten grauen Haarknoten. Nach dem sie sie gerade gebogen hatte, senkte sie ihre Spitze in eine winzige Öffnung auf einer Seite des Geheimfachs, die wie ein Wurmloch aussah. Mit ein wenig Mühe zog sie eine kleine Schublade heraus. In ihr lagen ein Bündel vergilbter Briefe und ein zusammengefaltetes Blatt Papier.

Edward und Charmian stürzten sich gleichzeitig auf den Fund. Mit zitternden Fingern faltete Edward das Blatt Papier auseinander. Gleich darauf schleuderte er es mit einem Ausruf des Zorns von sich.

»Ein Kochrezept! Für Wiener Kaiserschmarren!«

Charmian löste das Band, das die Briefe zusammenhielt. Sie zog einen heraus und warf einen Blick darauf.

»Liebesbriefe!«

Miss Marple war hingerissen.

»Wie interessant! Vielleicht erfahren wir jetzt den Grund, weshalb Ihr Onkel nie geheiratet hat!«

Charmian las vor: »Mein liebster Matthew, ich muss gestehen, die Zeit ist mir lang geworden, seit ich deinen letzten Brief erhalten habe. Ich versuche, mich ganz den Aufgaben zu widmen, die mir auferlegt sind, und sage mir oft, wie glücklich ich mich preisen kann, Gelegenheit zu haben, so viel von der Welt zu sehen. Als ich damals nach Amerika reiste, hätte ich mir allerdings nicht träumen lassen, dass ich eines Tages auf diese fernen Inseln verschlagen werden würde.«

Charmian brach ab. »Woher kommt der Brief? Oh! Aus Hawaii!«

Sie fuhr fort: »Diese Eingeborenen hier sind leider noch weit entfernt davon, erleuchtet zu werden. Sie befinden sich noch in einem Zustand der Nacktheit und der Wildheit und bringen fast ihre ganze Zeit damit zu, zu schwimmen und zu tanzen und sich mit Blumenkränzen zu schmücken. Mr. Gray hat einige von ihnen zum Glauben bekehrt, aber es ist mühsame Arbeit, und er und Mrs. Gray sind oft sehr entmutigt, aber auch mir ist oft traurig ums Herz. Den Grund kannst du dir wohl denken, mein lieber Matthew. Ja, die Trennung ist eine schwere Prüfung für ein liebendes Herz. Die Beteuerungen deiner unwandelbaren Liebe und Zuneigung haben mich sehr getröstet. Mein Herz gehört jetzt und immer dir, mein lieber Matthew.

Ich grüße dich aus der Ferne und bitte dich, mir zu glauben, dass ich dir immer gut sein werde. Deine dich liebende Betty Martin.

P. S. Ich schicke den Brief wie immer an unsere gemeinsame Freundin Matilda Graves. Ich hoffe, der Himmel wird mir diese kleine List verzeihen!«

Edward stieß einen Pfiff aus.

»Eine Missionarin! Das also war Onkel Matthews Liebe. Ich möchte wissen, warum die beiden nie geheiratet haben.«

»Sie scheint in der ganzen Welt herumgekommen zu sein«, bemerkte Charmian, während sie die Briefe durchsah. »Mauritius – alle möglichen Länder der Erde. Sie ist wahrscheinlich am Gelben Fieber gestorben oder so was.« Ein leises Lachen riss die beiden jungen Leute aus ihren Betrachtungen. Miss Marple war offenbar sehr erheitert. »Na, so was!« sagte sie. »Wer hätte das gedacht!«

Sie überflog gerade das Rezept für den Wiener Kaiserschmarren. Als sie die fragenden Blicke der jungen Leute bemerkte, las sie vor: »Wiener Kaiserschmarren. Man nehme sechs Eier, einen Viertel Liter Milch, zwei Löffel Zucker, zweihundert Gramm Mehl, Salz. Eigelb und Zucker, Salz und Milch verrühren. Das Mehl dazu, Eischnee vorsichtig unterheben, zuletzt eine Hand voll Sultaninen. Das Ganze in der Pfanne goldbraun backen und kleine Stücke abstechen. Fertig ist der Schmarren!‹ Was sagen Sie dazu?«

»Viel zu süß«, erklärte Edward unwirsch.

»Nein, nein, das schmeckt sicher köstlich – aber wie denken Sie über das *Ganze*?«

Ein Licht der Erleuchtung erhellte plötzlich Edwards Gesicht.

»Glauben Sie, es ist eine verschlüsselte Botschaft?« Er packte das Blatt mit dem Rezept. »Schau her, Charmian, das könnte es sein. Es gibt doch sonst keinen Grund, ein Kochrezept in einer Geheimschublade zu verstecken.«

»Genau«, bestätigte Miss Marple. »Das ist sehr bedeutsam.«

»Ich weiß, was es sein könnte«, ließ sich Charmian vernehmen. »Unsichtbare Tinte. Machen wir das Papier doch mal heiß. Schalte die Heizplatte ein.«

Edward tat es, doch keine Spuren einer Geheimschrift zeigten sich unter Einwirkung der Wärme.

Miss Marple hüstelte. »Wissen Sie, ich glaube wirklich, Sie machen es sich zu schwer. Das Rezept ist gewissermaßen nur ein Hinweis. Das Wichtigste sind meiner Ansicht nach die Briefe.«

»Die Briefe?«

»Insbesondere«, sagte Miss Marple, »die Schlussformel. Sie ist bei allen Briefen gleich.«

Doch Edward hörte nur mit halbem Ohr zu.

»Charmian«, rief er aufgeregt. »Komm her! Miss Marple hat recht. Schau – die Umschläge sind alt, das stimmt. Aber die Briefe selbst wurden viel später geschrieben.«

»Genau«, sagte Miss Marple wie zuvor.

»Sie sind nur auf alt gemacht. Ich möchte wetten, dass Onkel Matthew sie selbst geschrieben hat . . .«

»Ganz recht«, meinte Miss Marple.

»Die ganze Geschichte ist erfunden. Es hat nie eine Missionarin gegeben. Das kann nur eine verschlüselte Botschaft sein.«

»Meine Lieben, es ist wirklich nicht nötig, die ganze Sache so kompliziert zu sehen. Ihr Onkel war im Grund ein einfacher Mensch. Nur seinen kleinen Spaß wollte er haben, das ist alles.«

Zum ersten Mal zollten sie ihr ungeteilte Aufmerksamkeit.

»Wie meinen Sie das, Miss Marple?« erkundigte sich Charmian.

»Ich meine, mein Kind, dass Sie das Geld in diesem Augenblick in Ihren Händen halten.«

Charmian starrte auf die Briefe.

»Die Schlussformel, mein Kind. Sie verrät alles. Das Rezept ist, wie gesagt nur ein Hinweis. Was ist es denn in Wirklichkeit? Am Schluss steht es klar und deutlich. Ein Schmarren! Mit anderen Worten, Quatsch! Es ist also klar, dass die Briefe das Wichtige sind. Die Schlussformel, die in allen Briefen die gleiche ist: Ich grüße dich aus der Ferne und werde dir immer gut sein! Und das nun im Zusammenhang mit dem, was Ihr Onkel tat, kurz bevor er starb. Er berührte seine Augen, sagten Sie, und machte sie weit auf, als blickte er in die Ferne. Na bitte – da haben Sie's. Das ist der Hinweis auf die Lösung des Rätsels.«

»Sind wir verrückt, oder sind Sie es?«, fragte Charmian.

»Aber mein Kind, Sie kennen doch gewiss das Sprichwort: Warum in die Ferne schweifen, sieh, das Gute liegt so nah!«

Edward stieß einen unterdrückten Schrei aus und blickte auf den Brief in seiner Hand.

»Ich grüße dich aus der Ferne und bin dir immer gut!«

»Richtig, Mr. Rossiter. Wie Sie eben selbst sagten, hat es diese treue Geliebte nie gegeben. Die Briefe wurden von Ihrem Onkel geschrieben, und ich könnte mir denken, dass er viel Spaß dabei gehabt hat. Die Schrift auf den Umschlägen ist, wie Sie ebenfalls bemerkten, viel älter – die Umschläge können gar nicht zu den Briefen gehören, weil der Poststempel auf dem, den Sie in der Hand halten, von achtzehnhunderteinundfünfzig ist.«

Sie machte eine Pause.

»Achtzehnhunderteinundfünfzig«, sagte sie dann mit Nachdruck. »Das erklärt doch wohl alles.«

»Mir nicht«, versetzte Edward.

»Ja, natürlich«, meinte Miss Marple. »Mir würde es wahrscheinlich auch nichts sagen, wenn nicht mein Großneffe Lionel wäre. Ein reizender Junge, wirklich, und ein leidenschaftlicher Briefmarkensammler. Er kennt sich auf diesem Gebiet glänzend aus. Von ihm habe ich erfahren, dass es ganz besonders seltene und wertvolle Briefmarken gibt, und er erzählte mir, dass ein ganz fantastischer neuer Fund zur Versteigerung gekommen sei. Ich erinnere mich besonders an eine Briefmarke, die er erwähnte – eine blaue Zwei-Cent-Marke von achtzehnhunderteinundfünfzig. Sie erzielte an die fünfundzwanzigtausend Dollar, glaube ich. Stellen Sie sich das vor! Ich denke mir, dass auch die anderen Marken besonders seltene und wertvolle Exemplare sind. Ihr Onkel hat zweifellos über einen Händler gekauft und darauf geachtet ›seine Spuren zu verwischen‹, wie es in Detektivgeschichten immer heißt.« Edward stöhnte. Er ließ sich in einen Sessel fallen und schlug die Hände vor sein Gesicht.

»Was ist denn los?«, fragte Charmian.

»Nichts. Mir ist nur eben der entsetzliche Gedanke gekommen, dass wir diese Briefe taktvoll verbrannt hätten, wenn nicht Miss Marple gewesen wäre.«

»Ja, ja«, meinte Miss Marple, »das machen sich diese alten Herren, die so gern Schabernack treiben, niemals klar. Ich erinnere mich, dass Onkel Henry einmal seiner Lieblingsnichte zu Weihnachten eine Ein-Pfund-Note schickte. Er steckte sie in eine Weihnachtskarte, klebte die Karte zusammen und schrieb darauf, ›In Liebe und mit den besten Wünschen. Leider reicht es in diesem Jahr nicht zu mehr.‹

Das arme Ding war ziemlich verärgert über seinen scheinbaren Geiz und warf die Karte in ihrem Zorn gleich ins Feuer; da musste er ihr natürlich noch einen Schein schicken.«

Edwards Gefühle Onkel Henry gegenüber hatten eine schlagartige Wandlung durchgemacht.

»Miss Marple«, sagte er, »ich hole jetzt eine Flasche Champagner herauf, und dann trinken wir alle auf das Wohl Ihres Onkels Henry.«

Die Stecknadel

Miss Politt nahm den Türklopfer und pochte wohlerzogen an die Tür des kleinen Hauses. Nach einer diskreten Pause klopfte sie nochmals. Das Paket unter ihrem Arm verrutschte ein wenig, und sie schob es wieder in die richtige Lage. Im Inneren des Päckchens befand sich Mrs. Spenlows neues grünes Winterkleid, fertig zur Anprobe. An Miss Politts linker Hand baumelte ein Beutel aus schwarzer Seide, in dem ein Maßband, ein Nadelkissen und eine große, gut zu handhabende Schere steckten.

Miss Politt war groß und hager, mit einer scharf geschnittenen Nase, aufgeworfenen Lippen und spärlichem, eisengrauem Haar. Sie zögerte, ehe sie ein drittes Mal zum Türklopfer griff. Als sie einen Blick die Straße hinuntersandte, sah sie eine rasch näher kommende Gestalt. Miss Hartnell, fündundfünfzig, stets frohgemut, mit einer Haut wie ein Lederapfel, rief in gewohnt dröhnendem Bass: »Guten Tag, Miss Politt!«

»Guten Tag, Miss Hartnell!« gab die Schneiderin zurück. Ihre Stimme war äußerst dünn, ihre Sprechweise geziert. Sie hatte ihre berufliche Laufbahn als hochherrschaftliche Zofe begonnen. »Entschuldigen Sie«, fuhr sie fort, »aber Sie wissen wohl nicht zufällig, ob Mrs. Spenlow vielleicht ausgegangen ist?«

»Keine blasse Ahnung«, erwiderte Miss Hartnell.

»Es ist ein bisschen dumm, wissen Sie. Ich sollte heute

Nachmittag zur Anprobe zu Mrs. Spenlow kommen, um halb vier, sagte sie.«

Miss Hartnell schaute auf ihre Armbanduhr. »Jetzt ist es kurz nach halb.«

»Ja. Ich habe dreimal geklopft, aber es rührt sich niemand. Deshalb überlege ich mir, ob Mrs. Spenlow vielleicht ausgegangen ist und den Termin vergessen hat. In der Regel vergisst sie allerdings ihre Termine nicht, und sie möchte das Kleid übermorgen anziehen.«

Miss Hartnell trat durch das Gartentor und schritt den Weg hinauf zu Miss Politt, die immer noch vor der Tür des Häuschens stand.

»Wieso macht Gladys nicht auf?«, fragte sie. »Ach, nein, natürlich, wir haben ja Donnerstag – das ist Gladys' freier Tag. Ich nehme an, Mrs. Spenlow macht ein Nickerchen. Vermutlich haben Sie mit dem Ding hier nicht genug Krach gemacht.«

Sie packte den Türklopfer und trommelte ein ohrenbetäubendes Rat-a-tat-tat, während sie gleichzeitig mit der Faust gegen die Tür hämmerte.

»Hallo, da drinnen!« rief sie mit Stentorstimme.

Nichts rührte sich.

»Ach«, murmelte Miss Politt, »wahrscheinlich hat es Mrs. Spenlow doch vergessen und ist ausgegangen. Ich komme ein andermal vorbei.«

Sie machte Anstalten zu gehen.

»Blödsinn«, erklärte Miss Hartnell mit Entschiedenheit. »Sie kann nicht ausgegangen sein. Da hätte ich sie getroffen. Ich schaue mal eben hier durch das Fenster. Mal sehen, ob ein Lebenszeichen zu entdecken ist.«

Sie lachte auf ihre gewohnt herzhafte Art, um anzuzeigen, dass dies ein Scherz war, und warf einen flüchtigen Blick durch die Scheibe, die am nächsten war – flüchtig deshalb, weil sie sehr wohl wusste, dass das nach vorn hinaus liegende Zimmer selten benutzt wurde. Mr. und Mrs. Spenlow zogen es vor, sich im kleinen Salon aufzuhalten, der nach hinten hinaus ging.

Doch mochte der Blick auch flüchtig sein, er erfüllte seinen Zweck. Zeichen von Leben allerdings entdeckte Miss Hartnell keine; im Gegenteil, sie erblickte durch das Fenster Mrs. Spenlow, die auf dem Kaminvorleger lag – tot.

»Natürlich«, erklärte Miss Hartnell, wenn sie später die Geschichte erzählte, »behielt ich einen kühlen Kopf. Diese Politt, diese Person, hätte ja keine blasse Ahnung gehabt, was sie tun sollte. ›Auf keinen Fall dürfen wir den Kopf verlieren‹, sagte ich zu ihr. ›Sie bleiben hier, und ich hole Constable Palk.‹ Sie jammerte, dass sie nicht allein zurückbleiben wollte, aber darauf achtete ich gar nicht. Mit solchen Leuten muss man energisch umgehen. Ich habe immer festgestellt, dass sie es genießen, Getue zu machen. Ich wollte also gerade losmarschieren, als genau in diesem Moment Mr. Spenlow um die Ecke kam.« Hier legte Miss Hartnell eine viel sagende Pause ein. Sie gab ihrem jeweiligen Zuhörer Gelegenheit, atemlos zu fragen: »Und was machte er für ein Gesicht?«

»Offen gesagt«, pflegte Miss Hartnell darauf fortzufahren, »*ich* hatte ihn sofort in Verdacht! Er war viel zu gelassen. Er schien nicht im geringsten überrascht. Und Sie können sagen, was Sie wollen, es ist einfach unnatürlich, dass ein Mann, wenn er hört, dass seine Frau tot ist, keinerlei Gefühle zeigt.«

Da stimmten alle zu.

Auch die Polizei. So verdächtig fand sie Mr. Spenlows gleichmütige Gelassenheit, dass sie schleunigst nachforschten, wie sich die finanziellen Verhältnisse des Herrn nach dem Tode seiner Gattin gestalteten. Als sie entdeckten, dass Mrs. Spenlow der betuchte Ehepartner gewesen war und dass ihr Vermögen laut Testament, das kurz nach der Eheschließung gemacht worden war, ihrem Mann zufallen sollte, vertiefte sich der Verdacht der Polizei weiter.

Miss Marple, die alte Jungfer mit dem lieben Gesicht – und der, wie einige Leute behaupten, bösen Zunge –, die in dem Haus neben dem Pfarrhaus wohnte, wurde sehr früh schon vernommen – innerhalb einer halben Stunde nach Entdeckung des Verbrechens. Sie wurde von Constable Palk aufgesucht, der mit amtlicher Miene in einem Notizbuch blätterte.

»Wenn Sie nichts dagegen haben, Madam, ich hätte da ein paar Fragen an Sie.«

»In Zusammenhang mit der Ermordung von Mrs. Spenlow?« fragte Miss Marple.

Palk war verdutzt. »Darf ich fragen, Madam, wie Ihnen das zu Ohren gekommen ist?«

»Der Fisch«, antwortete Miss Marple.

Diese Erwiderung war Palk durchaus verständlich. Er vermutete ganz richtig, dass der Lieferbursche des Fischhändlers Miss Marple die Neuigkeit zusammen mit ihrem Abendessen überbracht hatte.

»Sie lag im Wohnzimmer auf dem Boden‹,‹ fuhr Miss Marple freundlich fort. »Erdrosselt – möglicherweise mit einem sehr schmalen Gürtel. Aber was es auch gewesen ist, es lag nicht mehr am Tatort.«

Palks Miene war zornig. »Wie dieser Fred nur immer gleich alles weiß, was –«

Miss Marple bremste geschickt den einsetzenden Redestrom. Sie sagte: »Sie haben eine Nadel in Ihrer Uniformjacke stecken.«

Verblüfft sah Palk an sich hinunter. »Nun«, versetzte er, »es heißt ja, ›Nadel, die am Boden lag, bringt dir Glück den ganzen Tag‹.«

»Ich hoffe, das wird sich bewahrheiten. Also, was soll ich Ihnen für Auskünfte geben?«

Palk räusperte sich, machte ein wichtigtuerisches Gesicht und steckte die Nase in sein Notizbuch.

»Mr. Arthur Spenlow, der Ehegatte der Toten, machte vor mir folgende Aussage: Mr. Spenlow erklärt, dass er um vierzehn Uhr dreißig von Miss Marple angerufen wurde, die ihn bat, um fünfzehn Uhr fünfzehn zu ihr zu kommen, da sie ihn dringend um einen Rat bitten wollte. Ist das richtig, Madam?«

»Ganz und gar nicht«, erwiderte Miss Marple.

»Sie haben Mr. Spenlow nicht um vierzehn Uhr dreißig angerufen?«

»Weder um vierzehn Uhr dreißig noch zu einer anderen Zeit.«

»Aha«, sagte Constable Palk und lutschte mit erheblicher Befriedigung an seinem Schnurrbart.

»Was hat Mr. Spenlow sonst noch gesagt?«

»Mr. Spenlow erklärte, er wäre wie gewünscht hierher gekommen. Er hätte sein eigenes Haus um fünfzehn Uhr zehn verlassen. Bei seiner Ankunft hier hätte ihm das Mädchen mitgeteilt, Miss Marple wäre nicht zu Hause.«

»Das stimmt«, stellte Miss Marple fest. »Er war tatsächlich hier, aber ich war bei einer Besprechung im Frauenverein.«

»Aha«, sagte Palk wieder.

Miss Marple rief: »Sagen Sie, verdächtigen Sie etwa Mr. Spenlow?«

»Das kann ich in diesem Stadium nicht sagen, aber mir scheint, dass da jemand – ich will keine Namen nennen – ganz raffiniert sein wollte.«

»Mr. Spenlow?«, meinte Miss Marple nachdenklich.

Sie mochte Mr. Spenlow. Er war ein kleiner, schmächtiger Mann, steif und konventionell in seinem Gebaren, der Inbegriff der Ehrbarkeit. Es schien merkwürdig, dass er aufs Land gezogen war, wo er doch so offensichtlich sein Leben lang in

Städten gelebt hatte. Miss Marple hatte er den Grund anvertraut. Er sagte: »Schon als Junge hatte ich die feste Absicht, eines Tages aufs Land zu ziehen und meinen eigenen Garten zu haben. Ich habe Blumen immer geliebt. Meine Frau, wissen Sie, hatte ein Blumengeschäft. Dort bin ich ihr zum ersten Mal begegnet.« Eine nüchterne Erklärung, doch sie zauberte eine Vorstellung von Romantik. Eine jüngere, hübschere Mrs. Spenlow vor einem Hintergrund von Blumen.

Die verstorbene Mrs. Spenlow hatte als junges Mädchen zunächst als Zimmermädchen in einem großen Haus gearbeitet. Diesen Posten hatten sie aufgegeben, um den Gärtnergehilfen zu heiraten, und mit ihm zusammen hatte sie in London ein Blumengeschäft aufgemacht. Das Geschäft blühte; nicht so der Gärtner, der binnen kurzem dahinwelkte und starb.

Die Witwe führte das Geschäft weiter und vergrößerte es in anspruchsvollem Rahmen. Es florierte. Dann verkaufte sie den Laden zu einem stattlichen Preis und schiffte sich zum zweiten Mal im Hafen der Ehe ein – mit Mr. Spenlow, einem Juwelier mittleren Alters, der ein kleines Geschäft geerbt hatte, das er mühsam über Wasser hielt. Nicht lange danach verkauften sie das Geschäft und zogen nach St. Mary Mead.

Mrs. Spenlow war eine wohlhabende Frau. Die Gewinne aus ihrem Blumengeschäft hatte sie angelegt – ›beraten von den Stimmen aus dem Jenseits‹, wie sie jedem erklärte, der es wissen wollte. Die Stimmen aus dem Jenseits hatten sie mit unerwartetem geschäftlichen Scharfblick beraten.

Alle ihre Vermögensanlagen erwiesen sich als lukrativ, manche in geradezu atemberaubender Weise. Aber statt dass nun Mrs. Spenlow eisern an ihrem Glauben an den Spiritismus festgehalten hätte, drehte sie Medien und Geistersitzungen schnöde den Rücken und ergab sich kurz, aber heftig einer obskuren, leicht indisch angehauchten Religion, die ihre

Grundlage in diversen Atemübungen hatte. Nach ihrer Ankunft in St. Mary Mead jedoch war sie in den Schoß der Kirche von England zurückgekehrt. Sie war häufig im Pfarrhaus und zeigte sich als eifrige Kirchgängerin. Sie kaufte in den Dorfgeschäften, nahm Anteil an lokalen Ereignissen und gehörte dem örtlichen Bridge-Klub an.

Ein eintöniges, alltägliches Dasein. Und – plötzlich – Mord.

Oberst Melchett, der Polizeichef, hatte Inspektor Slack zu sich zitiert.

Slack war ein Mann von Entschiedenheit. Hatte er sich einmal eine Meinung gebildet, so war er sicher. Und sicher war er jetzt.

»Der Ehemann war's, Sir«, sagte er.

»Glauben Sie?«

»Ich bin ganz sicher. Man braucht ihn ja nur anzusehen. Eindeutig schuldig. Nicht einmal hat er auch nur eine Spur von Kummer oder Erregung gezeigt. Als er zum Haus zurückkam, wusste er schon, dass sie tot war.«

»Hätte er dann nicht wenigstens versucht, die Rolle des gramgebeugten Ehemanns zu spielen?«

»Der nicht, Sir. Zu selbstgefällig. Manche Männer können nicht schauspielern. Zu steif.«

»Gibt es vielleicht eine andere Frau in seinem Leben?«, fragte Oberst Melchett.

»Bis jetzt haben wir keine Spur gefunden. Das heißt, er ist natürlich von der raffinierten Sorte. Der würde seine Spuren schon verwischen. Meiner Meinung nach hatte er einfach genug von seiner Frau. Sie hatte das Geld, und ich kann mir vorstellen, dass das Zusammenleben mit ihr nicht einfach war – dauernd hatte sie's mit einem anderen ›ismus‹. Er beschloss kaltblütig, sie zu beseitigen und ruhig und behaglich allein zu leben.«

»Ja, so könnte es wohl sein.«

»Verlassen Sie sich darauf, so war es. Hat seinen Plan sorgfältig ausgearbeitet. Gab vor, einen Anruf erhalten zu haben –«

»Es hat sich kein Anruf feststellen lassen?«, unterbrach Melchett.

»Nein, Sir. Das bedeutet entweder, dass er lügt, oder dass der Anruf von einer öffentlichen Telefonzelle aus getätigt wurde. Im Dorf gibt es nur zwei Zellen – die eine am Bahnhof, die andere im Postamt. Auf dem Postamt war's eindeutig nicht. Mrs. Blade sieht jeden, der kommt. Am Bahnhof kann's gewesen sein. Da läuft um vierzehn Uhr siebenundzwanzig ein Zug ein, und um die Zeit geht's dann ein bisschen lebhafter zu. Aber der springende Punkt ist, dass er behauptet, Miss Marple hätte ihn angerufen, und das ist nun wirklich nicht wahr. Der Anruf kam nicht aus ihrem Haus, und sie selbst war im Frauenverein.«

»Sie lassen nicht die Möglichkeit außer Acht, dass der Ehemann absichtlich weggelockt wurde – von jemandem, der Mrs. Spenlow töten wollte?«

»Sie denken an den jungen Ted Gerard, nicht wahr, Sir? Den hab ich mir schon vorgenommen – aber da stehen wir vor einem Mangel an Motiv. Der Junge hat nichts zu gewinnen.«

»Aber er ist ein unerquicklicher Bursche. Er hat immerhin schon eine Unterschlagung auf dem Kerbholz, die nicht von schlechten Eltern ist.«

»Ich will ja nicht sagen, dass er's nicht faustdick hinter den Ohren hat. Aber trotzdem – er ist zu seinem Chef gegangen und hat ihm die Unterschlagung gestanden. Und seine Arbeitgeber hatten nichts davon gemerkt.«

»Einer von der *Moralischen Aufrüstung*«, bemerkte Melchett.

»Ja, Sir. Wurde bekehrt und beschloss, den Pfad der Tugend einzuschlagen, und beichtet, dass er das Geld gestohlen hat. Ich will nicht sagen, dass das nicht auch Gerissenheit gewesen sein kann. Kann sein, er hatte Angst, man verdächtige ihn, und entschloss sich deshalb, den reuigen Sünder zu spielen.«

»Sie sind ein skeptischer Mensch, Slack«, stellte Colonel Melchett fest. »Haben Sie schon einmal mit Miss Marple gesprochen?«

»Was hat *sie* denn mit der Sache zu tun, Sir?«

»Ach, nichts. Aber ihr kommt immer alles mögliche zu Ohren. Gehen Sie doch mal bei ihr vorbei und plaudern Sie ein wenig mit ihr. Sie ist eine sehr gescheite alte Dame.«

Slack wechselte das Thema. »Eines wollte ich Sie noch fragen, Sir. Wegen dieser Stellung im Haushalt, die die Verstorbene in ihrer Jugend einmal hatte – bei Sir Robert Abercrombie. Da wurde damals dieser Juwelenraub verübt – Smaragde – ein Vermögen wert. Die Täter sind nie erwischt worden. Ich hab den Fall nachgeschlagen – muss zu der Zeit passiert sein, als die Spenlow dort angestellt war. Sie wird da allerdings noch blutjung gewesen sein. Sie halten es wohl nicht für möglich, dass sie in die Sache verwickelt war, wie, Sir? Spenlow war so ein kleiner mickriger Juwelier – genau der richtige Hehler.«

Melchett schüttelte den Kopf. »Ich glaube nicht, dass da etwas dran ist. Sie kannte ja Spenlow damals noch gar nicht. Ich erinnere mich an den Fall. In Polizeikreisen war man der Auffassung, dass einer der Söhne des Hauses die Hände mit im Spiel hatte – Jim Abercrombie, ein schrecklicher junger Verschwender. Er steckte bis zum Hals in Schulden und kurz nach dem Raub wurden sie alle bezahlt. Irgendeine reiche Frau stecke dahinter, hieß es damals, aber ich weiß nicht ... Der alte Abercrombie war ein bisschen sehr zurückhaltend in der Sache – er versuchte, die Polizei zurückzupfeifen.«

»Es war nur ein Gedanke, Sir«, sagte Slack.

Miss Marple empfing Inspektor Slack mit Genugtuung, besonders als sie hörte, dass er von Colonel Melchett geschickt worden war.

»Wirklich, wirklich, das ist sehr gütig von Oberst Melchett. Ich wusste gar nicht, dass er sich meiner noch erinnert.«

»Er erinnert sich Ihrer sogar sehr gut. Er sagte, was Sie vom Tun und Treiben in St. Mary Mead nicht wissen, lohnt sich nicht zu wissen.«

»Das ist zu gütig von ihm, aber ich weiß wirklich gar nichts. Über diese Mordgeschichte, meine ich.«

»Sie wissen aber doch, was darüber geredet wird.«

»Oh, natürlich – aber es wäre doch wohl nicht angebracht, nur müßiges Gerede zu wiederholen?«

Bemüht, sich jovial zu geben, sagte Slack: »Das ist kein amtliches Gespräch, wissen Sie. Es ist sozusagen ein Gespräch unter vier Augen.«

»Sie wollen also wirklich wissen, was die Leute reden? Ob nun etwas Wahres dran ist, oder nicht?«

»So etwa.«

»Nun, es wird natürlich sehr viel geklatscht und gemutmaßt. Und im Grund sind die Meinungen in zwei Lager gespalten, verstehen Sie. Zunächst einmal sind da die Leute, die der Ansicht sind, dass der Ehemann es getan hat. Ein Ehemann oder eine Ehefrau ist ja in gewisser Weise der nächst liegende Verdächtige, meinen Sie nicht auch?«

»Vielleicht«, gab der Inspektor vorsichtig zurück.

»Die Nähe, wissen Sie. Und so häufig kommt der finanzielle Gesichtspunkt hinzu. Wie ich höre, hatte Mrs. Spenlow in dieser Ehe das Geld, und somit profitiert Mr. Spenlow tatsächlich von ihrem Tod. In dieser schlechten Welt sind die übelsten Verdächtigungen ja leider häufig berechtigt.«

»Ja, er erbt ein hübsches Sümmchen.«

»Eben. Da schiene es ganz einleuchtend, nicht wahr, dass er sie erdrosselt, sich durch die Hintertür aus dem Haus schleicht, quer über die Wiesen zu mir kommt, nach mir fragt und vorgibt, ich hätte ihn angerufen; dass er dann wieder nach Hause geht, wo seine Frau tot im Wohnzimmer liegt, und hofft, das Verbrechen würde einem Landstreicher oder Einbrecher angelastet werden.«

Der Inspektor nickte. »Wenn man den finanziellen Gesichtspunkt bedenkt – und wenn sie in letzter Zeit Streit gehabt haben sollten –«

»Oh, aber das war nicht der Fall«, unterbrach Miss Marple ihn.

»Sie wissen das mit Sicherheit?«

»Das ganze Dorf hätte es gewusst, wenn sie Streit gehabt hätten! Das Dienstmädchen, Gladys Brent – sie hätte es überall herumerzählt.«

»Es könnte ja sein, dass sie nichts davon wusste«, widersprach der Inspektor lahm und erntete als Antwort ein mitleidiges Lächeln.

»Und dann«, fuhr Miss Marple fort, »haben wir die andere Seite. Ted Gerard. Ein gut aussehender junger Mann. Ich fürchte, man lässt sich von einer angenehmen äußeren Erscheinung stärker beeinflussen, als man sollte. Unser vorletzter Vikar – die Wirkung war direkt magisch! Alle jungen Mädchen kamen plötzlich zur Kirche – zum Abendgottesdienst *und* zur Morgenandacht. Und viele ältere Frauen legten ein ungewöhnliches Interesse an der Gemeindearbeit an den Tag – ach, und die Hausschuhe und Schals, die ihm gehandarbeitet wurden! Es war peinlich für den jungen Mann. – Also, wo war ich? Ach ja, bei diesem jungen Mann, Ted Gerard. Natürlich wurde über ihn getuschelt. Er hat sie ja so häufig besucht. Mrs. Spenlow hat mir allerdings selbst erzählt, dass er dieser so genannten Oxfort Group angehört. Eine religiöse Sekte. Diese Leute sind durchaus aufrichtig, glaube ich, und Mrs. Spenlow war sehr beeindruckt von der Sache.«

Miss Marple holte Atem und fuhr fort: »Und ich bin sicher, es gibt einen Anlass zu vermuten, dass da mehr dahinter steckte, aber Sie wissen ja, wie die Leute sind. Eine ganze Menge Leute sind überzeugt davon, dass Mrs. Spenlow in den jungen Mann vernarrt war und dass sie ihm viel Geld geliehen hatte. Und es stimmt wirklich, dass er an dem fraglichen Tag am Bahnhof gesehen wurde. Im Zug – dem Zug, der um vierzehn Uhr siebenundzwanzig aus London kommt. Aber es wäre doch ein Kinderspiel für ihn gewesen, auf der anderen Seite aus dem Zug zu springen und drüben über die Gleise zu laufen und über den Zaun zu springen. Er hätte nur an der Hecke entlangzulaufen brauchen und hätte auf diese Weise den Bahnhofseingang meiden können. Kein Mensch hätte ihn dann auf dem Weg zum Häuschen von Mrs. Spenlow gesehen. Und die Leute zerreißen sich natürlich die Mäuler darüber, wie Mrs. Spenlow angezogen war.«

»Wie sie angezogen war?«

»Ja. Sie trug einen Morgenrock. Kein Kleid.« Miss Marple errötete. »Es gibt sicher Leute, wissen Sie, die der Meinung sind, so etwas ließe tief blicken.«

»Finden Sie auch, dass es tief blicken lässt?«

»Aber nein! Ich nicht. Ich bin der Meinung, es war völlig natürlich.«

»Sie finden, es war natürlich?«

»Unter den Umständen, ja.« Miss Marples Blick war kühl und nachdenklich.

»Das liefert uns vielleicht ein weiteres Motiv für den Ehemann«, sagte Inspektor Slack. »Eifersucht.«

»Aber nein, Mr. Spenlow hat überhaupt keine Neigung zur Eifersucht. Er ist kein misstrauischer Mensch. Wenn seine

Frau ihn verlassen und auf dem Nadelkissen ein Briefchen hinterlassen hätte, so wäre er vor Überraschung aus allen Wolken gefallen.«

Der gespannte Blick, mit dem sie ihn ansah, verwirrte Inspektor Slack. Er hatte das Gefühl, dass hinter ihrem ganzen Gerede die Absicht steckte, ihm einen Hinweis zu geben, den er nicht verstand.

Jetzt fragte sie mit einigem Nachdruck: »Haben *Sie* denn keine Anhaltspunkte gefunden, Inspektor – am Tatort, meine ich?«

»Heutzutage hinterlassen die Täter keine Fingerabdrücke und Zigarettenstummel mehr, Miss Marple.«

»Aber hier, glaube ich, handelt es sich um ein altmodisches Verbrechen«, meinte sie.

»Was wollen Sie damit sagen?«, fragte er scharf.

»Wissen Sie«, gab Miss Marple bedächtig zurück, »ich glaube, Constable Palk könnte Ihnen weiterhelfen. Er war der erste am Tatort.«

Mr. Spenlow saß in einem Liegestuhl. Sein Gesicht zeigte ratlose Verwirrung. Mit seiner dünnen, pedantischen Stimme sagte er: »Es ist natürlich möglich, dass ich es mir nur eingebildet habe. Mein Gehör ist nicht mehr das, was es einmal war. Aber ich glaube, deutlich gehört zu haben, wie ein kleiner Junge hinter mir herrief: ›Na, wo steckt Dr. Crippen?‹ Es – es vermittelte mir den Eindruck, dass er meinte, ich – ich hätte meine Frau getötet.«

Miss Marple erwiderte: »Das war zweifellos der Eindruck, den er vermitteln wollte.«

»Aber wie kann der Junge auf einen so hässlichen Gedanken gekommen sein?«

Miss Marple hüstelte. »Er hat wahrscheinlich das Gerede der Erwachsenen gehörte.«

»Sie – Sie meinen wirklich, dass andere Leute das auch glauben?«

»Bestimmt die Hälfte der Einwohner von St. Mary Mead.«

»Aber – meine liebe Miss Marple – was kann die Leute auf einen solchen Gedanken gebracht haben? Ich war meiner Frau aufrichtig zugetan. Zwar konnte sie sich für das Landleben leider nicht in dem Maße erwärmen, wie ich gehofft hatte, aber vollkommene Übereinstimmung in jedem Bereich ist ein Ding der Unmöglichkeit. Glauben Sie mir, ihr Verlust ist mir sehr schmerzhaft.«

»Wahrscheinlich. Aber, verzeihen Sie mir, wenn ich es offen sage, Sie machen nicht den Eindruck.«

Mr. Spenlow richtete seine schmächtige Gestalt zu ihrer vollen Höhe auf.

»Meine liebe Miss Marple, vor vielen Jahren las ich von einem chinesischen Philosophen, der, als ihm der Tod seine innig geliebte Gattin von der Seite riss, weiterhin mit aller Gelassenheit auf der Straße einen Gong schlug – das ist ein gebräuchlicher chinesischer Zeitvertreib, glaube ich –, ganz wie immer. Die Bewohner der Stadt waren tief beeindruckt von seiner tapferen Haltung.«

»Aber«, entgegnete Miss Marple, »die Leute von St. Mary Mead reagieren eben anders. Chinesische Philosophie hat für sie keine Gültigkeit.«

»Aber Sie verstehen mich?«

Miss Marple nickte. »Mein Onkel Henry«, erklärte sie, »war ein ungewöhnlich beherrschter Mann. Sein Motto lautete: Zeig niemals Gefühle! Auch er liebte Blumen sehr.«

»Ich habe mir überlegt«, bemerkte Mr. Spenlow beinahe mit Eifer, »dass ich mir vielleicht an der Westseite des Hauses eine Pergola bauen könnte. Mit rosa Heckenrosen und Glyzinien vielleicht. Und es gibt da so eine weiße, sternenähnliche Blume, deren Name mir im Augenblick nicht einfällt –«

In dem Ton, den sie ihrem dreijährigen Großneffen gegenüber anschlug, sagte Miss Marple: »Ich habe einen sehr
schönen Katalog mit Abbildungen da. Vielleicht haben Sie
Lust, ihn sich anzusehen – ich muss jetzt noch ins Dorf hinauf.«

Während Mr. Spenlow selig mit seinem Katalog im Garten
zurückblieb, eilte Miss Marple in ihr Zimmer hinauf, packte
hastig ein Kleid in braunes Papier und ging aus dem Haus.
Geschwinden Schrittes marschierte sie zum Postamt. Miss
Politt, die Schneiderin, wohnte direkt über dem Postamt.

Doch Miss Marple trat nicht gleich durch die Tür, um die
Treppe hinaufzugehen. Es war gerade halb drei Uhr, und
eben, mit einer Minute Verspätung, hielt vor der Tür zum
Postamt der Bus nach Much Benham. Es war eines der besonderen Tagesereignisse in St. Mary Mead. Mit Paketen beladen
eilte das Fräulein von der Post aus der Tür. Es waren Pakete,
die mit ihrem Ladengeschäft zu tun hatten. Im Postamt nämlich konnte man auch Süßigkeiten, billige Bücher und Spiel-
zeug kaufen.

An die vier Minuten stand Miss Marple allein im Postamt.

Erst als das Postfräulein wieder zurückkehrte, ging Miss
Marple nach oben und erklärte Miss Politt, dass sie gern ihr
altes graues Seidenkleid ändern lassen würde. Es sollte etwas
modischer werden, wenn das möglich war. Miss Politt versprach zu sehen, was sich da tun ließe.

Der Polizeichef war sehr erstaunt, als ihm Miss Marple ge-
meldet wurde. Unter Entschuldigungen trat sie ein.

»Verzeihen Sie – verzeihen Sie vielmals die Störung. Ich
weiß, Sie haben viel zu tun. Aber Sie waren immer so entge-
genkommend, Oberst Melchett, und ich hielt es einfach für
besser, mich direkt an Sie zu wenden und nicht an Inspektor
Slack. Schon deshalb, weil ich Palk keinesfalls Ungelegenhei-

ten bereiten möchte. Genau genommen, hätte er ja wohl überhaupt nichts anrühren dürfen.«

Oberst Melchett war einigermaßen verwirrt.

»Palk?«, echote er. »Das ist der Polizeibeamte von St. Mary Mead nicht wahr? Was hat er denn angestellt?«

»Er hat eine Stecknadel vom Boden aufgehoben. Er steckte sie sich an sein Jackett. Und mir schoß damals der Gedanke durch den Kopf, dass er sie wahrscheinlich in Mrs. Spenlows Haus gefunden hatte.«

»Gewiss, gewiss. Aber, lieber Gott, was ist schon eine Stecknadel? Er hat die Nadel tatsächlich unmittelbar neben der Leiche von Mrs. Spenlow gefunden. Gestern berichtete er Slack davon. Ich vermute, dazu haben Sie ihn veranlasst, wie? Selbstverständlich hätte er in dem Haus nichts anrühren sollen, aber wie ich schon sagte – was ist eine Stecknadel? Es war eine ganz gewöhnliche Nadel. Solche Dinger hat wahrscheinlich jede Frau in ihrem Nähkasten.«

»Nein, Oberst Melchett, da täuschen Sie sich. Für ein Männerauge sah sie vielleicht aus wie eine gewöhnliche Nadel, aber es war eine ganz besondere Nadel, eine sehr dünne Stecknadel. Man kauft diese Nadeln immer in größeren Mengen. Im allgemeinen werden sie von Schneiderinnen verwendet.«

Melchett starrte sie an, und ein schwacher Schimmer des Begreifens blitzte in seinen Augen auf. Miss Marple nickte mehrmals voller Eifer.

»Ja, ganz recht. Es ist doch so offenkundig. Sie hatte ihren Morgenrock an, weil sie ihr neues Kleid anprobieren wollte. Sie ging ins vordere Zimmer, und Miss Politt sagte, sie müsste Maß nehmen und legte ihr das Maßband um den Hals. Sie brauchte es nur noch über Kreuz zu legen und fest zusammenzuziehen. Das soll ganz leicht sein, habe ich gehört. Und danach ist sie wieder nach draußen gegangen, hat die Tür zugezogen und hat geklopft, als wäre sie gerade erst gekommen. Aber die Stecknadel verrät, dass sie schon vorher im Haus gewesen war.«

»Dann hat also auch Miss Politt Mr. Spenlow angerufen?«

»Ja. Vom Postamt aus. Um halb drei – genau zu der Zeit, wo der Bus kommt und das Postamt leer ist.«

»Aber, meine liebe Miss Marple«, sagte Oberst Melchett, »warum denn? Um Himmels willen, warum denn? Für einen Mord braucht man ein Motiv.«

»Ja, sehen Sie, Oberst Melchett, ich glaube nach allem, was ich gehört habe, dass das Verbrechen seinen Ursprung in der Vergangenheit hat. Die Geschichte erinnert mich an meine beiden Vettern Antony und Gordon. Ganz gleich, was Antony anpackte, es gelang immer. Bei dem armen Gordon war es genau umgekehrt. Rennpferde lahmten plötzlich, die Aktien fielen, Grundstücke sanken im Wert. Meiner Ansicht nach haben die beiden Frauen damals gemeinsame Sache gemacht.«

»Gemeinsame Sache? Wobei?«

»Bei dem Juwelenraub. Es ist schon lange her. Es handelte sich um äußerst wertvolle Smaragde, habe ich mir sagen lassen. Die Zofe und das Hausmädchen. Eine Frage nämlich wurde nie gestellt und nie geklärt – wie kam es, dass das Hausmädchen und der Gärtnergehilfe, als sie heirateten, genug Geld hatten, um ein Blumengeschäft aufzumachen?

Die Antwort lautet: Sie richtete sich den Laden mit ihrem Anteil an der Beute ein. Alles, was sie anfasste, glückte und gedieh. Geld brachte mehr Geld. Aber die andere, die Zofe, muss eine unglückliche Hand gehabt haben. Sie sank immer tiefer und landete schließlich als Dorfschneiderin in St. Mary Mead. Dann trafen die beiden wieder zusammen. Anfangs war alles in Ordnung, vermute ich. Bis Mr. Ted Gerard auf der Bildfläche auftauchte.

Mrs. Spenlow nämlich litt bereits unter Gewissensbissen und fing an zu frömmeln. Zweifellos drängte dieser junge Mann sie, für ihre Tat ›einzustehen‹ und ›ihr Gewissen zu erleichtern‹. Ich bin ziemlich sicher, dass sie innerlich schon so weit war, das zu tun. Aber Miss Politt wollte davon nichts wissen. Sie sah nur eines – dass sie womöglich für einen Diebstahl, den sie vor Jahren verübt hatte, ins Gefängnis wandern würde. Sie entschloss sich deshalb, dem Hin und Her ein Ende zu machen. Ich habe das Gefühl, wissen Sie, sie war immer schon eine ziemlich schlechte Person. Ich glaube, sie hätte mit keiner Wimper gezuckt, wenn dieser nette, dumme Mr. Spenlow aufgehängt worden wäre.«

»Wir können – äh – Ihre Theorie bis zu einem gewissen Punkt nachprüfen«, meinte Oberst Melchett nachdenklich. »Wir können feststellen, ob diese Politt mit der Zofe bei den Abercrombies identisch ist, aber –«

»Die Sache wird keine Schwierigkeiten machen«, versicherte ihm Miss Marple beruhigend. »So, wie ich Miss Politt kenne, wird sie auf der Stelle klein beigeben, wenn sie mit der Wahrheit konfrontiert wird. Und außerdem habe ich ihr Maßband. Ich – äh – nahm es gestern mit, als ich zur Anprobe bei ihr war. Wenn sie den Verlust bemerkt und glaubt, die Polizei hätte es an sich genommen – sie ist eine ziemlich dumme Person. Sie wird denken, dass das Maßband ein Beweis gegen sie ist.«

Aufmunternd lächelte sie Oberst Melchett zu. »Sie werden keine Scherereien haben, glauben Sie mir.«

Genau den gleichen Ton hatte seine Lieblingstante damals angeschlagen, als sie ihm versichert hatte, dass er bei der Aufnahmeprüfung für Sandhurst bestimmt nicht durchfallen würde.

Und er war nicht durchgefallen.

Die Hausmeisterin

»Nun«, fragte Dr. Haydock seine Patientin. »Wie geht es uns heute?«

Miss Marple lächelte ihn aus ihren Kissen schwach an. »Ich glaube, es geht mir wirklich besser«, räumte sie ein. »Aber ich fühle mich so schrecklich deprimiert. Ich habe das Gefühl, dass es viel besser gewesen wäre, wenn ich gestorben wäre. Schließlich bin ich eine alte Frau. Keiner braucht mich, und keiner will mich.«

Dr. Haydock unterbrach sie mit seiner üblichen Grobheit. »Ja, ja. Die typische Reaktion nach dieser Art von Grippe. Was Sie brauchen, ist eine Ablenkung. Eine geistige Anregung.«

Miss Marple schüttelte seufzend den Kopf.

»Und denken Sie nur«, fuhr Dr. Haydock fort. »Ich habe die Medizin gleich mitgebracht!«

Er warf einen länglichen Umschlag auf ihr Bett.

»Gerade das richtige für Sie. Ein Rätsel, das ganz in Ihrer Linie liegt.«

»Ein Rätsel?« Miss Marpel sah interessiert aus.

»Ein literarischer Versuch von mir«, sagte der Arzt leicht errötend. »Ich versuchte eine richtige Geschichte daraus zu machen. Mit ›er sagte‹, ›sie sagte‹, ›das Mädchen dachte‹, und so fort. Die Fakten der Geschichte sind wahr.«

»Aber wieso ein Rätsel?«, fragte Miss Marple.

Dr. Haydock grinste. »Weil Sie die Lösung finden sollen. Ich will sehen, ob Sie wirklich so klug sind, wie Sie immer tun.«

Mit diesem Partherpfeil zog er sich zurück.

Miss Marple nahm das Manuskript und begann gleich darin zu lesen.

»Und wo ist die Braut?«, fragte Miss Harmon lebhaft.

Das ganze Dorf war neugierig auf die reiche und schöne junge Frau, die Harry Laxton aus dem Ausland mitgebracht hatte. Man hatte allgemein viel Nachsicht mit Harry, diesem jungen Taugenichts, der dieses Glück gehabt hatte. Sie hatten immer Nachsicht mit Harry gehabt. Sogar die Besitzer der Fensterscheiben, die der rücksichtslosen Benutzung seines Katapults zum Opfer fielen, hatten entdeckt, dass ihre Empörung sich verflüchtigte, wenn Harry sich reumütig entschuldigte. Er hatte Fenster zerbrochen, Obstgärten geplündert, Kaninchen gewildert, und später hatte er Schulden gemacht, mit der Tochter des Tabakhändlers ein Verhältnis angefangen, das Verhältnis gelöst und sich nach Afrika abgesetzt, und das Dorf, das im wesentlichen aus alten Jungfern bestand, hatte nachsichtig gemurmelt: »Nun ja! Ihn sticht der Hafer! Er wird ruhiger werden.«

Und jetzt war der verlorene Sohn zurückgekehrt, aber nicht in Schande, sondern im Triumph. Harry Laxton hatte sein Glück gemacht, wie es hieß. Er hatte sich zusammengerissen, schwer gearbeitet, und endlich hatte er ein junges französisches Mädchen kennen gelernt, das ein beträchtliches Vermögen besaß, und erfolgreich um sie angehalten.

Harry hätte in London leben oder ein Gut in einem hübschen Jagdrevier kaufen können, aber er zog es vor, in den Teil der Welt zurückzukehren, der ihm Heimat bedeutete. Und dort kaufte er in einem Anfall von Romantik einen verfallenen Herrensitz, in dessen Gesindehaus er seine Kindheit verbracht hatte.

Kingsdean House war seit nahezu siebzig Jahren unbewohnt

gewesen und allmählich immer mehr verfallen und verkommen. Ein älterer Hausmeister lebte mit seiner Frau in dem einzigen noch bewohnbaren Winkel. Es war ein weitläufiges, reizloses, pompöses Gebäude, und der Garten, überwuchert von üppiger Vegetation und verdüstert von Bäumen, wirkte wie die Höhle eines Zauberers.

Das Gesindehaus, ein freundliches, bescheidenes Gebäude, war für eine lange Reihe von Jahren an Major Laxton, Harrys Vater, vermietet gewesen. Als Knabe hatte Harry das Anwesen von Kingsdean durchstreift und kannte jeden Winkel im verwilderten Unterholz, und das alte Haus hatte ihn immer verzaubert.

Major Laxton war vor einigen Jahren gestorben, und so hätte Harry eigentlich keinen Grund gehabt zurückzukehren, aber trotzdem brachte er seine Braut in das Heim seiner Kindheit. Das verfallene alte Herrenhaus wurde abgerissen. Ein Heer von Baumeistern und Architekten schwärmte über den Platz, und in einer fast wundersam kurzen Zeitspanne – das kann nur Reichtum bewirken – erhob sich das neue Haus weiß und glänzend zwischen den Bäumen.

Als nächstes kam eine Schar von Gärtnern und nach ihnen eine Prozession von Möbelwagen.

Das Haus war fertig. Dienstboten trafen ein. Als letztes setzte eine teure Limousine Harry und Mrs. Harry vor dem Eingang ab.

Das Dorf war neugierig, und Mrs. Price, die das größte Haus besaß und sich zu den besten Kreisen des Ortes rechnete, verschickte Einladungskarten für eine Party, um die Braut kennen zu lernen.

Es war ein großes Ereignis. Mehrere Damen hatten sich für die Gelegenheit neue Kleider gekauft. Alle waren neugierig, aufgeregt, und zitterten vor Verlangen, dieses Fabelwesen zu sehen. Es war wie ein Märchen, sagten sie.

Miss Harmon, eine sonnengegerbte, lebhafte alte Jungfer, drängte sich mit einer Frage durch die Menge in der Wohnzimmertür. Die kleine Miss Brent, eine dürre, säuerliche Frau, gab ihr aufgeregt Antwort.

»Ach, meine Liebe, ganz entzückend. So gute Manieren. Und so jung. Es macht einen richtig neidisch, jemand zu sehen, der einfach alles hat. Gutes Aussehen und Geld und Erziehung – äußerst vornehm, gar nichts Gewöhnliches an ihr –, und der liebe Harry hängt so an ihr!«

»Nun«, sagte Miss Harmon. »Es ist noch nicht aller Tage Abend.«

Miss Brents Nase zitterte aufgeregt. ›Ach, meine Liebe, glauben Sie wirklich . . .«

»Wir wissen alle, wie Harry ist«, sagte Miss Harmon.

»Wir wissen, wie er war! Aber jetzt wird er doch . . .«

»Ach«, sagte Miss Harmon. »Männer sind immer gleich. Einmal ein Schwindler, immer ein Schwindler. Ich kenne sie.«

»Du lieber Gott. Das arme junge Ding.« Miss Brent sah sehr glücklich aus. »Ja, ich glaube, sie wird Ärger mit ihm haben. Man sollte sie warnen. Ich frage mich, ob sie von den alten Geschichten gehört hat.«

»Ich finde es unfair, dass sie nichts davon weiß«, sagte Miss Harmon. »So peinlich. Besonders weil es im Dorf nur diese eine Drogerie gibt.‹

Denn die Tochter des Tabakhändlers war jetzt mit dem Drogisten, Mr. Edge, verheiratet.

»Es wäre sicher besser«, sagte Miss Brent, »wenn Mrs. Laxton bei Boot in Much Benham einkaufen würde.«

»Ich nehme an«, meinte Miss Harmon, »dass Harry Laxton ihr das selbst vorschlagen wird.«

Und wieder tauschten sie einen bedeutungsvollen Blick.

»Aber ich finde wirklich«, sagte Miss Harmon, »dass sie es wissen sollte.«

»Diese gemeinen Biester!« sagte Clarice Vane empört zu ihrem Onkel, Dr. Haydock. »Manche Leute sind wirklich schrecklich!«

Er sah sie neugierig an.

Sie war ein großes dunkles Mädchen, hübsch, warmherzig und impulsiv. Ihre großen braunen Augen blitzten vor Empörung, als sie sagte: »Mit ihren widerlichen Gerüchten und Andeutungen.«

»Über Harry Laxton?«

»Ja, über sein Verhältnis mit der Tochter des Tabakhändlers.«

»Ach, das!« Der Arzt zuckte die Achseln. »Die meisten jungen Männer haben so ein Verhältnis.«

»Natürlich haben sie das. Und es ist vorbei. Warum also darauf herumreiten? Und es nach Jahren wieder aufwärmen? Das ist wie Leichenfledderei.«

»Ja, ich glaube, meine Liebe, dass es auf dich so wirkt. Aber weißt du, sie haben hier wenig, worüber sie reden können, und deshalb neigen sie dazu, alte Skandale aufzubauschen. Aber mich würde interessieren, warum das dich so aufregt?«

Clarice Vane biss sich errötend auf die Lippen. Mit merkwürdig gedämpfter Stimme sagte sie: »Sie – sie sehen so glücklich aus. Die Laxtons meine ich. Sie sind jung und verliebt, und die Welt ist schön für sie. Ich hasse den Gedanken, dass das durch Andeutungen und Unterstellungen und Gerüchte und Gemeinheiten zerstört werden könnte.«

»Ja. Ich verstehe.«

Clarice fuhr fort. »Er hat gerade mit mir gesprochen. Er ist so zufrieden und glücklich und – ja, richtig aufgeregt –, dass er seinen Herzenswunsch erfüllt und ›Kingsdean‹ neu aufgebaut hat. Er ist wie ein Kind. Und sie – nun, ich glaube, sie hat nie im Leben auf etwas verzichten müssen. Sie hat immer alles gehabt. Du hast sie gesehen. Was hältst du von ihr?«

Der Arzt antwortete nicht sofort. Andere Leute mochten Louise Laxton vielleicht beneiden. Ein verwöhntes Glückskind. Bei ihm hatte sie nur die Erinnerung an den Refrain eines alten Liedes geweckt, das er vor vielen Jahren gehört hatte, *Armes kleines reiches Mädchen* . . .

Eine kleine zerbrechliche Gestalt mit flachsfarbenem Haar, das lockig und widerspenstig ihr Gesicht einrahmte, und große, sehnsüchtige blaue Augen.

Louise war ein bisschen erschöpft. Der lange Strom der Gratulanten hatte sie ermüdet. Sie hoffte, dass bald Zeit zum Aufbruch sein würde. Vielleicht war es schon soweit. Sie sah Harry von der Seite an. So groß und breitschultrig – mit seiner schlichten Freude an dieser schrecklichen, langweiligen Party.

Armes kleines reiches Mädchen . . .

»Aaah!« Es war ein Seufzer der Erleichterung.

Harry warf seiner Frau einen belustigten Blick zu. Sie waren auf dem Rückweg von der Party.

»Liebling«, sagte sie. »Was für eine schreckliche Party!« Harry lachte. »Ja, wirklich schrecklich. Aber du weißt, mein Schatz, es musste sein. Alle diese furchtbaren Tanten kennen mich seit meiner Kindheit. Sie wären furchtbar enttäuscht gewesen, wenn sie dich nicht aus nächster Nähe hätten besichtigen können.«

Louise verzog das Gesicht. »Müssen wir sie oft sehen?«, fragte sie.

»Wie? Aber nein. Sie kommen und machen ihre offiziellen Besuche mit Visitenkarten, und du erwiderst die Besuche, und dann brauchst du dich nicht mehr um sie zu kümmern. Du kannst dir deine eigenen Freunde suchen oder was immer du willst.«

Nach einer kurzen Pause sagte Louise: »Gibt es hier denn niemand, der ein bisschen amüsant ist?«

»Aber ja. Da gibt es den Jagdklub zum Beispiel. Obwohl du die vielleicht auch ein bisschen langweilig finden wirst. Sie interessieren sich fast nur für Hunde und Pferde. Du wirst natürlich reiten. Es wird dir Spaß machen. Drüben in Eglinton gibt es ein Pferd, das du dir ansehen solltest. Ein herrliches Tier, sehr gut abgerichtet, ohne Launen und mit viel Temperament.«

Der Wagen wurde langsamer, um in das Tor von »Kingsdean« einzufahren. Harry riss fluchend das Lenkrad herum und konnte einen Zusammenstoß gerade noch vermeiden, als eine groteske Gestalt mitten auf die Straße sprang. Dort stand sie, schüttelte die Faust und rief ihnen nach.

Loiuse packte ihn am Arm. »Wer ist das – diese schreckliche alte Frau?«

Harrys Gesicht war finster. »Das ist die alte Murgatroyd. Ihr Mann war Hausmeister in dem alten Haus. Sie haben dort fast dreißig Jahre gelebt.«

»Warum droht sie dir mit der Faust?«

Harrys Gesicht wurde rot. »Sie – nun, sie war dagegen, dass das Haus abgerissen wurde. Sie wurde natürlich entlassen. Ihr Mann ist seit zwei Jahren tot. Man sagt, dass sie seitdem ein bisschen sonderbar ist.«

»Muss sie – muss sie hungern?«

Louises Vorstellungen waren unklar und etwas melodramatisch. Reichtum verhindert den Kontakt mit der Wirklichkeit.

Harry war empört. »Mein Gott, Louise, was für ein Gedanke! Ich habe ihr natürlich eine Rente ausgesetzt, übrigens eine recht gute! Ich habe ihr ein kleines Haus besorgt und alles.«

»Aber was hat sie dann?«, fragte Louise verwirrt.

Harry sah sie stirnrunzelnd an. »Wie soll ich das wissen? Sie ist verrückt. Sie liebte das Haus.«

»Aber es war doch eine Ruine, oder nicht?«

»Natürlich war es das, die Mauern verfallen, das Dach undicht, es war lebensgefährlich. Aber anscheinend hat es ihr etwas bedeutet. Sie hat dort sehr lange gelebt. Ach, ich weiß nicht! Die Alte ist verrückt, glaube ich.«

Louise sagte unsicher: »Ich glaube, sie hat – sie hat uns verflucht. Ach Harry, ich wollte, das hätte sie nicht getan.«

Louise hatte das Gefühl, dass ihr neues Heim durch die boshafte Gestalt dieser verrückten alten Frau vergiftet und verseucht war. Wenn sie mit dem Wagen fortfuhr, wenn sie ausritt, wenn sie mit den Hunden spazieren ging, wartete immer die gleiche Gestalt auf sie. Da hockte sie, einen zerbeulten Hut auf den strähnigen eisengrauen Haaren, und murmelte Verwünschungen.

Louise kam zu der Überzeugung, dass Harry Recht hatte – die alte Frau war wahnsinnig. Aber das machte die Sache keineswegs leichter. Mrs. Murgatroyd kam niemals wirklich bis zum Haus, sie stieß auch keine direkten Drohungen aus und wurde nicht gewalttätig. Ihre hockende Gestalt blieb immer draußen dicht vor dem Tor. Eine Anzeige bei der Polizei wäre nutzlos gewesen, und außerdem war Harry Laxton gegen ein solches Vorgehen. Er meinte, das würde nur die öffentliche Sympathie für die alte Frau wecken. Er nahm die Sache leichter als Louise.

»Mach dir keine Sorgen, Liebling. Sie wird diese albernen Späße bald leid sein. Vielleicht wollte sie es nur einmal ausprobieren.«

»Das tut sie nicht, Harry. Sie – sie hasst uns, das fühle ich. Sie – sie verflucht uns.«

»Sie ist keine Hexe, wenn sie auch so aussieht. Lass dich nicht verrückt machen.«

Louise schwieg. Jetzt, nachdem die ersten Aufregungen

des Umzugs vorüber waren, fühlte sie sich sonderbar einsam und verlassen. Sie war an ein Leben in London und an der Riviera gewöhnt gewesen. Sie wusste nichts vom englischen Landleben und hatte auch keine Neigung dazu. Sie verstand nichts von der Gartenarbeit, außer Blumen zu schneiden. Sie machte sich nichts aus Hunden. Die Nachbarn, die sie traf, langweilten sie. Am meisten Spaß machte ihr das Reiten, manchmal mit Harry, und wenn er mit dem Gut viel Arbeit hatte, allein. Sie trabte durch die Wälder und Felder und freute sich an dem leichten Gang des schönen Pferdes, das Harry ihr gekauft hatte. Aber selbst Prince Hal, ein lammfrommer kastanienbrauner Hengst, scheute und schnaubte, wenn er seine Herrin an der hingekauerten Gestalt der boshaften alten Frau vorbeitrug.

Eines Tages nahm Louise ihr Herz in beide Hände. Sie ging spazieren. Sie war an Mrs. Murgatroyd vorübergegangen, anscheinend ohne sie zu bemerken, aber plötzlich kehrte sie um und ging direkt auf sie zu. Etwas atemlos fragte sie: »Was gibt es? Was ist los? Was wollen Sie?«

Die alte Frau blinzelte sie an. Sie hatte ein verschlagenes dunkles Zigeunergesicht mit strähnigem, eisengrauem Haar und verschwommenen misstrauischen Augen. Louise fragte sich, ob sie eine Trinkerin war.

Sie sprach mit jammernder, aber gleichzeitig drohender Stimme. »Was ich will, fragen Sie? Was wohl! Was man mir fortgenommen hat. Wer hat mich denn aus ›Kingsdean‹ vertrieben? Fast vierzig Jahre habe ich dort gewohnt, als Kind und als Frau. Es war sehr böse, mich dort hinauszuwerfen, und es wird Ihnen und ihm nur Unglück bringen.«

Louise sagte: »Sie haben doch ein hübsches kleines Haus und . . .«

Sie brach ab. Die alte Frau warf die Arme empor und kreischte: »Was nützt mir das? Ich will meinen eigenen Platz und mein eigenes Feuer, an dem ich all die Jahre gesessen habe. Und ich sage Ihnen, Sie werden kein Glück finden in Ihrem neuen schönen Haus. Das Schwarze Verhängnis wartet auf Sie! Tod und Verderben und mein Fluch. Möge Ihr schönes Gesicht verfaulen.«

Louise drehte sich um und lief taumelnd davon. Sie dachte, ich muss von hier fort! Wir müssen das Haus verkaufen! Wir müssen fort von hier!

Im Augenblick schien das eine leichte Lösung für sie. Aber Harrys völliges Unverständnis machte es unmöglich. Er rief: »Von hier fortgehen? Das Haus verkaufen? Wegen der Drohung einer verrückten alten Frau? Du musst wahnsinnig sein.«

»Nein, das bin ich nicht. Aber sie – sie ängstigt mich. Ich weiß, dass etwas geschehen wird.«

Harry Laxton sagte grimmig: »Überlass mir Mrs. Murgatroyd. Ich regele das!«

Zwischen Clarice Vane und der jungen Mrs. Laxton hatte sich eine Freundschaft entwickelt. Sie waren fast gleichaltrig, obwohl sehr unterschiedlich im Charakter und im Geschmack. In Clarice' Gegenwart fühlte Louise sich sicherer. Clarice war so Vertrauen erweckend, so selbstsicher. Louise erwähnte die Sache von Mrs. Murgatroyd und ihren Drohungen, aber Clarice betrachtete die Angelegenheit eher als ärgerlich denn als beängstigend.

»Die Geschichte ist idiotisch«, meinte sie. »Und für dich wirklich lästig.«

»Weißt du, Clarice, manchmal habe ich richtig Angst. Ich kriege schreckliches Herzklopfen.«

»Unsinn. Du darfst dich dadurch nicht verrückt machen lassen. Sie wird es bald leid sein.«

Als es eine Weile still blieb, fragte Clarice: »Was ist los?«

Louise wartete einen Augenblick, dann stieß sie die Antwort hervor. »Ich hasse diesen Ort! Ich hasse es, hier zu sein. Die Wälder und das Haus, und die schreckliche Stille bei Nacht, und die sonderbaren Geräusche der Eulen. Ach, und die Leute und alles.«

»Die Leute? Was für Leute?«

»Die Leute im Dorf. Die spionierenden, schwatzhaften alten Schachteln.«

»Was haben sie gesagt?«, fragte Clarice scharf.

»Ich weiß nicht. Nichts Bestimmtes. Aber sie haben krankhafte Gehirne. Wenn man mit ihnen spricht, hat man das Gefühl, keinem Menschen mehr trauen zu können – nicht einem Menschen . . .«

»Vergiss sie«, sagte Clarice streng. »Sie haben nichts außer ihrem Klatsch. Und den größten Teil des Unsinns, den sie erzählen, erfinden sie selbst.«

Louise sagte: »Ich wollte, ich wäre nie hierher gekommen. Aber Harry bewundert das Land.« Ihre Stimme wurde weich.

Und wie sie ihn bewundert, dachte Clarice. »Ich muss jetzt gehen«, sagte sie hastig.

»Ich lasse dich mit dem Wagen heimfahren. Komm bald wieder.«

Clarice nickte. Louise fühlte sich durch den Besuch ihrer neuen Freundin getröstet. Harry war froh, dass er sie bei besserer Laune vorfand, und von da an drängte er sie, Clarice sehr oft einzuladen.

Eines Tages sagte er: »Ich habe gute Nachrichten, Liebste.«

»Ach, was denn?«

»Die Sache mit der Murgatroyd ist geregelt. Sie hat einen Sohn in Amerika. Nun habe ich sie überredet, ihn zu besuchen. Ich zahle ihr die Überfahrt.«

»Ach Harry, wie wunderbar. Ich glaube, jetzt könnte ich ›Kingsdean‹ doch noch lieben.«

»Doch noch lieben? Aber es ist der schönste Platz der Welt!«

Louise schauderte. So schnell konnte sie sich von ihrer abergläubischen Furcht nicht befreien. Wenn sich die Damen von St. Mary Mead auf das Vergnügen gefreut hatten, der Braut Informationen über die Vergangenheit ihres Gatten zukommen zu lassen, so wurde ihnen dieses Vergnügen durch Harry Laxtons eigenes rasches Tätigwerden verdorben.

Miss Harmon und Clarice Vane waren gleichzeitig in Mr. Edges Drogerie, die eine um Mottenkugeln zu kaufen und die andere Borax, als Harry Laxton mit seiner Frau hereinkam.

Nach der Begrüßung der beiden Damen drehte Harry sich zum Ladentisch und wollte gerade eine Zahnbürste verlangen, als er mitten im Satz abbrach und mit freudiger Stimme rief: »Ja, wen sehe ich denn da? Das ist doch Bella.«

Mrs. Edge, die aus dem Hinterzimmer gekommen war, um sich der Kunden im Laden anzunehmen, strahlte ihn freundlich an. Sie war ein dunkles, hübsches Mädchen gewesen und immer noch eine recht ansehnliche hübsche Frau, obwohl sie zugenommen hatte und ihre Gesichtszüge härter geworden waren. Aber ihre großen braunen Augen waren voll Wärme, als sie erwiderte: »Ja, ich bin Bella, Mr. Harry und ich freue mich, Sie nach so langer Zeit zu sehen.«

Harry drehte sich zu seiner Frau um. »Bella ist eine alte Flamme von mir, Louise«, sagte er. »Ich war über beide Ohren verliebt. War es nicht so, Bella?«

»Genau so war es«, sagte Mrs. Edge.

Louise lachte. »Mein Mann ist sehr glücklich, alle seine alten Freunde wieder zu sehen«, sagte sie.

»Ach«, erwiderte Mrs. Edge. »Wir haben Sie nicht vergessen, Mr. Harry. Es ist wie ein Märchen, dass Sie geheiratet und anstelle des alten verfallenen Gebäudes von ›Kingsdean‹ ein neues Haus gebaut haben.«

»Sie sehen glänzend aus«, sagte Harry, und Mrs. Edge lachte und sagte, es ginge ihr auch gut, und was nun mit dieser Zahnbürste wäre?

Clarice, die den verwunderten Blick in Miss Harmons Gesicht sah, dachte frohlockend: Gut gemacht, Harry. Du hast ihnen die Mäuler gestopft.

Dr. Haydock fragte seine Nichte: »Was soll dieser Unsinn über die alte Mrs. Murgatroyd, die sich bei ›Kingsdean‹ herumtreiben, die Fäuste schütteln und die neue Herrschaft verfluchen soll?«

»Das ist kein Unsinn. Es ist die Wahrheit. Es hat Louise schrecklich aufgeregt.«

»Sag ihr, sie soll sich keine Sorgen machen. Als die Murgatroyds noch Hausmeister waren, haben sie nie aufgehört, über das Haus zu schimpfen; sie blieben nur, weil Murgatroyd ein Trinker war und keine andere Arbeit bekam.«

»Ich werde es ihr sagen«, meinte Clarice zweifelnd. »Aber sie wird es vermutlich nicht glauben. Die alte Frau tobt vor Wut.«

»Aber als Kind hatte sie Harry sehr gern. Ich verstehe das nicht.«

Clarice sagte: »Nun ja, sie werden sie bald los sein. Harry bezahlt ihr die Überfahrt nach Amerika.«

Drei Tage später wurde Louise vom Pferd abgeworfen und starb.

Zwei Männer in einem Bäckerwagen waren Zeugen des Unfalls. Sie sahen, wie Louise durch das Tor ritt, sahen, wie die alte Frau aufsprang, auf der Straße stand, mit den Armen ruderte und schrie, sie sahen, wie das Pferd losrannte, schwankte und wie verrückt die Straße hinunterraste und wie Louise Laxton kopfüber hinunterstürzte.

Der er eine beugte sich über die bewusstlose Gestalt und

wusste nicht, was er tun sollte, und der andere rannte ins Haus, um Hilfe zu holen.

Harry Laxton stürzte mit bleichem Gesicht heraus. Sie hängten eine Tür des Lieferwagens aus, legten sie darauf und trugen sie ins Haus. Sie starb, ohne das Bewusstsein wiederzuerlangen, bevor der Arzt eintraf.

(Ende von Dr. Haydocks Manuskript)

Als Dr. Haydock am nächsten Tag kam, freute er sich festzustellen, dass Miss Marples Wangen leicht gerötet waren und ihr Benehmen entschieden lebhafter war.

»Nun«, fragte er. »Wie lautet Ihr Spruch?«

»Wo liegt das Problem, Dr. Haydock?«, erwiderte Miss Marple.

»Ach, meine Liebe, muss ich Ihnen das sagen?«

»Ich nehme an«, sagte Miss Marple, »dass es das sonderbare Verhalten der Hausmeisterin ist. Warum benahm sie sich so merkwürdig? Gewiss, die Leute wehren sich dagegen, aus ihren Häusern verdrängt zu werden. Aber es war nicht ihr Haus. Tatsächlich hat sie geschimpft und sich beschwert, solange sie dort wohnte. Ja, das sieht wirklich verdächtig aus. Was wurde übrigens aus ihr?«

»Sie verschwand nach Liverpool. Der Unfall hatte sie erschreckt. Sie wollte lieber dort auf das Schiff warten.«

»Für irgendjemand äußerst bequem«, sagte Miss Marple.

»Ja, ich glaube, das Problem des Verhaltens der Hausmeisterin kann sehr leicht erklärt werden. Bestechung, oder nicht?«

»Ist das Ihr Vorschlag?«

»Nun, wenn das nicht ihr natürliches Verhalten war, muss sie eine ›Rolle‹ gespielt haben, und das bedeutet, dass jemand sie für dieses Spiel bezahlt hat.«

»Und wissen Sie auch, wer dieser Jemand war?«

»Ach, ich glaube schon. Es hat wieder mit Geld zu tun. Und

ich habe immer beobachtet, dass Männer stets den gleichen Typ verehren.«

»Jetzt komme ich nicht mehr mit.«

»Nun, es hängt alles zusammen. Harry Laxton verehrte Bella Edge, eine dunkle, lebhafte Frau. Ihre Nichte Clarice ist der gleiche Typ. Aber seine arme kleine Frau war ganz anders – blond und eher langweilig –, überhaupt nicht sein Typ. Deshalb muss er sie wegen ihres Geldes geheiratet haben. Und hat sie auch wegen ihres Geldes ermordet!«

»Sie benutzen das Wort ›Mord‹?

»Ja, er scheint der richtige Typ zu sein. Er wirkt auf Frauen und ist völlig gewissenlos. Ich glaube, er wollte das Geld seiner Frau und dann Ihre Nichte heiraten. Man hat gesehen, wie er mit Mrs. Edge sprach. Aber ich glaube nicht, dass sie ihn noch interessierte. Obwohl ich behaupten möchte, dass er bei der armen Frau den gegenteiligen Eindruck erweckte, weil es seinem Ziel diente. Vermutlich stand sie unter seinem Einfluss.«

»Und wie glauben Sie, dass er sie ermordet hat?«

Miss Marple starrte für ein paar Minuten mit verträumten blauen Augen vor sich hin.

»Die Zeit war gut gewählt, mit dem Bäckerwagen als Zeugen. Sie sahen die alte Frau und natürlich gaben sie ihr die Schuld für das Scheuen des Pferdes. Aber ich könnte mir ein Luftgewehr vorstellen, oder vielleicht ein Katapult – er konnte mit einem Katapult gut umgehen, ja, in dem Augenblick, als das Pferd durch das Tor kam. Das Pferd bäumte sich natürlich auf, und Mrs. Laxton wurde abgeworfen.«

Stirnrunzelnd hielt sie inne.

»Der Sturz kann sie getötet haben. Aber dessen konnte er nicht sicher sein. Und er scheint ein Mann zu sein, der sorgfältig plant und nichts dem Zufall überlässt. Schließlich konnte ihm Mrs. Edge etwas Geeignetes besorgen, ohne dass ihr Mann davon erfuhr. Andererseits, warum sollte Harry sich sonst mit ihr abgeben? Ja, ich glaube, er hatte eine starke Droge zur Hand, die er ihr verabreichte, bevor Sie eintrafen. Denn wenn eine Frau vom Pferd stürzt, ernsthafte Verletzungen hat und stirbt, ohne wieder zu Bewusstsein zu kommen, dann schöpft ein Arzt doch normalerweise keinen Verdacht, oder? Er würde es auf einen Schock oder so etwas zurückführen.«

Dr. Haydock nickte.

»Warum schöpften Sie Verdacht?« fragte Miss Marple.

»Es war keine besondere Klugheit von mir«, sagte Dr. Haydock. »Es war nur die banale, allgemein bekannte Tatsache, dass ein Mörder so stolz auf seine Klugheit ist, dass er die nötigen Vorsichtsmaßnahmen vergisst. Ich sprach gerade ein paar tröstende Worte zu dem leidgeprüften Gatten – und der Bursche tat mir wirklich leid –, als er sich auf ein Sofa fallen ließ um mir seine Trauer vorzuspielen. Und dabei fiel ihm eine Injektionsspritze aus der Tasche.

Er hob sie rasch auf und sah so entsetzt aus, dass ich nachdenklich wurde. Harry Laxton war nicht drogensüchtig; er war völlig gesund; was tat er also mit einer Injektionsspritze? Bei der Obduktion behielt ich bestimmte Möglichkeiten im Auge. Ich fand Strophanthin. Der Rest war einfach. Es fand sich Strophanthin in Laxtons Besitz, und Bella Edge brach beim Polizeirevier zusammen und gestand, es ihm gegeben zu haben. Und endlich gab die alte Mrs. Murgatroyd zu, dass Harry Laxton sie veranlasst hatte, sich als fluchende Hexe zu gebärden.«

»Und Ihre Nichte hat es überstanden?«

»Ja. Sie war beeindruckt von dem Burschen, aber es ging nicht sehr tief.«

Der Arzt nahm sein Manuskript auf.

»Sie haben ein Lob verdient, Miss Marple; ich allerdings auch – für die ›Medizin‹, die ich Ihnen verschrieb. Sie sehen schon fast gesund aus.«

Die Perle

»Ach, bitte Madam, könnte ich Sie einen Moment sprechen?«

Eigentlich war diese Frage in sich widersinnig, da Edna, Miss Marples junges Dienstmädchen, bereits mit ihrer Herrin sprach.

Miss Marple ging bereitwillig auf Ednas Wunsch ein und sagte: »Natürlich, Edna, komm und schließ die Tür. Was gibt's?«

Gehorsam machte Edna die Tür zu und ging weiter ins Zimmer. Verlegen drehte sie den Zipfel ihrer Schürze zwischen den Fingern. Aufgeregt schluckte sie ein- oder zweimal.

»Na, was ist, Edna?«, ermutigte sie Miss Marple.

»Oh, bitte, Ma'am, es geht um meine Kusine, Gladdie.«

»Du meine Güte!« Miss Marple dachte sogleich an die schlimmste – und leider meist zutreffende Möglichkeit. »Sie ist doch nicht . . .«

Hastig beteuerte Edna: »Oh, nein. Ma'am, nicht was Sie denken. Gladdie gehört nicht zu der Sorte Mädchen. Sie hat sich nur furchtbar aufgeregt. Sie hat ihre Stellung verloren.«

»Ach je, das tut mir leid. Sie hat in *Old Hall* gearbeitet, nicht wahr, bei Miss – den Schwestern – Skinner?«

»Ja, Ma'am, das ist richtig, Ma'am. Und Gladdie hat sich sehr darüber aufgeregt – sie ist ganz verstört.«

»Gladdie hat doch schon öfter die Stellung gewechselt?«

»O ja, Ma'am. Sie hat gern Abwechslung und kann sich

nicht dazu entschließen, sich irgendwo niederzulassen, wenn Sie verstehen, was ich meine. Aber sie hat immer von sich aus gekündigt.«

»Und diesmal war es umgekehrt?«, fragte Miss Marple ungerührt.

»Ja, Ma'am, und darüber regt sich Gladdie furchtbar auf.«

Das überraschte Miss Marple. Sie hatte Gladdie als stämmiges, beherztes Mädchen in Erinnerung, mit einem ausgeglichenen, unerschütterlichen Naturell. Gladdie war wiederholt auf eine Tasse Tee in die Küche gekommen, wenn sie ihren freien Tag hatte.

Edna erzählte weiter. »Wissen Sie, Ma'am, es war so eigenartig – wie Miss Skinner aussah.«

»Wie«, erkundigte sich Miss Marple geduldig, »hat denn Miss Skinner ausgesehen?«

Nun gab es kein Halten mehr für Edna, sie erzählte die ganze Geschichte. »Oh, Ma'am, es war so aufregend für Gladdie. Sehen Sie, Miss Emilys Brosche war verschwunden und alles wurde durchsucht, ein heilloses Durcheinander. So etwas ist unangenehm, das hat niemand gern. Und Gladdie hat eifrig mitgesucht. Miss Lavinia wollte die Polizei benachrichtigen, als die Brosche im hintersten Winkel einer Schublade entdeckt wurde. Gladdie war sehr froh darüber.

Und dann hat sie am nächsten Tag einen Teller zerbrochen. Miss Lavinia hat kurzerhand Gladdie gekündigt. Aber Gladdie glaubt, dass es nur ein Vorwand war, dass Miss Lavinia glaubt, sie hätte die Brosche gestohlen, und als sie dann damit drohte, die Polizei zu benachrichtigen, hätte sie sie schnell zurückgelegt, so dass sie gefunden wurde. Aber Gladdie würde so etwas niemals tun – niemals, und jetzt hat sie Angst, dass es sich herumspricht und sie in Verruf kommt, und das ist schlimm für ein Mädchen, wie Sie wissen, Ma'am.«

Miss Marple nickte. Obwohl sie die vorlaute, sehr von sich

eingenommene Gladdie nicht besonders mochte, war sie von ihrer Ehrlichkeit überzeugt und konnte sich gut vorstellen, dass das Mädchen zutiefst empört darüber war.

Verschämt fragte Edna: »Sie können ihr wohl nicht helfen, Ma'am? Gladdie ist ganz aus dem Häuschen.«

»Sag ihr, sie soll vernünftig bleiben«, antwortete Miss Marple forsch. »Wenn sie die Brosche nicht genommen hat – davon bin ich überzeugt –, dann hat sie keinen Grund sich aufzuregen.«

»Es wird sich herumsprechen«, gab Edna zu bedenken.

Miss Marple beruhigte sie: »Ich komme heute in die Gegend. Ich werde bei den Damen Skinner einen Besuch abstatten.«

»Oh, vielen Dank, Madam«, sagte Edna.

Old Hall war ein großes, viktorianisches Haus, umgeben von einem Park und Wäldern. Da niemand es in seinem ursprünglichen Zustand mieten oder kaufen wollte, kam ein Spekulant auf die Idee, es in vier Wohnungen aufzuteilen, eine Zentralheizung einzubauen und den Grund und Boden zur Benützung durch die Mieter freizugeben. Das Experiment glückte. Eine Wohnung wurde von einer reichen, exzentrischen Dame mit ihrem Dienstmädchen bezogen. Die alte Dame hatte eine Vorliebe für Vögel und fütterte ihre gefiederten Gäste mehrmals täglich. Die zweite Wohnung nahm ein pensionierter indischer Richter mit seiner Frau. Ein sehr junges, frisch verheiratetes Paar lebte in der dritten Wohnung, und die vierte war erst vor zwei Monaten an zwei allein stehende Damen namens Skinner vermietet worden. Die vier Mietparteien verkehrten nur sehr oberflächlich miteinander da sie keinerlei gemeinsame Interessen hatten.

Miss Marple kannte alle Mieter oberflächlich, hatte aber keinen näheren Kontakt zu ihnen. Die ältere Miss Skinner,

Miss Lavinia, könnte man als die aktive Teilhaberin der Firma bezeichnen. Miss Emily, die jüngere Schwester, verbrachte ihre Tage fast ausschließlich im Bett. Sie hatte verschiedene chronische Leiden – in St. Mary Mead sprach man von eingebildeten Krankheiten. Nur Miss Lavinia glaubte unbeirrt an das unverdiente Martyrium ihrer Schwester und bewunderte die unendliche Geduld, mit der sie diese Heimsuchung ertrug.

In St. Mary Mead war man davon überzeugt, dass Miss Emily längst nach Dr. Haydock geschickt hätte, wenn nur ein Teil ihrer Leiden echt gewesen wäre. Einer diesbezüglichen Andeutung begegnete Miss Emily nur mit einem überheblichen Anheben der Augenbrauen und einer leise gemurmelten Bemerkung, dass sie kein einfacher Fall wäre – die besten Spezialisten Londons hätten vor einem Rätsel gestanden –, und nun behandelte eine Kapazität sie nach dem neuesten Stand der Wissenschaften.

»Und ich sage euch«, meinte Miss Hartnell unverblümt, »sie tut gut daran, ihn nicht holen zu lassen. Unser lieber Dr. Haydock würde ihr auf seine direkte Art sagen, dass ihr nichts fehlt und sie gefälligst aufstehen und kein Theater machen soll! Das würde ihr gut tun!«

Da ihr jedoch diese willkürlichen Maßnahmen versagt blieben, lag Miss Emily weiterhin auf Sofas, umgeben von merkwürdigen kleinen Pillendöschen und wies alle Speisen ab, die extra für sie gekocht wurden, nur um etwas zu verlangen, das meistens schwierig und umständlich zu beschaffen war.

Eine sehr bedrückte Gladdie öffnete Miss Marple die Tür. Im Wohnzimmer (der frühere Salon war unterteilt worden in ein Wohn-, ein Ess- und ein Empfangszimmer) wurde sie von Miss Lavinia erwartet.

Lavinia Skinner war eine große, hagere, knochige Frau um

die fünfzig, mit einer rauen Stimme und schroffem Benehmen.

»Es freut mich, Sie zu sehen«, sagte sie. »Emily hat sich hingelegt, die Arme fühlt sich heute nicht wohl. Ihr Besuch würde ihr gut tun, aber oft ist sie zu schwach, um jemanden zu empfangen. Die Arme, sie erträgt alles so geduldig.«

Miss Marple zeigte höfliches Verständnis. Da Dienstboten immer wieder ein beliebtes Gesprächsthema in St. Mary Mead waren, war es nicht schwierig, ihre Unterhaltung in diese Richtung zu lenken. Miss Marple bemerkte, dass sie gehört hätte, Gladys Holmes, dieses nette Mädchen, wolle sie verlassen.

Miss Lavinia nickte. »Am Mittwoch in einer Woche. Sie hat Geschirr zerbrochen, das kann ich nicht dulden, verstehen Sie?«

Miss Marple seufzte und gab zu, dass man heutzutage gewisse Zugeständnisse machen müsse. Auf dem Land war es schwierig, Dienstmädchen zu bekommen. Ob es ein kluger Entschluss war, sich von Gladys zu trennen?

»Ich weiß selbst, wie schwierig es ist, Dienstboten zu finden«, gab Miss Lavinia zu. »Die Devereux suchen vergeblich – was mich nicht wundert – ewig streiten sie und hören Jazz-Musik die halbe Nacht – es gibt keine geregelte Essenszeit – die junge Frau hat keine Ahnung vom Haushalt, der Ehemann tut mir leid! Das indische Dienstmädchen der Larkins hat auch erst kürzlich gekündigt, kein Wunder bei den indischen Angewohnheiten des Richters. Um sechs Uhr morgens will er schon sein indisches Frühstück haben, sein ›chota hazri‹, wie er es nennt.«

»Könnte Sie das nicht veranlassen, Ihre Entscheidung bezüglich Gladys noch einmal zu überdenken? Sie ist wirklich ein nettes Mädchen. Ich kenne ihre Familie, ehrliche, anständige Leute.«

Miss Lavinia schüttelte den Kopf.

»Ich habe meine Gründe«, sagte sie nachdenklich.

Miss Marple murmelte: »Sie haben eine Brosche vermisst, habe ich gehört . . .«

»Wie haben Sie denn das erfahren? Von dem Mädchen wahrscheinlich. Ehrlich gesagt, ich bin mir ziemlich sicher, dass sie sie genommen hat. Dann bekam sie es mit der Angst zu tun und hat sie zurückgelegt. Aber ich kann nichts sagen, ich habe keine Beweise.« Sie wechselte das Thema. »Miss Marple, wollen wir zu Emily hineingehen? Es würde sie sicherlich aufmuntern.«

Gehorsam folge Miss Marple ihr zu einer Tür. Miss Lavinia klopfte und begleitete sie in das schönste Zimmer der Wohnung. Die Vorhänge waren halb zugezogen. Miss Emily lag im Bett und genoss offensichtlich das Dämmerlicht und ihr eigenes grenzenloses Leid.

Im gedämpften Licht war ein schmales, unscheinbares Geschöpf zu erkennen, die grauen Haarsträhnen zu einem unordentlichen Nest aufgetürmt, dessen sich jeder Vogel geschämt hätte. Im Zimmer roch es nach Eau de Cologne, altbackenem Zwieback und Kampfer. Mit halb geschlossenen Augen und einer dünnen, matten Stimme erklärte Emily Skinner, dass dies einer ihrer ›schlechten Tage‹ sei. »Das Schlimmste für einen kranken Menschen«, sagte Miss Emily schmerzlich, »ist zu wissen, dass man seinen Mitmenschen zur Last fällt. Lavinia ist so gut zu mir. Liebe Lavinia, es widerstrebt mir so, dir Umstände zu machen. Wenn doch nur die Wärmflasche so gefüllt werden könnte, wie ich es gern habe – sie ist zu voll und dadurch zu schwer – ist aber nicht genügend Wasser darin, wird sie sofort kalt!«

»Das tut mir Leid, meine Liebe. Gib sie mir.«

»Vielleicht könnte sie bei der Gelegenheit frisch gefüllt werden. Es ist wohl kein Sandgebäck im Haus – nein, nein, es macht nichts. Ich kann darauf verzichten. Etwas dünnen Tee und eine Scheibe Zitrone – keine Zitronen? Nein, wirklich nicht, ich kann Tee ohne Zitrone nicht trinken. Die Milch heute Morgen war sauer, das hat mir den Appetit auf Tee mit Milch gründlich verdorben. Aber es macht nichts. Ich kann auf meinen Tee verzichten. Ich fühlte mich nur so matt. Man sagt, Austern wären so nahrhaft. Ob mir einige Austern schmecken würden? Aber nein, das wäre zu viel verlangt, wo sollte man sie herbekommen zu dieser Tageszeit. Ich kann bis morgen damit warten.«

Lavinia murmelte etwas vor sich hin, das sich anhörte wie ›mit dem Rad ins Dorf fahren‹.

Miss Emily schenkte ihrem Gast ein schwaches Lächeln und wiederholte, wie verhasst es ihr sei, andere zu bemühen.

Miss Marple berichtete Edna am selben Abend von ihrer vergeblichen Mission.

Leider hatte sich das Gerücht über Gladys' vermeintliche Unehrlichkeit bereits wie ein Lauffeuer im Dorf verbreitet.

In der Post sprach Miss Wetherby davon. »Meine liebe Jane, in ihrem Zeugnis steht, dass sie fleißig, umsichtig und anständig war, von Ehrlichkeit wurde nichts erwähnt. Das ist doch eindeutig! Ich habe gehört, es ging um eine Brosche. Es muss etwas Wahres daran sein, für nichts und wieder nichts trennt man sich heutzutage nicht von einem Dienstmädchen. Sie werden schwerlich Ersatz finden. Die Mädchen gehen nicht gern ins *Old Hall*. Wart's ab, die Skinners werden keine andere finden, und dann muss diese widerliche, hypochondrische Schwester vielleicht aufstehen und selbst was tun!«

Eine Welle der Empörung erfasste das ganze Dorf, als bekannt wurde, dass die Misses Skinner durch die Vermittlung einer Agentur ein neues Dienstmädchen engagiert hatten. Nach allem, was man hörte, sollte es sich dabei um einen Ausbund von Tugend handeln.

»Sie hat ausgezeichnete Zeugnisse und Empfehlungsschreiben, liebt das Landleben und verlangt weniger Lohn als Gladys. Wir haben wirklich Glück gehabt.«

»Ja, tatsächlich«, antwortete Miss Marple, als ihr Miss Lavinia diese Einzelheiten beim Fischhändler berichtete.

»Fast zu schön, um wahr zu sein.«

In St. Mary Mead begann man zu hoffen, dass die Tugendhaftigkeit in Person in letzter Minute absagen würde.

Keine der Prophezeihungen traf jedoch ein, und das ganze Dorf konnte die Ankunft der Perle namens Mary Higgins beobachten, wie sie sich in Reeds Taxi zum *Old Hall* fahren ließ. Sie machte unstreitig einen guten Eindruck. Sie war eine respektabel aussehende Frau. Als Miss Marple das nächste Mal *Old Hall* aufsuchte, um Mitwirkende für das bevorstehende Kirchenfest zu werben, öffnete ihr Mary Higgins die Tür. Sie war ohne Zweifel eine repräsentable Hausangestellte, ungefähr vierzig Jahre alt, mit gepflegtem schwarzem Haar, rosigen Wangen, einer rundlichen Figur, diskret in Schwarz gekleidet mit einer weißen Schürze und Haube – unverwechselbar der gute, altmodische Typ von Hausmädchen, wie Miss Marple sie später beschrieb. Dazu passend eine leise, wohlklingende Stimme, eine angenehme Abwechslung zu Gladys' lauter, nasaler Tonart.

Miss Lavinia machte einen wesentlich ruhigeren Eindruck, und obwohl sie es bedauerte, nicht aktiv am Kirchenfest mitwirken zu können – aus Rücksicht auf ihre Schwester –, beteiligte sie sich mit einer beachtlichen Summe.

Miss Marple gratulierte ihr zu ihrem guten Aussehen.

»Das habe ich größtenteils Mary zu verdanken. Ich bin so froh, dass ich mich dazu entschlossen habe, das andere Mädchen zu entlassen. Mary ist unschätzbar. Sie kocht gut, serviert perfekt und hält unsere kleine Wohnung peinlich sauber. Und sie kann so gut mit Emily umgehen!«

Miss Marple erkundigte sich hastig nach Emilys Wohlerge-hen.

»Oh, die Arme. Es ist ihr in letzter Zeit nicht sehr gut ge-gangen. Sie kann natürlich nichts dafür, aber es ist oft recht schwierig. Sie hat Appetit auf ein bestimmte Gericht, es wird für sie gekocht und dann mag sie nicht essen, bis sie plötzlich eine halbe Stunde später wieder danach verlangt. Da ist das Essen natürlich nicht mehr genießbar und muss erneut ge-kocht werden. Das macht sehr viel Arbeit, aber glücklicher-weise scheint das Mary nichts auszumachen. Sie sagt, sie ist an den Umgang mit Kranken gewöhnt und versteht ihre Be-dürfnisse. Was für eine Hilfe sie ist!«

»Meine Liebe«, sagte Miss Marple. »Welch ein Glück für Sie.«

»Ja, tatsächlich. Ich glaube fest daran, dass Mary uns als Antwort auf meine Bittgebete gesandt wurde.«

»Sie scheint mir fast zu perfekt zu sein«, warnte Miss Mar-ple. »Ich an Ihrer Stelle wäre etwas vorsichtig.«

Lavinia Skinner missverstand diese Bemerkung völlig. Sie sagte: »Oh! Ich versichere Ihnen, ich tue alles, um ihr das Le-ben hier erträglich zu machen. Ich wüsste nicht, was ich an-fangen sollte, wenn sie uns verlassen würde.«

»Ich bin davon überzeugt, sie wird gehen, wann sie es für richtig hält«, betonte Miss Marple und schaute ihre Gastgebe-rin bedeutungsvoll an.

Miss Lavinia fuhr fort: »Es erleichtert das Leben sehr, wenn man keine häuslichen Probleme hat, nicht wahr? Wie kom-men Sie mit Ihrer kleinen Edna zurecht?«

»Sie ist recht anstellig. Kein Vergleich zu Ihrer Mary natür-lich. Doch weiß ich alles über Edna, weil sie ein Mädchen aus dem Dorf ist.«

Als sie auf den Gang hinaustrat, hörte sie die Kranke ärger-lich schimpfen. »Diese Kompresse ist völlig ausgetrocknet –

Doktor Allerton hat ausdrücklich angeordnet, dass sie beständig feucht gehalten werden müsse. Jetzt lassen Sie schon. Ich möchte eine Tasse Tee und ein gekochtes Ei – dreieinhalb Minuten, denken Sie daran, und schicken Sie Miss Lavinia zu mir.«

Die tüchtige Mary trat aus dem Schlafzimmer, sagte zu Lavinia: »Miss Emily verlangt nach Ihnen, Madam«, öffnete die Tür für Miss Marple, half ihr in den Mantel und reichte ihr den Schirm.

Miss Marple nahm den Schirm, ließ ihn fallen, wollte ihn aufheben, ließ ihre Handtasche fallen, deren Inhalt sich über den Fußboden verstreute. Höflich sammelte Mary verschiedene Gegenstände auf – ein Taschentuch, einen Terminkalender, eine altmodische Lederbörse, zwei Shillinge, drei Pennies und ein gestreiftes Pfefferminzbonbon.

Miss Marple betrachtete das letztere verwirrt.

»O je, das stammt sicher von Mrs. Clements kleinem Jungen. Ich kann mich daran erinnern, dass er es gelutscht hat, als er meine Handtasche nahm, um damit zu spielen. Er muss es hineingetan haben. Es ist furchtbar klebrig, nicht wahr?«

»Soll ich es an mich nehmen, Madam?«

»Oh, würden Sie so freundlich sein. Vielen Dank.«

Mary bückte sich, um den letzten Gegenstand, einen kleinen Spiegel, aufzuheben. Miss Marple nahm ihn entgegen und rief freudig aus: »Welch ein Glück, dass er nicht zerbrochen ist.«

Daraufhin verließ sie das Haus und Mary, die höflich mit völlig ausdruckslosem Gesicht in der Tür stand, ein Pfefferminzbonbon in der Hand.

Zehn Tage lang musste St. Mary Mead sich den Lobgesang auf Miss Lavinias und Miss Emilys Perle anhören.

Am elften Tag gab es ein böses Erwachen.

Mary war verschwunden! Ihr Bett war unberührt und die

Haustür nur angelehnt. Leise hatte sie sich während der Nacht davongeschlichen.

Und nicht nur Mary wurde vermisst! Zwei Broschen und fünf Ringe von Miss Lavinia und drei Ringe, ein Anhänger, ein Armband und vier Broschen von Miss Emily waren ebenfalls verschwunden.

Doch das war erst der Anfang der Katastrophe.

Der jungen Mrs. Devereux waren ihre Diamanten gestohlen worden, die sie in einer unverschlossenen Schublade aufbewahrt hatte und einige kostbare Pelze, die sie zur Hochzeit geschenkt bekommen hatte. Dem Richter und seiner Frau fehlten ebenfalls Schmuck und Geld. Mrs. Charmichael war am schlimmsten geschädigt worden. Sie hatte in ihrer Wohnung nicht nur kostbaren Schmuck, sondern auch eine größere Summe Geld aufbewahrt, die gestohlen worden waren. Es war Janets freier Abend gewesen, und Mrs. Charmichael hatte die Angewohnheit, in der Dämmerung im Garten spazieren zu gehen und ihre gefiederten Freunde zu füttern. Es war offensichtlich, dass Mary, das perfekte Hausmädchen, Schlüssel zu allen Wohnungen hatte!

Es muss zugegeben werden, dass die Schadenfreude groß war in St. Mary Mead. Miss Lavinia hatte so geprahlt mit ihrer fabelhaften Mary.

»Dabei war sie nur eine gewöhnliche Diebin!«

Es folgten weitere überraschende Entdeckungen. Mary hatte nicht nur das Weite gesucht, sondern hatte, wie die Agentur, die sie vermittelt und sich für ihren Leumund verbürgt hatte, gar nicht existiert. Mary Higgins war der Name eines unbescholtenen Dienstmädchens, das bei der Schwester eines Dekans angestellt gewesen war. Die wirkliche Mary Higgins lebte friedlich in einem Ort in Cornwall.

»Verdammt schlau eingefädelt«, musste Inspektor Slack gezwungenermaßen zugeben. »Diese Frau gehört zu einer

Bande. Es gab einen ähnlichen Fall vor einem Jahr in Northumberland. Das Diebesgut ist nie wieder aufgetaucht, und sie wurde nicht erwischt. Wie auch immer – uns wird sie nicht entkommen!«

Inspektor Slack war ein sehr zuversichtlicher Mann.

Aber die Wochen verstrichen, und Mary Higgins war immer noch auf freiem Fuß. Allen Anstrengungen zum Trotz gelang es Inspektor Slack nicht, sie aufzuspüren.

Miss Lavinia war verbittert. Miss Emily hatte sich so aufgeregt, dass sie aus Angst tatsächlich nach Dr. Haydock schickte.

Das ganze Dorf war begierig zu erfahren, was er von Miss Emilys vorgegebenen Krankheiten hielt. Da man ihn aber nicht direkt fragen konnte, wurde die Neugierde schließlich durch die Auskuft des Apothekergehilfen gestillt. Dr. Haydock hatte Miss Emily eine Mixtur aus Asafötida und Baldrian verschrieben – ein altbekanntes Heilmitel, das Simulanten in der Armee verabreicht wurde!

Bald darauf erfuhr man, dass Miss Emily, enttäuscht über die unzureichende ärztliche Behandlung, die ihr widerfahren war, es vorzog, in die Nähe eines Spezialisten in London zu übersiedeln. Sie gab vor, dies nur wegen Lavinia beschlossen zu haben.

Die Wohnung wurde zur Weitervermietung ausgeschrieben.

Einige Tage danach erschien eine aufgeregte Miss Marple im Polizeirevier von Much Benham und fragte nach Inspektor Slack.

Inspektor Slack mochte Miss Marple nicht. Aber er wusste, dass der Polizeichef, Oberst Melchett, seine Abneigung nicht teilte. Daher empfing er sie widerwillig.

»Guten Tag, Miss Marple, was kann ich für Sie tun?«

»Oh«, sagte Miss Marple. »Sie scheinen wenig Zeit zu haben.«

»Ich habe viel zu tun«, antwortete Inspektor Slack, »aber ich kann einige Minuten erübrigen.«

»O je«, sagte Miss Marple. »Hoffentlich kann ich mich verständlich machen, es ist oft so schwierig, sich richtig auszudrücken, finden Sie nicht auch? Nein, Sie kennen diese Schwierigkeiten nicht. Aber verstehen Sie, für jemanden, der nicht modern erzogen worden ist – ich war nur Gouvernante, die etwas über die Könige von England erzählen konnte und ein bisschen Allgemeinwissen weitergeben konnte – zum Beispiel über die drei Krankheiten von Weizen – Fäulnis, Mehltau – was war die dritte doch gleich – war es Getreidebrand?«

»Wollen Sie mir etwas über Getreidebrand erzählen?«, fragte Inspektor Slack und errötete leicht.

»O nein, nein«, wehrte Miss Marple hastig ab. »Damit will ich nur veranschaulichen, wie leicht man abschweifen kann. Man lernt nicht, bei der Sache zu bleiben. Und genau das will ich tun. Es dreht sich um Miss Skinners Dienstmädchen, Gladys, verstehen Sie?«

»Mary Higgins«, verbesserte Inspektor Slack.

»Ja, das zweite Mädchen. Aber ich meine Gladys Holmes – eine ziemlich unverschämte und eingebildete Person – aber grundehrlich. Und es ist so wichtig, dass das anerkannt wird.«

»Es liegt keine Anzeige gegen sie vor«, sagte der Inspektor.

»Nein, ich weiß, dass keine Anzeige vorliegt – um so schlimmer. Verstehen Sie, die Leute denken weiterhin daran. O je – ich fürchte, ich drücke mich sehr umständlich aus. Was ich eigentlich sagen will, ist, dass es wichtig ist, Mary Higgins zu finden.«

»Nun«, meinte Inspektor Slack, »was würden Sie vorschlagen?«

»Ich habe mir tatsächlich Gedanken darüber gemacht«, gab

Miss Marple zu. »Darf ich Sie etwas fragen? Würden Ihnen Fingerabdrücke weiterhelfen?«

»Ah«, rief Inspektor Slack aus. »Sie ist sehr schlau vorgegangen. Sie hat anscheinend nur mit Handschuhen gearbeitet. Sie hat sorgfältig alle Fingerabdrücke abgewischt – in ihrem Schlafzimmer, am Waschbecken, überall. Wir haben im ganzen Haus keinen einzigen Fingerabdruck entdeckt!«

»Wäre es von Nutzen, wenn Sie ihre Fingerabdrücke hätten?«

»Möglicherweise, Madam. Sie könnten bei Scotland Yard registriert sein. Ich vermute, es war nicht ihr erstes Verbrechen!«

Miss Marple nickte lebhaft. Sie öffnete ihre Handtasche und nahm eine kleine Schachtel heraus. Darin lag, sorgfältig in Watte verpackt, ein kleiner Spiegel.

»Aus meiner Handtasche«, erklärte Miss Marple. »Die Fingerabdrücke des Hausmädchens sind darauf. Sie dürften deutlich abgezeichnet sein, sie hatte kurz zuvor eine äußerst klebrige Masse berührt.«

Inspektor Slack starrte sie an. »Haben Sie sie den Spiegel vorsätzlich berühren lassen?«

»Natürlich.«

»Sie haben sie verdächtigt?«

»Ich war nur misstrauisch, sie schien mir zu perfekt zu sein. Ich habe sogar Miss Lavinia darauf hingewiesen, aber sie wollte mich nicht verstehen. Herr Inspektor, ich muss Ihnen gestehen, dass ich leider nicht an Tugendbolde glauben kann. Wir haben alle unsere Fehler – und im häuslichen Bereich erkennt man sie sehr schnell!«

»Ich muss schon sagen«, Inspektor Slack gewann mühsam die Fassung wieder, »ich bin Ihnen sehr zu Dank verpflichtet. Wir werden die Fingerabdrücke dem Yard einsenden und abwraten, was dabei herauskommt.«

Er verstummte. Miss Marple hatte den Kopf leicht zur Seite geneigt und sah ihn bedeutungsvoll an.

»Könnten Sie vielleicht in Betracht ziehen, der Sache hier auf den Grund zu gehen?«

»Was meinen Sie damit, Miss Marple?«

»Es ist schwierig, das zu erklären. Oft stören einen Kleinigkeiten, etwas kommt einem seltsam vor, obwohl es meist nichts zu bedeuten hat. Etwas war eigentümlich an der Geschichte mit Gladys und der Brosche. Sie ist ein ehrliches Mädchen; sie hat die Brosche nicht genommen. Warum hat Miss Skinner sie verdächtig? Miss Skinner ist nicht dumm, im Gegenteil! Warum hat sie so darauf gedrängt, ein gutes Dienstmädchen loszuwerden, wenn Dienstboten so schwer zu bekommen sind? Das kam mir seltsam vor, verstehen Sie? Ich habe mich darüber gewundert und fing an nachzudenken. Es gab noch eine zweite Eigentümlichkeit, die mir keine Ruhe ließ! Miss Emily ist ein Hypochonder, aber sie ist der erste Hypochonder, der nicht sofort nach einem Doktor gerufen hat. Hypochonder lieben Ärzte. Miss Emily lehnte sie ab!«

»Was vermuten Sie, Miss Marple?«

»Miss Lavinia und Miss Emily kommen mir sehr verdächtig vor. Miss Emily verbringt ihre Zeit fast ausschließlich in einem abgedunkelten Zimmer. Und wenn sie nicht eine Perücke trug, dann will ich auf der Stelle meinen falschen Zopf aufessen! Ich behaupte, dass es durchaus möglich ist, dass eine schwache, blasse, grauhaarige, jammernde Frau identisch sein kann mit einer schwarzhaarigen, rotwangigen, rundlichen Frau. Es gibt niemanden, der Miss Emily und Mary Higgins jemals zusammen gesehen hat.

Sie hatte genügend Zeit, um sich Abdrücke von allen Schlüsseln zu besorgen, die Gewohnheiten der Mieter auszuforschen und sich dann ihres Dienstmädchens aus dem Ort zu entledigen. Miss Emily geht nachts zu Fuß zum Bahnhof, um sich von dort als Mary Higgins am nächsten Tag abholen zu lassen. Und dann, im geeigneten Moment verschwindet Mary Higgins und zieht den Verdacht auf sich. Ich sage Ihnen, wo Sie sie finden können, Inspektor. Auf Miss Emily Skinners Sofa! Besorgen Sie sich ihre Fingerabdrücke, falls Sie mir nicht glauben, aber Sie werden sehen, dass ich Recht habe! Die Skinners sind ein mit allen Wassern gewaschenes, raffiniertes Diebespärchen, und stecken zweifelsohne mit anderen unter einer Decke. Aber diesmal kommen sie nicht ungeschoren davon! Ich werde es nicht zulassen, dass der Ruf eines der Mädchen aus dem Dorf darunter leidet. Gladys Holmes ist ein ehrlicher Mensch, und alle werden es erfahren! Guten Tag!«

Miss Marple war hinausstolziert, ehe Inspektor Slack sich von seinem Schock erholt hatte.

»Puh!« murmelte er. »Ob sie Recht hat?«

Er musste bald erkennen, dass Miss Marple wieder einmal richtig vermutet hatte.

Oberst Melchett gratulierte Slack und lobte ihn wegen seiner Tüchtigkeit, und Miss Marple redete Gladys ins Gewissen, als sie bei Edna zu Besuch war, sich endlich eine dauerhafte Stellung zu suchen.

Das Asyl

Die Arme voller Chrysanthemen, kam die Frau des Vikars um die Ecke des Pfarrhauses. Schwarze Gartenerde haftete an ihren derben Schuhen, und ein paar Erdkrumen klebten an ihrer Nasenspitze, doch sie merkte nichts davon.

Es machte ihr etwas Mühe, das Tor der Pfarrei zu öffnen, denn es hing, verrostet, schon halb aus den Angeln. Ein Windstoß ließ ihren etwas ramponierten Filzhut verrutschen, so dass er noch kühner saß als zuvor. »Verdammt!«, zischte Bunch.

Von ihren optimistischen Eltern auf den Namen Diana getauft, wurde Mrs. Harmon schon in frühen Jahren, wohl aus offensichtlichen Gründen, Bunch (Bündel) genannt, und der Name war ihr geblieben. Sie presste die Chrysanthemen an sich und ging über den Friedhof bis zur Kirchentür.

Die Novemberluft war mild und feucht. Wolken fegten über den Himmel und ließen nur hier und dort ein Stückchen Blau frei. Im Innern der Kirche war es dämmerig und kalt, wurde nicht geheizt, wenn keine Messe war.

»Brrr!«, sagte Bunch ausdrucksvoll. »Ich beeile mich lieber. Ich will ja nicht vor Kälte sterben.«

Mit der Schnelligkeit, die aus langer Übung resultiert, trug sie alles nötige Drum und Dran zusammen: Vasen, Wasser, Blumenhalter. Ich wünschte, wir hätten Lilien, dachte Bunch. Ich hab diese zerrupften Chrysanthemen so satt. Ihre schlanken Finger arrangierten die Blumenstängel auf den Haltern.

Es war nichts besonders Originelles oder Künstlerisches an diesen Dekorationen, denn Bunch Harmon selbst war weder originell noch künstlerisch, aber sie gaben dem Raum eine anheimelnde freundliche Atmosphäre. Bunch trug gerade vorsichtig die Vasen die unteren Stufen zum Altar hinauf, als die Sonne durchbrach.

Sie schien durch die grellbunten Glasscheiben des Ostfensters, die, blau und rot, das Geschenk eines wohlhabenden viktorianischen Kirchgängers waren. Die Wirkung war fast überwältigend in ihrem plötzlichen Reichtum an Farben. Wie Juwelen, dachte Bunch. Plötzlich blieb sie wie angewurzelt stehen. Auf den oberen Altarstufen lag eine dunkle, in sich zusammengesunkene Gestalt.

Bunch setzte behutsam die Vasen ab und eilte darauf zu. Es war ein Mann, der dort zusammengekrümmt lag. Bunch beugte sich über ihn, kniete nieder und langsam, vorsichtig, drehte sie ihn um. Ihre Finger fühlten nach seinem Puls, einem Puls, der so schwach und flatternd ging, dass er seine eigene Geschichte erzählte, genauso wie die grünliche Blässe des Gesichts. Kein Zweifel, dachte Bunch, er stirbt.

Der Mann mochte fünfundvierzig Jahre alt sein, er trug einen dunklen, schäbigen Mantel. Sie legte die Hand, die sie aufgehoben hatte, behutsam nieder. Die andere Hand war, zu einer Faust geballt, fest auf die Brust gepresst. Die Finger hielten ein Taschentuch umklammert, das eine rostige Farbe angenommen hatte. Auch rund um diese verkrampfte Hand bemerkte sie Flecken, die sie für Blut hielt. Bunch hockte sich auf ihre Fersen und überlegte fieberhaft und mit gerunzelter Stirn.

Die Augen des Mannes waren geschlossen, doch jetzt öffnete er sie plötzlich und sah Bunch mit klarem Blick an. Er schien weder bewusstlos noch verwundert zu sein. Sein Blick schien sehr lebhaft und intelligent. Nun bewegte er die Lippen, und Bunch beugte sich vor, um ihn verstehen zu können. Er sagte nur die Worte:

»Kirchliches Asyl.«

Ihr schien es, als ob ein schwaches Lächeln über seine Züge huschte, während er die Worte aussprach. Ein Missverständnis war nicht möglich, denn nach einem Augenblick wiederholte er: »Kirchliches Asyl . . .«

Dann schlossen sich die Augen wieder, und ein lang gezogener Seufzer entrang sich seiner Brust. Noch einmal tasteten Bunchs Finger nach dem Puls. Er schlug noch, doch schwächer jetzt und noch unregelmäßiger. Sie stand entschlossen auf.

»Bleiben Sie still liegen«, sagte sie. »Versuchen Sie nicht, sich zu bewegen. Ich hole Hilfe.«

Wieder öffnete der Mann die Augen, doch diesmal schien seine Aufmerksamkeit auf das bunte Licht, das durch das Ostfenster hereinfloß, gerichtet zu sein. Er murmelte etwas, das Bunch nicht verstand. Sie dachte verwundert nach, ob es der Name ihres Mannes gewesen sein konnte.

»Julian?«, sagte sie. »Kamen Sie hierher, um Julian zu finden?« Aber der Mann gab keine Antwort. Er lag da mit geschlossenen Augen, sein Atem kam in langsamen, schwachen Stößen.

Bunch wandte sich ab und verließ schnell die Kirche. Sie warf einen Blick auf ihre Uhr und nickte erleichtert, Dr. Griffiths würde noch in seiner Praxis sein. Es war ein Weg von nur wenigen Minuten von der Kirche aus. Ohne zu klopfen durchschritt sie das Wartezimmer und betrat die Praxis.

»Sie müssen sofort kommen«, sagte Bunch. »In der Kirche liegt ein Mann im Sterben.«

Kurze Zeit darauf erhob sich Dr. Griffiths nach kurzer Untersuchung von den Knien.

»Können wir ihn ins Pfarrhaus hinüberbringen? Da könnte

ich mich besser um ihn kümmern – wir müssen alles versuchen.«

»Natürlich«, sagte Bunch. »Ich gehe voraus und richte alles. Soll ich Harper und Jones herschicken? Sie könnten ihn tragen helfen.«

»Danke. Ich kann vom Pfarrhaus aus einen Ambulanzwagen rufen, aber ich fürchte, bis der kommt . . .« Er sprach den Satz nicht zu Ende.

Bunch fragte: »Innere Blutungen?«

Dr. Griffiths nickte. Er sagte: »Wie um alles in der Welt kam er hierher?«

»Ich glaube, er muss die ganze Nacht hier gelegen haben«, sagte Bunch, indem sie überlegte. »Harper schließt zwar morgens, wenn er mit der Arbeit beginnt, die Kirche auf, aber gewöhnlich geht er nicht hinein.«

Fünf Minuten später legte Dr. Griffiths den Telefonhörer auf und kam wieder in die Halle, wo der verwundete Mann auf das Sofa gebettet lag. Bunch brachte eine Schüssel mit Wasser, und der Arzt reinigte die Wunde.

»So, das wäre erledigt«, sagte Griffiths. »Ich habe den Krankenwagen gerufen und die Polizei benachrichtigt.« Er schaute mit gerunzelter Stirn auf den Patienten hinab, der mit geschlossenen Augen dalag. Seine linke Hand zuckte nervös und tastend, als ob er nach etwas greifen wollte.

»Man hat auf ihn geschossen«, sagte Griffiths. »Der Schuss ging dicht am Herzen vorbei. Er hat sein Taschentuch auf die Wunde gepresst, um die Blutung zu stillen.«

»Kann er weit gekommen sein, nachdem das passiert ist?«, fragte Bunch.

»Doch ja, das ist möglich. Ein tödlich verwundeter Mann ist bekanntlich einmal aufgestanden und die Straße hinuntergegangen, so als ob nichts geschehen wäre, und erst nach fünf oder zehn Minuten hat er einen Kollaps bekommen. Es muss also nicht unbedingt in der Kirche auf ihn geschossen worden sein. Es kann natürlich auch Selbstmord sein. Er hat den Revolver weggeworfen und sich dann in die Kirche geschleppt. Ich verstehe nur nicht, warum er in die Kirche ging und nicht ins Pfarrhaus.«

»Doch, das weiß ich«, sagte Bunch. »Er sagte es: ›Kirchliches Asyl.‹«

Der Doktor sah sie an. »Kirchliches Asyl?«

»Da ist ja Julian«, sagte Bunch und wandte den Kopf ihrem Mann zu, als sie seine Schritte hörte. »Julian! Komm bitte.«

Der Vikar, Julian Harmon, betrat die Vorhalle. Seine zerstreute Gelehrtenart ließ ihn sehr viel älter erscheinen, als er wirklich war. »Du liebe Güte«, sagte Julian Harmon und blickte milde verwundert auf die medizinischen Instrumente und auf die lang hingestreckte Gestalt auf dem Sofa.

Bunch erklärte mit knappen Worten, was vorgefallen war.

»Ich fand ihn schwer verletzt in der Kirche. Man hat auf ihn geschossen. Kennst du ihn, Julian? Ich glaube, er hat deinen Namen gesagt.«

Der Vikar trat an das Sofa und sah den sterbenden Mann an. »Armer Teufel«, sagte er und schüttelte den Kopf. »Nein, ich kenne ihn nicht. Ich bin fast sicher, dass ich ihn niemals vorher gesehen habe.«

In diesem Moment schlug der Sterbende noch einmal die Augen auf. Sein Blick wanderte vom Arzt zu Julian Harmon und weiter zu dessen Frau. Seine Augen verweilten dort, sie klammerten sich an Bunchs Gesicht fest. Griffiths trat hinzu.

»Wenn Sie uns sagen könnten . . .«, fragte er eindringlich.

Doch der Mann schien ihn nicht zu hören, sein Blick blieb auf Bunch geheftet, und er sagte mit schwacher Stimme: »Bitte – bitte –« Dann fiel sein Kopf zur Seite.

Sergeant Hayes schlug seinen Notizblock auf.

»Ist das alles, was Sie mir dazu sagen können, Mrs. Harmon?«

»Das ist alles«, sagte Bunch. »Und hier sind die Sachen aus seiner Manteltasche.«

Auf dem Tisch neben Sergeant Hayes' Ellbogen lagen eine Brieftasche, eine ziemlich zerkratzte alte Uhr mit den Initialen W. S. und eine Rückfahrkarte nach London. Sonst nichts.

»Haben Sie herausfinden können, wer er ist?«, fragte Bunch.

»Ein Mr. und eine Mrs. Eccles haben uns im Revier angerufen. Wie es scheint, ist er ihr Bruder. Mit Namen Sandbourne. Seine Gesundheit und sein Nervenzustand sind schon einige Zeit lang schlecht gewesen, und es wurde in letzter Zeit immer schlimmer. Vorgestern ist er fortgegangen und kam nicht mehr zurück. Er hatte einen Revolver mitgenommen.«

»Und er kam hierher, um sich zu erschießen?«, fragte Bunch. »Warum?«

»Na ja, sehen Sie, er hatte Depressionen . . .«

Bunch unterbrach ihn. »*Das* meine ich nicht. Ich frage mich, warum ausgerechnet hier?«

Da Sergeant Hayes darauf offensichtlich keine Antwort wusste, erwiderte er indirekt: »Hierhergekommen ist er mit dem Bus um siebzehn Uhr zehn.«

»Ja«, sagte Bunch wieder. »Aber warum?«

»Ich weiß es nicht, Mrs. Harmon«, sagte Sergeant Hayes. »Da gibt es keinen Anhaltspunkt. Wenn einmal das seelische Gleichgewicht gestört ist –«

Bunch beendete den Satz für ihn. »Dann kann man das überall tun. Aber es scheint mir doch absurd, mit einem Bus ausgerechnet hierher zu fahren ohne Grund. Kannte er hier jemanden?«

»Soweit ich unterrichtet bin, nicht«, sagte Sergeant Hayes.

Er hüstelte und sagte, indem er aufstand: »Möglicherweise kommen Mr. und Mrs. Eccles zu Ihnen, um mit Ihnen zu sprechen, Madam, das heißt – wenn es Ihnen nichts ausmacht.«

»Natürlich macht es mir nichts aus«, sagte Bunch. »Das ist doch verständlich. Ich wünschte nur, ich könnte ihnen etwas sagen.«

»Ich muss jetzt gehen«, sagte Sergeant Hayes.

»Ich bin nur dankbar, dass es kein Mord war«, sagte Bunch, während sie ihn zur Tür brachte.

Vor dem Tor der Pfarrei hatte ein Wagen geparkt. Sergeant Hayes bemerkte nach einem Blick darauf: »Sieht so aus, als ob Mr. und Mrs. Eccles schon da sind, Madam. Sie wollen wohl mit Ihnen sprechen.«

Bunch straffte sich, sie war bereit, den Besuchern beizustehen in ihrem Leid. Und sie dachte: Ich kann ja immer Julian zu Hilfe holen. Ein Geistlicher ist da genau der Richtige, wenn Menschen Trost bedürfen.

Bunch hätte nicht sagen können, wie sie sich Mr. und Mrs. Eccles vorgestellt hatte, doch ihre eigene Überraschung wurde ihr bewusst, als sie sie begrüßte. Mr. Eccles war ein massiger, blühend aussehender Mann, dessen Wesen normalerweise wohl gut gelaunt und witzig sein mochte. Mrs. Eccles war übertrieben aufgedonnert und zu grell geschminkt. Sie hatte einen kleinen, gemeinen Schmollmund, und ihre Stimme war dünn und schrill. »Das war ein fürchterlicher Schock, Mrs. Harmon, wie Sie sich ja vorstellen können«, sagte sie.

»O ja«, sagte Bunch. »Ich weiß. Es muss sehr schwer für Sie sein. Bitte nehmen Sie Platz. Darf ich Ihnen etwas anbieten? Vielleicht ist es für Tee noch ein wenig zu früh –«

Mr. Eccles fuchtelte ablehnend mit den Händen in der Luft herum. »Nein, nein, nichts für uns«, sagte er. »Es ist sehr nett von Ihnen, sicher. Wir wollten nur – nun – tja – hören, was der arme William zuletzt gesagt hat und all das, wissen Sie?«

»Er war lange Zeit drüben in Amerika«, sagte Mrs. Eccles. »Und ich glaube, er hat ein paar hässliche Erfahrungen machen müssen. Er war so still und deprimiert, seit er wieder da war. Er meinte, die Welt sei nicht gemacht, um darin zu leben, und er hätte keine Zukunft. Armer Bill, er litt sehr unter diesen Stimmungen.«

Bunch blickte die beiden schweigend an.

»Hat er doch tatsächlich meinem Mann den Revolver weggenommen, jawohl«, fuhr Mrs. Eccles fort. »Ohne dass wir es ahnten. Ich glaube, das war Rücksicht auf uns. Er wollte es nicht in unserem Hause tun.«

»Armer, armer Kerl«, sagte Mr. Eccles mit einem Seufzer. »Man darf ihn nicht verurteilen.«

Es folgte eine weitere kurze Pause, und Mrs. Eccles sagte: »Hat er keine Nachricht für uns hinterlassen? Irgendein letztes Wort, nichts dergleichen?«

Ihre leuchtenden Schweinsäugelchen beobachteten Bunch genau. Auch Mr. Eccles beugte sich vor, so, als ob er auf die Antwort begierig wäre.

»Nein«, sagte Bunch ruhig. »Er kam in die Kirche, als er starb. Er sagte nur die Worte: Kirchliches Asyl.«

Mrs. Eccles wiederholte mit erstaunter Stimme: »Kirchliches Asyl? Ich glaube, ich weiß nicht recht, was das . . .«

Mr. Eccles unterbrach sie. »Geheiligter Platz, meine Liebe«, sagte er ungeduldig. »Das ist es, was die Frau des Vikars meint. Es ist eine Sünde – Selbstmord, weißt du. Ich nehme an, er wollte hier dafür um Verzeihung bitten.«

»Er wollte etwas sagen, bevor er starb«, sagte Bunch. »Er begann mit ›Bitte‹, aber weiter kam er nicht mehr.« Mrs. Eccles führte ihr Taschentuch an die Augen und schniefte.

»Ach Liebling«, sagte sie. »Es ist so fürchterlich traurig, nicht wahr?«

»Na, na, schon gut«, sagte ihr Mann. »Nimm dich zusammen. Daran ist nichts mehr zu ändern. Armer Willie. Jetzt hat er seinen Frieden. Nun, herzlichen Dank, Mrs. Harmon. Ich hoffe, wir haben Sie nicht aufgehalten. Die Frau eines Vikars hat viel zu tun, das wissen wir.«

Sie reichten ihr die Hände. Dann wandte sich plötzlich Eccles noch einmal um und sagte: »Ach ja, noch etwas. Ich hätte es fast vergessen. Ich glaube, Sie haben noch seinen Mantel hier, nicht wahr?«

»Seinen Mantel?« Bunch runzelte die Stirn.

Mrs. Eccles sagte: »Wir möchten all seine Sachen gern haben, wissen Sie, vielleicht ist das ein wenig sentimental, aber . . .«

»Er hatte eine Uhr, eine Brieftasche und eine Fahrkarte«, sagte Bunch. »Ich habe alles Sergeant Hayes gegeben.«

»Dann ist ja alles in Ordnung«, sagte Mr. Eccles. »Er wird uns die Sachen schon aushändigen, nehme ich an. Seine privaten Papiere werden wohl in der Brieftasche gewesen sein.«

»Es war nur eine Pfundnote darin, sonst nichts«, sagte Bunch.

»Keine Briefe? Nichts dergleichen?«

Bunch schüttelte den Kopf.

»Nun, nochmals herzlichen Dank, Mrs. Harmon. Den Mantel, den er anhatte – hat den der Sergeant auch mitgenommen, ja?«

Bunch zog wieder die Stirn in Falten und strengte ihr Gedächtnis an.

»Nein, sagte sie. »Ich glaube nicht, lassen Sie mich einmal nachdenken. Der Arzt und ich haben ihm den Mantel ausgezogen, um ihn untersuchen zu können und die Wunde zu behandeln.« Sie sah sich nachdenklich im Raum um. »Ich muss ihm mit hinaufgenommen haben mit den Tüchern und der Waschschüssel.«

»Ach, Mrs. Harmon, wenn es Ihnen nichts ausmachte . . . Wir hätten gern seinen Mantel, wissen Sie, das letzte, was er trug. Nun ja, meine Frau hat ihn eben sehr gern gehabt.«

»Natürlich, ich verstehe«, sagte Bunch. »Soll ich ihn nicht zuerst reinigen lassen? Ich fürchte, er ist ziemlich – nun ja – von Blut durchtränkt.«

»O nein, nein, nein, das macht gar nichts. Das ist doch nicht nötig«, sagte er hastig.

Bunch runzelte die Stirn. »Wenn ich nur wüsste, wo ich ihn hingelegt habe. Entschuldigen Sie mich einen Augenblick.«

Sie eilte hinauf, und es vergingen etliche Minuten, bis sie mit dem Mantel über dem Arm zurückkehrte.

»Es tut mir Leid, dass Sie warten mussten«, sagte sie atemlos. »Meine Zugehfrau hat ihn mit anderen Kleidern, die in die Reinigung sollten, beiseite gelegt. Es hat so lange gedauert, bis ich ihn gefunden habe. Hier ist der Mantel. Ich werde ihn für Sie einpacken.«

Trotz des Protestes packte sie ihn ein, dann verabschiedeten sich die Eccles, nicht ohne sich vorher nochmals umständlich bedankt zu haben.

Bunch ging langsam durch die Vorhalle und betrat das Arbeitszimmer ihres Mannes. Der Vikar Julian Harmon blickte hoch, und sein Gesicht hellte sich auf. Er schrieb gerade seine Predigt und fürchtete, dass er sich vom Interesse an den politischen Beziehungen zwischen Judäa und Persien in der Regierungszeit des Cyrus hatte verleiten lassen, vom Thema abzuschweifen.

»Ja, Liebe?«, fragte er sanft.

»Julian«, begann Bunch. »Was bedeutet eigentlich ›Kirchliches Asyl‹ genau?«

Julian schob, dankbar für die Unterbrechung, seine Predigt beiseite.

»Nun«, sagte er, »das Asylrecht galt in römischen und griechischen Tempeln für die ›cella‹, in der die Statue der Gottheit aufbewahrt wurde. Das lateinische Wort für Altar, ›ara‹, bedeutet auch Schutz.« Er fuhr gelehrt fort: »399 nach Christus wurde das Asylrecht schließlich endgültig in christlichen Kirchen anerkannt. Die früheste Erwähnung dieses Asylrechtes in England finden wir in den Gesetzen, die Ethelbert 600 nach Christus herausbrachte . . .«

Er fuhr noch eine Zeit lang mit seinem Vortrag fort, wurde aber, wie so oft, durch die Art verwirrt, in der seine Frau den wissenschaftlichen Vortrag aufnahm.

»Liebling«, sagte sie, »du bist zauberhaft.«

Sie beugte sich über den Schreibtisch und küsste ihn auf die Nasenspitze. Julian fühlte sich wie ein Hund, den man für ein brav vorgeführtes Kunststück lobt.

»Die Eccles waren hier«, sagte Bunch.

Das Gesicht des Vikars verfinsterte sich wieder. »Die Eccles? Wer soll denn das sein?«

»Du kennst sie nicht. Die Frau ist die Schwester des Mannes in der Kirche.«

»Meine Liebe, du hättest mich rufen sollen.«

»Das war gar nicht nötig«, sagte Bunch. »Sie brauchten keine Tröstung. Ich möchte dich etwas fragen.« Sie sah ihn zärtlich an. »Wenn ich dir für morgen alles in den Backofen stelle, meinst du, du kommst dann alleine zurecht, Julian? Ich glaube, ich muss für meine Einkäufe diesmal nach London fahren.«

»Einkäufe?« fragte ihr Mann verwundert. »Was denn für Einkäufe?«

Bunch lachte etwas verlegen. »Ach, Liebling, weißt du, da gibt es einen Ausverkauf bei Burrows und Portmans. Du weißt doch, Laken, Tischtücher, Handtücher und so. Ich verstehe gar nicht, was immer mit unseren Handtüchern los ist. Alle naselang sind sie kaputt. Übrigens«, fügte sie hinzu, »sollte ich auch mal wieder Tante Janet besuchen.«

Diese liebe alte Dame, Miss Jane Marple, genoss jetzt zwei Wochen lang die Freuden der Großstadt, da ihr Neffe ihr seine komfortable Wohnung überlassen hatte.

»Ja, das ist wirklich nett von Raymond«, murmelte die alte Dame. »Er ist mit Joan für zwei Wochen nach Amerika geflogen und bestand darauf, dass ich in dieser Zeit hier wohne. Und jetzt, liebe Bunch, erzähl mir, was dich bedrückt.«

Bunch war Miss Marples Lieblingspatenkind, und die alte Dame blickte sie voller Zuneigung an, als Bunch ihren besten Filzhut fest auf den Hinterkopf drückte und ihre Geschichte erzählte.

Bunchs Bericht war knapp und klar. Miss Marple nickte, als Bunch geendet hatte. »Ich verstehe«, sagte sie. »Ja, ich verstehe.«

»Und darum meinte ich, müsste ich mit dir sprechen«, fuhr Bunch fort. »Siehst du, wenn ich es nicht klug anstelle —«

»Aber du bist doch klug, mein Liebes.«

»Nein, sicher nicht. Nicht so klug wie Julian.«

»Julian, natürlich, der hat ein großes Wissen und Intellekt«, sagte Miss Marple.

»Ja, das hat er«, sagte Bunch. »Julian hat den Intellekt, und ich, ich habe dafür das Gefühl.«

»Ja, und du hast einen gesunden Menschenverstand, Bunch, und überdies bist du auch noch intelligent.«

»Siehst du, ich weiß nicht genau, was ich jetzt tun muss. Julian kann ich nicht fragen, weil – nun, ich meine, Julian ist so ganz Rechtschaffenheit . . .«

Diese Erkenntnis schien Miss Marple durchaus zu teilen.

Sie sagte: »Ich verstehe, was du sagen willst, Liebes. Wir Frauen – nun ja, das ist etwas ganz anderes.« Dann fuhr sie fort: »Du hast mir erzählt, was geschehen ist, Bunch, aber jetzt möchte ich hören, wie du darüber denkst.«

»Ich denke, dass alles nicht stimmt«, sagte Bunch. »Der Mann, der da in der Kirche lag und starb, wusste genau, was ›Kirchliches Asyl‹ bedeutet. Er sprach es aus, wie Julian es gesagt haben würde. Ich meine, er war belesen, ein gebildeter Mensch. Und wenn er auf sich selbst geschossen hätte, hätte er sich nicht hinterher in eine Kirche geschleppt und ›Kirchliches Asyl‹ gesagt. Ich finde, es ist eindeutig, dass er verfolgt wurde und sich in die Kirche rettete, wo er sicher war. Da durften seine Verfolger ihm nichts mehr anhaben. Es gab einmal eine Zeit, da nicht einmal das Gesetz dort jemand fassen durfte.«

Sie sah Miss Marple fragend an. Die nickte. Bunch fuhr fort: »Diese Leute, diese Eccles, waren so ganz anders. Ungebildet und grob. Und dann ist da noch etwas. Die Uhr des Toten. Sie trug die Initialen W. S. auf der Rückseite. Aber innen, ich habe sie aufgemacht, stand in sehr kleinen Buchstaben ›Für Walter von seinem Vater‹ und das Datum. Walter. Aber die Eccles redeten immer nur von ihm als William oder Bill.«

Miss Marple wollte etwas sagen, aber Bunch war in Fahrt gekommen und sprach hastig weiter. »O ja, ich weiß, man wird nicht immer mit dem Namen gerufen, auf den man getauft wurde. Ich meine, ich kann verstehen, dass man auf den Namen William getauft wurde und ›Häschen‹ oder ›Dickerchen‹ genannt wird oder sonst was. Aber seine Schwester würde ihn nicht William oder Bill nennen, wenn sein richtiger Name Walter wäre.«

»Du glaubst also, sie war gar nicht seine Schwester?«

»Da bin ich sogar ziemlich sicher. Sie waren gräulich – alle beide. Sie kamen in die Pfarrei, um seine Sachen zu holen und um herauszubekommen, ob er irgendetwas gesprochen hat, bevor er starb. Als ich ihnen berichtete, er habe nichts gesagt, sah ich ihren Gesichtern an, wie erleichtert sie waren. Ich glaube«, schloss Bunch, »dass es Eccles war, der ihn erschossen hat.«

»Also Mord?«, sagte Miss Marple.

»Ja«, sagte Bunch. »Mord. Und das ist der Grund, warum ich zu dir gekommen bin, liebe Tante.«

Bunchs Bemerkung mochte einem nicht eingeweihten Zuhörer ungereimt und widerspruchsvoll erscheinen, aber in gewissen Kreisen genoss Miss Marple den Ruf eines kriminalistischen Verstandes.

»Er sagte ›bitte‹ zu mir, ehe er starb«, sagte Bunch. »Er wollte, dass ich etwas für ihn tun sollte. Das Schreckliche ist, ich habe keine Ahnung, was das sein könnte.«

Miss Marple überlegte ein Weilchen, und dann kam sie auf einen Punkt, der auch Bunch schon so oft durch den Kopf gegangen war. »Aber warum ist er überhaupt nach Chipping Cleghorn gekommen?«, fragte sie.

»Du meinst, wenn er des Asylrechts bedurfte, hätte er in jede x-beliebige Kirche gehen können. Er hätte es nicht nötig gehabt, einen Bus zu nehmen, der nur viermal am Tage fährt, um in unseren kleinen, verlassenen Ort zu fahren.«

»Er muss einen Grund dazu gehabt haben«, dachte Miss Marple laut. »Er muss dorthin gefahren sein, um jemand zu treffen. Chipping Cleghorn ist doch keine große Stadt, Bunch. Vielleicht fällt dir jemand ein, den er hätte treffen wollen?«

Bunch ließ die Einwohner des Ortes an ihrem geistigen Auge vorüberziehen, dann schüttelte sie hoffnungslos den Kopf. »Da ich den Grund nicht weiß, könnte es ja jeder sein«, sagte sie.

»Hat er nicht einen Namen genannt?«

»Doch ja, er sagte Julian, oder so ähnlich. Es könnte auch

Julia gewesen sein. Aber soweit ich weiß, gibt es keine Julia in Chipping Cleghorn.«

Sie schloss die Augen, um sich intensiver an die Szene erinnern zu können. Da lag der Mann auf den Altarstufen, die Sonne schien durch das Fenster, dessen rotes und blaues Glas wie Juwelen leuchtete.

»Juwel«, sagte Bunch plötzlich. »Vielleicht war es das, was er gesagt hat. Das Licht, das durch das bunte Fenster floß, glänzte wie Juwelen.«

»Juwel«, sagte Miss Marple nachdenklich.

»Jetzt komme ich auf das Allerwichtigste überhaupt«, sagte Bunch. »Weißt du, weswegen ich hauptsächlich zu dir gekommen bin? Die Eccles wollten unbedingt den Mantel haben. Wir hatten ihn ihm ausgezogen, als der Arzt ihn untersuchte. Es war ein alter, schäbiger Mantel, und es war unverständlich, warum sie so sehr darauf bestanden. Sie gaben vor, es seien sentimentale Gründe, aber das ist Unsinn.

Jedenfalls ging ich, um ihn zu holen, und als ich die Treppe hinaufging, fiel mir wieder ein, dass der Mann sterbend Bewegungen machte, als ob er etwas aus dem Mantel herausholen wollte. Als ich dann den Mantel in der Hand hatte, untersuchte ich ihn sehr sorgfältig und bemerkte, dass an einer Stelle die Naht mit einem anderen Faden genäht worden war. Ich trennte also auf und fand ein kleines Stück Papier. Ich nähte alles wieder sauber zu. Ich war vorsichtig und denke nicht, dass die Eccles etwas bemerkt haben. Aber ich glaube es nur, ich weiß es nicht. Und dann brachte ich ihnen den Mantel mit irgendeiner Entschuldigung für meine Verspätung.«

»Und das Stück Papier?«, fragte Miss Marple.

Bunch öffnete ihre Handtasche. »Julian weiß nichts davon«, sagte sie, »denn er hätte bestimmt gesagt, ich müsste das den Eccles geben. Aber ich hielt es für besser, es zunächst dir zu zeigen.«

»Ein Gepäckaufbewahrungsschein«, sagte Miss Marple, und nach genauerem Hinsehen: »Vom Bahnhof Paddington.«

»Er hatte eine Rückfahrkarte von London nach Paddington in der Tasche«, sagte Bunch.

Die Blicke der beiden Frauen trafen sich.

»Da muss etwas geschehen«, sagte Miss Marple lebhaft. »Aber es ist wohl ratsam, vorsichtig vorzugehen. Hättest du überhaupt gemerkt, wenn du heute in London verfolgt worden wärest, liebe Bunch?«

»Verfolgt?«, rief Bunch aus. »Du glaubst doch wohl nicht im Ernst –«

»Doch, ich halte das durchaus für möglich«, sagte Miss Marple. »Und deshalb sollten wir Vorsichtsmaßnahmen treffen.« Sie stand flink auf. »Angeblich bist du doch hierher gekommen, um Besorgungen zu machen. Darum halte ich es für das Beste, dass wir jetzt gemeinsam diese Einkäufe erledigen. Aber bevor wir das Haus verlassen, möchte ich ein, zwei kleine Vorbereitungen treffen. Ich schätze«, fuhr sie geheimnisvoll fort, »dass ich den alten Tweedmantel mit dem Biberkragen vorläufig nicht brauche.«

Eineinhalb Stunden danach ließen sich die beiden Damen, völlig erschöpft, bepackt mit Päckchen und Paketen voller mühsam erkämpfter Wäschestücke, in einem kleinen und abgelegenen Gasthaus mit dem Namen »Apple Bough« nieder, um ihre Kräfte bei Steak und Nierenpastete, gefolgt von Apfeltorte und Eiscreme zu restaurieren.

»Wirklich eine feine Qualität, diese Handtücher«, japste Miss Marple außer Atem. »Auch noch mit einem J als Monogramm. Welches Glück, dass Raymonds Frau Joan heißt. Dann wird sie sie auch noch gebrauchen können, falls ich eher sterbe, als ich erwarte.«

»Ich brauche die Handtücher wirklich«, sagte Bunch. »Und

sie waren billig, obwohl nicht so billig wie die, die die Frau mit den roten Haaren mir vor der Nase wegschnappte.«

Eine hübsche junge Frau mit verschwenderisch benutztem Rouge und Lippenstift betrat in diesem Moment das »Apple Bough«. Nachdem sie sich suchend umgeblickt hatte, eilte sie auf den Tisch der beiden zu. Sie legte ein Kuvert neben Miss Marples Ellbogen.

»Da ist es, Miss«, sagte sie munter.

»Oh, danke, Gladys«, sagte Miss Marple. »Vielen herzlichen Dank. Sehr lieb von Ihnen.«

»Es macht mir Freude, wenn ich Ihnen helfen kann«, sagte Gladys. »Ernie sagt immer ›Alles Gute hast du von dieser Miss Marple gelernt, als du in ihrem Dienst warst‹, und ich freue mich immer, wenn ich Ihnen gefällig sein kann, Miss.«

»Ein liebes Mädchen«, sagte Miss Marple, als Gladys gegangen war. »Immer hilfsbereit und freundlich.«

Sie blickte in das Kuvert und reichte es Bunch. »Jetzt sei sehr vorsichtig, Liebes«, sagte sie. »Übrigens, ist der nette junge Inspektor in Melchester noch da?«

»Ich weiß nicht«, sagte Bunch. »Ich nehme es aber an.«

»Gut, wenn nicht, kann ich immer den Hauptwachtmeister anrufen. Ich denke, der erinnert sich noch meiner«, sagte Miss Marple.

»Sicher erinnert er sich«, sagte Bunch. »Niemand kann dich vergessen. Du bist einmalig.« Und sie verabschiedete sich.

In Paddington angekommen, ging Bunch zur Gepäckaufbewahrung und gab ihren Gepäckschein ab. Man brachte ihr einen hässlichen alten Koffer, mit dem sie auf den Bahnsteig trat.

Während der Reise nach Hause ereignete sich nichts. Bunch stand auf, als der Zug sich Chipping Cleghorn näherte, und nahm den alten Koffer auf. Sie hatte gerade den Wagen verlassen, als ein Mann den Bahnsteig entlang auf sie zulief, ihr blitzschnell den Koffer aus der Hand riss und damit davonrannte.

»Halt!« schrie Bunch. »Haltet ihn. Er hat meinen Koffer gestohlen.«

Der Beamte am Ausgangsschalter, ein behäbiger, langsamer Mensch auf dieser ländlichen Station, hatte gerade begonnen mit: »Aber, sehen Sie, so etwas dürfen Sie doch nicht tun«, als ein wohlgezielter Schlag auf die Brust ihn beiseite stieß und der Dieb an ihm vorbei aus dem Bahnhof eilte. Er warf den Koffer in ein dort wartendes Auto und wollte gerade einsteigen, als eine schwere Hand auf seine Schulter fiel, und Hauptwachtmeister Abel sagte: »Na, na, was soll das?«

Bunch kam aus dem Bahnhof gelaufen. »Er hat mir den Koffer aus der Hand gerissen«, sagte sie.

»Unsinn, ich weiß gar nicht, wovon diese Dame spricht. Das ist mein Koffer. Ich bin gerade damit aus dem Zug gestiegen.«

»Das wollen wir erst einmal klären«, sagte der Hauptwachtmeister Abel ruhig.

Er sah Bunch mit einem gleichgültigen Blick an. Niemand hätte daraus schließen können, dass der Hauptwachtmeister Abel und Mrs. Harmon lange Stunden in seinem Büro damit verbrachten, die Vorzüge der Düngung von Rosenbüschen mit Knochenmehl zu erörtern.

»Madam, Sie behaupten, das sei Ihr Koffer?«, sagte der Hauptwachtmeister Abel streng.

»Ja«, sagte Bunch. »Das ist meiner.«

»Und Sie, Sir?«

»Ich sage, der Koffer gehört mir.«

Der Mann war groß, dunkel und gut gekleidet, er hatte eine affektierte Sprache und ein hochmütiges Gehabe. Eine weibliche Stimme aus dem Innern des Wagens sagte: »Natürlich ist das dein Koffer, Edwin. Ich verstehe nicht, was diese Frau will.«

»Das werden wir gleich haben«, sagte der Hauptwachtmeister Abel. »Wenn das Ihr Koffer ist, Madam, sagen Sie, was darin ist.«

»Kleider«, sagte Bunch. »Ein langer Tweedmantel mit einem Biberkragen, zwei Wollpullover und ein Paar Schuhe.«

»Das ist deutlich genug«, sagte der Hauptwachtmeister. Er wandte sich fragend an den anderen.

»Ich bin Kostümschneider«, sagte der dunkle Mann wichtig. »Dieser Koffer enthält Theaterkostüme, die ich zu einer Laienaufführung hierher gebracht habe.«

»Gut, Sir«, sagte der Hauptwachtmeister Abel. »Jetzt werden wir einmal einen Blick in den Koffer werfen. Sie gestatten?«

Und damit hatte er den Koffer schon in der Hand. »Wir können auf die Polizeiwache gehen, oder, wenn Sie in Eile sind, werden wir ihn auf dem Bahnhof öffnen.«

»Das ist mir recht«, sagte der dunkle Mann. »Mein Name ist übrigens Moss, Edwin Moss.«

Der Hauptwachtmeister ging mit dem Koffer in den Bahnhof zurück. »Ich gehe nur rasch in die Gepäckabfertigung, George«, sagte er zu dem Beamten an der Sperre.

Der Hauptwachtmeister Abel legte den Koffer auf das Bord der Gepäckabfertigung und ließ die beiden Schlösser aufschnappen, die nicht verschlossen waren. Bunch und Mr. Edwin Moss standen neben ihm und warfen sich giftige Blicke zu.

»Also!«, sagte der Hauptwachtmeister Abel, als er den Deckel hochhob.

Säuberlich gefaltet lag ein langer Tweedmantel mit einem Biberkragen darin, zwei wollene Pullover und ein Paar abgetragene Schuhe.

»Genau, wie Sie sagten, Madam«, sagte der Hauptwachtmeister zu Bunch.

Niemand hätte Mr. Edwin Moss nachsagen können, dass er mit seinen Gefühlen hinter dem Berg hielt, seine Enttäuschung und seine Verwunderung waren echt und groß.

»Ich muss mich entschuldigen«, sagte er. »Ich muss mich wirklich entschuldigen. Bitte glauben Sie mir, meine liebe Dame, wenn ich Ihnen versichere, wie Leid es mir tut. Mein Benehmen war unverzeihlich – ganz unverzeihlich.« Er sah auf seine Uhr. »Ich muss mich beeilen. Wahrscheinlich ist mein Koffer im Zug geblieben.« Indem er noch einmal seinen Hut zog, sagte er mit schmelzender Stimme zu Bunch: »Verzeihen Sie mir, ach, bitte, verzeihen Sie mir«, und eilte davon.

»Lassen Sie ihn denn so einfach weglaufen?«, fragte Bunch in verschwörerischem Flüsterton den Hauptwachtmeister.

Der kniff langsam eines seiner Ochsenaugen zu.

»Er wird nicht weit kommen, Madam«, sagte er, »wenn Sie meine Meinung wissen wollen.«

»Oh!« Bunch war offensichtlich erleichtert.

Der Hauptwachtmeister fuhr fort: »Diese alte Dame hat mich angerufen, die vor ein paar Jahren einmal hier war. Eine großartige Frau, nicht? Den ganzen Tag über hat sich hier allerhand getan. Würde mich nicht wundern, wenn morgen früh der Inspektor oder der Sergeant zu Ihnen käme.«

Es war der Inspektor, der kam, Inspektor Craddock, an den sich Miss Marple so gut erinnerte. Er begrüßte Bunch mit einem Lächeln wie ein alter Freund.

»Wieder einmal ein Verbrechen in Chipping Cleghorn«, sagte er munter. »Es mangelt Ihnen hier nicht an Sensationen, was, Mrs. Harmon?«

»Mir wäre weniger noch lieber«, sagte Bunch. »Sind Sie gekommen, um mir Fragen zu stellen, oder wollen Sie mir zur Abwechslung einmal etwas erzählen?«

»Zuerst werde ich Ihnen etwas erzählen«, sagte der Inspektor. »Um es Ihnen gleich vorweg zu sagen: auf Mr. und Mrs. Eccles haben wir schon eine ganze Zeit lang ein Auge geworfen. Wir haben Grund zu der Annahme, dass sie in verschiedene Raubüberfälle verwickelt sind. Übrigens hat Mrs. Eccles wirklich einen Bruder mit Namen Sandbourne, der erst kürzlich aus Amerika zurückgekommen ist. Dieser Mann, den Sie sterbend auf den Altarstufen gefunden haben, ist tatsächlich nicht Sandbourne.«

»Ich wusste, dass er es nicht war«, sagte Bunch. »Sein Vorname war Walter, nicht William, wie die Eccles ihn immer nannten.«

Der Inspektor nickte. »Sein Name war Walter St. John, und er war gerade vor achtundvierzig Stunden aus dem Gefängnis Charington entflohen.«

»Ja, natürlich«, sagte Bunch leise zu sich selbst. »Er wurde von Gesetzes wegen verfolgt, und er suchte hier Schutz, darum seine Worte ›Kirchliches Asyl‹.« Dann fragte sie: »Was hat er denn getan?«

»Dazu muss ich weit ausholen. Die Geschichte ist ziemlich kompliziert. Vor einigen Jahren gab es eine gewisse Tänzerin, die in der Music Hall engagiert war. Ich nehme nicht an, dass Sie jemals von ihr gehört haben, aber sie trat als orientalische Tänzerin auf, und zwar nannte sich ihre Nummer ›Aladin im Juwelenkeller‹. Dazu trug sie kleine Glasperlengehänge und nicht viel mehr.

Ich glaube, sie war keine besonders gute Tänzerin, aber sie war sehr anziehend. Jedenfalls lief ihr eine asiatische Königliche Hoheit über den Weg. Unter anderem gab dieser Mann ihr ein prachtvolles Smaragdkollier.«

»Etwa die historischen Juwelen eines Radscha?«, flüsterte Bunch. Inspektor Craddock hüstelte: »Nun ja, vielleicht eine etwas modernere Version, Mrs. Harmon. Die Affäre dauerte nicht sehr lange. Sie brach ab, als die Aufmerksamkeit unseres Potentaten von einem gewissen Filmstar in Anspruch genommen wurde, der nicht ganz so bescheiden war.

Zobeida, um die Tänzerin bei ihrem Künstlernamen zu nennen, trug das Kollier, und nach kurzer Zeit wurde es ihr gestohlen. Es verschwand aus der Garderobe des Theaters, und die Behörden hatten den Verdacht, sie selbst könnte das Verschwinden arrangiert haben. Solche Sachen kommen vor zur Förderung der Publicity oder aus noch unerfreulicheren Motiven.

Das Kollier ist nie wieder aufgetaucht, doch im Verlauf der Verhandlungen wurde die Aufmerksamkeit der Polizei auf diesen Mann gelenkt, Walter St. John. Er war ein wohlerzogener und gebildeter Mann, der aber heruntergekommen war und der bei einer ziemlich obskuren Firma als Juwelier arbeitete. Die Firma wurde der Hehlerei bei vielen Juwelenrauben verdächtigt.

Es konnte ihm ziemlich einwandfrei nachgewiesen werden, dass das Kollier durch seine Hände gegangen war. Allerdings wurde er wegen eines anderen Juwelenraubes vor Gericht gebracht und ins Gefängnis geschickt. Seine Haftzeit war fast abgelaufen, daher war seine Flucht eine Überraschung.«

»Aber warum kam er hierher?«, fragte Bunch.

»Das möchten wir auch sehr gerne wissen, Mrs. Harmon. Wir sind seinen Spuren nachgegangen. Demnach scheint er zuerst in London gewesen zu sein. Er besuchte keinen seiner alten Komplizen, sondern eine alte Frau, eine Mrs. Jacobs, die vorher Kostümschneiderin bei einem Theater gewesen war. Sie sagte nicht, warum er zu ihr kam, aber nach den Aussagen anderer Hausbewohner verließ er das Haus mit einem Koffer.«

»Ich verstehe«, sagte Bunch. »Er hinterließ den Koffer in

der Gepäckaufbewahrung von Paddington, und dann kam er hierher.«

»Zu dieser Zeit«, fuhr Inspektor Craddock fort, »waren ihm die Eccles und ein Mann, der sich Edwin Moss nennt, auf der Spur. Sie wollten diesen Koffer. Sie beobachteten, wie er in den Bus stieg, und müssen in einem Auto vorausgefahren sein und gewartet haben, bis er ausstieg.«

»Und dann wurde er ermordet?«, sagte Bunch.

»Ja. Er wurde erschossen. Es war Eccles' Revolver, aber ich glaube eher, es war Moss, der den Schuss abgab. Und nun möchten wir wissen, Mrs. Harmon, wo jetzt der Koffer ist, den Walter St. John tatsächlich am Bahnhof von Paddington aufgegeben hat.«

Bunch grinste. »Tante Jane hat ihn, ich meine Miss Marple. Es war ganz einfach. Sie schickte ein ehemaliges Dienstmädchen mit einem Koffer, in dem alte Kleidungsstücke waren, zur Gepäckaufbewahrung in Paddington, und wir tauschten die Scheine aus. Ich holte ihren Koffer ab und brachte ihn im Zug hierher. Sie schien erwartet zu haben, dass man ihn mir wegnehmen würde.«

Jetzt lachte Inspektor Craddock. »Das sagte sie, als sie anrief. Ich fahre jetzt nach London. Möchten Sie nicht mitkommen, Mrs. Harmon?«

»Tja«, Bunch überlegte. »Eigentlich trifft es sich gut. Ich hatte in der vergangenen Nacht starke Zahnschmerzen, ich müsste unbedingt nach London zu meinem Zahnarzt, finden Sie nicht auch?«

»Ganz bestimmt«, sagte Inspektor Craddock . . .

Miss Marple sah abwechselnd auf den Inspektor Craddock, dann wieder auf Bunchs neugieriges Gesicht. Der Koffer lag auf dem Tisch. »Natürlich habe ich ihn noch nicht geöffnet«, sagte die alte Dame. »Ich dächte nicht im Traum daran, so etwas zu tun, bis ein Beamter der Polizei dabei wäre. Übrigens«, fügte sie mit einem spitzbübischen Lächeln hinzu, »er ist verschlossen.«

»Haben Sie eine Vermutung, was darin ist, Miss Marple?«, fragte der Inspektor.

»Ich denke mir, Sie wissen es«, sagte Miss Marple. »Ich schätze, Zobeidas Theaterkostüm. Möchten Sie einen Meißel, Inspektor?«

Der Meißel hatte bald seine Arbeit getan. Beide Frauen stöhnten leicht auf, als der Koffer aufsprang. Das Sonnenlicht, das durch die Fenster fiel, brach sich in einem unerschöpflichen Schatz aus Tausendundeiner Nacht. Es funkelte wie Juwelen in Rot, Blau, Grün und Orange.

»Aladins Keller«, sagte Miss Marple. »Die glitzernden Juwelen, die das Mädchen beim Tanzen trug.«

»Ah«, sagte Inspektor Craddock. »Jetzt frage ich mich, was ist so kostbar daran, dass ein Mann deswegen ermordet wurde?«

»Sie war ein schlaues Mädchen, nehme ich an«, sagte Miss Marple in Gedanken. »Sie ist tot, nicht wahr, Inspektor?«

»Ja, sie starb vor drei Jahren.«

»Sie hatte doch dieses wertvolle Smaragdkollier«, sagte Miss Marple sinnend. »Sie hat die echten Steine aus ihrer Fassung genommen und hier und da in ihr Kostüm eingenäht, wo jeder sie für Glasperlen halten musste. Dann ließ sie sich eine Imitation von dem Kollier anfertigen, und die wurde gestohlen. Kein Wunder, dass sie nie auf den Markt kam. Der Dieb musste bald entdeckt haben, dass die Steine falsch waren.«

»Hier ist ein Kuvert«, sagte Bunch, indem sie die glitzernden Ketten etwas beiseite schob.

Inspektor Craddock hob es heraus und entnahm ihm zwei Dokumente. Er las laut: Heiratsurkunde von Walter Edmund

St. John und Mary Moss. Das war Zobeidas bürgerlicher Name.«

»Sie waren also verheiratet«, sagte Miss Marple. »Jetzt begreife ich.«

»Und was ist das andere?«, fragte Bunch.

»Die Geburtsurkunde einer Tochter Juwel.«

»Juwel?«, schrie Bunch. »Wieso? Natürlich, Juwel. Jill! Das ist es. Jetzt weiß ich, warum er nach Chipping Cleghorn kam. Das war es, was er mir sagen wollte. Juwel. Die Mundys, ja, natürlich. Laburnam Cottage. Sie haben ein kleines Mädchen in Pflege. Sie behandeln es wie ihr Enkelkind. Ja, jetzt fällt es mir ein, sein Name war Juwel, aber sie haben es Jill genannt.

Mrs. Mundy hatte vor einer Woche einen Schlaganfall, und auch der alte Mann ist sehr krank. Er hat eine Lungenentzündung. Sie sind beide ins Krankenhaus gekommen. Ich habe mich bemüht, Jill bei netten Leuten unterzubringen. Ich wollte nicht, dass man sie in ein Heim steckt.

Jetzt nehme ich an, dass ihr Vater im Gefängnis davon gehört hat und flüchtete. Er holte diesen Koffer von der alten Kostümschneiderin, wo er oder seine Frau ihn hinterlassen hatte. Ich nehme an, die Juwelen gehörten wirklich ihrer Mutter, so dass sie jetzt dem Kind gehören.«

»Das glaube ich auch, Mrs. Harmon. Wenn sie wirklich da sind, diese Juwelen.«

»Oh, sie werden da sein, ganz sicher«, sagte Miss Marple fröhlich.

»Gott sei Dank, dass du wieder da bist, Liebes«, sagte der Vikar Julian Harmon und umarmte seine Frau mit einem Seufzer der Erleichterung. »Mrs. Burt versucht ja wohl, ihr Bestes zu tun, aber heute Mittag hat sie mir Fisch vorgesetzt, der – nun ja – sehr eigentümlich schmeckte. Ich wollte sie nicht beleidigen und sagte nichts. Ich gab den Fisch Tiglatpileser, aber nicht einmal er hat ihn angerührt, und da habe ich alles zum Fenster rausgeworfen.«

»Tiglatpileser«, sagte Bunch und streichelte die Katze, die sich schnurrend an ihrem Knie rieb. »Sie ist auch sehr eigen mit Fisch. Ich sage ihr oft, sie hätte einen verwöhnten Magen!«

»Und deine Zähne, Liebling? Hat der Arzt wieder alles gerichtet?«

»Ja«, sagte Bunch. »Es tat gar nicht so sehr weh, und dann bin ich wieder zu Tante Jane gegangen . . .«

»Liebe, alte Jane«, sagte Julian. »Ich hoffe, es geht ihr gut.«

»O ja, es geht ihr sehr gut«, sagte Bunch und grinste.

Am darauf folgenden Morgen brachte Bunch frische Chrysanthemen in die Kirche. Die Sonne schien durch das Ostfenster, und Bunch stand in dem wie Juwelen funkelnden Licht auf den Altarstufen. Sie sagte sehr leise: »Deinem kleinen Mädchen wird nichts geschehen, ich verspreche es.«

Dann stieg sie die Altarstufen hinunter und kniete in einer Bank nieder, um zu beten, bevor sie wieder in die Pfarrei zurückging, wo sie die Arbeit von drei Tagen aufzuholen hatte.

Greenshaws Monstrum

Die beiden Männer bogen um eine Gruppe dichter Büsche.

»So, da wären wir«, erklärte Raymond West. »Hier ist es.«

Horace Bindler holte tief Atem und rief voller Anerkennung: »Aber mein lieber Junge, wie wundervoll!«

Seine Stimme endete in einem hellen Schrei ästhetischer Verzückung und sank dann wieder zu einem Ton tiefer Ehrerbietung herab.

»Es ist ja unglaublich! Geradezu unwahrscheinlich! Ein antikes Stück erster Güte.«

»Ich habe mir gleich gedacht, dass es dir gefallen würde«, sagte Raymond West voller Selbstzufriedenheit.

»Gefallen? Du meine Güte!« Horace fand keine Worte mehr. Er schnallte seine Kamera ab und machte sich ans Werk.

»Dies wird zu den Juwelen meiner Sammlung gehören«, erklärte er selig. »Ich finde es wirklich ganz amüsant, eine Sammlung von Monstrositäten zu besitzen. Auf diese Idee bin ich vor sieben Jahren verfallen, als ich eines Abends in der Badewanne saß. Das letzte richtige Juwel ergatterte ich auf dem Campo Santo in Genua. Aber ich glaube, es kann an dieses nicht heranreichen. Wie heißt es eigentlich?«

»Ich habe keine Ahnung«, erwiderte Raymond.

»Wahrscheinlich hat es doch einen Namen.«

»Das nehme ich stark an. Aber hier in der Gegend spricht man nur von Greenshaws Monstrum.«

»Ist Greenshaw der Erbauer des Hauses?«

»Ja. Er hat es um achtzehnhundertsechzig herum gebaut – als Krönung einer lokalen Karriere jener Zeit: barfüßiger Junge, der zu ungeheurem Wohlstand gelangt war. Warum er es errichtet hat, darüber gehen die Meinungen der Einheimischen auseinander. Manche behaupten, aus schierem Überfluss, andere dagegen, um seine Gläubiger zu beeindrucken. Wenn das letztere zutrifft, so haben sie sich nicht davon blenden lassen; denn er machte praktisch Bankrott.«

Horace' Kamera klickte.

»Fertig«, sagte er mit großer Befriedigung. »Erinnere mich daran, dass ich dir Nr. 310 in meiner Sammlung zeige. Ein wirklich unglaublicher marmorner Kaminsims im italienischen Stil.«

Mit einem Blick auf das Haus fügte er hinzu: »Ich kann mir nicht vorstellen, wie Mr. Greenshaw sich das alles selbst ausgeknobelt hat.«

»Es springt eigentlich in die Augen«, meinte Raymond. »Er hatte wohl die Schlösser der Loire besucht. Meinst du nicht auch? Die Türmchen sprechen dafür. Dann scheint er unglücklicherweise im Orient herumgereist zu sein. Der Einfluss des Tadsch Mahal ist unverkennbar. Der maurische Flügel gefällt mir eigentlich. Ebenso die Spuren eines venezianischen Palastes.«

»Man wunderte sich im Stillen, dass er jemals einen Architekten dazu bewegen konnte, diese Pläne zu realisieren.«

Raymond zuckte die Achseln.

»Da ist er wohl nicht auf Schwierigkeiten gestoßen«, meinte er. »Der Architekt hat sich wahrscheinlich mit einem guten finanziellen Polster zur Ruhe gesetzt, während der arme alte Greenshaw Bankrott ging.«

»Könnten wir es uns wohl von der anderen Seite ansehen?«, fragte Horace. »Oder wandeln wir hier auf verbotenen Pfaden?«

»Gewiss wandeln wir hier auf verbotenen Pfaden«, bestätigte Raymond. »Aber es wird wohl nicht so schlimm sein.«

Er ging auf die Ecke des Hauses zu, und Horace hüpfte hinter ihm her.

»Wer wohnt hier eigentlich, sag mal? Waisenkinder oder Feriengäste? Eine Schule kann es doch nicht sein. Man sieht keine Spielplätze und spürt nichts von munterem Treiben.«

»Oh, eine Greenshaw lebt hier noch«, erwiderte Raymond. »Das Haus selbst blieb bei der Pleite verschont. Der Sohn des alten Greenshaw erbte es. Er war ein ziemlicher Geizhals und hauste in einem Winkel des Hauses. Gab nie einen roten Heller aus. Hatte auch wohl keinen roten Heller zum Ausgeben. Jetzt wohnt seine Tochter hier. Eine alte Dame – sehr exzentrisch.«

Während er dies alles erzählte, gratulierte Raymond sich, dass er zwecks Unterhaltung seines Gastes an Greenshaws Monstrum gedacht hatte. Diese Literaturkritiker beteuerten immer ihre Sehnsucht nach einem Wochenende auf dem Lande, und wenn sie ihr Ziel erreicht hatten, fanden sie es gewöhnlich äußerst langweilig. Morgen würden ja die sensationellen Sonntagszeitungen für Abwechslung sorgen, aber heute war es eben eine glückliche Idee gewesen, diesen Besuch von Greenshaws Monstrum vorzuschlagen, um Horace Bindlers wohl bekannte Sammlung von Monstrositäten zu bereichern.

Sie bogen um die Ecke des Hauses und kamen zu einem vernachlässigten Rasen. In einer Ecke befand sich ein großer Steingarten, und darin stand eine gebeugte Gestalt, bei deren Anblick Horace begeistert Raymonds Arm umklammerte.

»Mein lieber Junge«, rief er aus, »siehst du, was sie anhat? Ein geblümtes Kattunkleid. Wie ein Hausmädchen – als es noch Hausmädchen gab. Zu meinen kostbarsten Kindheitserinnerungen zählt der Aufenthalt in einem Landhaus, wo man des Morgens von einem richtigen Hausmädchen mit Häubchen und gestärktem Kattunkleid geweckt wurde. Ja, mein Lieber, ein regelrechtes Häubchen. Aus Musselin mit flatternden Bändern. Nein, vielleicht war es auch das Zimmermädchen, das die flatternden Bänder hatte. Jedenfalls war es aber ein richtiges Hausmädchen, und es brachte eine riesige Messingkanne mit heißem Wasser. Was für einen interessanten Tag erleben wir doch heute!«

Die Gestalt im Kattunkleid hatte sich inzwischen aufgerichtet und wandte sich mit einem Pflanzenheber in der Hand ihnen zu. Sie war eine ziemlich auffallende Person. Wirre graue Locken fielen ihr in dünnen Strähnen auf die Schultern, und auf ihren Kopf war ein Strohhut gestülpt, wie ihn die Pferde in Italien tragen. Das bunte Kattunkleid reichte ihr fast bis zu den Knöcheln. Aus einem wettergebräunten, nicht allzu sauberen Gesicht blickten scharfe Augen sie prüfend an.

»Ich muss Sie vielmals um Entschuldigung bitten, Miss Greenshaw«, sagte Raymond West, als er auf sie zuging, »weil wir so ohne weiteres hier eingedrungen sind. Aber Mr. Horace Bindler, der bei mir zu Gast ist . . .«

Horace verbeugte sich und nahm seinen Hut ab.

». . . interessiert sich mächtig für – hm – alte Geschichte und – hm – schöne Bauten.«

Raymond West sprach mit der Ungezwungenheit eines bekannten Schriftstellers, der weiß, dass er eine Berühmtheit ist und sich manches herausnehmen kann, was anderen Leuten nicht gestattet ist.

Miss Greenshaw blickte zu dem steinernen Ungetüm empor, das sich hinter ihr in seiner ganzen Überschwänglichkeit ausdehnte.

»Es ist auch ein schönes Haus«, sagte sie. »Mein Großvater hat es gebaut – natürlich vor meiner Zeit. Er soll gesagt haben, dass er die Einheimischen in Erstaunen setzen wolle.«

»Und das ist ihm bestimmt gelungen, Madam«, versicherte ihr Horace Bindler.

»Mr. Bindler ist der bekannte Literaturkritiker«, warf Raymond West ein.

Miss Greenshaw hegte offensichtlich keine besonderen Ehrfurcht vor Literaturkritikern. Sie blieb unbeeindruckt.

»Ich betrachte das Haus«, fuhr sie fort, »als ein Denkmal für das Genie meines Großvaters. Törichte Menschen kommen hierher und fragen mich, warum ich es nicht verkaufe und in einer Etagenwohnung lebe. Was sollte ich da wohl anfangen? Dies ist mein Heim, und darin wohne ich. Habe immer hier gewohnt.«

Sie schien über die Vergangenheit nachzugrübeln.

»Wir waren zu dritt. Laura heiratete den Pfarrer, und Papa wollte ihr kein Geld geben mit der Begründung, dass Geistliche nicht an irdischen Gütern hängen sollten. Sie starb bei der Geburt eines Kindes, und das Kind starb auch. Nettie ist mit dem Reitlehrer davongelaufen, und Papa hat sie natürlich enterbt. Hübscher Bursche, dieser Harry Fletcher, aber ein Taugenichts. Glaube nicht, dass Nettie mit ihm glücklich war. Jedenfalls hat sie nicht lange gelebt. Sie hatten einen Sohn. Er schreibt mir manchmal, ist aber natürlich kein Greenshaw. Ich bin die letzte der Greenshaws.«

Sie richtete die gebeugten Schultern mit einem gewissen Stolz auf und schob den verwegen auf ihrem Kopf thronenden Strohhut zurecht. Dann drehte sie sich um und sagte in scharfem Ton:

»Ja, Mrs. Cresswell, was gibt's denn?«

Vom Hause her näherte sich eine Gestalt, die einen geradezu lächerlichen Gegensatz zu Miss Greenshaw darstellte. Mrs. Cresswell hatte ein wunderbar frisiertes Haupt. Ihr blaugetöntes Haar türmte sich in sorgfältig arrangierten Locken und Rollen zu einer beträchtlichen Höhe. Man hatte den

Eindruck, als wolle sie als französische Marquise auf einen Maskenball gehen. Im übrigen war ihre ältliche Gestalt nicht, wie man hätte erwarten sollen, in rauschende schwarze Seide, sondern in eine der glänzenderen Abarten schwarzer Kunstseide gehüllt. Obwohl sie nicht gerade schlank war, hatte sie einen gut entwickelten, üppigen Busen. Ihre Stimme war wider Erwarten tief, und sie sprach mit ausgezeichneter Diktion. Nur ein leichtes Zögern bei Wörtern, die mit einem H begannen, und die schließlich übertriebene Aussprache der Aspiraten erweckten den Verdacht, dass sie in ferner Jugendzeit vielleicht die Gewohnheit hatte, selbige unter den Tisch fallen zu lassen.

»Der Fisch, Madam«, sagte Mrs. Cresswell. »Das Kabeljaufilet ist nicht geschickt worden. Ich habe Alfred gebeten, es zu holen. Aber er weigert sich.«

Miss Greenshaw brach in unerwartetes Gelächter aus.

»Weigert sich, ja?«

»Alfred ist höchst ungefällig gewesen, Madam.«

Miss Greenshaw hob zwei erdbeschmutzte Finger an die Lippen, stieß einen ohrenzerreißenden Pfiff aus und rief:

»Alfred! Alfred, komm mal her!«

Auf diese Aufforderung hin erschien an der Ecke des Hauses ein junger Mann mit einem Spaten in der Hand. Er hatte ein verwegenes, hübsches Gesicht, und als er näher kam, warf er Mrs. Cresswell einen unverkennbar bösen Blick zu.

»Sie haben mich gerufen, Miss?«

»Ja, Alfred. Ich höre, du hast dich geweigert, den Fisch zu holen. Wie steht es damit?«

Alfred antwortete in mürrischem Ton.

»Wenn *Sie* es wünschen, Miss, will ich ihn holen. Sie brauchen es nur zu sagen.«

»Ich wünsche es. Ich möchte den Fisch für mein Abendessen haben.«

»In Ordnung, Miss. Ich gehe sofort.«

Er warf Mrs. Cresswell einen viel sagenden Blick zu. Sie murmelte vor sich hin:

»Unerhört! Er ist unerträglich.«

»Da fällt mir gerade ein«, sagte Miss Greenshaw, »dass wir ein paar Besucher eigentlich sehr gut gebrauchen können, nicht wahr, Mrs. Cresswell?«

Mrs. Cresswell blickte verdutzt.

»Ich verstehe nicht, Madam.«

»Sie wissen doch, wofür«, sagte Miss Greenshaw, heftig mit dem Kopf nickend. »Der Erbe darf das Testament nicht als Zeuge unterschreiben. Das stimmt doch, nicht wahr?«

Sie wandte sich an Raymond West.

»Ganz richtig«, bestätigte Raymond.

»So viel weiß ich nämlich auch von der Rechtswissenschaft«, erklärte Miss Greenshaw. »Und Sie sind beide Männer von Rang.« Sie warf ihren Pflanzenheber in den Unkrautkorb.

»Würden Sie vielleicht so gut sein und mit in die Bibliothek kommen?«

»Mit Vergnügen«, erklärte Horace eifrig.

Miss Greenshaw führte sie durch eine Glastür in einen riesigen in Gelb und Gold gehaltenen Salon mit verschossenem Brokat an den Wänden und Schutzhüllen über den Möbeln, und dann durch eine große dämmrige Halle die Treppe hinauf und in ein Zimmer im ersten Stock.

»Die Bibliothek meines Großvaters«, verkündete sie stolz.

Horace blickte sich mit ausgesprochenem Vergnügen im Raum um. Von seinem Standpunkt aus gesehen, steckte er voller Monstrositäten. Die Köpfe von Sphinxen tauchten an den unwahrscheinlichsten Möbelstücken auf. Es existierte eine kolossale Bronze, die Paul und Virginia darstellte, ferner eine riesige Kaminuhr mit klassischen Motiven, die er brennend gern fotografiert hätte.

»Viele schöne Bücher«, bemerkte Miss Greenshaw.

Raymond stand bereits vor den Bücherregalen. Schon ein flüchtiger Blick verriet ihm, dass kein Buch von wirklichem Interesse dabei war, ja überhaupt kein Buch, das gelesen zu sein schien. Es waren alles prächtig gebundene Sammlungen von Klassikern, wie sie vor neunzig Jahren für die Ausstattung der Bibliothek eines Gentleman geliefert wurden. Es waren auch einige Romane einer vergangenen Zeit darunter. Aber auch sie erweckten den Eindruck, als ob sie nie gelesen worden seien.

Miss Greenshaw fummelte in den Schubladen eines ungeheuren Schreibtisches herum und holte schließlich eine Pergamenturkunde hervor.

»Mein Testament«, erläuterte sie. »Man muss ja sein Geld irgendjemandem vermachen – so heißt es wenigstens. Wenn ich ohne Testament stürbe, fiele es an den Sohn des Pferdehändlers. Hübscher Bursche, dieser Harry Fletcher, aber ein ausgekochter Schurke. Ich sehe nicht ein, warum *sein* Sohn diesen Besitz erben soll. Nein«, fuhr sie fort, gleichsam in Erwiderung auf einen unausgesprochenen Einwand, »ich habe es mir überlegt und hinterlasse alles Cresswell.«

»Ihrer Haushälterin?«

»Ja. Ich habe ihr alles auseinander gesetzt. Ich vermache ihr alles, was ich besitze, dann brauche ich ihr keinen Lohn mehr zu zahlen. Dadurch spare ich eine Menge laufender Ausgaben, und es spornt sie etwas an. Vor allen Dingen kann sie mir nicht kündigen und jeden Augenblick einfach davonlaufen. Sie ist sehr großspurig, nicht wahr? Dabei war ihr Vater nur ein kleiner Klempner. Sie hat also gar keine Veranlassung, sich etwas einzubilden.«

Mittlerweile hatte sie das Dokument auseinandergefaltet. Jetzt nahm sie einen Federhalter, tauchte ihn ins Tintenfass und schrieb ihren Namen: Katharine Dorothy Greenshaw.

»So ist's richtig«, sagte sie. »Sie haben gesehen, dass ich es unterzeichnet habe. Jetzt unterzeichnen Sie, und damit wird es rechtskräftig.«

Sie reichte Raymond West den Federhalter. Raymond zögerte einen Augenblick, da er eine unerwartete Abneigung empfand, dieser Bitte zu entsprechen. Dann kritzelte er rasch den wohl bekannten Namenszug, wofür ihm der Postbote gewöhnlich mindestens ein halbes Dutzend Bittbriefe am Tag brachte.

Horace nahm den Federhalter und fügte seine winzige Unterschrift hinzu.

»Das wäre erledigt«, sagte Miss Greenshaw.

Dann ging sie zu den Bücherregalen und stand unschlüssig davor. Schließlich öffnete sie eine der Glastüren, nahm ein Buch heraus und schob das zusammengefaltete Dokument hinein.

»Ich habe meine besonderen Verstecke«, sagte sie.

»*Lady Audleys Geheimnis*«, bemerkte Raymond West, der den Titel sah, als sie das Buch wieder an seinen Platz stellte.

Miss Greenshaw brach erneut in Gelächter aus.

»Damals ein Bestseller«, sagte sie. »Im Gegensatz zu Ihren Büchern, wie?«

Sie gab Raymond plötzlich einen freundlichen Stups in die Rippen. Raymond war ziemlich überrascht, dass sie überhaupt wusste, dass er Bücher schrieb.

»Dürfte ich vielleicht«, fragte Horace aufgeregt, »eine Aufnahme von der Uhr machen?«

»Selbstverständlich«, sagte Miss Greenshaw. »Sie stammt, glaube ich, von der Pariser Ausstellung.«

»Sehr wahrscheinlich«, meinte Horace und machte sein Bild.

»Dieser Raum ist seit meines Großvaters Lebzeiten nicht viel benutzt worden«, sagte Miss Greenshaw. »Dieser

Schreibtisch ist angefüllt mit seinen alten Tagebüchern. Sicherlich sehr interessant. Meine Augen sind leider so schlecht, dass ich sie nicht selbst lesen kann. Ich möchte sie gern veröffentlichen lassen, aber das erfordert gewiss einige Arbeit.«

»Dafür könnten Sie jemanden engagieren«, schlug Raymond West vor.

»Wirklich? Das wäre überhaupt eine Idee. Ich werde es mir überlegen.«

Raymond West blickte auf seine Uhr.

»Wir dürfen Ihre Zeit nicht länger in Anspruch nehmen«, sagte er.

»Ich habe mich sehr über Ihren Besuch gefreut«, sagte Miss Greenshaw huldvoll. »Zuerst hatte ich angenommen, Sie seien der Polizist, als Sie um die Ecke des Hauses kamen.«

»Weshalb gerade ein Polizist?«, fragte Horace, der gern Fragen stellte.

Miss Greenshaw ging anders darauf ein, als sie erwartet hatten.

»Wenn Sie wissen wollen, was die Uhr geschlagen hat, fragen Sie einen Polizisten«, zwitscherte sie. Mit dieser Kostprobe viktorianischen Witzes stieß sie Horace in die Rippen und brach einmal mehr in schallendes Gelächter aus.

»Ein wunderbarer Nachmittag«, seufzte Horace auf dem Heimweg. »Das Haus besitzt wirklich alles. Das einzige, was in der Bibliothek noch fehlt, ist eine Leiche. Ich bin überzeugt, dass den Verfassern dieser uralten Detektivgeschichten, wo der Mord immer in der Bibliothek stattfand, gerade eine solche Bibliothek vor Augen schwebte.«

»Wenn du dich gern über Mord unterhalten willst«, sagte Raymond, »musst du dich an meine Tante Jane wenden.«

»Deine Tante Jane? Meinst du etwa Miss Marple?« Horace war ein wenig überrascht.

Die bezaubernde, ehrwürdige Dame, der er gestern Abend vorgestellt worden war, schien die letzte Person zu sein, die man irgendwie mit Mordfällen in Verbindung brachte.

»O ja«, erwiderte Raymond. »Mord ist ihre Spezialität.«

»Aber, mein lieber Junge, wie interessant! Doch was willst du eigentlich damit sagen?«

»Genau das«, entgegnete Raymond und fügte erläuternd hinzu: »Manche begehen einen Mord, manche werden in eine Mordangelegenheit verwickelt, und anderen werden Morde aufgedrängt. Meine Tante Jane gehört zur dritten Kategorie.«

»Das soll wohl ein Scherz sein.«

»Durchaus nicht. Ich kann dich an einen früheren Kommissar von Scotland Yard, mehrere hohe Polizeibeamte des Bezirks und einige viel beschäftigte Inspektoren des C. I. D. verweisen.«

Horace erklärte glückstrahlend, dass man aus dem Staunen überhaupt nicht mehr herauskomme. Am Teetisch erstatteten sie Raymonds Frau, Joan, ihrer Nichte Lou Oxley und der alten Miss Marple Bericht über die Erlebnisse des Nachmittags, wobei sie alle von Miss Greenshaw gemachten Äußerungen bis ins kleinste Detail wiederholten.

»Aber ich muss sagen«, gestand Horace, »dass das ganze Etablissement einen etwas unheimlichen Eindruck auf mich gemacht hat. Diese fürstliche Kreatur, die Haushälterin – vielleicht etwas Arsen in die Teekanne, jetzt, wo sie weiß, dass ihre Herrin ein Testament zu ihren Gunsten gemacht hat?«

»Nun, verrate es uns mal, Tante Jane«, scherzte Raymond. »Wird es einen Mord geben oder nicht? Was ist deine Ansicht?«

»Meine Ansicht ist«, erwiderte Miss Marple, während sie mit ziemlich strenger Miene ihr Wollknäuel wickelte, »dass du nicht dauernd über solche Dinge spötteln solltest, Raymond. Arsen ist natürlich durchaus möglich. So leicht zu erlangen. Wahrscheinlich schon in Form eines Unkrautvertilgungsmittels im Geräteschuppen vorhanden.«

»Aber liebste Tante«, sagte Joan zärtlich, »würde man nicht etwas zu leicht dahinter kommen?«

»Es ist ja ganz schön, wenn man ein Testament macht«, warf Raymond ein, »aber ich glaube nicht, dass das arme alte Geschöpf irgendetwas zu hinterlassen hat außer dem großen Kasten. Und wer hätte schon für dieses mehr kostspielige als einträgliche Haus Verwendung?«

»Womöglich eine Filmgesellschaft«, meinte Horace. »Vielleicht könnte auch ein Hotel oder ein Heim daraus gemacht werden.«

»Solche Interessenten wollen es für ein Ei und ein Butterbrot haben«, behauptete Raymond.

Doch Miss Marple schüttelte den Kopf.

»Weißt du, lieber Raymond, ich kann deine Ansicht nicht teilen. Hinsichtlich des Geldes, meine ich. Der Großvater war offenbar einer jener Verschwender, die rasch zu Geld kommen, es aber nicht zusammenhalten können. Er hat vielleicht, wie du sagst, kein Geld mehr gehabt, aber er war wohl kaum bankrott. Sonst hätte sein Sohn das Haus nicht halten können. Der Sohn war aber nun, wie es so oft der Fall ist, ganz anders veranlagt als sein Vater. Er war ein Geizhals. Ein Mann, der jeden Pfennig zehnmal umdrehte, ehe er ihn ausgab. Ich möchte wohl annehmen, dass er im Laufe seines Lebens eine ganz beträchtliche Summe beiseite gelegt hat. Diese Miss Greenshaw ist offenbar genauso geartet wie ihr Vater. Auch sie gibt nicht gern etwas aus. Ich halte es daher für sehr wahrscheinlich, dass sie eine ziemliche Summe auf die hohe Kante gelegt hat.«

»Wenn die Sache so liegt«, sagte Joan, »wie wär's dann mit Lou?«

Sie blickten alle zu Lou hinüber, die schweigsam am Feuer saß. Lou war Joans Nichte. Ihre Ehe war kürzlich, wie sie sich selbst ausdrückte, in die Brüche gegangen, und sie saß daher mit zwei kleinen Kindern und sehr wenig Geld für ihren Unterhalt da.

»Ich meine«, fuhr Joan fort, »wenn diese Miss Greenshaw wirklich jemanden sucht, der sich dieser Tagebücher annimmt und sie zur Veröffentlichung vorbereitet . . .«

»Keine schlechte Idee«, meinte Raymond.

Lou sagte mit leiser Stimme:

»Das ist eine Arbeit, die ich übernehmen könnte, und ich hätte Spaß daran.«

»Ich werde ihr schreiben«, erbot sich Raymond.

»Ich möchte ganz gern wissen«, äußerte Miss Marple sich nachdenklich, »was die alte Dame wohl mit der Bemerkung von dem Polizisten meinte.«

»Oh, das war sicher nur ein Scherz.«

»Diese Äußerung«, erklärte Miss Marple, während sie nachdrücklich mit dem Kopf nickte, »erinnert mich lebhaft an Mr. Naysmith.«

»Und wer war Mr. Naysmith?«, erkundigte sich Raymond neugierig.

»Ein Bienenzüchter«, antwortete Miss Marple. »Auch verstand er sich sehr gut auf die Akrostichen in den Sonntagsblättern und hatte großen Spaß daran, seinen Mitmenschen aus Ulk falsche Eindrücke zu hinterlassen. Aber das führte manchmal zu Unannehmlichkeiten.«

Alle schwiegen eine Weile und dachten über Mr. Naysmith nach. Da jedoch zwischen ihm und Miss Greenshaw kein Zusammenhang zu bestehen schien, kam man zu dem Schluss, dass die liebe Tante Jane in ihrem Alter vielleicht ein ganz klein wenig faselig wurde.

Horace Bindler kehrte nach London zurück, ohne weitere Monstrositäten gesammelt zu haben, und Raymond West schrieb einen Brief an Miss Greenshaw, in dem er ihr mitteilte, dass er eine Mrs. Louisa Oxley kenne, die in der Lage sei, die Arbeit an den Tagebüchern zu übernehmen. Nach Ablauf einiger Tage kam ein Brief in zittriger altmodischer Handschrift, in dem Miss Greenshaw sich bereit erklärte, Mrs. Oxleys Dienste in Anspruch zu nehmen und einen Tag festsetzte, an dem Mrs. Oxley sich vorstellen sollte.

Lou präsentierte sich pünktlichst zur angegebenen Zeit. Es wurde ein großzügiges Honorar vereinbart, und sie begann gleich am nächsten Tag mit ihrer Arbeit.

»Ich bin dir äußerst dankbar«, sagte sie zu Raymond. »Es passt alles wunderschön. Ich kann die Kinder erst zur Schule bringen, anschließend zu Greenshaws Monstrum gehen und sie auf dem Heimweg wieder abholen. Wie fantastisch das ganze Etablissement doch ist! Die alte Dame spottet jeder Beschreibung.«

Am Abend ihres ersten Arbeitstages berichtete Lou von ihren Erlebnissen.

»Die Haushälterin habe ich kaum gesehen. Sie erschien um halb zwölf mit verächtlich gespitztem Mund und brachte mir Kaffee und Kekse, wobei sie kaum ein Wort mit mir wechselte. Ich glaube, es passt ihr ganz und gar nicht, dass ich engagiert worden bin. Zwischen ihr und Alfred, dem Gärtner, scheint eine große Fehde zu bestehen. Er stammt aus dem Dorf und ist offenbar ziemlich faul. Die beiden reden nicht miteinander. Miss Greenshaw bemerkte in ihrer etwas erhabenen Art: ›Solange ich mich entsinnen kann, bestand immer eine Fehde zwischen dem Garten- und Hauspersonal. Schon zu meines Großvaters Zeiten. Damals hatten wir drei Gärtner und einen Burschen im Garten und acht Mädchen im Haus, und es gab immer Reibereien.‹«

Am folgenden Tag kehrte Lou mit einer anderen Neuigkeit zurück.

»Stellt euch bloß vor«, sagte sie. »Heute morgen wurde ich gebeten, den Neffen anzurufen.«

»Miss Greenshaws Neffen?«

»Ja. Er ist anscheinend Schauspieler und wirkt bei einer Theatergruppe mit, die Sommervorstellungen in Boreham on Sea gibt. Ich rief das Theater an und ließ ihm bestellen, dass er morgen zum Lunch kommen möchte. Es war ziemlich lustig. Die Alte wollte nicht, dass die Haushälterin etwas davon erfuhr. Ich glaube, Mrs. Cresswell hat etwas getan, worüber sie sich geärgert hat.«

»Morgen die nächste Fortsetzung dieses spannenden Romans«, murmelte Raymond.

»Ja, es ist genau wie in einem Zeitungsroman, nicht wahr? Versöhnung mit dem Neffen – Blut ist dicker als Wasser – ein neues Testament – das alte zerstört.«

»Tante Jane, du siehst ja so ernst aus.«

»Meinst du, liebes Kind? Hast du noch etwas von dem Polizisten gehört?«

»Von einem Polizisten weiß ich nichts.«

»Jene Äußerung, die Miss Greenshaw machte, liebes Kind, muss irgendeine Bedeutung gehabt haben.«

Lou kam am nächsten Tag in heiterer Verfassung an ihrer Arbeitsstätte an. Sie schritt durch die offene Haustür – die Türen und Fenster des Hauses standen immer offen. Angst vor Einbrechern schien Mrs. Greenshaw nicht zu haben, und da die meisten Sachen im Haus mehrere Tonnen wogen und unverkäuflich waren, schien diese Einstellung durchaus berechtigt zu sein.

In der Einfahrt war Lou dem jungen Alfred begegnet. Als sie ihn zuerst erblickte, lehnte er an einem Baum und rauchte eine Zigarette. Doch sobald er sie sah, hatte er einen Besen ergriffen und eifrig Blätter zusammengekehrt. Ein fauler junger Mann, dachte sie, aber gut aussehend. Seine Züge erinnerten sie an jemanden. Als sie auf dem Weg nach oben zur Bibliothek durch die Halle ging, fiel ihr Blick auf das große Bild von Nathaniel Greenshaw, das über dem Kaminsims hing und ihn auf dem Gipfel viktorianischen Wohlstandes darstellte: zurückgelehnt in einem tiefen Sessel, die Hände auf der goldenen Uhrkette ruhend, die sich quer über seinen geräumigen Magen erstreckte. Als ihr Blick hinauf zum Gesicht mit seinen runden Wangen, den buschigen Augenbrauen und dem schwungvollen Schnurrbart wanderte, kam ihr der Gedanke, dass Nathaniel Greenshaw früher einmal ein hübscher Mann gewesen sein musste. Vielleicht hatte er ein wenig wie Alfred ausgesehen . . .

Sie ging in die Bibliothek und schloss die Tür hinter sich zu. Dann nahm sie die Hülle von der Schreibmaschine und holte die Tagebücher aus einer der Seitenschubladen des Schreibtisches. Durch das geöffnete Fenster sah sie Miss Greenshaw, die sich in einem gelb und braun geblümten Kattunkleid über das Steinbeet beugte und eifrig Unkraut zupfte. Während der letzten beiden Tage hatte es viel geregnet, und da war das Unkraut tüchtig in die Höhe geschossen.

Lou, die in der Stadt aufgewachsen war, beschloss, dass ihr Garten – falls sie je einen haben sollte – niemals ein Steinbeet enthalten würde, das mit der Hand gejätet werden musste. Dann machte sie sich an ihre Arbeit.

Als Mrs. Cresswell um halb zwölf mit dem Kaffee in die Bibliothek kam, war sie offenbar in sehr schlechter Laune. Sie knallte das Tablett auf den Tisch und bemerkte zu der Welt im Allgemeinen:

»Gäste zum Lunch – und nichts im Hause! Ich möchte bloß wissen, wie ich das schaffen soll. Und Alfred nirgends zu sehen!«

»Er fegte Laub in der Einfahrt, als ich ankam«, wagte Lou zu bemerken.

»Das kann ich mir denken. Eine schöne, bequeme Arbeit.«

Mrs. Cresswell rauschte aus dem Zimmer und schlug die Tür hinter sich zu.

Lou schmunzelte vor sich hin und fragte sich im Stillen, wie der »Neffe« wohl sein mochte.

Sie trank ihren Kaffee aus und stürzte sich wieder in ihre Arbeit, die sie so fesselte, dass die Zeit rasch verging. Als Nathaniel Greenshaw ein Tagebuch zu führen begann, hatte er sich durchaus keine Zurückhaltung auferlegt. Während Lou eine Stelle tippte, die sich auf die persönlichen Reize einer Bardame in der benachbarten Stadt bezog, kam sie zu der Ansicht, dass noch sehr viel Redaktionsarbeit geleistet werden müsse.

Aus diesen Gedankengängen wurde sie plötzlich durch einen Schrei vom Garten her aufgeschreckt. Sie sprang auf und rannte ans offene Fenster. Miss Greenshaw kam gerade schwankend vom Steinbeet auf das Haus zu. Sie hatte die Hände an die Brust gepresst, und zwischen ihnen ragte ein gefiederter Schaft hervor, den Lou voller Bestürzung als den Schaft eines Pfeiles erkannte. Miss Greenshaws Kopf, auf dem der mitgenommene Strohhut thronte, sank auf die Brust herab. Mit versagender Stimme rief sie zu Lous Fenster empor:

». . . getroffen . . . er hat auf mich geschossen . . . mit einem Pfeil . . . holen Sie Hilfe . . .«

Lou stürzte zur Tür. Sie drehte den Knopf, aber die Tür ließ sich nicht öffnen. Nach einigen vergeblichen Bemühungen merkte sie, dass sie eingeschlossen war. Sie lief wieder ans Fenster zurück.

»Ich bin eingeschlossen!«

Miss Greenshaw, die Lou den Rücken zugewandt hatte,

stand ein wenig schwankend auf den Füßen und rief zu dem etwas weiter gelegenen Fenster der Haushälterin hinauf:

»Rufen Sie die Polizei . . . telefonieren Sie . . .«

Wie eine Trunkene von Seite zu Seite torkelnd, verschwand sie dann aus Lous Gesichtskreis durch die Glastür, die in den Salon führte. Einen Augenblick später vernahm Lou das Krachen von Geschirr, einen schweren Fall, dann war es still. In ihrer Fantasie malte sie sich die Szene aus, Miss Greenshaw musste blindlings gegen einen kleinen Tisch mit einem Teeservice aus Sèvresporzellan getaumelt und dann gefallen sein.

Verzweifelt hämmerte Lou an die Tür und rief aus Leibeskräften. Außen am Fenster gab es weder Ranken noch Abflussrohre, an denen sie hätte hinunterklettern können. Nachdem sie lange vergeblich an die Tür gehämmert hatte, kehrte sie zum Fenster zurück und sah, wie der Kopf der Haushälterin am Fenster ihres Wohnzimmers erschien.

»Kommen Sie doch bitte, Mrs. Oxley, und lassen Sie mich heraus. Ich bin eingeschlossen.«

»Ich auch.«

»Du liebe Güte, ist das nicht schrecklich? Ich habe die Polizei angerufen. In diesem Zimmer ist nämlich ein Telefonanschluss. Aber ich kann ganz und gar nicht verstehen, Mrs. Oxley, warum wir eingeschlossen sind. Ich habe überhaupt nicht gehört, wie der Schlüssel umgedreht wurde. Sie etwa?«

»Nein. Ich habe auch nichts gehört. Lieber Himmel, was sollen wir bloß machen? Vielleicht kann Alfred uns hören.«

Lou rief aus voller Kehle: »Alfred, Alfred!«

»Ist wahrscheinlich zum Essen gegangen. Wie spät ist es eigentlich?«

Lou blickte auf ihre Uhr.

»Fünfundzwanzig nach zwölf.«

»Er soll eigentlich erst um halb eins gehen. Aber sobald er kann, schleicht er sich früher davon.«

»Glauben Sie – glauben Sie . . .«

Lou wollte fragen: Glauben Sie, dass sie tot ist? Aber die Worte blieben ihr im Halse stecken.

Es blieb nichts anderes übrig, als zu warten, und sie setzte sich auf die Fensterbank. Es schien eine Ewigkeit zu dauern, bis die behelmte Gestalt eines Polizisten um die Ecke des Hauses bog. Lou lehnte sich aus dem Fenster, und er blickte zu ihr hoch, wobei er die Augen mit der Hand beschattete. Als er sprach, klang seine Stimme sehr vorwurfsvoll.

»Was geht denn hier vor sich?«, fragte er.

Von ihren Fenstern aus überschütteten Lou und Mrs. Cresswell ihn mit einer Flut aufgeregter Informationen.

Der Mann holte ein Notizbuch und einen Bleistift hervor.

»Und Sie, meine Damen, rannten also nach oben und schlossen sich ein? Wollen Sie mir bitte Ihre Namen nennen?«

»Nein. Jemand anders hat uns eingeschlossen. Kommen Sie endlich, und lassen Sie uns raus.«

Tadelnd entgegnete der Hüter des Gesetzes:

»Alles zu seiner Zeit.« Damit verschwand er durch die Glastür. Wieder schien eine Ewigkeit zu vergehen. Dann hörte Lou das Geräusch eines nahenden Wagens, und nach einer gewissen Zeit, die Lou wie eine Stunde vorkam, in Wirklichkeit aber nur drei Minuten umfasste, wurden zuerst Mrs. Cresswell und dann Lou von einem Sergeant befreit, der etwas besser auf dem Posten zu sein schien als der Kollege.

»Miss Greenshaw?« Lous Stimme stockte. »Was – was ist eigentlich geschehen?«

Der Sergeant räusperte sich.

»Es tut mir Leid«, sagte er, »Ihnen mitteilen zu müssen, Madam, was ich Mrs. Cresswell hier bereits gesagt habe. Miss Greenshaw ist tot.«

»Ermordet«, fügte Mrs. Cresswell hinzu. »Ein regelrechter Mord.«

Der Sergeant bemerkte zweifelnd:

»Könnte auch ein Unglücksfall sein – vielleicht haben ein paar Buben mit Pfeil und Bogen geschossen.«

Wieder hörte man, wie ein Wagen ankam.

»Das wird der Polizeiarzt sein«, meinte der Sergeant und begab sich nach unten.

Aber es war nicht der Polizeiarzt. Als Lou und Mrs. Cresswell die Treppe hinunterstiegen, trat ein junger Mann zögernd durch die Haustür und blieb, mit etwas verwirrter Miene Umschau haltend, stehen.

Dann fragte er mit angenehmer Stimme, die Lou irgendwie bekannt vorkam – vielleicht ähnelte sie Miss Greenshaws Stimme –:

»Entschuldigen Sie bitte, wohnt hier – hm – Miss Greenshaw?«

»Dürfte ich um Ihren Namen bitten«, sagte der Sergeant, der auf ihn zutrat.

»Fletcher«, erwiderte der junge Mann. »Nat Fletcher. Ich bin Miss Greenshaws Neffe.«

»Tja, Sir, es tut mir sehr Leid –«

»Ist etwas passiert?«, fragte Nat Fletcher.

»Es hat sich ein – Unglücksfall ereignet. Ihre Tante wurde von einem Pfeil getroffen – er hat die Schlagader durchdrungen . . .«

Mrs. Cresswell sprach hysterisch und ohne ihre übliche Affektiertheit: »Ihre Tante ist ermordet worden. Das ist es, was passiert ist. Ihre Tante ist ermordet.«

Inspektor Welch zog seinen Stuhl etwas näher an den Tisch und ließ seinen Blick der Reihe nach über die vier Anwesenden im Zimmer wandern. Es war der Abend desselben Tages. Er hatte bei den Wests vorgesprochen, um sich noch einmal Lou Oxleys Aussage wiederholen zu lassen.

»Sind Sie ganz sicher, dass sie rief: ›*Getroffen – er hat auf mich geschossen – mit einem Pfeil – holen Sie Hilfe*‹?«

Lou nickte.

»Und die Zeit?«

»Ich sah ein paar Minuten später auf meine Uhr, da war es zwölf Uhr fünfundzwanzig.«

»Geht Ihre Uhr genau?«

»Ich habe auch auf die Kaminuhr gesehen.«

Der Inspektor wandte sich an Raymond West.

»Ungefähr vor einer Woche haben Sie, Sir, und ein gewisser Mr. Horace Bindler offenbar Miss Greenshaws Testament als Zeugen unterschrieben. Stimmt das?«

In kurzen Sätzen schilderte Raymond die Ereignisse jenes Nachmittags, an dem er und Horace Bindler Greenshaws Monstrum einen Besuch abgestattet hatten.

»Diese Aussage mag von großer Wichtigkeit sein«, sagte Welch.

»Miss Greenshaw hat Ihnen also deutlich gesagt, dass sie ein Testament zugunsten der Haushälterin, Mrs. Cresswell, gemacht habe und Mrs. Cresswell keinen Lohn zahle im Hinblick auf das Erbe, das sie bei ihrem Tod zu erwarten habe?«

»Ja, das hat sie gesagt.«

»Sind Sie der Ansicht, dass Mrs. Cresswell definitiv darüber Bescheid wusste?«

»Das möchte ich ohne weiteres behaupten. Miss Cresswell machte in Gegenwart von Mrs. Greenshaw eine Anspielung darauf, dass Erben das Testament nicht als Zeugen unterschreiben könnten, und Mrs. Cresswell verstand offensichtlich, was damit gemeint war. Außerdem erwähnte Miss Greenshaw mir gegenüber, dass sie die Sache so mit Mrs. Cresswell arrangiert habe.«

»Mrs. Cresswell hatte also allen Grund zu der Annahme,

dass sie durch Miss Greenshaws Tod profitieren würde. Das Motiv in ihrem Fall ist deutlich genug, und sie würde wohl unsere Hauptverdachtsperson sein, wenn sie nicht, ebenso wie Mrs. Oxley, fest in ihrem Zimmer eingeschlossen gewesen wäre und Miss Greenshaw nicht definitiv gesagt hätte, ein *Mann* habe auf sie geschossen.«

»War sie bestimmt in ihrem Zimmer eingeschlossen?«

»Ja. Sergeant Cayley hat sie herausgelassen. Es ist ein großes altmodisches Schloss mit einem großen altmodischen Schlüssel. Der Schlüssel steckte im Schloss, und es ist ganz unmöglich, dass er von innen hätte umgedreht werden können oder ähnliche Mätzchen. Nein, Sie dürfen sich darauf verlassen, dass Mrs. Cresswell in dem Zimmer eingeschlossen war und nicht herauskonnte. Auch waren weder Bogen noch Pfeile im Zimmer vorhanden, ganz abgesehen davon, dass Miss Greenshaw überhaupt nicht von einem Fenster aus getroffen werden konnte. Der Winkel stimmt nicht. Nein, Mrs. Cresswell kommt nicht in Betracht.«

Nach einer kleinen Pause fuhr er fort:

»War Miss Greenshaw Ihrer Meinung nach zu Schabernack aufgelegt?«

Miss Marple in ihrer Ecke wurde hellhörig.

»Dann war das Testament doch nicht zu Mrs. Cresswells Gunsten, wie?«, fragte sie.

Inspektor Welch warf ihr einen höchst erstaunten Blick zu.

»Das haben Sie sehr klug erraten, Madam«, sagte er. »Nein. Mrs. Cresswell ist nicht zur Erbin ernannt.«

»Genau wie Mr. Naysmith«, meinte Miss Marple und nickte vor sich hin. »Miss Greenshaw vertraute Mrs. Cresswell an, dass sie ihr alles hinterlassen würde, und drückte sich auf diese Weise davor, ihr den Lohn auszuzahlen. Und dann vermachte sie ihr Geld einem anderen. Zweifellos war sie sehr mit sich zufrieden. Kein Wunder, dass sie sich eins

ins Fäustchen lachte, als sie das Testament in *Lady Audleys Geheimnis* versteckte.«

»Ein Glück, dass Mrs. Oxley uns darüber Auskunft geben konnte«, meinte der Inspektor. »Sonst hätten wir recht lange danach suchen können.«

»Ein viktorianischer Sinn für Humor«, murmelte Raymond West.

»Dann hat sie also letzten Endes doch ihrem Neffen alles vermacht.«

Der Inspektor schüttelte den Kopf.

»Nein«, erwiderte er. »Nat Fletcher ist nicht der Erbe. Es geht das Gerücht um – ich bin natürlich fremd hier und bekomme allen Tratsch aus zweiter Hand – dass in den alten Tagen Miss Greenshaw ebenfalls in den hübschen jungen Reitlehrer verliebt war. Aber die Schwester zog mit dem Preis von dannen. Nein, sie hat ihrem Neffen nichts hinterlassen. Alfred ist der lachende Erbe«, schloss er.

»Alfred – der Gärtner?«, kam es überrascht von Joans Lippen.

»Ja, Mrs. West. Alfred Pollock.«

»Aber warum nur?«, rief Lou.

Miss Marple räusperte sich und murmelte:

»Vielleicht irre ich mich, aber ich könnte mir vorstellen, dass da so genannte Familiengründe mitgespielt haben.«

»So könnte man es bezeichnen«, pflichtete der Inspektor ihr bei. »Es ist anscheinend im ganzen Dorf bekannt, dass Thomas Pollock, Alfreds Großvater, ein außereheliches Produkt des alten Mr. Greenshaw war.«

»Aber natürlich«, rief Lou, »die Ähnlichkeit! Die habe ich heute morgen festgestellt.«

Sie erinnerte sich daran, wie sie nach der Begegnung mit Alfred ins Haus gekommen war und das Porträt des alten Greenshaw betrachtet hatte.

»Wahrscheinlich nahm sie an«, ließ Miss Marple sich hören, »dass Alfred Pollock stolz auf das Haus sein würde und vielleicht sogar darin wohnen möchte, während ihr Neffe fast mit Sicherheit kein Interesse daran haben und es so rasch wie möglich verkaufen würde. Er ist Schauspieler, nicht wahr? In was für einem Stück tritt er eigentlich im Augenblick auf?«

Immer müssen sie vom Thema abschweifen, diese alten Damen, dachte Inspektor Welch, aber er beantwortete höflich ihre Frage.

»Ich glaube, Madam, sie führen in dieser Saison James Barries Stück auf.«

»Barrie«, wiederholte Miss Marple nachdenklich.

»*Was jede Frau weiß*«, sagte Inspektor Welch und errötete dann. »Name eines Stückes«, fügte er rasch hinzu. »Ich selbst gehe nicht viel ins Theater, aber meine Frau hat es sich in der letzten Woche angesehen. Gut gespielt, meinte sie.«

»Barrie hat reizende Stücke geschrieben«, bemerkte Miss Marple. »Ich muss allerdings gestehen, als ich mir zuerst mit einem alten Freund, General Easterly, Barries *Little Mary* ansah, wussten wir alle beide vor Verlegenheit nicht, was wir anfangen sollten.«

Der Inspektor, der das Stück *Little Mary* nicht kannte, war völlig verdutzt, und Miss Marple erklärte:

»Als ich ein junges Mädchen war, Inspektor, hat niemand das Wort ›Leib‹ in den Mund genommen.«

Der Inspektor schien noch ratloser als zuvor, während Miss Marple einige Titel vor sich hinmurmelte.

The Admirable Crichton. Sehr geistreich. *Mary Rose* – ein reizendes Stück. Ich habe dabei geweint, das weiß ich noch. *Quality Street* – davon war ich nicht sehr erbaut. Dann gab es noch *A Kiss for Cinderella.* Oh, *natürlich.*«

Inspektor Welch war nicht geneigt, seine Zeit mit Theaterdiskussionen zu verschwenden, und kehrte zur Sache zurück.

»Eine Frage müssen wir uns stellen«, meinte er. »Wusste Alfred Pollock, dass die alte Dame ein Testament zu seinen Gunsten gemacht hatte? Hatte sie es ihm wohl gesagt?« Dann fügte er hinzu: »Drüben in Boreham Lovell gibt es nämlich einen Bogenschützenclub, und Alfred Pollock ist Mitglied. Er ist sogar ein sehr guter Bogenschütze.«

»Ist dann nicht alles ganz klar?«, fragte Raymond West. »Es würde auch mit den verschlossenen Türen übereinstimmen; denn er wusste ja, wo die Damen sich im Hause aufhielten.«

Der Inspektor blickte ihn an und sagte mit tiefer Melancholie: »Er hat ein Alibi.«

»Ich meine immer, Alibis sind entschieden verdächtig.«

»Vielleicht, Sir«, sagte Inspektor Welch. »Aber Sie sprechen als Schriftsteller.«

»Ich schreibe keine Detektivromane«, erklärte Raymond West, ganz entsetzt über den bloßen Gedanken.

»Man kann leicht sagen, dass Alibis verdächtig seien«, meinte Inspektor Welch. »Aber unglücklicherweise müssen wir uns an die Tatsachen halten.« Seufzend fuhr er fort: »Wir haben drei gute Verdächtige. Drei Menschen, die zufällig um die Zeit nicht weit vom Tatort entfernt waren. Doch seltsamerweise hat es den Anschein, als ob niemand von diesen dreien der Täter sein könnte. Über die Haushälterin habe ich schon gesprochen. Der Neffe, Nat Fletcher, war zu der Zeit, als Miss Greenshaw vom Pfeil getroffen wurde, ein paar Kilometer entfernt bei einer Garage, wo er tankte und sich nach dem Weg erkundigte. Und was Alfred Pollock angeht, so wollen sechs Personen beschwören, dass er um zwanzig Minuten nach zwölf das Gasthaus ›Hund und Ente‹ betreten und sich dort eine Stunde bei seinem üblichen, aus Käse, Brot und Bier bestehenden Lunch aufgehalten hat.«

»Das hat er wohl absichtlich getan, um sich ein Alibi zu beschaffen«, sagte Raymond West hoffnungsvoll.

»Vielleicht«, meinte Inspektor Welch. »Aber wie dem auch sei, er hat es jedenfalls beschafft.«

Es folgte ein längeres Schweigen. Dann wandte Raymond sich an Miss Marple, die kerzengerade und nachdenklich in ihrer Ecke saß.

»Nun liegt's an dir, Tante Jane«, meinte er. »Der Inspektor, der Sergeant, Joan, Lou und ich – wir stehen alle vor einem Rätsel. Aber in deinen Augen, Tante Jane, ist doch alles kristallklar. Habe ich nicht recht?«

»Das möchte ich nicht behaupten«, erwiderte Miss Marple, »nicht gerade *kristallklar,* und ein Mord, lieber Raymond, ist kein Zeitvertreib. Ich glaube nicht, dass die arme Miss Greenshaw gern sterben wollte, und es war ein äußerst brutaler Mord. Sehr gut geplant und durchaus kaltblütig. So etwas zieht man nicht ins Lächerliche.«

»Ich bitte vielmals um Verzeihung«, sagte Raymond beschämt. »In Wirklichkeit bin ich nicht so abgebrüht. Man behandelt oft manches nicht mit dem nötigen Ernst, um das – das Grausen zu mildern.«

»Das ist, glaube ich, die moderne Tendenz«, sagte Miss Marple. »Alle diese Kriege und die Witze bei Beerdigungen. Ja, es war vielleicht gedankenlos von mir zu sagen, du seist gefühllos.«

»Es ist ja auch nicht so«, warf Joan ein, »als hätten wir Miss Greenshaw gut gekannt.«

»Das ist sehr richtig«, gab Miss Marple zu. »Du, liebe Joan, hast sie überhaupt nicht gekannt. Ich ebenfalls nicht. Raymond hat aus einer kurzen Unterhaltung einen flüchtigen Eindruck von ihr gewonnen, und Lou hat sie zwei Tage lang gekannt.«

»Komm, Tante Jane, verrate uns nun endlich deine Ansichten. Sie haben doch hoffentlich nichts dagegen, Inspektor?«

»Nicht das geringste«, entgegnete der Inspektor höflich.

»Nun, lieber Raymond, es sieht ja so aus, als hätten wir drei Personen, die ein Motiv für den Mord an der alten Dame hatten oder zu haben glaubten. Und drei einfache Gründe, warum niemand von ihnen es getan haben konnte. Die Haushälterin scheidet aus, weil sie in ihrem Zimmer eingeschlossen war und Miss Greenshaw deutlich erklärt hatte, dass ein Mann auf sie geschossen habe. Der Gärtner, weil er sich zur Zeit des Mordes im Gasthaus ›Hund und Ente‹ aufhielt. Und der Neffe, weil er um diese Zeit mit seinem Wagen noch etwas weiter vom Tatort entfernt war.«

»Sehr klar ausgedrückt, Madam«, lobte der Inspektor.

»Und da es sehr unwahrscheinlich ist, dass ein Außenstehender die Tat begangen hat, wo stehen wir da eigentlich?«

»Das möchte der Inspektor auch gern wissen«, bemerkte Raymond West.

»Man betrachtet eine Sache oft von der falschen Seite. Wenn sich nun am Alibi dieser Personen nichts ändern lässt, könnten wir dann nicht vielleicht die Zeit des Mordes verlegen?«

»Du meinst, dass weder die Kaminuhr noch meine Armbanduhr richtig gingen?«, fragte Lou.

»Nein, liebes Kind, das habe ich ganz und gar nicht gemeint. Ich wollte damit sagen, dass der Mord nicht um die Zeit erfolgte, als du es annahmst.«

»Aber ich habe es doch mit eigenen Augen gesehen«, rief Lou.

»Nun, liebes Kind, ich habe mir schon überlegt, ob es nicht beabsichtigt war, dass du es sehen solltest. Ich habe mich gefragt, ob das nicht der eigentliche Grund war, warum du für diese Arbeit engagiert worden bist.«

»Was soll das heißen, Tante Jane? Ich verstehe dich nicht.«

»Nun, das Ganze erscheint mir merkwürdig. Miss Greenshaw gab bekanntlich nicht gern Geld aus, und doch engagierte sie dich und ging bereitwillig auf deine Gehaltsforderungen ein. Es kommt mir so vor, als habe man beabsichtigt, dass du dich da oben im ersten Stock in der Bibliothek aufhalten und aus dem Fenster sehen solltest, damit du – eine Außenstehende von untadeliger Zuverlässigkeit – bezeugen konntest, dass der Mord zu einer bestimmten Zeit und an einem bestimmten Platz verübt wurde.«

»Aber du willst doch wohl nicht behaupten«, meinte Lou ungläubig, »dass Miss Greenshaw die Absicht hatte, sich ermorden zu lassen?«

»Ich will damit nur sagen, liebes Kind, dass du Miss Greenshaw eigentlich gar nicht gekannt hast. Es besteht durchaus kein Grund, warum die Miss Greenshaw, die du gesehen hast, als du dich vorstelltest, dieselbe Miss Greenshaw sein sollte, mit der Raymond sich ein paar Tage vorher unterhalten hat, nicht wahr? Jaja, ich weiß«, fuhr sie rasch fort, um Lous Einwand zuvorzukommen, »sie trug das altmodische Kattunkleid und den seltsamen Strohhut und hatte wirres Haar. Sie entsprach genau der Beschreibung, die Raymond uns am letzten Wochenende gab. Aber diese beiden Frauen waren sich in Alter, Größe und Figur ziemlich ähnlich. Ich meine die Haushälterin und Miss Greenshaw.«

»Aber die Haushälterin ist dick!«, protestierte Lou. »Sie hat einen gewaltigen Busen.«

Miss Marple räusperte sich.

»Aber, mein liebes Kind, heutzutage kann man doch sicherlich . . . Ich meine, ich habe – hm – sie schon selbst schamlos in Schaufenstern ausgestellt gesehen. Es ist für jede Frau sehr leicht, einen – eine Büste in jeder Größe und Ausdehnung zu haben.«

»Worauf willst du eigentlich hinaus?«, erkundigte sich Raymond.

»Nun, in den zwei oder drei Tagen, als Lou dort arbeitete, hätte meines Erachtens eine Frau gut beide Rollen spielen können. Du hast ja selbst gesagt, Lou, dass du die Haushälterin kaum gesehen hast, abgesehen von dem kurzen Augenblick, wenn sie dir vormittags das Tablett mit dem Kaffee brachte. Auf der Bühne sieht man ja auch diese geschickten Verwandlungskünstler, die nach wenigen Minuten immer wieder in einer anderen Rolle auftreten. Ich bin überzeugt, dass der Wechsel sich sehr rasch bewerkstelligen ließ. Diese Pompadourfrisur war sicher eine Perücke, die man schnell abnehmen und aufstülpen konnte.«

»Tante Jane! Willst du etwa sagen, dass Miss Greenshaw schon tot war, bevor ich mit meiner Arbeit dort begann?«

»Nicht tot. Aber unter der Einwirkung von Betäubungsmitteln, möchte ich behaupten. Für eine gewissenlose Frau wie die Haushälterin eine Kleinigkeit. Dann engagierte sie dich und trug dir auf, den Neffen anzuläuten und ihn für eine bestimmte Zeit zum Lunch einzuladen. Die einzige Person, die gewusst hätte, dass diese Miss Greenshaw *nicht* Miss Greenshaw war, wäre Alfred gewesen. Und wie du dich vielleicht noch entsinnen kannst, waren die ersten beiden Tage, an denen du dort gearbeitet hast, regnerisch, und Miss Greenshaw blieb im Hause. Wegen seiner Fehde mit der Haushälterin ließ Alfred sich nie im Hause blicken. Und am letzten Morgen war Alfred in der Einfahrt, während Miss Greenshaw im Steingarten arbeitete – diesen Steingarten, möchte ich mir eigentlich gern ansehen.«

»Willst du damit sagen, dass Mrs. Cresswell die Täterin war?«

»Ich glaube, die Sache verhält sich folgendermaßen. Nachdem Mrs. Cresswell dir den Kaffee gebracht hatte, schloss sie dich beim Verlassen des Zimmers ein und trug die bewusstlose Miss Greenshaw nach unten in den Salon. Dann verkleidete sie sich wieder als Miss Greenshaw und ging nach draußen, um im Steingarten zu arbeiten, wo du sie vom Fenster aus sehen konntest. Nach einer gewissen Zeit stieß sie einen Schrei aus und kam wankend auf das Haus zu, während sie mit den Händen einen Pfeil umklammerte und so tat, als habe er ihre Brust durchdrungen. Sie rief um Hilfe, wobei sie sorgsam darauf achtete, zu sagen: ›Er hat auf mich geschossen‹, um jeden Verdacht von der Haushälterin abzulenken. Sie rief auch einige Worte zum Fenster der Haushälterin hinauf, als habe sie sie dort gesehen. Sobald sie dann im Salon war, stieß sie einen Tisch mit Porzellan um und rannte flink nach oben, wo sie ihre Pompadourperücke aufsetzte und wenige Augenblicke später den Kopf zum Fenster hinausstreckte, um dir zu sagen, dass sie auch eingeschlossen sei.«

»Aber sie war tatsächlich eingeschlossen«, erinnerte Lou.

»Ich weiß. Aber da springt eben der Polizist ein.«

»Was für ein Polizist?«

»Ganz richtig – was für ein Polizist? Inspektor, dürfte ich Sie vielleicht bitten, mir zu sagen, wie und wann Sie am Tatort eingetroffen sind?«

Der Inspektor blickte ein wenig überrascht.

»Um zwölf Uhr neunundzwanzig erhielten wir einen telefonischen Anruf von Mrs. Cresswell, Haushälterin bei Miss Greenshaw, mit der Meldung, dass ihre Herrin erschossen worden sei. Sergeant Cayley und ich fuhren sofort im Wagen dorthin und kamen um zwölf Uhr fünfunddreißig beim Haus an. Wir fanden Miss Greenshaw tot auf, und die beiden Damen waren in ihren Zimmern eingeschlossen.«

»Da siehst du es also, liebes Kind«, wandte sich Miss Marple an Lou. »Der Polizist, den du sahst, war gar kein richtiger Polizist. Du hast auch gar nicht mehr an ihn gedacht. Das ist ganz natürlich; auf eine Uniform mehr oder weniger kommt es in solchen Fällen nicht an.«

»Aber wer? Warum?«

»Wer? Nun, wenn sie in Boreham on Sea jetzt gerade das Stück *A Kiss for Cinderella* geben, spielt ein Polizist die Hauptrolle. Nat Fletcher brauchte sich nur die Uniform anzueignen, die er auf der Bühne trägt. Dann konnte er sich bei der Garage nach dem Weg erkundigen und dabei die Aufmerksamkeit auf die Zeit – zwölf Uhr fünfundzwanzig – lenken, rasch weiterfahren, den Wagen an der Ecke stehen lassen, sich seine Polizistenuniform überziehen und seine ›Rolle‹ spielen.«

»Aber warum – warum?«

»Na, irgendjemand musste doch die Tür der Haushälterin von außen schließen, und irgend jemand musste den Pfeil Miss Greenshaw in die Brust stoßen. Man kann einen Menschen mit einem Pfeil ebenso gut erstechen wie erschießen – dazu gehört aber Kraft.«

»Sie waren also beide daran beteiligt?«

»Oh, das ist anzunehmen. Mutter und Sohn, höchstwahrscheinlich.«

»Aber Miss Greenshaws Schwester ist doch schon vor langer Zeit gestorben.«

»Ja, aber Mr. Fletcher hat zweifellos wieder geheiratet. Nach den Schilderungen lässt sich das wohl annehmen. Ich halte es für durchaus möglich, dass das Kind ebenfalls starb und dieser so genannte Neffe das Kind der zweiten Frau und somit überhaupt kein Verwandter von Miss Greenshaw ist. Die Frau bewarb sich um den Posten als Haushälterin und spionierte aus, wie die Dinge lagen. Dann schrieb der Sohn an Miss Greenshaw als ihr Neffe und schlug vor, ihr einen Besuch abzustatten – vielleicht hat er im Scherz erwähnt, dass er in seiner Polizistenuniform erscheinen würde, oder er lud sie ein, sich das Stück anzusehen. Aber ich glaube, sie hat wohl den wahren Sachverhalt erraten und sich geweigert, ihn zu sehen. Er wäre ihr Erbe gewesen, wenn sie ohne Testament gestorben wäre. Aber sobald sie natürlich ein Testament zugunsten der Haushälterin – wie sie annahmen – gemacht hatte, lag der Weg klar vor ihnen.«

»Aber warum haben sie dann einen Pfeil verwendet?«, warf Joan ein. »Das erscheint mir so gesucht?«

»Durchaus nicht, liebes Kind. Alfred gehörte zu einem Bogenschützenclub – und Alfred sollte die Schuld aufgehalst werden. Dass er schon um zwölf Uhr zwanzig das Gasthaus erreicht hatte, war vom Standpunkt dieser beiden höchst unglückselig. Er ging ja immer ein wenig vor seiner eigentlichen Zeit fort, und das wäre gerade richtig für sie gewesen.« Kopfschüttelnd fügte sie hinzu: »Es erscheint wirklich ungerecht – im moralischen Sinne, meine ich natürlich –, dass Alfreds Faulheit ihm das Leben gerettet hat.«

Der Inspektor räusperte sich.

»Nun, Madam, diese Ideen, die Sie da geäußert haben, sind ja hochinteressant. Ich werde sie natürlich nachprüfen müssen . . .«

Miss Marple und Raymond West standen neben dem Steingarten und blickten auf einen Gartenkorb mit welkender Vegetation hinab.

Miss Marple murmelte:

»Alyssum, Steinbrech, Geißklee, Wegerich, Glockenblumen . . . Ja, das beweist *mir* genug. Wer gestern Morgen hier gejätet hat, verstand von Gärtnerei überhaupt nichts. Sie hat Blumen und Unkraut ohne Unterschied herausgerissen. Nun weiß ich also, dass ich Recht habe. Ich danke dir, lieber Raymond, dass du mich hierher gebracht hast. Ich wollte gern alles mit eigenen Augen sehen.«

Sie und Raymond betrachteten beide das überspannte Bauwerk, das im Volksmund Greenshaws Monstrum hieß.

Hinter ihnen hustete jemand, und als sie sich umdrehten, entdeckten sie, dass ein hübscher junger Mann ebenfalls im Anblick des Hauses versunken war.

»Verteufelt großer Kasten«, meinte er. »Zu groß für heutige Verhältnisse – so sagt man wenigstens. Aber ich weiß nicht recht. Wenn ich das große Los gewönne, würde ich mir auch ein Haus in dieser Art bauen.«

Er lächelte sie verschämt an.

»Ich glaube, ich kann es jetzt wohl sagen: Das Haus da ist von meinem Urgroßvater gebaut worden«, erklärte Alfred Pollock. »Und es ist ein schönes Haus, trotz seines Spitznamens – Greenshaws Monstrum!«

Quellenverzeichnis

Der Dienstagabend-Club (The Tuesday Night Club), *Der Tempel der Astarte* (The Idol House of Astarte), *Die verschwundenen Goldbarren* (Ingots of Gold), *Der rote Badeanzug* (The Bloodstained Pavement), *Die überlistete Spiritistin* (Motive v Opportunity), *Der Daumenabdruck des heiligen Petrus* (The Thumb Mark of St Peter), *Die blaue Geranie* (The Blue Geranium), *Die Gesellschafterin* (The Companion), *Die vier Verdächtigen* (The Four Suspects), *Eine Weihnachtstragödie* (A Christmas Tragedy), *Das Todeskraut* (The Herb of Death), *Die seltsame Angelegenheit mit dem Bungalow* (The Affair at the Bungalow), *Der Fall von St. Mary Mead* (Death by Drowning), aus: Agatha Christie Mallowan. Scherz Verlag, Bern, München, Wien. Aus dem Englischen übersetzt von Maria Meinert.

Miss Marple erzählt eine Geschichte (Miss Marple Tells a Story), *Ein seltsamer Scherz* (Strange Jest), *Die Stecknadel* (The Tape-Measure Murder), *Die Hausmeisterin* (The Case oft the Caretaker), *Die Perle* (The Case of the Perfect Maid), aus: Agatha Christie MÖRDER–MASCHEN, Copyright © 1979 by Agatha Christie Limited. Scherz Verlag, Bern, München, Wien. Aus dem Englischen übersetzt von Taudl Weiser, Mechtild Sandberg, Klaus Prost und Karl H. Schneider.

Das Asyl (The Sanctuary), aus: Agatha Christie DIE MAUSEFALLE UND ANDERE FÄLLE, Copyright © 1979 by Agatha

Christie Limited. Scherz Verlag, Bern, München, Wien. Aus dem Englischen übersetzt von Maria Meinert.

Greenshaws Monstrum (Greenshaw's Folly), aus: Agatha Christie DER UNFALL UND ANDERE FÄLLE, Copyright © 1960 by Agatha Christie Limited. Scherz Verlag, Bern, München, Wien. Aus dem Englischen übersetzt von Maria Meinert.